★
长篇小说

风寒土硬

何方　著

中国言实出版社

图书在版编目（CIP）数据

风寒土硬 / 何方著. -- 北京：中国言实出版社，
2023.6

ISBN 978-7-5171-4484-7

Ⅰ.①风… Ⅱ.①何… Ⅲ.①长篇小说—中国—当代
Ⅳ.①I247.5

中国国家版本馆CIP数据核字（2023）第097019号

风寒土硬

责任编辑：宫媛媛
责任校对：张国旗

出版发行：中国言实出版社
地　　址：北京市朝阳区北苑路180号加利大厦5号楼105室
邮　　编：100101
编辑部：北京市海淀区花园路6号院B座6层
邮　　编：100088
电　　话：010-64924853（总编室）　010-64924716（发行部）
网　　址：www.zgyscbs.cn　电子邮箱：zgyscbs@263.net

经　　销：新华书店
印　　刷：北京温林源印刷有限公司
版　　次：2023年6月第1版　　2023年6月第1次印刷
规　　格：880毫米×1230毫米　　1/32　　12.375印张
字　　数：316千字

定　　价：59.00元
书　　号：ISBN 978-7-5171-4484-7

目　录
CONTENTS

第一章

临近毕业，班里的人松弛起来。宿舍内，好多人都在丢弃东西，不方便携带的物品被挑拣出来，散乱地堆放在中间的桌子上。内务条例基本上没人把它当回事儿了。

毕业典礼已开，每个人随时可能派遣到下面的部队去。

桂力胜昨天着凉了，头疼得厉害，似乎还有些发烧。

邻床的郑昆武遗弃了一厚摞的书，桂力胜拿起粗略地翻了翻，发现大部分是张资平的言情小说，最下面有一本崭新的郁达夫的《茑萝集》，看上去没怎么翻过。桂力胜听人说过郁达夫，但没有读过他的作品，听说写得挺狠的。他把这本书抽出来，放到自己的枕下。

早饭的号声吹过了许久，毕业班的人才拖拖拉拉地出来。值星的低年级同学像是没看到一样，忙到别处巡视。他们知道，已经毕业的学生惹不起。

桂力胜从宿舍出来，感到阳光有些刺眼。

去食堂会经过一个由铁条栅栏焊制的一个角门，平时这个门基本锁着。有时食堂的采购人员会在那里卸粮油蔬菜。

桂力胜习惯性地向外张望一下。角门的外面，立着一只邮筒。

虽然只是瞬间的一瞥，但桂力胜的心却急剧地跳了起来，他在邮筒上清楚地看到一个熟悉的符号。

一年多了，桂力胜无数次路过角门，无数次看向那个邮筒，但他换回的却是无数次的失望。

邮筒上用粉笔画出的符号明确地表达了接头的指令。

桂力胜隐隐地有一丝丝担忧。军校和别的学校不同，实行全封闭式管理，离开校园是要履行请假制度的，这个时间段极少准许学生外出。

自从张成信走后，桂力胜便一直处于潜伏状态。

张成信是桂力胜的入党介绍人，他是学校的军事教官。去年春天的一个晚上，张成信把桂力胜叫到操场的中央，说上级组织调自己到上海工作。他已把桂力胜的情况向上级党组织做了汇报，会有人在邮筒上用特殊符号与桂力胜联系。

一年多的时间里，那只邮筒一直干干净净，这让桂力胜的内心无比失落。

回到宿舍，桂力胜立刻换上了便装。虽然时间尚早，但毕业班外出的人太多，值星的老师并不愿意准假，有时需要在那里软磨硬泡。当然，各班学生都有跳围墙的本事，只是他们一般还是先走程序。

刚换好衣服，桂力胜还没离开自己的床边，只见宿舍内拥进了五个人。领头的高喊，站在原地，不要动。

桂力胜慢慢地转过身，仔细地端详着进来的人。

这些人身着便装，但能看出每个人都携带了武器。

郑昆武看了他们一眼，问，你们是干什么的？

领头的从怀里掏出一本证件，向郑昆武扬了扬，说，特务处的。谁叫郑昆武?

郑昆武说,我就是。

没等领头的发话,冲上来两个人就对郑昆武动手。郑昆武反抗了一下,但还是被那两个人结结实实地戴上了手铐。

桂力胜脑中急速地思考着,郑昆武是自己的同志吗?我该怎么办?要不要救他?桂力胜知道,救郑昆武也不需要自己出头,只要呐喊几声就行。

同宿舍的人不知道发生了什么事,向前围了过去。

桂力胜有些冲动,也向前挤了过去。忽然桂力胜想起张成信那晚的谈话,没有接到命令之前,在任何事情面前都不要轻举妄动。桂力胜停了下来,他站在那里冷静地观察着这一切。领头的注意到站在后面的桂力胜,用手一指,你,为什么不穿军装?

桂力胜说,我要上街。

领头的狐疑地看了桂力胜一眼,做了一个撤的手势。两个人押着郑昆武向外走,另外两个人掏出枪,后退着实施掩护。看得出来,这些人受过极好的军事训练。

屋内的人互相看了看,不知道郑昆武究竟犯了什么事,也不清楚该不该帮郑昆武什么忙。就这样,郑昆武在同学们的面面相觑中被特务处的人带走。

这是一间二十人的宿舍,如果屋内的人心齐,特务处想要从屋内带走人并不是件容易的事。

屋内的同学们议论了几句,随后就该干什么干什么去了。

桂力胜来到街上,时间还早。他寻到了一家西式药房,为母亲买了几瓶止咳平喘的药物。出了药房,桂力胜拿着药来到了邮局。

快到接头的时间了,桂力胜本打算直接走到阅报栏前,他临时又改变了主意。阅报栏的对面，有一家不算大的书店，桂力胜拐了进去。

书店里的顾客不多，桂力胜站在书架前翻了翻，他眼睛的余光始终注意街上，并没有发现什么异常。桂力胜将手中的书放回书架，缓步出了书店，慢慢地站到了阅报栏前。

阅报栏上挂有今天的《中央日报》《申报》，还有一张地域性报纸《金坛日报》。可是桂力胜找遍了阅报栏的边边角角，却一直没有找到那个表示对方安全的标记。桂力胜只有看到这个标记，才能到下一条马路的那个邮筒前等待接头。

桂力胜没有犹豫，转身向相反的方向走去。这个方向，正是他回学校的方向。

不用向后看，桂力胜觉察到后面有人在跟踪自己。

那个三十多岁戴着一顶毡帽的男人是从一家杂货店里拐出来的，显然他对阅报栏前的自己观察了好久。

桂力胜改变了路线，他知道，摆脱跟踪的最好办法是到人多的地方去。路边有一个菜市场，买菜和卖菜的人不少，桂力胜挤进了杂乱的人流中。

随着桂力胜脚步的加快，毡帽男人也加快了速度，完全不害怕暴露自己。桂力胜知道，毡帽男人并不是跟踪而是想要抓到自己。桂力胜心中想好了对策，他知道，毡帽男人跟得这样紧，仅仅靠游走是无法摆脱了。

穿过菜市场，桂力胜进入了低矮细长的小巷。之所以有低矮的感觉，主要是院墙内时常有粗壮的槐树穿墙而过，压到小巷中来。

桂力胜看到前面有一个转弯，他紧走了两步躲了进去。桂力胜要趁这个毡帽男人拐过来时，向他突然发动袭击。可毡帽男人却迟迟没有拐过来。

难道他识破了自己的意图？桂力胜探头向来路望去，他看到毡帽男人已昏倒在地，一个戴着鸭舌帽的男人正在毡帽男身上搜着什么。这不是教官张成信吗？

桂力胜惊呼一声，张大哥。

张成信用手指竖在嘴前，示意他不要出声。张成信搜到毡帽男人的脚踝时，搜到一把手枪。张成信习惯性地将手枪的弹匣退出来看了一下，弹匣里装满子弹。从另一只脚踝那里，张成信搜到了一张证件，他向桂力胜晃了晃，说，是特务处的。

桂力胜轻声喊了一声，张教官！

张成信向桂力胜笑了一下。

张成信四处看了看，见不远处有一处下水井，他把毡帽男人身上的衣物脱下来，撕成条将他的手脚捆绑好，多余的一只衣袖塞到了他的嘴里。毡帽男人被塞进了下水井，张成信说，能不能活命，看他自己的造化了。

张成信把枪插进腰里，和桂力胜拥抱了一下，说，看来我们内部出了奸细。

桂力胜问，你能肯定？

张成信严肃地点了点头，实际上我迟到了。我到的时候，你正离开阅报栏，本想立刻叫住你，但这个小子出来得太早了，一下子就让我意识到了危险。那间杂货店里，至少还埋伏着三四个人，看来他们是想把前来联络的人一网打尽。

桂力胜说，今天我来之前，特务处的到军校去抓人，我们班的郑昆武被抓走了。

张成信说，郑昆武？就是那个在文艺汇演中演唱《妹妹我爱你》的郑昆武？

对，是他。

张成信若有所思地点了点头，看来特务处近来活动很频繁啊。

桂力胜说，是啊，这已经是特务处第三次大张旗鼓地到军校抓人了。

两个人来到了一条长巷。

张成信说，时间紧迫，多余的话我就不多说了。上级派你到东北执行一项中央布置的机密任务。

桂力胜非常惊讶，中央的机密任务？

张成信点了点头，对，是中央直接下达的。现在中央的处境很艰难，一方面要应付国民党的挑衅，另一方面还要领导全国人民对日本侵略者的抗战。可是中央地处遥远的南方，对东北的抗战无法进行有针对性的领导，只能是靠派遣干部等方式领导那里的斗争。这就需要了解那里的具体情况。你，到东北后，需要把你的所见、所闻、所想，事无巨细地写成文字材料，到时，会有人和你联络，将这些重要的信息呈报给中央，作为中央下达文件的参考。这个任务是艰巨的，而且你会面临许多意想不到的困难和危险。怎么样？你能做到吗？

桂力胜挺直胸膛说，国难当头，义不容辞。

张成信说，有没有什么困难？

桂力胜想了一下说，困难我自己想办法克服。我只是有些不明白，这下面的情况还需要我来向中央汇报吗？我们派过去的干部他们不会直接向中央详细地汇报？

张成信说，你问得好。其实中央领导和我谈这个问题的时候我也是心中存有这个顾虑的。你入党晚，我的党龄快有十年了。这些年来我们制定了许多大的方针，但在下面执行起来总是有偏差。而那些领导同志在向上面汇报的时候，只汇报对自己工作有利的，而对自己工作中的失误或薄弱环节则避而不谈。因此，中央领导有时很难对下面的实际工作有真正的了解。这就需要你这样的人把下面的情况直接反映上来。

张成信的一番话，顿时让桂力胜感到肩上的担子很重。来自党中央的任务，这对自己这样一个入党才一年多的新党员是多么大的信任。桂力胜的心中升腾起一股奔赴战场的豪气，他郑重地点了点头。

对这位党的引路人，桂力胜是绝对信任的。

一九三一年的春季，桂力胜考进军校，他入校是三月六日，学校正式由中央军事政治学校更名为中央陆军军官学校。桂力胜是第九期学员，也就是从第九期开始，军校有了东北的学生。桂力胜入学后加入了学校的读书学习小组，正巧张成信是指导教官。

张成信离开南京已有一年多，但他对桂力胜是绝对信任的。他知道这个话不太多的小伙子身上有着一股不服输的劲儿。

犹疑了一下，张成信说，党把这样重要的任务交给你，我还要嘱咐你一句话，在任何情况下首先要保存自己。也就是说，先要让自己活下去，这样才能完成中央交给你的任务。你明白我的意思吗？

桂力胜用力点了下头。他早已做好了牺牲自己的准备，但张教官说了这句话，让桂力胜知道这个任务的重要性。

张成信警惕地看了一下四周，说，今天下午三点，你到第二联络点，有人会交给你到东北联络点的地址及接头暗号，可能还有路费，具体数目我就不知道了。你的代号是东北一号，找你接头的人一定要自称"南京三十六号"，任何其他代号都不是中央派过去的，你不能向任何层级的任何人泄露你的任务。

张成信所说的第二联络点是两个人一年前就规定好的，是中央政治公园中的一张椅子。

桂力胜说，我记住你的话了。

张成信说，我总感到今天有点不太对劲儿，你赶快走吧。记住，拿到联络方式马上开赴东北，不要有任何停留。

桂力胜还未来得及说话，他发现小巷的两端出现了身穿黑衣的人，他们一声不吭地快速走来。

张成信说，你翻过我身后这堵墙撤离，我掩护你。

桂力胜说，张教官你先走。把枪给我。

张成信厉声说，你忘记身上的使命了吗？快走。

两端的黑衣人开始向中间冲来，张成信拔出腰间的枪射击，有人中弹倒下。黑衣人迅速卧倒在地上，疯狂向张成信和桂力胜射击。

快走，执行命令。张成信说。

桂力胜一纵身，跃上了一人多高的墙，喊，把手给我。

张成信喊，快走。

张成信随即卧倒射击，他的枪声与对方的枪声响成一片。

桂力胜感到大腿被什么东西咬了一下，随即跌到墙的那边。桂力胜爬起来，透过墙的花窗去探看张成信，只见张成信卧在那里一动不动，脑袋上有血不停地涌出来。

有脚步声向这边传来，桂力胜来不及思索，他急忙跳过这家的院墙，进入另一条小巷。在小巷里狂奔了一阵，桂力胜来到了街上。

桂力胜感到腿上的伤在不停地向外流血，虽然伤得不重，但裤腿全湿了。好在桂力胜穿的是一条黑色的裤子，短时间路人还看不出来。

张成信的牺牲让桂力胜的心头异常沉重，他无法接受自己的上级、老师、挚友死在自己的面前。是自己的失误吗？如果张成信也跳上墙，他还会死吗？

也许不会死。也许他们两个全被击中。

桂力胜在一间厕所里处理了一下伤口。大腿的外侧，被一颗子弹擦出了一道不很深的小沟，正在不停地向外流血。桂力胜把衬衫的袖子撕下来，把伤口包扎上。桂力胜知道，这只是权宜之计，要想让伤口不发炎，还需用消炎药。

桂力胜转过几次街角，他小心地观察着身后，并没有发现任何可疑的人。桂力胜扶着路边小桥的护栏停了下来。

由极度紧张到眼前的暂时平静，桂力胜发现自己的腿竟没来由地发抖。

张成信的牺牲让桂力胜震惊，他觉得好像有一只手在自己的胸腔里不停地捏挤着自己的心脏，让他的心一抽一抽地疼痛。

为什么会这样？问题出在哪里？

为什么会有大批的特务聚集在小巷里呢？桂力胜猜测，一定是跟踪张成信的人十分狡猾，没有被张成信察觉。也许，自己的行踪早就有特务跟踪。

接下来应该怎么办？桂力胜的心中毫无头绪。

吃午饭的时候，桂力胜看到校园里有身着便衣的人在游荡。大约有十多个人的样子，他们分成两组，盘查经过他们身边的人。

下午的接头还照常去吗？特务既然知道自己和张成信的接头，那么另一个接头地点会不会也被敌人提前知晓？

张成信牺牲了，自己还照常去东北吗？会有其他人来和自己接头吗？

桂力胜漫不经心地咀嚼着嘴中的食物，脑中迅速地做着各种判断。

想到张成信倒在巷中的那一画面，桂力胜果断地做出了自己的决定。

洗漱完餐具，桂力胜将它们放置到餐具架上。桂力胜知道这是自己在军官学校的最后一次午餐，但他还是按习惯把餐具放置好。

食堂的东部有个煤堆，从那里跳出去就是校外的一条小巷，桂力胜决定从那里出去。平时学生们晚上想要到外面喝酒，基本上都是从食堂这面跳围墙，省些力气。

在向食堂外走的时候，桂力胜又想起了早晨放到铺位下面的《茑萝集》，那本书他甚至都没来得及翻一翻。

刚出食堂，桂力胜就看到便衣人正在集结，一个头目模样的人站在中间说着什么。桂力胜想，他们也是人，总得吃饭吧？

一只手搭在了桂力胜的肩上，有声音从后面传来，跟我走一趟。

桂力胜的第一个反应便是特务发现自己了。他没有丝毫犹豫，一只手快速按住搭在肩上的手，迅速弯腰用力，身后的人便被摔到了前面。桂力胜迅速下蹲锁喉，却发现这个人是学校总务处的小毕。

桂力胜内心一惊，想，小毕也是特务？

小毕忙说，哥，我跟你开玩笑呢。

小毕在学校的总务处管理训练的器材，也是东北人，和桂力胜算是熟人。

桂力胜见四周没有别的可疑的人，小毕也不像来抓自己的，于是笑了一笑，把小毕拉起来，说，你知道，不能在习武之人的背后开玩笑。

小毕站了起来，说，哥的武功真好。

桂力胜和小毕虽说是熟人，但也仅限于东北老乡而已，碰面打招呼，从来没有深谈过什么。

拉起小毕的一瞬间，桂力胜察觉到小毕的腰间藏有武器，他不敢离小毕太远，如果小毕拔枪，桂力胜相信他会在枪还没有指向自己时把小毕打倒。

桂力胜靠近小毕拍了拍他身上的泥土，问，没伤着吧？

小毕咧了咧嘴说，有点疼。算了，不说这些。黄教官让我喊你。

黄教官？哪个黄教官？

战术教研室的黄教官。

桂力胜的心中立刻产生狐疑，自己与黄教官素来没有交往，他找自己干什么呢？

黄教官在学校里开设擒拿格斗课程，虽说桂力胜在这门课程里表现不错，但却和黄教官没什么往来。

其实桂力胜心里有些讨厌黄教官。记得黄教官曾说过东北人脑袋笨。这让桂力胜心里不舒服。后来桂力胜想通了这个问题，东北没出过什么名人，那些青史上留名的，基本上是其他地方的人。

桂力胜随着小毕向学校办公楼走去。

他们没有进办公楼，而是绕过办公楼，来到楼后面的一间仓库，小毕平时就在这里工作。

进了屋子，小毕在后面关上了门。屋内光线阴暗，几秒钟后，桂力胜的眼睛才适应了屋内的亮度，他看到黄教官正站在一个角落里吸着纸烟。

桂力胜向黄教官行了一个标准的军礼，黄教官好。

黄教官轻轻地挥了一下手，算是回礼。

黄教官手中拿着一只文件袋，他向桂力胜招了招手，示意桂力胜随他进入里屋。

仓库虽然阔大，但里面却有一间小的屋子。那间屋子是小毕平时用来办公的地方，里面除了一张桌子外，还有一张床。靠一面墙摆放了几只展示柜，上面堆满了一些诸如指南针、发报机、窃听器之类的东西。

小毕留在了外面。看来黄教官要单独和自己说什么。

黄教官如此谨慎到底要和自己说什么呢？桂力胜的心中画了许多的问号，最关键的，是他根本不知道黄教官是什么人。

黄教官在桌子前坐了下来，开门见山地说，我想让你去执行一项机密任务。

执行机密任务？黄教官代表谁？学校，还是其他部门？黄教官是什么身份？小毕又是什么人？这些想法在桂力胜的脑中一闪而过。但桂力胜明白，军人以执行命令为天职，不允许问为什么。

桂力胜立刻回答道，请黄教官吩咐。

黄教官微微笑了，他摆了摆手示意桂力胜坐到不远处的另一张椅子上。

桂力胜坐了下来。透过没有关严的门他看到小毕在门后闪了一下，桂力胜心中已经知道了两个人的用意，如果桂力胜拒绝，那小毕肯定会持枪冲进来把自己干掉。

黄教官满意地点了点头，他把手中的文件袋递给桂力胜，并顺便拍了拍桂力胜的肩，说，我虽然只给你们班上了一学期的课，但我一直都非常看好你。你这次完成任务归来，我会为你安排一个好的职务。

谢谢黄教官。桂力胜恭敬地回答道。

打开那只看起来很轻的文件袋，里面只有两张照片和一张纸。

第一张照片是一个男人的证件照。照片上的男人很是英俊，不到四十岁的样子，一双眼睛炯炯有神。

第二张照片是一个男人回家开门的侧身照，他戴着一副眼镜，这张照片看上去是从远处偷拍的。桂力胜感觉这个男人已经有五十岁了，显然和第一张照片是同一个男人。

纸上只有两行字。第一行字是，修养宗，五十二岁。第二行字是市内的一个地址。

黄教官低声说道，把地址背下来。

桂力胜盯着地址看了两遍，确信自己已经完全记了下来，便把纸和照片装进文件袋还给了黄教官。

黄教官说，你把地址复述一遍。

听了桂力胜的复述，他满意地点了点头，神色严肃地说，你的任务就是把他解决掉。

桂力胜站了起来，为什么？他是什么人？

黄教官阴沉地说，执行命令，不要问为什么。

桂力胜立刻答道，是。

黄教官从腰间抽出一把带有刀鞘的匕首交给桂力胜。

桂力胜接过匕首，迟疑地问道，用这个？

黄教官说，对。用刀，我们就是要这种血淋淋的效果。

桂力胜抽出匕首看了看，匕首闪着幽冷的寒气。刀身上刻有几个字母 KABAR，桂力胜听教官说过，美国有一种军用匕首叫卡巴，非常有名。难道这就是大名鼎鼎的卡巴匕首？

黄教官又递过来一张蓝色证件。桂力胜认识这种蓝色证件，这是一张高等级校园出入证，持有者可以不分校园作息时间自由出入。

黄教官说，马上去执行任务，记住，无论时间多晚，都要到这里向我汇报任务完成的情况，我就在这里等你。还有，小毕和你一起去完成这个任务。

桂力胜说，这样的事还用得着两个人吗？我一个人足以完成。

黄教官说，他不动手。他只是掩护你，防止你失手。

桂力胜知道，小毕并不是什么掩护，他是在监督自己是否完成任务。小毕和黄教官是什么关系？

桂力胜向黄教官敬了个军礼后走出了里屋。

看到桂力胜出来，小毕马上跟了过去。显然黄教官早有交代，两人心照不宣地离开了仓库。

走到街上，桂力胜发现小毕明显和自己拉开了距离，他的右手走路并不摆动，像是随时准备拔枪一样。桂力胜知道，小毕已经对自己产生了戒备和警惕。这个表面看上去大大咧咧的老乡头脑并不简单，至少此刻小毕对他是怀疑的。

黄教官和小毕似乎和校园里那些恣意妄为的特务是一个系统，也许身份和地位还更高一些。

修养宗是什么人呢？为什么要暗杀他？还必须用匕首？是要用那种血腥的场面震慑其他人吗？

桂力胜一边快速地向前走着一边紧张地思考，他不知道自己目前应该怎么办。

快到规定的接头时间了，如果在修养宗那里稍有耽搁，就很有可能造成接头失败，这是桂力胜无法接受的。

修养宗是共产党？进步人士？其他派系？桂力胜一时无法得知。

桂力胜紧张地思考着对策。

摆脱小毕并不是一件难事儿。制服小毕桂力胜还是有把握的。

可那个修养宗怎么办？他如果真的是地下党怎么办？黄教官发现桂力胜没有执行任务，他还会派其他人去暗杀修养宗。

不通过部队或警察这样的渠道来杀这个人，这说明下令的人害怕事情泄露出去。为什么要选择军官学校的学生来干这个事情呢？特务处的人干不是更专业吗？桂力胜百思不得其解。

来到了修养宗住的那条街道，桂力胜掏出怀表看了看，已经快到两点半了。从这里到接头的地点大概要十五分钟的样子。三点接头，也就是说，留给桂力胜的时间不多了。

这是一长栋的二层小楼，但下面全都隔成了单独的院落，使得每家每户各行其路，彼此不受影响。

进了院门，小毕靠近了桂力胜，他把手放到了腰间。桂力胜对他的小心谨慎并不在意，像是没看见一样，他走上前去，准备去按门铃。

还未等桂力胜按响门铃，门打开了，眼前出现的是一位年轻的女子，她身着一套蓝色的裙装，典型的女学生打扮。她身上背着一只小小的挎包，正准备出门。

桂力胜惊呆了，眼前的这个女子的脸上散发着一种惊人的美丽，以前虽然也在电影上看到过好看的女子，但这样近地去凝视一个美丽的女子对于桂力胜来说却是第一次。桂力胜的脑子一片空白，他感到自己的面颊有些发热。

年轻的女子向桂力胜笑了笑，你找谁？

桂力胜立刻从梦中醒了过来，他有些歉意地问道，请问这是修养宗先生的家吗？

那是我父亲。年轻女子警惕地问道，你们和他有约吗？

桂力胜说，没有。

年轻女子礼貌地说，修先生很忙，他不接见没有预约的客人，二位请回吧。

桂力胜刚要说话，小毕从后面冲上来，他用枪顶住年轻女子的前胸，说，废话少说，领我们进去。

一楼是一间很大的客厅，空空荡荡没有任何人。小毕看到有楼梯通向二楼，他用枪摆了一下，示意年轻女子上二楼。

桂力胜没有任何犹豫，他双手快速抓住小毕持枪的那只手，用力一拧，使枪全部在自己的这一侧，然后用力搕向身旁的圈椅把手，只搕了三五下小毕的枪便掉了下来。丢枪的小毕像只疯狗，他反手抓住桂力胜的头发，两人扭打在一起。

两个人在午饭时曾有过一次交手，桂力胜觉得小毕似乎并没有练过格斗，但面前的小毕很快就让桂力胜知道那一切都是为了试探，真正的小毕有着很强的格斗实力，不在自己之下。

桂力胜将小毕来了个过肩摔，一下子将一只圈椅压碎。小毕在爬起来的同时，手中多了只椅子腿。桂力胜不敢怠慢，他四下搜寻，并没有发现称手的工具可以用来当武器，他想起了黄教官交给自己的那把卡巴匕首，他把匕首从怀中掏出来，迅速把匕首从鞘中抽出来。

小毕不容桂力胜做准备，他抡起椅子腿向桂力胜头部打来，桂力胜矮身，躲过椅子腿的凌厉攻击，他一脚踢中小毕的裆部，然后一个跨骑扑向小毕，同时把匕首插向小毕的左胸，小毕无力地挣扎了两下，不动了。

桂力胜的内心闪过一丝惊慌，毕竟这是他第一次杀人。

年轻女子愣在那里，刚才她从楼梯上跑下来，也捡拾了一只椅子腿，但她无法确定应该帮谁的忙。此刻她惊恐地看着桂力胜，想要判断桂力胜是否对她构成危险。

楼梯上多了一位男人，不用比对照片，桂力胜也知道这个男人是修养宗。

桂力胜用小毕的衣服把卡巴匕首上的血迹擦拭干净，然后把刀插回鞘中。

桂力胜问，修养宗先生？

楼梯上的男人回答道，我是修养宗。

桂力胜弯腰捡起小毕的手枪，那是一支勃朗宁 M1910，俗称"花口撸子"，从那花口的磨损程度来看，这支枪还很新。

桂力胜把枪插入腰间，说，修先生，有人要索取先生的性命，请先生现在就迅速离开这里，最好是离开这个城市。修先生听清楚我说的话了吗？

修养宗问，你是谁？

桂力胜扭头向外走，我是谁不重要，关键是，我就是那个杀手。我不回去复命，用不了两小时，肯定还会有人到这里来重新执行暗杀你的命令。那时候，先生想跑也来不及了。

走到门口，桂力胜回头向年轻的女子笑了一下，请务必相信我的话。

出了修家的小院，桂力胜加快了脚步，离接头的时间已经不足十五分钟了。

桂力胜一身热汗地来到了公园的指定地点，他掏出怀表看了看时间，竟然提前了两分钟，这让他大大地喘了一口粗气。

桂力胜站在一簇丁香树的后面悄悄地向指定的椅子望去，那里果然坐了个人，虽然被树影挡住看不清衣着，甚至看不清男女，但接头人已经出现却是不争的事实。

这个时候，桂力胜冷静了下来，他想让自己消消汗，顺便观察一下周围的环境。

公园里的人不多，不远处，有一对夫妻带着一个小女孩在那里玩耍。另一张椅子上，似乎是两个正在谈恋爱的青年男女坐在那里说着什么。桂力胜放下心来，他一边继续四处观察一边向指定的椅子靠近。

看清椅子上的人时桂力胜吓了一跳，这不是修养宗的女儿吗？她怎么会走到自己的前面？黄包车？桂力胜恍惚记得好像有黄包车从主道上疾驰而过。

年轻女子也很是吃惊，她几乎要站起来，但她似乎克制住了自己的冲动。

桂力胜说，对不起，我迷路了。你知道莫愁湖该怎么走吗？

年轻女子说，对不起，我虽然是本地人，但却不知道那里。

桂力胜说，那么，你知道中央陆军军官学校在哪个方向吗？

年轻女子说，这个我倒是知道。

桂力胜激动地说，我没想到会是你。

年轻女子说，我也没有想到。我叫修心巧，心是"心灵"的"心"，巧是"巧妙"的"巧"。

桂力胜说，我叫桂力胜，桂是"桂花"的"桂"，力是"力量"的"力"，胜是"胜利"的"胜"。

修心巧说，这个我知道，来前组织上已经和我说了。

修心巧从随身背着的一只小挎包里拿出一只信封，你去东北各处的联络站地址及接头暗号全在信里面。你的最后一站是安敦城，里面还有路费。组织上特意让我转告你，路途艰险，信上的内容记熟后烧掉。

桂力胜接过信封揣入贴身的暗袋里说，记住了。

修心巧说，你到了东北，一定要注意安全。虽然我们不怕流血，但一定要杜绝无谓的牺牲。

桂力胜看了一下四周，发现情况有些不对，远处的那对夫妻，竟然抛下孩子向这边走来。

修心巧激动地说，我从内心里感激你救了我父亲，真的感激。分别了，让我们拥抱一下吧。保重，也许我会到东北去看你。

桂力胜第一次被女性拥抱，他的内心涌起了难以名状的情愫。

桂力胜从来没有谈过恋爱，也没有这样接触过女性。他的心跳瞬间加快了许多，甚至还出现了一种短暂的晕眩。

虽然桂力胜内心希望这种拥抱越久越好，但他不得不应对眼前的危急情况，桂力胜对修心巧耳语道，周围的情况有些不对，我把枪留给你，子弹已经上膛，你只要扣动扳机便是。你先走。

桂力胜一只手仍然搂抱着修心巧，另一只手把腰间的手枪快速塞给修心巧。

桂力胜一把将修心巧推开，转身迎着那一男一女走去。那一男一女有些慌乱，桂力胜一个前跃将男子扑倒，但桂力胜并没有在男子身上停留，他借机做了一个前滚翻，蹿起便冲进了树林。

已经隐没在人流中的修心巧朝身后看了一眼，发现有几个人向桂力胜逃走的方向追去，他们手中挥舞着手枪。其中一人正是父亲修养宗的学生小尤，这让修心巧无比惊讶。

第二章

前面密密麻麻地出现了一座灰色的城镇，这让疲惫的桂力胜兴奋起来。那个灰色的轮廓，应该就是安敦城了。

到达吉林的时候，桂力胜身上的钱已经花得差不多了。他把身上所有的钱全都搜罗到一起，发现只够买到额穆的票。

火车上的查票极严。往往是两个铁路警察堵住车厢的两头向中间查票，这种做法使想逃票的人难以应付。有时查票的人中还会跟着一位日本警察，日本警察不时抽查旅客的票，防止中国的铁路警察敷衍了事。

火车刚过黄泥河，桂力胜就被铁路警察发现了，桂力胜称自己坐过站了。一个警察举手就要打，桂力胜极快地举手钳住了他的手臂。那个警察看了看桂力胜有些笑意但却是警告的眼神，停止了嘴中的叱骂。

桂力胜是在一个小站被两个警察推搡下来的，这个小站小得没有站牌，据说叫臭李子沟，距离安敦城还有五十多里。

已经是六月中旬了，天气慢慢地热了起来，走路急了还会出些热汗。桂力胜走在路上，肚子饿得咕咕叫。从昨天晚上开始，他就没有吃一点东西。

离开南京已经二十多天了。

在这二十多天里，桂力胜的衣服常常不是被雨水打湿，便是被汗水浸湿，从来没有洗过一次澡，他已经从一个文质彬彬的学生变成了一个流浪青年。

桂力胜背着一条脏兮兮的被子，这是他离开南京时从一个院落里偷来的。被子比平常的被子小些，还带有尿臊气，显然是某个孩子的被子。

田野里葱郁一片，蒿草已经长得半人多高。远处的青山显出厚重的深绿。

看到了一片土豆地，桂力胜想起小时啃土豆的情景，他大胆地到地里摸了一堆土豆，却发现土豆还没有成形。

又走了很久，桂力胜发现不远处有一片大葱地。左右看了看，旷野空无一人，桂力胜便走进去拔了五六棵大葱。

大葱全被桂力胜吃进肚里。也许是大葱太辣，也许是吃得太快，桂力胜吃完葱后就不停地打嗝儿。桂力胜就是在不停的打嗝声中看到那一片灰蒙蒙的安敦城的。

远远地，桂力胜便看到了那道卡子。几个端着带有刺刀长枪的人正在踢打几位欲过卡的人。穿土黄色军装的，无疑是日本兵。另有几个穿蓝灰色军装的，应该是投靠日本人的东北军。在南京的时候桂力胜就听说张学良虽然带着主力进了关内，但仍有一部分手下留在东北投靠了日本人。

桂力胜急忙俯在旁边的蒿草中。透过艾蒿和小叶张草的叶子缝隙，他仔细地观察着卡子周围的动静。

卡子旁边搭建了一座小木屋，木屋的屋檐下垂着一幅日本膏药旗。

在来的路上，桂力胜曾听车上的旅客说过，现在东北各处都需要良民通行证，没有良民通行证的人都要被抓起来。命好的可以由家人花钱赎回去，命差的全被日本人送到矿上去做苦力。

桂力胜判断，横着向远处走应该能绕过卡子，因为他没有发现游动巡逻的士兵。西边是渐高的一处漫坡，生长着许多灌木丛，桂力胜认为从那边绕过卡子比较合适。借着蒿草的掩护，桂力胜爬行了一袋烟的工夫，直到再也听不到卡子的说话声，他才猫着腰借着灌木丛的遮掩钻进了松树林。

桂力胜长长地呼出了一口气，这样在路上行走真的是太冒险了。如果被鬼子和那些二鬼子缠上，要想脱身是极难的。桂力胜决定不再走大路。

慢慢地路边出现了一些农户的院落，离安敦城越来越近了。桂力胜默念着接头的地点和暗号，他想在天黑之前混进城去。

桂力胜听到卡车发动机的声音，他忙躲在松林里向公路张望。桂力胜所在的这片树林正在一面高坡上，高坡的下面是一条挺宽的大河，河那边便是公路。

很快，一辆满载货物的卡车便缓缓地开了过来，车上站着六个鬼子兵。车后的货物全用土色的苫布蒙住，桂力胜根本看不清卡车拉的是什么东西，是枪支弹药，还是日常给养？在军校的时候，教官在课程中提到了部队给养的重要性，并告诫说给养的重要性不亚于弹药。古人所说的"兵马未动，粮草先行"就是这个道理。

正当桂力胜胡思乱想的时候，他发现卡车停下了。桂力胜很是诧异，难道自己被对方发现了？

从驾驶室里下来了一个鬼子，看样子像个曹长，他慌张地从公路上跑下，蹲到了河岸的边缘。看来这个鬼子是坏了肚子。

看别人拉屎是件令人恶心的事，桂力胜忍不住想笑。

大概是驾驶室里还有更大的军官，卡车不停地按喇叭。拉屎的曹长不时撅着屁股向驾驶室大声喊着什么。

卡车又按了两声喇叭，然后卡车后部冒了一阵浓烟，猛地向前一蹿，开走了。车上的六个鬼子全都大声地笑了起来。

拉屎的曹长大概没有想到这样的结果，他半弓着腰，在草丛里观察着卡车。他们不过是和他开玩笑，卡车开走了一大段路后向下一拐停在那里，曹长蹲在那里只能看到一个车头。

看到这里，鬼子曹长反倒放松下来。终于，鬼子曹长站了起来。他不仅感到轻松，还有些得意，他的嘴里哼着家乡的小调，准备爬上公路。这时他愣愣地停在了那里，眼睛死死地盯着远方的上游。

桂力胜顺着鬼子曹长的目光望过去，发现不远的上游，有一位妇女在那里洗衣服。因为离得太远，桂力胜无法判断那位女性的年龄。

鬼子曹长四下看了看，发现那辆卡车根本无法看到这边的一切，便果断地走进了河里，河水很浅，曹长很快就蹚过了河。

洗衣服的女人并没有发现这种潜在的危险，她不停地在鹅卵石上揉搓着衣物。

桂力胜紧张地观察着那辆卡车的动静。鬼子们似乎很悠闲，他们围在一起抽烟谈笑。看到这一切，桂力胜站起身，慢慢地向河岸走去。

鬼子曹长出现在洗衣服的女人面前，她吓了一跳，惊慌地站了起来。从她的衣饰可以看出，她是一名朝鲜女性。突如其来的变故让她吓坏了，她的第一个想法就是跑。她刚转身跑了两步，便立刻被那个鬼子曹长扑倒了，被鬼子曹长压在身下的朝鲜女人喊叫着，不时地踢打着、撕咬着。鬼子曹长用力地扼住朝鲜女人的喉咙，朝鲜女人踢打着，慢慢手脚垂了下去……正当鬼子曹长还想进一步动作的时候，一块鹅卵石准确地砸在了他的头上，曹长的身体立刻软了下来。

桂力胜把鬼子曹长从朝鲜女人的身上拖开，一脚将他蹬到一边。

桂力胜转身去捡拾自己的破被卷，却被两声枪响惊得跳了起来。桂力胜忙迅速卧倒，只见下车来找曹长的鬼子正举着三八大盖向桂力胜射击。

朝鲜女人惊恐地看着桂力胜，桂力胜忙拉起她说，快跑。

两个人快速跑进了身后的松树林里，身后的枪声仍在不时地响起。

在林子里奔跑了一阵，桂力胜与朝鲜女人停了下来。朝鲜女人喘着粗气，她向桂力胜鞠了一躬，说，谢谢，谢谢你救了我。

桂力胜很是惊讶，你会汉语？

桂力胜是在额穆长大的，那里也有一些朝鲜人，有的能说一些汉语，有的一点儿不会。

朝鲜女人说，我会，只是说得不好。

朝鲜女人叫金顺姬，家在离这里不远的地方。家中有父母，还有一位妹妹叫金春姬。

桂力胜告诉她，自己叫桂力胜。他说那个鬼子被他用石头砸晕，是死是活还不知道。鬼子肯定要搜查这一带，金顺姬这些天最好到外地躲躲。

金顺姬点了点头，问，那你怎么办？

桂力胜说，我也不知道。

金顺姬说，要不，你到采石场去躲一躲？你从这条路一直向南走，有八九里路吧，那里有个采石场，你找一个叫申东勋的人，就说我叫你去找他的。

金顺姬说完拐向林子里的另一条小路，隐没在一片绿色之中。

桂力胜一边快步向前走，一边辨别着前进的方向。这条小路说是路，其实蒿草长得极高，如果不细加辨别，就会找不到小路的踪迹。

四个鬼子小跑着向前突进，这让桂力胜吓了一跳。因为进了林子，你很难判断逃走的人前进的方向，这四个鬼子不仅正确地判断了桂力胜逃走的方向，而且追赶的速度很快。桂力胜立刻隐身到一处柞木棵子里。

四个鬼子跑远了，桂力胜的内心却无法轻松。蹲在柞木棵子后面，桂力胜观察着四周的地势。按照金顺姬所指的方向，这条小路无疑是正确的。可鬼子刚刚过去，再向那边走不是自投罗网吗？可不向那边走，怎么可能找到那个采石场？

桂力胜希望能找到申东勋。那样，不仅能吃顿饱饭，晚上还能有个住的地方。最重要的是，他希望申东勋能帮助自己进入安敦城。

想了一想，桂力胜仍决定向金顺姬所指的方向走，但他不敢再走那条小路，他怕鬼子在前面的某一处设伏。

出了林子，山下面有一个不大的村落，桂力胜听到村子里有狗的吠叫声，他伏在一片蒿草中向那里望去，隐约可见有鬼子黄军装的身影。刚才那四个鬼子跑到哪里去了？桂力胜不敢耽搁，忙加快脚步向前赶路。

桂力胜出生在额穆的漂河镇，原名叫汪发禄。

三年前他与好友王富贵从奉天到南京去考军校，王富贵说他要改名，一是王富贵这名字太土；二是如果真的考上以后进了部队，也使家里少受拖累。桂力胜不理解，进了部队就是军官了，家里会受什么拖累呢？王富贵把自己的名字改成顾佩铭，他说顾是他母亲的姓。桂力胜想了半天没有想出改个什么好，母亲姓纪，但用母亲的姓好吗？桂力胜拿不定主意。两个人来到书店，找到了百家姓，桂力胜随手一翻便见到了"桂"字，桂力胜决定用这个当自己的姓。想到今后做事一定要赢，那么就叫"胜"吧。一定能胜吗？力争吧，力争取胜。于是"汪发禄"便改成了"桂力胜"。那天看榜，两个人都榜上有名，两个人在一个班读了一年后，学校开始分科，他们一个读步兵科，一个读军需科。

桂力胜的母亲是三房。汪家在漂河是个大户，在汪发禄的太爷那一辈就已经发迹了。汪家主要是经营烟叶生意，漂河的烤烟在清朝就有很大的名气，曾经是皇家的贡品。汪家主要种植两种烟，一种叫红花铁矬子，另一种叫大青筋。汪发禄的太爷有头脑，他成立了一家货栈，将漂河烟向河北、京城一带倒腾，漂河烟颜色深红，抽起来不辣嗓子，汪发禄的太爷只用了两三年的工夫，就发起来了。

根据经验，桂力胜判断自己已经走了差不多有十里路了，可金顺姬所说的那个采石场又在哪里呢？

天色朦朦胧胧地暗了下来，桂力胜的内心充满了焦急。他知道，如果找不到申东勋，那么今天就真得在野外过夜了。想着还有一床脏兮兮的小被子可盖，桂力胜对在野外过夜并不害怕，只是肚子太饿。

正在桂力胜四处张望的时候，他发现山坡上下来十多头牛，桂力胜心中生出一阵欢喜。他知道，有牛就肯定有放牛的人，放牛的人对这一带应该是再熟悉不过了。果然，牛群的后面跟着一个十二三岁的男孩子，他手中拎着一件黑色的破上衣，边走边甩。

桂力胜忙上前问话，老弟，跟你问下路呗？

男孩定定地看着他不说话。

桂力胜说，这附近有采石场吗？

男孩想了想，好几个呢，你找哪个？

桂力胜还真不知道那个采石场叫什么名字，与金顺姬分手时太急，根本来不及多问。

桂力胜说，我主要是想找个人，是个朝鲜人，他叫……

男孩马上说，你这样一说我知道了。有朝鲜人的只有一个。

桂力胜说，老弟能告诉我怎么走吗？

男孩说，你从这里下去，过那条小河，过河后有片树林，他们就在那片林子的后面。

桂力胜笑着向男孩表示感谢，从那条小路拐了下去。

很快就到了那条小河，有一根小盆粗的松木杆子横在上面。林子是杂树林，里面大多是柞树，也有一些桦树和椴树。出了树林，首先映入桂力胜眼帘的是一个大深坑，可以看到上面的黑土全被挖掉了，露出了里面的岩石，这就是金顺姬所说的采石场吧？

在采石场的后面，搭有三个马架子。桂力胜猜测，这个采石场开工不过一个多月的样子。

看着天色已暗，桂力胜决定先进入马架子找到申东勋再说。

桂力胜刚要出林子，他听到马架子里传来一阵斥责的声音。桂力胜停下脚步，将身体隐没在蒿草中。

马架子里走出了三个警察，嘴里吃着什么东西，却是一副骂骂咧咧的模样，他们径自朝自己这边走来。桂力胜暗叫不好，因为他藏身的这片蒿草并不高，三个人很容易发现自己。

一个警察说，这些个老高丽，他们装作听不懂汉话。

另一个警察说，村上太君不是说嘛，老高丽十个有九个是反日分子。

一个警察把嘴里的东西艰难地咽了下去，打了个嗝儿，说，你们两个净操心。那么玩命，太君给你加钱啊？扯那个犊子干啥。

第一个警察不干了，老宋，你这么说就不对了。太君给你这么高的工资为了啥？不就是让咱们管着他们？拿人家钱不好好干活，能行？

三个人吵吵嚷嚷地从桂力胜身旁走过去了，把桂力胜惊出了一身冷汗。

桂力胜觉得应该庆幸，如果早来一会儿的话，肯定会被警察堵在马架子里。

警察已经走远，桂力胜忙起身靠近马架子。

三个马架子有两个是黑乎乎的，只有最大的马架子里点了煤油灯，里面传出说朝鲜语的声音。桂力胜用力地咳了两声，马架子里立刻静了下来。

桂力胜喊，申东勋？申东勋，在吗？

马架子里没有回应，桂力胜听到里面的人小声地说着什么。

桂力胜又喊，申东勋？有没有叫申东勋的？

一个身材敦实的青年人走了出来，他上下打量着桂力胜几眼，然后问，你找东勋？

桂力胜说，是申东勋。

那个青年人扭了一下头说，进来吧。

桂力胜把破被卷放到门口，弯腰钻进马架子，敦实青年也跟着钻了进来。

马架子里坐了五个人，如果算上身后的青年，整个采石场也不过六个人。这个马架子除了在门的这块地方有个容人站立的地方，其他地方全部用石板搭成了炕，炕上铺着破旧的苇席，还有半张是高粱秸席。炕的中央放了张小木桌，上面放了几样泡菜，他们正在喝酒。坐在正中的是一位老人，头发有些花白，他正威严地看着桂力胜。

桂力胜看了一眼老人，说，我找申东勋。

进来的时候，桂力胜把所有的人打量了一遍，除了那位老人，其他人岁数都差不多，桂力胜一时弄不清到底哪一个是申东勋。

桂力胜身边的一个青年用汉语问，是金顺姬让你来的？

桂力胜忽然感到惊喜，你是申东勋？

申东勋突然说出了一长串的朝鲜语，目光中有了愤怒。

桂力胜不明白申东勋为什么突然变脸，忙说，我不明白你说的是什么？

身材敦实的青年翻译说，他说，是不是金顺姬让你来的？

桂力胜忙点头说，是，是。是金顺姬让我到这里来找申东勋的。

屋内的几个小伙子全都笑了起来。

申东勋问，你是不是姓韩？

桂力胜从语气中听出来申东勋生气与姓韩的有关，赶紧说，我不姓韩。我姓桂，叫桂力胜。我是汉族。

申东勋盯着桂力胜，你真的不姓韩？

桂力胜说，真的。

申东勋缓缓地点了点头，可我没听顺姬说她有姓桂的汉族朋友哇。她让你来找我干啥？

桂力胜说，我也是今天下午才认识她的。当时有个鬼子想……想占顺姬的便宜，你明白这个意思吗？我砸了鬼子脑袋一石头，死没死不知道。后来鬼子追我们，顺姬回家了，她让我到这里来找你，说鬼子不会到这里来查。

申东勋有些恼火，怎么不查？三个警察刚走。

桂力胜点了点头，因为他确实看到了那三个警察。

申东勋问，你从哪里来？要到哪里去？

桂力胜说，我家是吉林乌拉街的。我爹今年年初来安敦城做生意，不时往家里捎钱。可这两个多月一直没有消息。我妈叫我出来找找他。

身材敦实的青年不时地用朝鲜语把桂力胜的话翻译给老人听，显然老人一句汉话不懂。

申东勋不再问桂力胜什么，转身为桂力胜盛了一碗米饭，并为桂力胜找到了一双没有用过的铁筷子。

桂力胜向申东勋点了下头表示谢意，他快速地端起了饭碗。米饭的香气立刻通过口腔弥漫了整个身体。

小桌上摆放的泡菜中有好几样含有辣椒，最初桂力胜对辣味儿不适应，但很快他就体验到了一种食用之后的畅快感。

老人瞪视着申东勋说着什么，申东勋在用朝鲜语和他争辩。老人用力地向下挥了下手，口气严厉起来，申东勋畏惧地看了一眼老人，再不说话。

见桂力胜的碗空了，申东勋为他添饭，他特意用木勺将米饭压了压，又加了一勺。

米饭以小米为主，掺杂着少许的大米。伪满洲国成立后，日本当局颁布了《米谷管理法》，发布稻子、小麦、大豆为甲类粮，这些只能日本人食用。其他人食用犯法。高丽人可以享用小米掺杂着少许大米的粮食。中国人只能食用高粱米。

桂力胜听不懂朝鲜语，根据每个人的表情他能判断申东勋是因为自己在和老人争吵，桂力胜不便问申东勋原因，他只能快速地向嘴里扒拉着饭。

老人气哼哼地坐在那里酒也不喝了，饭桌上其他人不敢动筷子。

桂力胜小心地把碗底的一些饭粒扒进嘴里，对申东勋说，我吃饱了。

申东勋看了看对面的老人，他什么也没说，做了个手势示意桂力胜跟他走。老人喊了声什么，申东勋没有回头。两个人离开了马架子。

天已经完全暗了下来，外面的景物影影绰绰。借着黯淡的星光，桂力胜跟着申东勋高一脚低一脚地向前走去。

申东勋这是要把自己带到哪里呢？桂力胜的心中充满了疑惑。

你和把头吵架啦？桂力胜问。

在额穆那边，出外领头干活的人叫把头，桂力胜不清楚安敦这边是不是也这么叫，但他相信申东勋能听懂。

申东勋只是闷声走路，像是没听见一样。

眼睛慢慢地适应了四处的环境，桂力胜觉得四周的景物逐渐清晰起来。

最初，桂力胜走在山路上脚下有一种飘忽感，他得根据申东勋恍惚的身影来判断脚下的路况。走得久了，脚下的路才变得真实起来。

走了差不多有七八里路了，仍不见申东勋有停下来的意思。

他要干什么？会不会把自己带到警察所？他与老人为什么吵？

在火车上桂力胜听到不少关于朝鲜人的议论，那就是好多朝鲜人跟日本人真刀真枪地干，但为日本人干事的二鬼子也不少。

眼前的这个申东勋是什么人呢？为什么会问自己是不是

姓韩？

桂力胜心中生出警惕，他慢慢地与申东勋拉开一点距离。桂力胜想，如果这时候隐藏在某处灌木丛后面，申东勋多半是找不到自己的。可如果他是在帮自己，那不就误会他了吗？

正在桂力胜犹豫不决的时候，远处传来了若隐若无的狗叫。桂力胜知道，前方即使不是一个村落，也肯定住有人家。

申东勋在前方的一块巨大的石头上坐了下来。桂力胜走过来，站在了申东勋的旁边。

申东勋忽然说，你也不能怪金大爷，他怕你连累大家。

申东勋的汉语不错，只不过有时音调不那么准。

桂力胜猜测申东勋说的是与金大爷吵架的内容，他顺着申东勋的话回答说，我理解。

石场开采还不到一个月，警察已经来过三回了。第一回是说他们没有办采石的手续；第二回则是抓一个反日分子；这回是寻找袭击太君的人。

金大爷的意思是大家好好采石挣钱，别的事儿不要掺和。

申东勋与金顺姬已经恋爱一年多了，顺姬家一直不同意他们两个结婚。当年顺姬的父亲金雄吉与母亲李美花背着顺姬、春姬跨过豆满江的时候，与一位来自咸境北道的韩姓人家成为朋友。出于友谊，两家为金顺姬和韩家的儿子韩英哲订了亲。后来，韩家迁往辽宁的桓仁，从此断了音信。顺姬的父亲认为，虽然多年不来往，但这门亲事他是答应过的，是不能反悔的。他跟申东勋有个约定，如果年底韩家仍然没有音信，他就同意顺姬与东勋的婚事。从那时起，东勋就时刻害怕韩姓青年的出现。

桂力胜理解了刚进马架子时申东勋的紧张和愤怒。

桂力胜忙安慰申东勋，都快二十年了，也许他家早就忘了。

申东勋把脸仰向了天空，无奈地笑了笑，我也这么想。

申东勋说完站起来，今天你到我的好朋友家对付住一晚吧，可能要住牛棚了，我也在那里住过，有些怪味，行吗？

桂力胜说，没问题。

见桂力胜没有计较住的地方，申东勋很高兴，我朋友这两天在安敦城打工，我让他明天想办法带你进城。

桂力胜真心实意地说，让你费心了。

两个人起身向前走，申东勋又像是想起了什么，他回过头来说，如果你遇到他大哥，不要理他。他不喜欢我们，好赌。别和他说话就是。

狗叫声越来越大，两个人来到了一个院落前，申东勋拍了拍大门，用朝鲜语喊着什么，过了一会儿，有人走了出来，一个瘦高的年轻人。

申东勋说，这是我的朋友朴光浩。

朴光浩看了看桂力胜，没有说话，带着他们向牛棚方向走去。进入牛棚，朴光浩点亮了煤油灯。

瘦高的朴光浩仔细地看了看桂力胜，他只是对桂力胜笑了笑，没有说一句话。申东勋不时地用朝鲜语嘱咐他什么，朴光浩只是点头。

申东勋要回工地了。朴光浩把桂力胜带到牛棚的一角，那里有一块木板支成的床铺，上面有一床被子。朴光浩用汉语对桂力胜说，你睡这里吧。明早饭好了我来喊你。

朴光浩吹灭了煤油灯，与申东勋一起走了出去。

放下身上的铺盖卷，桂力胜坐到了床铺上。最初他还能听到申东勋与朴光浩在院里用朝鲜语交谈，后来桂力胜实在顶不住袭来的阵阵困意，拉过被子在身上胡乱地盖了一下，很快就睡着了。

桂力胜隐隐约约听到有人翻过院子的声音，顺着牛棚门的空隙向外一看，院子里有日本鬼子和警察。怎么办？除了门，还有其他的出路吗？桂力胜发现墙的上方有一扇很小的窗子，人可以从那里爬出去。桂力胜正要从铺上站起来的时候，床下钻出了一个人，揪住了桂力胜的胸口。桂力胜一惊，抓住对方的手腕用力一揪，将人摔了出去……

桂力胜忽然惊醒，他从床铺上坐了起来。

天已经蒙蒙亮了，床铺下的地上坐着一个人，正用朝鲜语咒骂着什么。

不完全是梦，被桂力胜揪倒的人正坐在那里。

想起申东勋的话，桂力胜意识到坐在地上的是朴光浩的哥哥，忙说，我是光浩的朋友。

光浩的哥哥坐在地上没有起来，他瞪视着桂力胜，说，你来我家干什么？给我滚。

光浩哥哥的汉语比光浩好多了，几乎没有朝鲜人说汉语的味道。

桂力胜见对方这样蛮横，只好从床铺上下来扶起光浩哥哥，说，我是朴光浩的朋友，是他让我住在这里的。

光浩哥哥并不说别的，他一头扑到床铺上，再也不起来，嘴里也没有了声音。

看来，这牛棚里的床铺并不是为接待客人搭建的，而是因为光浩哥哥时常赌博晚归而特意设置的。

牛棚门响了一下，朴光浩走了进来，他看了桂力胜一眼，带着歉意，笑了笑，说，这是我的哥哥朴哲浩。

朴光浩说完，一把将朴哲浩从床铺上拽起来，推搡着走出了牛棚。

桂力胜睡不着了，他坐在那里静静地听着角落里两头牛吃草的声音。

张成信去上海后，组织上没派人与桂力胜联系过，这让桂力胜倍感痛苦。是自己的表现失去了组织的信任？还是自己的能力太差不足以委派任务？

桂力胜来南京上学是一九三一年的五月，他念的是中央陆军军官学校第九期。九一八事变后，假期东北籍的学生无法回家，也就是说，在这上学的三年里，桂力胜一直没有见过自己的母亲。

想到自己的亲人在东北受苦，桂力胜的心中就隐隐作痛。他想，到哪里打日本鬼子都会牺牲在战场上，那为什么不牺牲在家乡的战场上呢？

让桂力胜感到高兴的是，组织上似乎理解他的心情。

与安敦城内的地下党接上头后，会派自己做什么工作呢？是派到某个游击队，还是安排在东北人民革命军下面的某个部队？在南京的时候，桂力胜通过报纸、广播等渠道得知东北的一些抗日武装已经改称东北人民革命军，这让他十分兴奋。

天已经完全亮了。牛棚内的各种物件呈现出清晰的轮廓。

牛棚门响了一下，朴光浩走进来。他做了一个手势，示意桂力胜跟他走。桂力胜穿好鞋，拿起铺盖卷与朴光浩走出了院子。

朴光浩手上拿着两个布包，里面包着饭菜，他把其中的一个塞给桂力胜，布包有些烫手。

朴光浩说，我爸生病好长时间了，一直在床上起不来，就不请你进屋吃饭了。

桂力胜关心地问，没看望你父亲，会不会很失礼？

朴光浩说，没事儿。他现在生病也不愿意见外人。

当朴光浩得知桂力胜没有居住证和通行证时，他停下了脚步说，正常走，你进不去安敦城。

桂力胜试探着问，难道没有别的路可走？

朴光浩想了想，说，你在这里等我一会儿。

朴光浩匆匆地返回了家中。过了一会儿，他面露笑容地从屋里出来。

朴哲浩几乎天天出入安敦城赌博，而他的进出城时间差不多都在夜晚，他知道几条秘密进城的小路。

安敦城看上去好像不远，实际上离城有七八里路。

路两边是一些零零散散的住户。有的人家挨得近些，有的离得远些。

根据房屋的建筑样式，可以很容易分辨出这些住户是汉族人还是朝鲜人。朝鲜人的房屋建得稍矮一些，在山墙那面的屋顶上仍有斜坡，形成了五条屋脊。苫在屋顶上的草也有很大的区别，汉族人是草根朝下，朝鲜人是草尖朝下。

朝鲜人住家的附近，通常会有面积不等的稻田。稻田开垦得并不很多，往往一眼望去，更能被稻田边上的苞米和谷子所吸引。

桂力胜是看人种烟叶长大的。小时候听说朝鲜人在种水稻，磨出的大米又白又亮，做出的饭极香，一家做饭一个屯子都能闻到。但这都是听说。

山间飘起了一些薄雾，让一切的景物变得若隐若现。土路在脚下也变得诡秘起来，在雾色的掩映下有了绵软的感觉。

太阳还没有升起来，两个人便靠近了安敦城。

过了一座桥，可以看到进城的卡子了。

远远望去，几个警察和日本兵盘查得极严。朴光浩伸了一下舌头，领着桂力胜拐下了桥，沿着河边向东走去。走了大约两袋烟的工夫，两人离开了河边，进入了一片长势茂密的谷子地。穿过谷子地，出现了一道围墙。两个人顺着围墙又走了几百步，看到了一堆石头，石堆并不高，人站上去刚好能够抓住围墙的顶端。

朴光浩攀了上去，问，你没问题吧？

桂力胜点头。朴光浩刚想回身接应一下桂力胜，却发现桂力胜已经蹿了上来。

围墙内堆满了一堆堆的货物，两个人从货物中绕行了好久才从一个小门走出去，来到了街上。

两个人坐在一家店铺前吃饭。饭没吃完，店铺的伙计把门打开了。小伙计一面向门前洒着水一面嘟囔，一边吃去，一边吃去。

朴光浩带着桂力胜向那边走了一段路，然后他指了指那个灰色的建筑说，我就在那旁边的院子里帮人干活，忙完了你可以去找我。

桂力胜点点头，他还不清楚和地下党接上关系后，会不会有时间和朴光浩告别。但申东勋和朴光浩对他的这种帮助确实让桂力胜感到温暖。

朴光浩说完，笑着拍了拍桂力胜的后背，走了。

街上的店铺正在陆陆续续打开店门，街上开始热闹起来。桂力胜开始打听日升客栈。

问了两个人，居然都不知道日升客栈在哪里。有人告诉桂力胜说东街那一带客栈多，应该到那里去打听。

桂力胜来到东街，果然有许多客栈。有人知道这家小客栈，说是在东街的南面。

来到日升客栈的门前，桂力胜习惯性地观察了一下四周，没有什么异常。

走进日升客栈，一位店小二正站在柜台的后面逗一只趴在柜台上的猫，见桂力胜进来，店小二问，大哥要住店吗？

桂力胜说，我想找一个人，人们管他叫"谢三哥"。

店小二转了转眼睛，一脸疑惑地问，这个人是住店的，还是店里的伙计？

桂力胜立时心中一凛，猜测什么地方出了问题。

正常的小二应该问，你是说从河南来的谢三哥吗？桂力胜回说，虽然谢三哥听上去口音像是河南人，但他家是山东的。

这样的暗号对上之后，桂力胜就算是与安敦的地下党接上了头。

现在，这个小二显然不是接头人。

桂力胜说，我爸告诉我说这个谢三哥是店里干活的伙计。

店小二说，那可就不知道喽。店里的伙计换了好几茬啦。

桂力胜敏锐地意识到，联络站出了问题。

可上级没有给第二套联络方案。如何应对眼前的局势？一旦联络失败，理应迅速离开危险之地。

桂力胜对着店小二笑了笑，说，师傅一直在这店里干吗？几年啦？

店小二看了桂力胜一眼说，我是刚从别的店跳槽过来的，才来没几天。

桂力胜又问，那原来管柜台的师傅呢？

店小二四下看了看，见没有什么人，于是小声地说，原来的人进局子啦，和店东家一起进去的。他家人就把这个店出兑给现在的东家啦。我前面都换了两个伙计啦。

桂力胜的心沉了下去。他知道，想在这里接头已经彻底没有希望了。

桂力胜满脸堆笑地谢过店小二，从日升客栈走了出来。

桂力胜的心情非常沮丧。下一步该如何走？他的心中一片茫然。

背着铺盖卷，桂力胜在安敦城内漫无目的地走着。

怎样与地下党组织建立联系呢？他一时想不出什么办法。桂力胜想起张成信倒地时身旁的血，他的心里一阵难过。

在城内走了很久，桂力胜发现，自己又来到了与朴光浩分手的地方。远处的那个灰色建筑引起了桂力胜的注意。朴光浩说过，他在那旁边的院子里干活。

自己能不能先干些活度过眼前的困境呢？

桂力胜找到了光浩。

光浩正在抬木头，他向桂力胜介绍了他的搭档朱明龙。

朱明龙身材高大，但汉语却说得结结巴巴，勉强可以表达个大概意思。光浩说朱明龙有个外号叫"朱大胆"，常徒手抓一些蛇啊、黄鼠狼之类的东西，是屯子里的名人。

桂力胜说了想干活的想法。朴光浩说，我问下东家，看他要不要你。

第三章

桂力胜与朴光浩说话的时候，有个人凑过来对着桂力胜笑。桂力胜警觉地看了他一眼。

朴光浩忙为桂力胜介绍说，这是祝二宝祝二哥，这个是我的朋友桂力胜。

祝二宝是个自来熟，他说，想干活容易。樊五爷这里缺的就是人。

祝二宝中等的个子，胳膊腿都极其粗壮，看样子有把子力气。

朴光浩说，祝二哥是我们这里远近闻名的炮手，对山里的野兽相当熟悉。每年进山打猎，想打什么就打什么。

桂力胜向祝二宝笑笑，说，以后祝二哥教教我。

祝二宝面露得意的神色，他摆摆手，这有啥呀，全是蒙的。

这个大院子是樊五爷家的新宅地。

据说，院子里原来的正房也很漂亮，但樊五爷买下大院后只把临街的门市小楼和两边的厢房保留，正房扒掉重建。

樊五爷是不是安敦城最有钱的人不好说，但怎么也算是安敦城里最有钱的几个人之一吧。

光是大的宅院樊五爷就有两处：一处叫樊家老院；另一处叫樊家新院。还不算城里那些零星的屋子。据说，樊五爷每个宅院都有两个老婆，这样算来，樊五爷至少有四个老婆。现在樊五爷又要建第三处宅院，人们猜测，这是要娶第五个老婆的征兆。樊五爷刚刚五十出头，娶第五个老婆也正常。

吃罢早饭，樊五爷决定到新宅院那里看一看。见樊五爷出门，管家钱小鬼忙跟了上来。

樊五爷背着手站在新的宅院里，细细地打量着宽阔的院子。院子的正房已经扒掉，正在加宽加深正房的地基。

这套院子有临街的门市小楼，那里开了两家铺子，一家是典当行，另一家是山货行，都是很赚钱的买卖，樊五爷就手一并买了下来。两趟青砖砌成的厢房被樊五爷保留了，那里面堆放了一些货物。

去年，樊五爷去了趟新京，他对日本人造的小楼产生了兴趣，尤其是那些三层的小别墅。回来后，樊五爷决定要在安敦城里建一座别人不曾拥有的三层小别墅。

钱小鬼精瘦精瘦的，比樊五爷还大上五六岁。

据说钱小鬼年轻时就替樊家管账，那时还是樊五爷的老爸樊老爷子当家。樊老爷子死后钱小鬼接着为樊五爷管账。他常年住在樊家院里，据说年轻时也有过一个媳妇，那媳妇后来和一个南方来的弹棉花的跑了。钱小鬼算盘打得好，脑袋鬼精鬼精的，胳膊肘总是向着樊家拐。年轻时钱小鬼就沾上了大烟，樊家每年给他的工钱不算少，全烧在大烟膏上了。

来到樊五爷的面前，朴光浩向钱小鬼说了桂力胜想在这里做帮工的想法。钱小鬼上下打量了桂力胜几眼，问，你叫什么名？

桂力胜说，桂力胜。桂花的桂，出苦力的力，打仗胜了的胜。

樊五爷在旁边哼了一声，名字起得还有点墨水呢。

桂力胜说，我爸他上了两年私塾。

钱小鬼刚想要再问什么，樊五爷拦住了他。

樊五爷问，桂力胜？

桂力胜点了点头。

樊五爷又问，你和小朴是一个屯的？

桂力胜说，不是。我家住在吉林的乌拉街。我是来安敦找我爸，他常年在这边收购药材。

樊五爷问，你爸叫什么？

桂力胜说，他叫桂中月。

樊五爷眼皮向下一沉，说，没听说过这个人。

桂力胜说，他也是替别人的药铺干的，挣的是辛苦钱。

突然樊五爷眼光阴狠地看向桂力胜，你是个汉族人，小朴是个朝鲜人，你俩怎么就认识呢？

朴光浩刚想张口，桂力胜忙说，是这样。我家一直送我在奉天念书，念的是奉天高等师范学校。前些日子我妈给我写信，说我爸到安敦这边来两个多月了，一点消息也没有，让我请假到这边来打听打听消息。正好这一阵学校闹学潮，我便请了假。班里有一位朝鲜族同学叫崔三龙，他说他姨家在这里，让我到这里来务必找他的表弟朴光浩。

樊五爷不说话，他的眼睛不停地转，显得将信将疑。

钱小鬼问，那你参加过学潮？

桂力胜说，参加过几回。大家都去嘛。

桂力胜想，把自己说得特别积极和特别落后都不正常。

樊五爷说，一些个上学的孩崽子懂啥？瞎胡闹而已。

桂力胜只是跟着笑，并不发表自己的见解。

钱小鬼说，你一个学生，这活儿能顶下来？一会儿你就负责挑砖，把砖运到各个砌砖师傅的身边。

桂力胜忙点头答应，请东家放心，我一定干好。

钱小鬼向工地那边招了招手，一个男人小跑着过来。

钱小鬼说，大下巴，这个人归你管了，让他挑砖吧。

大下巴满脸堆着笑，忙说，那行，那行。

天已经完全黑透，大下巴才让砌砖师傅收了工。

大下巴喊，你们几个把家伙什儿归拢到一起。

一个叫大愣的高个儿男人，他看了看大下巴远去的背影吐了口痰，转身找个地方坐下歇着。

朴光浩和桂力胜互相看了看，慢慢地收拾各种工具。

祝二宝一边干活一边发泄着对大下巴的不满，他嘴里不干不净地骂着，哈巴狗。

樊五爷在厢房中空出来两间屋子，说从今天起帮工就住在那里，省得路上耽误工夫。钱小鬼不知从哪里找出一些破被子，胡乱地铺在了一些破木板上。

朴光浩说话的样子让桂力胜心中暗暗一惊，自己做错什么了？桂力胜恍惚想起，一个下午，朴光浩几乎没怎么和自己说话。

光浩，怎么啦？

朴光浩转头四处看了看，见没人注意他们两个，便低声问，你说你很少参加学潮，是害怕吗？你不关心这些？

原来是因为这个，桂力胜的心立刻释然了。

桂力胜小声地问，你什么事儿都向别人讲实话吗？

朴光浩立刻脸红了，说，我知道了。

桂力胜拍了拍朴光浩的后背表示没什么，他大大咧咧地到正房山头的茅楼撒尿。

从茅楼里出来，桂力胜见一个人影伫立在西厢房的山墙处四处张望，像是在观察围墙的高度。桂力胜走过去，发现那人是祝二宝。

桂力胜问，二宝哥，干什么呢？

祝二宝吓了一跳，他随即把视线转向厢房的屋檐处。

天色虽黑，桂力胜顺着祝二宝的视线望去，仍能看到山墙上挂着成串的东西。

那是啥呀？桂力胜问。

祝二宝说，我猜是从河里打捞上来的白膘子鱼，挂在这里晒鱼干，前任的房主忘了拿走。

桂力胜说，这东西用火烤烤下酒挺好。

祝二宝为了掩饰自己，轻声地笑了起来。

回到屋里，祝二宝向桂力胜和朴光浩耳语道，我们逃走吧。

桂力胜一惊，低声问，为什么逃走？

祝二宝说，樊五爷要把我们送到日本人的矿上去。

朴光浩急了，他猛地跳下地来。祝二宝忙示意他不要声张。不远处的朱明龙看到朴光浩的神态不对劲儿，从那边凑过来，他用朝鲜语问朴光浩发生了什么事。朴光浩向他摆了摆手，意思是没事儿，朱明龙又回到了自己的铺位上。

祝二宝讲了自己偷听秘密的经过。

祝二宝吃完晚饭就在院子里瞎转悠，他知道山货店收购的货物基本上都存放在院里，就想着能不能顺手牵羊弄点什么。仓库的门都是厚木板做成的，木板不仅厚，还镶着铁筋包着铁皮，如果不砸坏铁锁，想要从那里钻进去是不可能的。祝二宝转悠到前面的铺面，想这里应该不会像仓库那么难进。他发现樊五爷和钱小鬼正坐在铺面里喝酒，山货店的掌柜则来往于小厨房与铺面之间，为两人上菜。山货店掌柜端着一盘菜上来，樊五爷招了一下手，叮嘱山货店掌柜的说，今晚院里的大门要锁好，短工们一个也不能放出去。太君来电话说要二十个人到矿上出劳力，明天一早警察队会来带人。山货店掌柜忙说，东家放心，这院子围墙一丈多高，院门一锁，想出去可不容易。钱小鬼说，全部短工也不过二十来人，都弄去矿上，咱们怎么办？樊五爷瞪起了眼睛，不把这些人送去，太君那里咱们怎么交差？再说只要工钱出得高，还怕找不到人？钱小鬼喝了一口酒，那他们家人要来找怎么办？樊五爷略一沉吟，说，就说他们已经结账离开了这里。离开这里和我们有什么关系？

祝二宝吓得魂儿都飞出来了，他忙在院子里寻找可以逃离这里的地方，却碰到了出外撒尿的桂力胜。

朴光浩赞成逃走，他说，被日本鬼子抓到矿上的人没见到有回来的。

三个人正在那里商量，大下巴一身酒气地走进屋来。

大下巴是整个工地的工头，小厨房为他单独准备了酒，还弄了两个菜。

大下巴对三个人聚在那里说话不满，他噗的一声吹灭了油灯，骂了句，没事儿不睡觉，唠啥？

前面的铺面出现了一些动静，原来是樊五爷与钱小鬼喝好了，山货店老板正送他们出门。随后便响起了沉重的关门声。

三个人来到屋外，他们想找个能逃离院子的办法。

在院子里转了一圈，没发现梯子或是超过一人高的木头。一般来说，院子的围墙离房子很近，这个院子很怪，房子离围墙足有一丈多远，就是上房也无法跳上围墙。

还没有找到出院子的办法，朴光浩却提出要带朱明龙一起出逃，他说，我们是从小玩到大的兄弟。

朴光浩的提议受到了祝二宝的强烈反对，他说，那不行，弄不好就炸锅了。我们还怎么逃？

桂力胜目测了一下围墙，他想如果三个人一个接一个地站到另一个肩上，最上面的那个人差不多可以抓到围墙的顶端。上去一个人后，再用绳子把下面的人拽上来。可祝二宝和朴光浩没受过搭人梯的训练，能够成功吗？桂力胜心中也没谱。不过让朱明龙参加进来倒是个好主意，两个人做底座的人梯好过一个人做底座的人梯。

桂力胜说，二宝哥，我们可以用搭人梯的方式逃出去，让朱明龙一起走我们才能保证搭成这个人梯。另外我们还需要一根长绳。

祝二宝不情愿地点点头。朴光浩进屋喊朱明龙，祝二宝与桂力胜在院子里找绳子。

正当桂力胜与祝二宝想潜入小厨房寻找绳子的时候，大门外响起了枪声。

围墙外有人喊道，我们是占山好！明白事理的把大门打开！如果敬酒不吃吃罚酒，休怪子弹不长眼睛！只喊三遍，三遍过后，子弹和你们说话！

土匪要攻打这个院子？桂力胜忙拉着祝二宝与刚来到院子里的朴光浩、朱明龙退回了屋里。

屋内的人惊醒了。有人忙乱地穿衣服。几个胆大的人正提着裤子趴着窗子向外张望。

从铺面里跑出来四个人，他们手里提着猎枪，分别向四个方向跑去。他们知道，土匪的喊话并不是开玩笑。樊五爷家中一直养着炮手，就是防备土匪来砸窑的。樊五爷家中的炮手有二十多个，只派到这所新院子四个，显然他低估了土匪对山货的喜爱。

山货店掌柜也跑出来，他向四周看了看，判断不清外面的动静，他站在那里沉思了片刻，又折回了屋里。

外面来了多少人？通过杂乱的脚步和微弱的马的嘶鸣声，桂力胜判断大概有三十多人。

喊话的小匪还在喊，早已经超过了他所说的三遍，但枪声并没有响起来。喊话的小匪声音洪亮，听起来很有为乡邻主持红白事司仪的风范。

大家全挤在窗边，窗户纸被撕开。

桂力胜也站在窗边，他把自己的身子全部隐藏在了墙壁的后面。看到朴光浩把全部身体都暴露在窗户那里，桂力胜忙把他拉到了自己的身后，说，看到一点就行了，子弹不长眼睛。

祝二宝果然是打猎的出身，他所站的角度既能看清外面，又能很好地隐蔽自己。

桂力胜发现，祝二宝偶尔会探头观察一下外面的动静，但身子一直躲在墙壁的深处。

这时院子里出现了一个人，那是大愣。只见大愣手中提着一支匣子来到了院中，他朝东面和北面的黑影来了个点射。只见那两个拿着猎枪的炮手身子顿时软了下去。

大愣站在那里骂另两个炮手，你们两个，不他妈的想死就把枪放下。

两个炮手乖乖地把枪放到地上。大愣的身体放松了，他摇晃着身体向前走了两步，说，你们两个过来。

一个炮手说，占山好的大兄弟，我们枪都放下了，你就饶了我们的命吧。

另一个炮手说，饶命饶命，我家里还有八十岁的老娘呢。

大愣说，饶命可以，现在你们马上把大门打开。若是晚了，我的子弹可就要说话了。

两个炮手一听说可以饶命，他们忙向大门奔去。

大门打开后，呼啦啦窜进来二十多个胡子，还有五匹马，马上也骑着胡子。骑在马上的人应该是胡子的头目。一个骑在白马上的人喊，听着，屋里的人全都到院子里来，免得弟兄们的子弹伤了你们。

二十多个胡子立刻端着枪指向各间屋子。

最早出来的是山货店的掌柜，只见他哆哆嗦嗦地从屋子里面走了出来。

屋内的人犹豫着是不是应该出去。

正在大家拿不定主意的时候，大下巴醒了。

刚才外面的枪声和脚步声全都没把大下巴惊醒，看来高粱小烧还真没少喝。醒了后的大下巴见大家全站在地下不睡觉，就骂，你们这帮王八犊子，想熬夜成精啊？

大下巴骂完，翻个身又接着睡。

门口的胡子听到屋里有动静，忙向屋子门前聚拢。

屋内的人看着不出去不行了，有人就喊，我们出去，我们出去。

桂力胜走在所有人的最后面。

大下巴仍旧在那里打着呼噜，像是嘲讽攻进院子里的胡子。

一个胡子端着枪绕过桂力胜窜到门口，他听到了屋内有很响的打呼噜声，二话不说，对着发出声音的铺位就是一枪。大下巴嗷的一声从铺位上蹦起来，喊，谁他妈的打我？

胡子笑了，是爷爷打的。你他妈的再多说一句，我要你的狗命。

大下巴的酒立时醒了，意识到眼前发生了什么，他捂着屁股一拐一拐地走了出来。

一些胡子举着火把，院子里显得亮堂堂的，站在院中的人被照得影影绰绰。

从正门进来一个骑白马的人，这个人正是胡子的首领占山好。骑在马上的占山好从马上跳下来，他看了山货店掌柜一眼，让身边的一个小胡子把库房打开。

山货店掌柜乖乖地从腰上解下钥匙，双手递了上去。小胡子恶狠狠地踹了掌柜的一脚，说，你去开！想支使谁？

山货店掌柜忙小跑着去库房开门。

占山好生气地向大愣招了招手，大愣忙颠儿颠儿地跑了过去。占山好说，你个什么玩意儿？这么半天才他妈的出来？

说着，他象征性地踢了大愣的屁股一脚。

大愣躲了一下，笑着对占山好说，大当家的别生气啊。我的盒子炮藏在了一只洋灰袋里。枪声响起时我就取枪，没想到洋灰被人挪动地方了。我这一顿找哇，后来总算找到了。还好，没怎么耽误事。

占山好说，你个完犊子玩意儿，不知道做个记号？差点儿没把我急死。

院子里一共有六间仓库，仓库打开后，胡子们进进出出地忙着搬东西。透过大门，桂力胜隐约看到那里停了几挂马车，胡子们并没有全冲进院来，至少留了十来个人在那里看守马车。

占山好拎着他的盒子炮不时地在这些帮工面前来回地转悠。

一个胡子过来对占山好说，车已经装满了，又发现了一些小米，装不上去了，怎么办？

占山好显然没有料到这种情况，他嘴里骂着，他奶奶个腿的，没想到货还真不少。那就分成小袋，每袋百十来斤，让这些人背上山去。

占山好用枪比画了一下眼前的这些人。

桂力胜听后心中一惊，要我们上山？那不是要进入匪窝吗？

朴光浩悄悄地对桂力胜耳语道，上了山就是个死。不如我们现在就跑吧。

桂力胜轻轻地摇了摇头，对朴光浩说，别动。他们枪法准，根本跑不出去。

桂力胜看到大愣打的那两枪，知道这是个厉害的角色。这伙胡子里，说不定还有跟大愣枪法一样好的。

祝二宝不服气，说，我他妈的豁出去了。

桂力胜用手按住了他。

边上端枪的胡子见祝二宝与桂力胜在小声嘀咕，冲过来对着祝二宝就是一枪托。祝二宝没有防备，惨叫了一声。

桂力胜扶住了他，用手压着他的胳膊，暗示他不要有过激的举动。祝二宝恨恨地看向那个打他的胡子，压抑着心中的火气。

桂力胜本以为趁着为胡子背粮上山的机会，能在路上找到逃跑的机会。但胡子就是胡子，他们在无数次的抢劫过程中积累了无数的经验。那些分成百十来斤的小米袋子用绳子做了背带，当每个人背上小米后，胡子们用绳子把所有人的手扭到后面用绳子拴死。这还不算，胡子们用长绳把所有人串起来，若是一个人想跑，势必会带倒所有人。

桂力胜绝望了，他知道在这种情况下，要想逃走断无可能。

桂力胜被串绑在倒数第二位，身后是朴光浩，前面是祝二宝。朴光浩想把朱明龙叫到后面来，一个胡子踹了朱明龙一脚，让他到前面排队。这个胡子也看出来了，朱明龙和朴光浩是朝鲜人，怕他们在一起搞什么小动作。快要走的时候，占山好示意大愣把一袋小米让山货店掌柜背上，并把他拴在朴光浩的身后。

大愣边捆山货店掌柜的手边说，这老家伙天天不干活，这么沉的小米不把他稀屎给累出来？

占山好说，你个小年轻的啥也不懂。

队伍上路了。

看得出，占山好是个疑心极重的家伙，在前面开道的只有三五个人，剩下的三十多人全部端着枪在后面警戒着。

占山好也知道，警务署的警察虽然晚上值班的人不多，但也不得不防。还有日本人的守备队，这是占山好最为忌惮的。日本守备队以前很少为这类治安案件出动，但从年初开始，他们开始介入治安了。日本人知道，好多治安事件和反日武装是有牵连的。

占山好也知道樊五爷别的院子里还养着二十多个看家的炮手，虽说炮手是为了养家糊口才去为樊五爷看家护院，不会真的拼命，但如果他们追上来，也是一个很大的麻烦。

出城进入林子之后，占山好明显松了一大口气，他把十多个胡子打发到前面去了。他很清楚，山上的各路绺子时常干些劫道的勾当。

走在最后的山货店掌柜被路上的一根枝条绊了一个趔趄，他顺势倒在了那里，再也不肯起来。背小米的队伍停下了。

走在后面的大愣踢了掌柜的屁股一脚，骂道，装死狗是不是？也不看看这是什么地方？你是请来的客呀？

掌柜的躺在地上哼叽着说，我走不动了。你杀了我吧。

大愣一听，愣劲儿立刻上来了，妈的，和我叫号呢，是吧？你以为我不敢？

大愣说着，抽出腰间的盒子炮就指向了掌柜的头。

占山好走上来用手压下了大愣的枪。

大愣说，你不知道，这个老东西太坏了，本来樊五爷让人送来了不少肉，他却不让厨子做给我们大伙吃。

占山好阴笑道，给他一枪不是太便宜他了？你以为我真让他背粮？我要累得他没有逃跑的力气。这是多好的肉票啊。没有一千大洋是不能放的。

大愣说，这老家伙装屄呢，说啥不起来了。

占山好指了指自己的马，说，把他弄上去。这是一千白花花的大洋，放在这里不捡，让人心痛啊。

大愣乐呵呵地点了点头，他从腰间掏出把匕首，将山货店掌柜与朴光浩连接的绳子割断，他与占山好一起把山货店掌柜捆上马去。掌柜的半个身子扑在马背上，那袋小米坠在另一侧，让山货店掌柜在马上保持着某种平衡。

大愣看了一眼拖在朴光浩身后那段长长的绳子，用刀把多余的绳子割下来，随意地抛进了榛材棵子里。

大愣看了一眼桂力胜，说，念书的，咬牙也得挺到山上啊。乖乖的就不会挨打。

大愣拍了拍桂力胜的肩，他牵了占山好的白马，与占山好窜到队伍的前面去了。

山里的夜空显得幽蓝，星星显得很大很亮。星光下，桂力胜觉得勉强可以看清身旁树木的轮廓。

山势越来越险峻了，胡子们仍然没有停下来的意思。

佣工们虽然都是经常干活的人，但背着沉重的小米走山路，大家还是第一次。又爬了一座山以后，有人实在是走不动了，在队伍稍慢时就坐了下来。一个人坐下，后面的人全都就势坐下了。有个岁数大的胡子骂，妈的，谁让你们坐下的？

有人回答，实在是走不动了。

走在前面的占山好回头看了看这些人，说，那就歇一会儿吧。

桂力胜知道机会来了。他故意把头歪在朴光浩的身上，面部正好对着捆绑朴光浩的绳结处。桂力胜快速用牙齿解捆绑朴光浩的绳索，只要先解开这个绳索，朴光浩就能脱离与其他人的牵绊，只要随意向草丛中一滚，便可脱离胡子们的掌握。

胡子绑人系扣的本领很强，那个绳扣结得很结实，桂力胜一时无法用牙齿啃开。胡子们喊上路了，桂力胜刚刚把绳索啃松动。桂力胜加紧动作，总算把那绳索解开。桂力胜对朴光浩耳语说，快走。

朴光浩就势一滚，隐没在草丛里。桂力胜装作什么事也没有发生，他慢慢地站起来，跟着队伍向前走。

一个胡子跟上来，他一脚踩到桂力胜身后拖在地上的绳子，桂力胜倒了下去。桂力胜的倒下，使整个队伍摔倒了大半。

肇事的胡子从地上拾起绳子，看着绳子末端尚有扭结过的迹象，他高声尖叫起来，有人逃走啦。

占山好从前面蹿回来，看了看胡子手里举着的绳子，问桂力胜，他什么时候逃走的？

桂力胜忙说，我不知道。背上的东西太沉啦，我只是专心走道。

占山好扯过胡子手中的绳索劈头盖脸地向桂力胜抽来。

桂力胜一边躲闪一边喊道，我真不知道，刚才休息的时候他还在呢。

占山好停住手，对手下的两个胡子说，你们两个过去搜搜，别走太远，找不到就算啦。

两个胡子忙提枪向后跑去。

进入了土匪的营地。

这里的情形与桂力胜想象的不一样。

桂力胜想，既然是土匪的老窝，总得像山寨似的有个大门吧？结果是没有什么大门。

桂力胜先是发现树林里有胡子放哨，仔细向前看，似乎有微弱的灯火。再走过去三四百步后，出现了东一个西一个的马架子，有的马架子里有灯光。

马架子全是用树木搭成的。马架子的位置并不集中，有的在山根底下，有的则搭在了半山腰，还有一些搭建在茂密的树木中间。这些马架子与周围的景色融为一体，如果不走到近前还真看不出来。

桂力胜想，胡子们这样设计，是防止被别的胡子把他们一勺烩吧？

桂力胜等人被带到了一个山洞的前面，在这里，他们每个人身上背的小米被卸下来。胡子们忙着把抢来的东西运到洞里。

大愣问占山好，大当家的，这些人是不是把他们放回去？

占山好一脸坏笑，放什么放啊？虽说他们家里没有大钱，但小钱还是有的吧？明天让字匠给他们每人家里写封信，多了也不要，就五十块大洋吧。他们四处凑凑也就拿出来了。

大愣笑着说，还是大哥有远见。

占山好喊，秧子房老六！

一个肥肥胖胖的男人忙跑了过来，说，大哥这次下山可没少弄干货。

占山好说，老六，这些人你可得看好喽。明天我让字匠给他们家里写信，每个人身上多少也能榨出些油水儿。从明天开始，先让他们到北面的山上去挖两个山洞，这边的几个洞快放不下啦。这几天不能让他们白吃饭。

老六说，那是那是，咱们绺子什么时候做过赔本的买卖？

听到能从佣工们身上捞钱，胡子们个个脸上呈现出兴奋的笑容，他们端着枪，把佣工们往山坡上的马架子押送。胡子们知道，抢上山的物资是准备过冬的，只有肉票的赎金大家是可以分的。

佣工的队伍里有了骚动，祝二宝在那里喊，嘎子哥，嘎子哥。不是不是，大当家的，大当家的。我是祝二宝。

占山好做了一个手势让佣工的队伍停下来。他走到祝二宝面前，仔细地看了看祝二宝。

祝二宝说，我真的是祝二宝。一路上我就看着你像，但我不敢认呐。

占山好说，还真是二宝。你家不是在大石头吗？

祝二宝说，听说这里找活容易，全家就搬过来了。都两年多了。

占山好让人给祝二宝松绑。祝二宝揉了揉被绑得发紫的手腕说，这一晚上给我绑的，差点没要了我的命。

占山好说，你早点说呀，要知道是你，早就给你放开了。好啦好啦，到我屋里去，一起喝点小酒。

祝二宝说，嘎子哥，你把他们都放了吧，他们家里也都没有什么钱。

占山好瞪起了眼睛，别瞎帮腔啊。山上有山上的规矩，虽说你我是邻居，但邻居也不能坏了规矩。老实儿地喝你的酒。

祝二宝看了佣工的队伍一眼，他的眼神有些无奈。

占山好和祝二宝刚要走，只见一个十六七岁的小胡子匆匆忙忙地跑过来，他趴到占山好的耳边说了几句什么，占山好愣了一下，问了一句，真的？

那个小胡子点了点头。

占山好向另一边招了招手，喊，老邵头！老邵头！

一个六七十岁的老胡子跑过来。占山好指着祝二宝说，你让他到你的房里住下，给他弄些吃的。

占山好说完朝大愣做了个手势，大愣见状忙领着一人跟了过去，他们匆匆地隐没在夜色之中。

祝二宝看了桂力胜和朴光浩一眼，脸上现出了苦笑，无奈地跟着老邵头走了。

所有的佣工都被推到了一个大大的马架子里，这是专门关押肉票用的房屋。

一根又粗又长的红松横在屋地中央，上面有斧子砍出的一个一个的凹坑，每个凹坑上面都用铁棍做了专用的扣盖，肉票们的脖子卡在凹坑里，用铁棍扣盖上，然后用销子销好。肉票的手被绑在身旁的立柱上，任你有天大的本事也无法逃走。

佣工们的脖子被卡进铁棍销子里，手被高高地绑在身旁的立柱上，这种姿势让人痛苦。有人开始咒骂起这帮土匪来。

在门口站岗的胡子喊，骂一句两句行啦。再骂我就进去敲你的牙啦。你想好喽，是骂我舒服，还是没有牙舒服？

骂土匪的人不再吭声。人人都知道，胡子从来不是只说说，他们是真下死手。

桂力胜躺在那里，铁棍紧紧地压着喉管，几乎没有什么缝隙。铁棍最开始是凉凉的，但和脖子接触时间长了，便有了些温度。

绑住双手的绳索刚一解开，又被胡子吊到身旁的立柱上。

桂力胜小时候曾听大人讲过土匪多么不讲道理，多么凶残。但桂力胜觉得善良的人们还是低估了土匪的狠毒和没有人性。

马架子门缝里透过一点极细微的光亮，桂力胜判断，现在已经过了午夜了。

桂力胜想起了张成信牺牲前交代给自己的任务，自己会辜负他的嘱托吗？

安敦交通站被破坏，这让桂力胜的内心倍感焦灼。

现在，即便是桂力胜找到了抗日革命军或是游击队，能说自己的党员身份吗？他们会信吗？

南京的地下党一定认为张成信的死和自己有关，否则自己与修心巧接头时怎么可能出现那么多可疑的人？仅仅是因为有人叛变？

身旁有人打起了鼾，桂力胜也感到身体异常疲惫。从夜幕降临到现在，他一直处于高度戒备的状态，现在总算松弛下来。

桂力胜挪动了一下自己的身体，使自己调整到一个相对舒服的状态。现在无法逃走，但明天会去挖山洞，那就有逃走的机会。

桂力胜想起了自己的母亲，她现在还好吗？还受大妈和二妈的气吗？也不知额穆那边情况怎么样了？想起自己路过额穆却不能回家看一眼妈妈，桂力胜的心里就感到无比愧疚。就这样漫无目的地想着，桂力胜沉沉地睡了过去。

第四章

天刚见亮的时候，马架子的门被打开，进来三个胡子。他们背着长枪，弯腰开始拔销棍，解绑住佣工们手的绳子。

佣工们被带到下边稍微平坦的一片草地上。一个胡子喊，有屎就拉，有屁就放。

众人得到命令，齐刷刷地蹲了下去。

昨天晚上，大下巴大概是酒喝得有点多，他向看守的胡子喊要撒尿，门外的胡子要他憋着。后来大下巴可能是实在憋不住了，弄得满屋子臊气。桂力胜与大下巴隔了一个人，他仍然被那种恶心的尿臊味儿熏醒，但由于疲乏又恍恍惚惚地睡去。

管理佣工们的胡子有四个，他们端着枪，警觉地站在离佣工们不远的地方。四个胡子站得很开，看来他们对付想要逃跑的肉票很有经验。

佣工们拉完屎，被带到一个马架子旁边，那里摆放了两个盆，里面装的是苞米面大饼子，还有一桶菜汤。

一个胡子喊，大饼子每人两个，不能多拿。菜汤管够。

佣工们每人拿了两个大饼子，盛了一碗菜汤。

桂力胜本以为看守他们的胡子会另开小灶，没想到他们也盛了菜汤拿了大饼子，就蹲在边上吃起来。

胡子们吃饭时怀里仍然抱着枪。

达达香天刚亮就起来了。这一宿她没怎么睡好。

昨天手下的插千老佟从哈尔滨为她捎回来了丹琪唇膏、百雀羚雪花膏和双妹牌花露水，还有一些七七八八的东西。散发着香味儿的化妆品让达达香兴奋。这些年混在绺子里，她好像已经忘记了自己还是个女人。

郭秀梅把瓶瓶罐罐摆在炕桌上，她照着镜子，一时间不知道这些东西该怎么个用法。

山上没有女人，也没有人教郭秀梅该如何使用这些东西。

郭秀梅拿起这个闻闻，拿起那个向手上抹一点试试，沉浸在一种喜悦中。

虽然天天在男人堆里打转，但郭秀梅天生对化妆品感兴趣。

达达香在五岁的那一年就跟着父亲郭大个子上了山。

郭大个子自立山头拉起了杆子，在江湖上报号"老二哥"。老二哥在江湖上讲义气，很快队伍就发展到了一百七十多人，这在远近的绺子里算是大绺子了。

达达香原名叫郭秀梅，她是在前年十八岁的时候改叫报号"达达香"的。

前年中秋节的时候，老二哥在去樊五爷家的路上遭遇日本人的袭击，头部中了两枪，当场就咽了气。

离中秋还有一个多月，老二哥接到了樊五爷派人捎来的一封信，信上说中秋快到了，希望老二哥能到樊家喝杯酒，顺便把樊家孝敬老二哥的东西带回去。

山上的大绺子几乎都和城里的财主有联系。大财主每年固定孝敬大绺子一些钱和物，那么这些绺子便不再找这些财主的麻烦。当然，这笔钱物说大不能让财主破产，但说小也是普通人家几年挣不来的。

像樊五爷这样的大户，家中养了炮手，又是高墙大院，一般的小绺子是无法攻打进来的，能让樊五爷感到恐惧的只有像老二哥这样的大绺子。

老二哥以前在樊五爷家吃过饭，这次再去吃也算正常。

中秋那天早晨老二哥很早就动身了，只带了六个人。这一带老二哥熟门熟路，樊五爷孝敬的钱物自会派车送上山，带了六个人，也是为了防止发生什么意外，有时人多反而目标大。

老二哥刚到安敦城的边缘还没有进城，就遭到了日本人的伏击。老二哥当场头部就中了两枪，一句话都没来得及说就死了。好在老二哥带去的六个兄弟全都是神枪手，他们一边还击一边扛着老二哥的尸体向林子里跑。遭遇伏击的地点离他们寄存马匹的村庄不远，他们一路狂奔，总算很快就到达了那个村庄。日本鬼子在后面不紧不慢地追着，看起来并没有尽全力，当看到六个人骑上马后，他们就放弃了追捕。

郭秀梅没想到爹爹下趟山就变成了死尸，她当时哭得晕了过去。

醒来后，郭秀梅决定把爹爹埋葬在沙河沿。

老二哥在上山之前，一直在沙河沿种地，郭秀梅从小就听爹爹讲述他记忆中的沙河沿。老二哥在山上拉杆子这么多年，自己的绺子从来没去沙河沿骚扰过。

老二哥下葬以后，山上的众弟兄纷纷猜测谁会来接任山上的大当家。

一般来说，绺子里大当家死后由二当家接任。老二哥的绺子复杂一些，绺子里除了大当家外，还有二当家和三当家。

绺子里大当家是绝对的一把手，手下有里四梁和外四梁。里四梁和外四梁全是绺子里的中层人物，里四梁包括炮头、粮台、水香和翻垛的。外四梁是指秧子房、花舌子、插千的和字匠，有的绺子里字匠也叫先生。炮头就是带兵打仗的。粮台管生活上的吃喝。水香掌管站岗放哨，翻垛的相当于现在的参谋长，司职出谋划策。秧子房专门管理抓上来的肉票，相当于监狱长。花舌子是专门负责与肉票家属联络的。插千的负责侦察收集情报。字匠负责一切文字工作。

三当家原来的报号叫"飞龙"，统领着一支四十多人的绺子。

飞龙原来的名字叫苗二柱，二柱进绺子没几天就当上了炮头，他枪打得准。

苗二柱当炮头没多久，大当家的就在一次砸窑的时候中枪死了，二柱被大伙推举为大当家的，他为自己取报号为"飞龙"。后来因为一件事得罪了报号"黑星"的大绺子，飞龙害怕黑星报复，就带了全部人马向老二哥靠窑。那时老二哥的绺子也不大，才六十几号个人。二柱前来靠窑老二哥自然不能在里四梁和外四梁中安排他的职务，就安排他为二当家的。后来报号"西顺"的绺子也前来投奔。西顺原来姓马，因为脖子比较长，大家都叫他"马长脖"。

西顺领来了六十多号人。在绺子里，全是靠实力说话。比如说，你枪打得好，比炮头还准，经过比试你把炮头赢了，那么就由你来当这个炮头。同样，有六十多号人听他的，只有四十多号人听你的，那你就不能当这个二当家。

西顺马长脖把自己想当二当家的想法跟老二哥说了，老二哥想了又想，他拿不定主意。

如果飞龙不肯屈居西顺的手下，把自己的手下拉出去反水，这样反倒得不偿失。没想到飞龙主动找到老二哥说，我认你这个大哥才决定跟着你干。二当家和三当家都无所谓。

就这样，西顺马长脖成了二当家，飞龙改称三当家。

三股绺子合成一股，虽说有以前的关系，但常年在一起生活，又会生出新的关系。几年下来，西顺的许多手下都成了飞龙的心腹，飞龙原来的那些手下仍然是飞龙的死忠。

在这种情况下，西顺马长脖想要接任大掌柜的就有些麻烦。

在土匪窝里混了这么多年，马长脖对自己所处的地位还是有所了解的。他知道自己如果自作主张当这个大当家的肯定会出事儿，但他实在舍不得这个位置。

如果飞龙苗二柱成为大当家，马长脖更是不甘心。

苗二柱清楚马长脖的意图，但他就是不提绺子大当家的事儿。苗二柱的这种态度，让马长脖更不敢贸然坐到大当家的位置。

马长脖思考了很久，他终于想到了一个绝妙的主意，那就是让郭秀梅出任大当家。

马长脖觉得这个主意不错。

女儿接爹爹的班名正言顺，老二哥郭大个子的手下自然不会多说什么。郭秀梅成了大当家，他马长脖的二当家和苗二柱的三当家理应保持不动。马长脖想，郭秀梅一个十八九岁的姑娘懂什么？这样一来，绺子基本还是控制在自己的手里。

当马长脖把让郭秀梅当大当家的想法对苗二柱一说，苗二柱完全赞成。

飞龙说，让秀梅当大当家的，我们对得起老二哥的恩情。

马长脖差人把郭秀梅叫来，把让她当大当家的想法对她说了，原以为她会拒绝，没想到她立刻答应下来。

提到报号的时候，郭秀梅略微想了想，见脚下有簇达达香，便说，我是女流，就报号"达达香"吧。

郭秀梅虽然在土匪窝里待了十几年，但严格地讲，她还不能算做绺子里的成员，因此她要完成胡子入伙的全套程序。

胡子入伙叫"挂柱"，"挂柱"得有介绍人，介绍人必须得是绺子里的成员。秀梅从小就住在营地，绺子里的人她全认识，介绍人就免了。

"挂柱"的第一关是过堂，也就是要试试入伙人的胆量，一般是叫来"挂柱"的人头上顶个酒壶或是面瓜之类的东西，让他走到百步远的地方，大掌柜的举枪打他头上的东西，再看看这个人是什么反应。

西顺考虑到郭秀梅是女的，就要把这一关也去掉。反倒是郭秀梅看惯了挂柱的程序，坚持要搞。山上没有什么大的酒壶，郭秀梅找了一只二大碗代替。

山上没有大当家的，由二当家的马长脖来打这一枪。马长脖的枪法并不那么好，他知道如果自己这一枪出了岔子，三当家苗二柱肯定会要自己的性命。马长脖虽然枪已经抽了出来，但他的手却一直在抖。

马长脖迟迟不敢举枪，他犹豫了片刻后对三当家苗二柱说，要不，你来打吧。

飞龙毫不迟疑，他抬手就是一枪。郭秀梅头上顶着的那只碗应声碎了，小崽子们一齐叫好。

马长脖很是后悔，他觉得自己这样反倒助长了苗二柱的气势，并且让绺子中的弟兄更加佩服飞龙。让他打了这一枪，倒像是自己把二当家的位置让给了苗二柱。

马长脖轻轻地叹了口气。

一片叫好声过后，按常规是应该有人上前检查新挂柱的人裤裆是不是湿了，是不是吓尿了裤子。因郭秀梅是个还没出门子的大姑娘，没人敢上前查看。

郭秀梅站在那里不动声色地让旁边的小崽子再递上一只碗，她把碗再次顶在脑袋上面，说，再来一枪。

这一次马长脖再不含糊，他抬手就是一枪，碗在郭秀梅的头顶上碎了，而郭秀梅仍稳稳地站在那里。

小崽子仍然在叫好，但马长脖听来，这叫好声却不如刚才的响。

马长脖笑呵呵地说，过了过了，郭大小姐胆量不错。

苗二柱安排小崽子去拿香炉。

入伙的最重要仪式是"挂柱"拜香，这种拜香必须是"挂柱"的人自己栽香。按照绺子中的规矩，插香要插十九根。这是有讲究的，里面的十八根代表十八罗汉，而最中间的一根是表示绺子中大当家的。十九根香的插法也有说道，那就是要前三后四，左五右六，然后在最中间再插一根。

这些规矩郭秀梅从小就在一边观看，非常清楚，她按照规矩把香插好，然后跪下来说，我今来入伙，就和众兄弟们一条心。如我不一条心，宁愿天打五雷轰，叫大当家的插了我。我今入了伙，就和众兄弟们一条心，不走漏风声不叛变，不出卖朋友守规矩，如违反了，千刀万剐，叫大当家的插了我。

郭秀梅说完，马长脖忙拽了一下郭秀梅的衣袖，说，大小姐快起来吧。

郭秀梅站起来后，马长脖高声说道，各位弟兄们，从今天起，我们原来的郭大小姐郭秀梅就是我们大当家的，她的报号是"达达香"。今后，我们要全都听她的命令，哪个敢不服从，我的枪，三当家的枪，肯定要往你的身上招呼，到时别怪我没说。

小崽子们七嘴八舌地说肯定会听大当家的。

郭秀梅登上一个高一点的石板上面，说，今天承蒙二当家和三当家的抬举，让我来当大当家的。我达达香知道自己没什么能力，今后要仰仗二当家的和三当家的扶持，仰仗各位弟兄们的帮助。

郭秀梅向马长脖、苗二柱和众兄弟抱拳。

郭秀梅接着朗声说道，我既然当了大当家，那么就说一下我的规矩。从今日起，我们这个绺子专打日本人，别的肉票生意，一概不许打主意。如果忍受不了这些，马上找我达达香说，我绝不为难你，送你钱财下山。如果留下来不守规矩，那么……

郭秀梅一抬手，砰的一声，五六十步远的地方有只碗应声碎了。

马长脖靠窑老二哥的时候，曾献上两只崭新的枪牌撸子。当时郭秀梅不过十岁的样子，见这种枪小巧玲珑，便跟老二哥要。老二哥心疼女儿，先教她如何装子弹，如何拆枪，如何打枪。郭秀梅学会打枪以后，老二哥便把这两支枪牌撸子给了她。

在场的众兄弟看得目瞪口呆，没想到平时在屋里为众兄弟缝补衣服的大小姐也有这样的好枪法。

达达香当上大当家的第三天，决定攻打大秃顶山的日本采伐队。

大秃顶山离这里有七八十里地，因为离得远，老二哥从来没有想过去动这个地方。达达香说，这里离咱们远，日本人不会想到是我们干的，短时间他们找不上我们。这个日本采伐队有日本守备队的官兵保护，据说有二十多杆枪。可能没有那么多的兵，那些会社的人也可能挎枪。不管怎么说,挎枪的人有二十多人。

达达香说,如果以后要和日本人真刀真枪地干,手中的家伙一定要硬。先解决这个采伐队,让手中多些硬家伙。

苗二柱很支持郭秀梅的这个想法。

马长脖沉吟了许久,说,咱们手中的这些人从来没有和正规军打过仗,打打看家护院的还行,和受过训练的日本兵打,没有什么把握。

苗二柱说,二当家的可不能灭我们自己的威风。西顺大哥没和正规军打过仗,并不代表我飞龙没和正规军打过仗。我来投奔老二哥那年,我们六十多个弟兄跟二零七团的一个连接过火,面对面地打了一个多小时,最后他们逃走了。我们死了近二十个兄弟。是不是正规军不要紧,都是肉长的,柴火上去,照样钻个窟窿。

马长脖红着脸说,我也没说不行,只是说要谨慎行事。

郭秀梅说,没错,谨慎行事吃不了亏。如果我们夜里突然动手,把握应该大,小日本鬼子肯定想不到我们会在半夜里对他们动手。

这次突袭,绺子里没有死一个人,只有几个受伤的,却把整个日本采伐队给灭了。

达达香下达的命令是,日本人一律杀掉,中国人弄清身份后放走。

这次突袭缴获了长枪十八支,手枪五支,子弹三千多发。此外还有大锯十六把,中锯九把,斧子三十四把,大绳八盘,中绳十三盘,锹镐共十六把。此外还有大米三十八袋,面粉二十一袋,咸盐两袋,大酱两缸,还有一些乱七八糟的东西。

郭秀梅预料到山上会有好多对绺子有用的东西,她让山上的马匹和几头牛全部埋伏在离采伐队一里多远的地方，一等战斗结束，立刻发信号。

小崽子黑虎赶着一匹马，他觉得自己的马装得不够多，绕着采伐队的住处四下转悠，发现一个仓库里有一卷苫物的帆布，便把帆布扛到了马上。

回到山上，郭秀梅仔细地检查了这些武器。她知道，打仗能不能取胜武器至关重要。三八式步枪确实是那些土枪土炮无法相比，它们射得远不说，天冷时也不会卡弹。

一天，苗二柱对郭秀梅说，双全那个绺子，他们在哈尔滨买了挺轻机枪。

郭秀梅知道轻机枪的厉害，有时一与对方交手，打得赢打不赢就在于有没有轻机枪。

郭秀梅把绺子里所有的钱集中起来，让苗二柱拿着钱到哈尔滨去碰碰运气。半个月后，苗二柱没能买到轻机枪，却带回了六支步枪和七百发子弹。苗二柱说，黑市上不怎么认钱了，更喜欢大烟土。

苗二柱的话提醒了郭秀梅，她决定种大烟。

去年一年，绺子里的弟兄四处找地种大烟，结果还不错，收了许多生烟膏。要把这些生烟膏变成高质量的熟烟土，还需要有经验的师傅熬制。马长脖找到了一个熬制大烟膏的老曲头。老曲头做大烟膏有些年头了，年轻的时候曾在奉天一家店铺当伙计，专门负责把生烟膏加工成熟烟土，后来不知怎么和老板娘有了私情，被人打瘸了一条腿。从奉天城逃回来后，老曲头在离屯子很远的地方盖了间小屋，过起了跑腿子生活。老曲头曾找过马长脖要前来"挂柱"。马长脖觉得他一个瘸子不适合上山，让他在山下当个耳目。

马长脖差人把所有的烟膏运了过去，并留下一个叫小土豆的小崽子守着。

按照老曲头的说法，这两天就能干完，郭秀梅准备今天就派人把熟烟土取回。

郭秀梅特意叮嘱老曲头，一定要做成条块状，方便携带。

郭秀梅试着向脸上擦了一些雪花膏，顿时被一股浓烈的香气熏得不行。

正当郭秀梅犹犹豫豫要不要把雪花膏洗掉的时候，门外传来了咳嗽声。

大当家的起来了吗？是马长脖的声音。

郭秀梅忙把那几个瓶子装到小木箱里，向着门外说，起来啦起来啦，长脖叔进来吧。

门打开后，马长脖领着老曲头走了进来。

一见到郭秀梅，老曲头立刻跪了下去，嘴里嚷着，我该死，我该死。那些膏子被占山好劫去了。

郭秀梅心中一沉，大烟土被劫走了？

郭秀梅着急地问，你确定是占山好？

老曲头仍跪在那里说，不会错。他们就是这么说的，说他占山好明人不做暗事。而且，绺子里有个叫大愣的我认识，他是占山好手下的。

郭秀梅弯腰扶起了老曲头，问，小土豆呢？

老曲头说，小土豆死拽着那些大烟土不松手，他说大当家的烟土在他手上没了不行，要搬得先打死他。占山好也不含糊，掏枪就对小土豆的大腿来了一下。

郭秀梅问，小土豆没向他们报号？

老曲头说，报了。小土豆说，我们是达达香的绺子。占山好说，我不认识什么香，我只知道大烟土香。

郭秀梅问，这是什么时候的事情？

老曲头说，就是天还没亮的丑时。

丑时？是一点多还是快三点的时候？

老曲头思索着说，应该是快三点了。他们走后，我也顾不上小土豆了，只是把他的腿简单地缠巴缠巴。到屯子里借了匹马，一点也没敢耽误就来报信了。

郭秀梅示意马长脖带老曲头去休息。

郭秀梅先是把自己的两把花口撸子小心地藏在了腰间别人看不到的地方，再把一支匣子枪背在了身上。

马长脖转回来的时候，郭秀梅已经把自己收拾完毕。马长脖见郭秀梅这副打扮，便知道这是要下山，忙说，我去通知弟兄们。

郭秀梅说，不用，就我们两个去。用不着叫别人。

马长脖为难地说，这占山好可不是个善主儿，我们两个去恐怕不行。

郭秀梅说，占山好的队伍也有一百几十号人，我们就是全锅抬，也不过一百七十多号人。打他们也不是手拿把掐，为了这些烟土，犯不上。

马长脖说，这占山好既然敢劫咱们的大烟土，说明他就不宾服咱们。他敢对小土豆动枪，咱们去了，他能善待咱们？

郭秀梅说，占山好不是善茬这是肯定的。但不去交涉就全绺子出动肯定会让别的绺子笑话。我知道有危险，要不你留在家里，让三当家的跟我去？

马长脖马上拉下脸说，你这话说的，我马长脖什么时候怕过死？

两个人正说话的时候，苗二柱来了。

郭秀梅简单地把占山好劫了大烟土的事儿对苗二柱说了。

苗二柱马上说，大当家的你在山上待着，我一个人去就行。

郭秀梅说，还是我去。占山好那年绺子被打花搭了，没处去，在咱们山上住过一个多月。那时我小，他不要以为我爹死了这事儿就没人记得。

苗二柱说，这人心黑，翻脸不认人是经常的事儿。

郭秀梅说，我想到了。最多是个要不回来，他也知道我们的实力。为这些烟土拼个你死我活，他占山好不至于吧？

苗二柱也觉得占山好不至于为大烟土拼命，他叫来一个小崽子，让他骑马跟着两位当家的下山。苗二柱吩咐那个小崽子说，离占山好营地一两里的地方就下来守着，如果响起了枪声，啥也别管赶紧回来报信。

胡子们所说的背面山坡离胡子的驻地其实不远，不过二百多米的距离。

当胡子把桂力胜手上的绳索解开的时候，桂力胜就暗暗发誓，再不能让什么人把自己绑起来了。什么叫人为刀俎我为鱼肉？被人绑起来就是。

桂力胜用力揉搓着酸麻的胳膊，因为长时间缺血，他感到手有些不听使唤。

大下巴知道要在这里挖个山洞，他觉得自己领人干活的本领又重新派上了用场。虽然昨天晚上他的屁股被一个胡子打了一枪，伤得不重，但出了不少血。大下巴觉得挖山洞不就跟盖房子似的嘛，比盖房子简单多了。

大下巴凑上前问，山洞要挖成啥样式的？

胡子说，我去问问粮台。

桂力胜曾听人说过胡子的做事习惯，那就是平时要把穿的、用的、吃的藏起来，怕官兵打来或别的胡子把这些东西抢走。老辈人说，你见过林子里的小松鼠了吧？它们在秋天的时候总是把那些橡子啊、松子啊、榛子啊什么的藏到一个只有它们能找到的地方，留到冬天吃，胡子就是跟它们学的。

很快，粮台来了。粮台是个四十多岁的中年汉子。他看了看站在现场的几个胡子，又看了看抓来的佣工。大下巴见粮台来了，忙满脸堆笑凑上前。

粮台说，这个山洞洞口要小，挖进去一段后再扩大。明白不？

大下巴忙点头说，明白明白。

大下巴走过去找了把尖镐，朝手心吐了口唾沫，在山脚的地方刨出了一圈印痕，问粮台，这么大行不？

粮台说，再稍微大点。

大下巴用镐把印痕又扩了扩，这样？

粮台说，行吧。

大下巴把镐扔给桂力胜，说，就照这样干。剩下的人准备用筐抬土。

桂力胜接过镐，按照大下巴刨出的记号向里刨，刨下一些土后，再把土装进筐里，抬到远处扔掉。洞口太小，这里只够四五个人干的。

粮台说，这么干太窝工啊。

粮台说完摆了摆手，指挥胡子把多余的人领到远处去了。

桂力胜趁着别人清土装筐时拄着镐把四处看了看，见附近只有两名端枪的胡子，而自己这方面有五个人，除了大下巴外，还有朱明龙。

桂力胜觉得这是一个很好的时机，他把镐向下一扔，对大下巴说，你来刨会儿。

大下巴不高兴，他横了桂力胜一眼。桂力胜并不在意他的眼神，说，把你的锹给我。

大下巴不情愿地走过去，桂力胜在接过他手中铁锹的时候悄声地对他说，骗那个胡子过来，整死他，我们好逃出这个鬼地方。

听说要弄死胡子，大下巴的额头一下子冒出了一层虚汗，他结结巴巴地说，这个，我可不……不敢呐。

身旁朱明龙听懂了桂力胜的话，用手捅了捅桂力胜说，我，干。

朱明龙说完还用力地点了一下头。

有了朱明龙的帮忙，桂力胜就放心了。

桂力胜知道，他一个人同时对付两个胡子有些困难。最令桂力胜担心的就是胡子开枪，胡子一旦开了枪，枪声会把其他的胡子引来，那就很难安全地跑出去。

见朱明龙领会了自己的意图，桂力胜给朱明龙做了一个手势，要他负责身边的这个胡子，自己去解决离得远的那个胡子。

见朱明龙点头，桂力胜开始喊，老总！老总！遇到石头啦，要不要改道？

离得近的这个胡子边向这边走边说，以前也挖过，这山没什么石头哇。

桂力胜拿着锹慢慢地后退，他知道自己退得离远处的那个胡子越近越好。

那个胡子来到洞口，他探头向里边看，朱明龙一下子压到了他的身上。大下巴像是怕踩到狗屎一样躲到了一边，另两个佣工虽然不知道朱明龙要干什么，但他们帮着朱明龙按住了那个胡子的腿。

桂力胜不等这边这个胡子做出反应，他猛地向前一蹿，手中的锹抡了起来，那个胡子还没来得及哼一声就倒了下去。

桂力胜回头看了洞口那一眼，朱明龙正在用石块奋力地砸胡子的头。

桂力胜拎着锹跑过去，防备那个胡子再站起来。这一锹应该是砍在了胡子的脖颈处，胡子躺在那里一动不动。

桂力胜拿起胡子压在身下的枪，检查了一下枪里的子弹，里面压满了子弹。

这是一支汉阳造步枪，从枪的磨损程度来看，可以算是一支新枪，不知占山好这个绺子从哪里弄来这么好的步枪。

桂力胜摸了一下胡子的口袋，找到了两个装好子弹的弹夹。桂力胜高兴地把两个弹夹放进自己的口袋，桂力胜知道，有了这两个弹夹，就是有追兵也不怕，足可以应付一阵子。而没有子弹的步枪，跟烧火棍差不太多。

桂力胜回到洞口处，只见朱明龙已经把那个胡子的脑袋砸得像个血葫芦一般。

桂力胜指了指地上胡子的枪，问，谁会使？

朱明龙捡起来说，我会使。

桂力胜说，咱们分开跑才能跑出去。尽量躲在林子里，一旦被他们抓回来没有好果子吃。

桂力胜说完顺着山势跑远，扭头钻进了一片茂密的林子。

另外四个人呼啦啦散去，只剩下大下巴一个人瘫坐在那里。

大下巴想站起来，却发现腿不听使唤。他想喊人帮他一把，却怕引来胡子。大下巴顿时眼泪下来了，他发现不仅自己的腿不好使，而且整个裤裆都是湿漉漉的。

占山好正在酣睡，却被小崽子摇门惊醒。占山好一脸恼怒地来到门外，不耐烦地问，怎么啦？

看小崽子那惊慌的样子，肯定是有什么大事。

小崽子说，来了两个人，报号达达香。我弄不清他们到底是谁，他们说是原来老二哥的绺子。

占山好想起劫烟土时那个小崽子说过他是达达香手下的。

占山好隐约记得，前年好像是接到过一张海叶子，字匠给他念了，大意是说老二哥死了，现在的队伍由报号达达香的人掌事。当时占山好正为手下的几个小崽子反水发怒，也没太往心里去，只是觉得把老二哥的报号改成一种花的名字有些怪怪的。

好多年前，占山好还在天来好手下当炮头的时候，绺子被另一拨叫草上飞的绺子打散了，天来好被草上飞抓住割了脑袋。占山好那时还叫赵老灯，每个胡子上山入绺子时都替自己取个名字，怕的是连累家人，占山好就替自己取了个赵老灯。老灯在东北话里就是老家伙的意思，虽然含有贬义，但也不算真的骂人。在屯子里的时候，占山好和一帮年轻人常去偷老赵家的李子，赵家老头抓不到人就在大门口骂。年轻人并不在意，嘻嘻哈哈地在背后管这老头叫赵老灯。

到天来好的绺子入伙的时候，占山好一时想不起叫什么好，随手就用上了赵老灯的名号。那一仗赵老灯受了伤，他在老二哥那里养了一个多月，老二哥倒是留过他，但赵老灯有自己的打算。

天来好脑袋掉了不能复生，但那些小崽子并没有全死，他想着怎样再把那些人归拢起来，自己任大当家的。

养好伤，赵老灯下山去找那些绺子里旧日的兄弟，果然收拢了三十多个弟兄。赵老灯当上了大当家的，赵老灯左思右想，决定叫占山好。

当时叫好的绺子多，原来的大当家叫天来好，远处还有三江好、四季好、绿林好等。自己叫个占山好不正合适吗？俗话说占山为王嘛。

刚拉起队伍没几天，占山好打了一家大户，弄了好几车粮食。占山好领着手下扬扬得意地向住地走，走到一个山沟里的时候，他们就被四面埋伏的人包围了。

老二哥在一排枪的后面走了出来，对占山好说，你是把霍家大院砸了吧？知道你拉了杆子，但砸窖得讲究规矩。霍家大院是离山里最近的一个大院，是窝边的草。兔子为啥不吃窝边草？全吃完了它还能藏身吗？这个道理你不懂？

占山好不是不懂，可靠近县城的那些大院那么好砸？哪家不养些炮手？自己这么点人马，弄不好恐怕都回不来。

占山好第一次出山，要在手下树立威信，于是他硬气地说，事儿我已经做了，你看怎么办吧？

老二哥说，送回去。

占山好说，我要是不送呢？

老二哥笑笑，说，你说说会怎么样？

占山好看了一下周围，只见至少有百十号人马全部端着枪围着自己的队伍。

老二哥说，我也不为难你，你不好意思去送，我替你送。你走吧。

占山好想，如果真的动起手来，自己的绺子肯定没好果子吃，老二哥的手下枪法硬的炮手多的是。

占山好只好朝手下挥了挥手，丢下东西走了。从那以后，占山好与老二哥再不往来，也不提曾在老二哥山头养伤的事，他只是不停地招兵买马，一心扩大自己的绺子。老二哥也不再搭理占山好，他认为这个为了钱财什么都敢做的人不值得交。

占山好听说达达香来了，脑袋立刻清醒了，问，他们来了多少人？

小崽子说，两个，一男一女，还多带了一匹马。

占山好隐约听说老二哥的继任是个女人，但他不愿多打听。与老二哥有过节是一方面，更重要的是，他不想让别人知道他赵老灯曾在老二哥的绺子里养过伤，受过人家的恩惠。他想，一个老娘们能成什么事？现在，这个老娘们竟然找上山来了。

占山好心中疑惑，两个？看真切了？后面没有人马？

小崽子说，两个，后面没有人马。

占山好说，那把他们带到山洞里来。

占山好绺子所在的营地多是用杂木搭成的低矮马架子，人住在里面还凑合，但要在里面说事儿就不行了，进不了多少人。好在山上有个洞，装个三四十人还挺宽敞。占山好把大愣叫醒，让他带四个人过去。占山好想，加上自己，那就是六个人。再说对方是一个老娘们，人太多，传出去让人笑话。

郭秀梅和马长脖被带到山洞，跟在后面的小崽子拿着郭秀梅和马长脖的两支匣子枪。

占山好上下打量了他们一番，说，报个蔓儿吧？

郭秀梅说，达达香，听说过吧？

占山好说，听倒是听说过。但不知道是怎么个事，听说是原来老二哥的队伍？

郭秀梅说，我就是老二哥的女儿郭秀梅，想来你不会记不得吧？

占山好很认真地打量了郭秀梅一番，说，原来还真是秀梅大妹子。只听说老二哥的绺子让一个女的当大当家的了，没想到是大妹子呀。

郭秀梅说，我派人给你们山头送的海叶子没有收到？

占山好说，收是收到了。可字匠只是说老二哥走了，有了新当家是女的。我不认字，不知道上面还说了什么。我一天天的太忙。

郭秀梅说，既然你还认识我郭秀梅，那我就不绕弯子啦。请占山好大当家把劫走的大烟土还给我们。

占山好笑笑说，这个事儿嘛，还真得好好议一下。秀梅大妹子，来都来啦，也不差这两天，在山上住两天，这里住的地方还算宽敞，还有好多好嚼谷可以招待你们。

郭秀梅摆手说，好嚼谷家里也有。我们是来取大烟土的。

占山好说，你这么说，我就为难了。按说这大烟土我们拿到手就是我们的了，可你来了，我觉得你个娘们管着一个绺子不容易。这样吧，大烟土你拿走一半。怎么样，我做得还算够意思吧？

郭秀梅轻蔑地一笑，一半？哄小孩呐？你占山好知道是我们绺子的大烟土也敢下手，这个不和你计较。今天没带绺子过来也是给你个台阶下，不想顺着这台阶走是吧？

占山好阴阴地一笑，你是不是忘了这是在谁的地盘？

郭秀梅说，在你的地盘怎么着？还想动硬的不成？

占山好举起了手说，送客。

大愣和小崽子们似乎听到命令，齐刷刷地端起了枪，对准了郭秀梅和马长脖。

一直没有说话的马长脖这时说话了，占山好大当家的，你这是何必呢？伤了和气对两个绺子有什么好？

郭秀梅说，占山好，你敢对我这样？当年你赵老灯受了伤，是我爹为你请了大夫。留你在山上养了一个多月的伤，你想恩将仇报？

占山好笑了笑说，你把多少年前的事儿搁出来，就是想让我手下的兄弟们知道我是一个忘恩负义的人呗？你想我能让你的想法实现吗？告诉你，不能。我也不想弄死你们，赶快回去吧。

占山好对大愣吩咐，送他们到山下，完事儿把喷子还给人家。

正在这时，一个小崽子端着枪押着朱明龙走了进来。

占山好问，咋的啦？

小崽子说，昨天弄来挖山洞的。两个并肩子被他们弄鼻咕了，跑了四个，就抓到这一个。

占山好说，等着，让他蹲在那里。我把这边的事儿处理好再说。

那个小匪用枪捅了捅朱明龙，朱明龙只好蹲在那里。

占山好向前走了两步，说，秀梅大妹子，对不住啦。好不容易来趟我们山头，下次再来肯定请你搬浆子。

郭秀梅站在那里不动，她说，赵老灯你听好啦。我郭秀梅既然敢来，就不怕死，你不把黑土子还给我，那就把我杀了吧。

郭秀梅料定赵老灯不敢。一个胡子如果背上忘恩负义的名声，那他以后就再也别想吃这碗饭了。但郭秀梅太高看赵老灯了，她实在不知道赵老灯的阴狠。

赵老灯脸上还在微微地笑着，他想，把这个小娘们打死了有点可惜。长得倒是挺俏皮的，插了她还真是下不去手。但把我逼到这个份儿上了，不弄死她还会继续败坏我的名声。

想到这里，赵老灯也顾不上想达达香的绺子会不会前来报仇，他想的是不能让手下认为自己没胆儿。

赵老灯想到做到，他快速拔枪，举起来就射，只听"当"的一声枪响。

枪响过后，赵老灯居然倒在了那里。

一个黑影冲了过来，他一脚踩在赵老灯的匣子枪上面，端着的汉阳造直指赵老灯的脑袋。大愣定睛一看，这人他认识，是在樊五爷家做佣工的桂力胜。

桂力胜向大愣等人喝道，把手中的枪放下，要不我就崩了你们大当家的。

就在大愣他们一愣神的工夫，郭秀梅的双手已经各端着一把花口撸子，她低声喝道，快放下枪。

郭秀梅刚才见赵老灯的左腮动了动，知道赵老灯动了杀心，她来不及多想便去抽枪，可终究还是慢了一步，她持枪在手时枪已经响了。

躺在地上的赵老灯也顾不上哼叽，他举了举左手对手下说，快都把枪放下。

几个胡子乖乖地把枪放到地上。

向林子外逃跑的时候，桂力胜本来是跑在前面，旁边的林子有一道黑影跑得飞快，很快就超越了自己。桂力胜一看，那黑影正是朱明龙。

说好各自分头跑，没想到朱明龙还是和自己跑到了同一个方向。未等桂力胜想好是不是换一个方向，只见远处站立着两个胡子，他们用枪指着朱明龙。桂力胜见他们并没有发现自己，忙悄悄地伏下身来。

两个胡子是设在那里的暗哨，桂力胜感到吃惊，他知道自己低估了这帮土匪。林子里这样的暗哨还有多少？桂力胜不得而知。

两个胡子似乎商量了一下，一个胡子仍站在那棵树的下面，另一个胡子押着朱明龙向山洞的方向走。桂力胜脑中闪过无数的想法，是换一条路继续下山？还是把那个暗哨胡子干掉下山？自己在最需要帮忙的时候朱明龙帮了自己，现在朱明龙被抓回去肯定是个死。如果自己这样跑了是不是太对不起他了？

正犹豫间，桂力胜看到又有几个胡子从远处走了过来，他们也是安排在这一带的暗哨，大概是听到了什么动静。胡子到底设了多少暗哨？桂力胜只好跟着那个押着朱明龙的胡子悄悄向回撤。

桂力胜一路尾随押着朱明龙的小匪来到了山洞，藏在洞口旁的一块岩石后面。

桂力胜弄不清楚郭秀梅和马长脖到底是什么身份。桂力胜根据占山好的言行判断，这是一个内心凶狠的恶匪。这样想着，桂力胜举枪瞄准了占山好，恰好占山好正在拔枪。

押送朱明龙的小匪也乖乖地把枪放下了，只有大愣还固执地举着枪对准郭秀梅。

朱明龙一个高蹦起来，拦腰将大愣摔倒，大愣在摔倒的时候枪响了一声，打在了山洞顶上，几块小石头扑簌簌地掉落了下来。两个人倒地的同时，朱明龙一翻身将大愣压到身下。

郭秀梅和马长脖冲过去把自己的匣子枪抢在手里。

看到局势得到控制，桂力胜弯腰拾起赵老灯的匣子枪，检查里面的子弹。

桂力胜示意赵老灯站起来。他说，大当家的，站起来吧？

占山好哼哼叽叽地站了起来，对大愣埋怨道，我说放下枪放下枪，怎么就不听呢？

大愣被朱明龙压在身下，他嗓音混浊地吐出了几个字。

马长脖将自己的匣子枪顶上火，将枪对准了桂力胜，这位朋友，报报迎头，哪个绺子的？

这突然的变故让桂力胜愣在了那里。他知道马长脖正在用土匪黑话问他一些什么。小时桂力胜曾听邻居扯闲篇儿时说过几句土匪黑话，属于四六不靠的黑话。桂力胜知道，一旦回答错了，马长脖手中的枪就会射向自己，绝对不是闹着玩的。

桂力胜看向郭秀梅，摇了摇头，表示自己不懂这些。郭秀梅见桂力胜突然杀出来，虽然救了自己，但这是个什么人，她的心中也一直藏有疑惑。

桂力胜见郭秀梅不吭声，只好问，他想问我什么？

郭秀梅忽然意识到这个人应该是个空子，并不是吃横把的。郭秀梅于是说，他问你尊姓大名，哪个山头的。

桂力胜说，我姓桂，叫桂力胜。我在安敦城里帮樊五爷家做佣工，被他们抓上山的。

马长脖手中的枪仍然对着桂力胜，他半信半疑。说他桂力胜不是赵老灯一伙的他信，但说他在樊五爷家做佣工他就不信了。安敦城里倒是有个樊五爷，这一点马长脖是知道的。但能把匣子枪玩得这样溜的人，你说他是做佣工的，谁信哪？难道是樊五爷家的炮手？

郭秀梅把马长脖指着桂力胜的枪压了下去，说，这位大兄弟救了我们，确实不是占山好的人。我们想办法赶快离开这里。

桂力胜说，有大当家的在这儿就好办。

外面已经聚拢了二十多个胡子，他们是听到枪声赶过来的。因为不清楚山洞里面的情况，他们只是端着枪，并不急于向洞里冲。一个炮头模样的喊，大当家的，里面是什么情况？怎么有枪响？

马长脖走过去，用枪抵住赵老灯的脑袋，低声对他说，好好说话。

赵老灯大声对外面喊道，没事儿没事儿。都回去吧，跑排啦？

炮头接着喊，真跑排啦？大当家的出来照照面儿，我们好回去。

郭秀梅走过去，说，让他们把黑土子弄过来。

赵老灯犹豫着。郭秀梅猛地用枪管杵到了赵老灯的伤口里，赵老灯嗷地叫了一声。

郭秀梅低声喝道，真的想死？

赵老灯马上清了清嗓子，喊道，关炮头，你让柳粮垛把昨天夜里弄的那些黑土子装到马上，牵到这儿来。

关炮头喊，炮头大愣不是在里头吗？为什么不让他去？

赵老灯喊，妈拉个巴子，让你干点活儿哪儿这么多废话？

不到一袋烟的工夫，关炮头牵着两匹马过来了，但身后跟了更多的人。大约关炮头感觉什么地方不对劲儿，他对洞里的情况产生了怀疑。

桂力胜的内心有些紧张。在军校时曾演习过如何劫持对方的人质，但演习和实战毕竟不同。

桂力胜看着外面黑压压的土匪，看着郭秀梅问，怎么办？

郭秀梅笑了一笑，向洞口那边走了两步喊道，外面的并肩子听着，一会儿你们大当家的要送我们下山，你们该干什么就干什么去吧。

马长脖用枪顶了顶赵老灯，示意他说两句。赵老灯犹豫了一下喊道，刚才有些误会，现在已经解释清楚了，各位就不要在洞口外面看热闹啦。

桂力胜看朱明龙还按着大愣，示意朱明龙起来。

朱明龙想把大愣扔在地下的长枪捡起来，桂力胜制止了他。

桂力胜知道，枪支无疑是土匪的重要资产，如果绺子里这么多吃饭的家伙被别人弄去，肯定是要上来拼命的。

现在最重要的是怎样逃出这个鬼地方。

想着大愣和那四个小匪随时可能拿起枪来反击，桂力胜把那些枪里的子弹全部退下揣进自己的口袋里。

出了洞口，众小匪见大当家的被达达香用枪顶着，全都愣在了那里。一个小匪抬枪就要射击，桂力胜一枪将他打倒。

马长脖走在前面，他喊道，我们只想把我们的黑土子带下山，没有别的意思。如果你们不想让大当家的鼻咕，那就开枪。我们管直，什么也不怕。

赵老灯马上喊，都别瞎嘚瑟啊，人家达达香也说了，让我送他们下山。把喷子都管好，千万别跑排。

桂力胜示意朱明龙去牵马。朱明龙把枪背到肩上，从一个小匪手中接过了马缰绳。桂力胜朝驮筐里抓了一把，取出两块方形的东西给郭秀梅看，是这个吗？

大烟土熬好后郭秀梅也没有见过，她看清楚桂力胜手上的确是熟大烟土，于是她点了点头。

朱明龙牵着马走在前面，然后是马长脖，然后是郭秀梅与赵老灯。桂力胜走在最后，他不时地向后看，防止有小匪偷袭。

土匪们并不散，他们远远地跟在后面。

郭秀梅看了看后面的土匪，对赵老灯说，你的人对你还挺忠的，若是有哪个想害你，胡乱打两枪，你就完蛋了。

赵老灯说，那我回去不捏死他？

郭秀梅说，你都完蛋了，还想回去捏死谁？

赵老灯咽了口唾沫，什么也没说。

看着马上要出占山好的地盘，郭秀梅感到轻松起来，她对桂力胜说，我看你的枪法挺好。

桂力胜不好意思地说，没打准。

郭秀梅说，不是撂倒了吗？

桂力胜说，匣子枪我使不惯。本来只是想打伤让他失去战斗力，没想到给打死了。

郭秀梅从没有听过什么战斗力的这种说法，但她知道桂力胜说的意思，她问，那你习惯用什么枪？

桂力胜说，我用撸子准一点儿。

郭秀梅马上从腰间抽出一把枪牌撸子，说，你先用着。

桂力胜拿过一看，见是他非常喜欢的枪牌撸子，忙把手中的匣子枪插入腰间。

桂力胜非常高兴，以往他只在教官的身上见过这种枪。有一次实弹射击，有教官把自己的枪牌撸子拿出来，桂力胜在射击场上打过十几发子弹，用得非常顺手。

桂力胜习惯性地把弹夹卸下来看了一看，然后装上，把子弹上膛。

林子逐渐密了起来，桂力胜觉得快要出占山好的地盘了，两边的树林里突然冒出许多人来，手中全握着枪。桂力胜一惊，忙把手中的撸子指向了那些人。

郭秀梅惊喜地喊了一声，二柱，你怎么来啦？

苗二柱跳过榛材棵子，冲过来说，你和二当家的走后我不放心，害怕你们出事，把人马集合出发。快到这里的时候，小崽子给我报信，说是山上响枪了。

郭秀梅看到自己的人马，笑了一笑，对赵老灯说，占山好大当家的，今天的事呢，我觉得你做得不那么地道，我也不和你掰扯了。以后呢走正道，不仁不义的事儿别干。

赵老灯说，那是那是。我这脑子一糊涂就犯了浑。

马长脖背对着赵老灯，不时地给郭秀梅使眼色，意思是把赵老灯干掉，借这个机会把占山好的绺子全部拉过来。郭秀梅也知道这是个好机会，那些人就在不远处站着。如果现在用枪指着他们，估计大半会儿反水。可如果真要有几个不怕死的开枪，自己的兄弟死几个人也是很容易的事儿。郭秀梅决定还是放掉赵老灯，不想多生事端。郭秀梅装作没看明白马长脖的眼色，继续对赵老灯说，占山好大当家的，我这两年来一直在跟小日本打，因为小日本与我有杀父之仇。你打不打小日本是你的事儿，但我有句明话放到这里，不打没关系，但不要帮日本人。你看绺子交得宽前些日子投靠了日本人，变成了什么保安队，如果你们绺子也那样，以后见面就往死里打。

赵老灯忙说，大妹子，这一点你放心，我是谁惹我我打谁。再说了，投谁也不能投日本人哪。

郭秀梅点点头说，那我就信你的话。你回去吧。

赵老灯不相信似的面朝着郭秀梅向后退，他怕有人打他的黑枪。郭秀梅对桂力胜说，把他的枪还给他。

桂力胜想把匣子枪里面的子弹卸出，但觉得当着赵老灯的面这么做不合适。

看桂力胜犹豫，赵老灯知道要不要枪已经不重要了。虽然一支枪抵好几斤大烟土，此时性命更要紧。赵老灯说，大兄弟，枪不还也行，算我送你了。

桂力胜知道占山好并不情愿，为了不生事端，他把匣子枪扔了过去。赵老灯接住枪，对达达香抱了抱拳，说，后会有期。

占山好带着他的手下隐没在山林的后面。

苗二柱看占山好走远，想跟郭秀梅说点什么，郭秀梅摆了摆手，说，这里还是占山好的地盘，我们还是离他远点，免得吃亏。

郭秀梅领着队伍向下走了很长一段时间才停了下来。

苗二柱拉来了两匹马，让郭秀梅和马长脖骑。郭秀梅把自己的马让给桂力胜，她说，今天是桂大哥救了我的命。

桂力胜笑笑说，我只是凑巧逃命经过那里。

桂力胜把郭秀梅递过来的马缰绳交给了身后的朱明龙。朱明龙很高兴，他一翻身便蹬上马去。

郭秀梅说，我叫郭秀梅，报号达达香，是这个绺子里大当家的。这位是马叔，报号西顺，二当家的。这位是苗二柱，报号飞龙，三当家的。

马长脖看着桂力胜，微微点了下头，什么也没说。二柱上前拍了拍桂力胜的后背，说，兄弟，入我们绺子吧，一看你就是个好手。

郭秀梅对二柱说，别谁来都拉人入伙，人家能不能看上咱们绺子还不一定呢。

二柱自豪地说，咱们绺子也快两百人了，算得上大绺子了。

郭秀梅白了他一眼，两百人就值得显摆？你要是张作霖，不得上天啊。

二柱也不生气，笑嘻嘻地摇了摇头，牵着两匹马向前走。刚才，郭秀梅把自己的那匹马让给了桂力胜，二柱又从别处找来一匹。可郭秀梅表示不骑。二柱见郭秀梅不骑，他把两匹马都牵在手里，随着队伍向前走。

桂力胜能感觉得到，二柱对郭秀梅像对待自己的小妹妹一样极有耐心。

郭秀梅和桂力胜并排在后面走着，有一搭没一搭地和桂力胜说着话。

郭秀梅问，桂大哥你名字怎么个叫法？刚才在那种场合，我没太听清。

桂力胜说，我叫桂力胜。桂就是桂花的桂，力呢就是有力气的力，胜呢就是打赢了的胜。

郭秀梅说，桂大哥这个名字起得还真不错。父母一定都是读书人吧？

桂力胜心想，我的真名字还真不能和你们说。想到这里桂力胜就说，我的这个名字是我上学后先生给起的。父母给我起的名字叫桂金财。

桂金财？桂金财这个名字也不错啊，以后肯定挣大钱。

桂力胜在奉天普通学堂读书的时候，班里有个同学叫郑金财。

桂力胜说，我父亲做点小买卖，家里生活还说得过去。我爹给我起了这么个名字，是真希望我挣大钱。

郭秀梅问，你家哥儿几个呀？

桂力胜说，有四个姐姐，她们都出门子了。我是最小的一个。

这个情况倒是真实的，如果不是大妈和二妈老生不出儿子，桂力胜的父亲也不会再娶他的母亲。

那你就是个金苗呀。怪不得你爹给你起名叫金财。

桂力胜说，我爹希望他的买卖做得大些。

郭秀梅问，桂大哥家住在哪里呀。

桂力胜想都没想就说，我家住在吉林的乌拉街。家里开了一个小杂货店，我爹常到这边来进货。

郑昆武的家住在吉林乌拉街。

郭秀梅想解开心中的疑惑，我看你对枪那么熟悉，还以为你当过兵呢。

桂力胜知道自己对枪的熟悉肯定会让人猜测有行伍的经历。

桂力胜说，我在东北讲武堂学了一年。东北讲武堂听说过吧？

郭秀梅点了点头，听说是张作霖办的专门培养军官的学校。

桂力胜说，就是。大帅死后少帅接着办。本来应该学一年半的，九一八事变，学校停办了。

郭秀梅问，你们人都散了？

桂力胜说，没有。事变那天很多人拿了枪打了出去，很多人到了北京，被少帅分到了下面的各个部队。

郭秀梅问，那你怎么没有下部队？

桂力胜摇了摇头说，别提了。事变的前几天，我爹爹病倒了，他以为熬不过去，便打发人到电报局给我发了封电报。我赶忙拿着电报向学校请假。学校监督给了我一个礼拜的假。

郭秀梅问，监督是干什么的？

就是我们所说的堂长。原来叫堂长，后来改叫监督。

你爹后来怎么样了？

桂力胜接着说，我回到家后，我爹挺高兴，病一天天见好。还没到一个礼拜，发生了事变。我要往学校赶，家里人拦着不许去。事变过了十多天，我回到了奉天，学校停办了。学校门房说当天枪声响得像炒豆似的，很多学员拿了枪向外冲，有人被打死了。后来那些尸体都被大车拉走了，也不知埋到了什么地方。

郭秀梅问，奉天死了那么多人，少帅为什么不和小日本打呢？

桂力胜说，这是人家少帅的事儿，咱们怎么可能知道？

郭秀梅羡慕地说，桂大哥是个有文化的人啊。

桂力胜说，有文化谈不上，书倒是念了一些。

郭秀梅好奇地问，桂大哥念了几年书哇？

桂力胜说，断断续续地念了差不多十年吧。

郭秀梅吐了下舌头，哇，念了这么多年呀。算得上老学究了。你今年多大？

桂力胜说，今年虚岁二十三。

郭秀梅从懂事起就被父亲带到了山上，本来郭大个子想在安敦城里给郭秀梅找个寄养人家，让她上个学，认个字。绺子里的翻垛徐老蔫认为万万不可，他说干咱们这一行的仇人多，如果将秀梅放到城里，被哪个绺子绑了去，后悔也来不及。郭大个子想来想去，放弃了让秀梅到城里念书的打算。徐老蔫有时会教秀梅认两个字，也是有一搭没一搭的。徐老蔫好赌，胡子不下山砸窑、绑票，闲下来就聚在一起赌。这个行当是个过了今天不知道还有没有明天的活计，没有不赌的。徐老蔫一赌就把教秀梅的事儿忘得一干二净。郭秀梅认的字将就着让她能读写一些简单的信件。

郭秀梅好奇，一个人怎么可以念这么多年的书呢？她想起了自己的爹郭大个子，眼睛湿润了。桂力胜注意到郭秀梅情绪的变化，及时闭上了嘴。

过了一会儿郭秀梅谈起了自己，谈她当年如何被父亲郭大个子带到山上，父亲怎样被日本鬼子打死，自己怎样当上这个绺子大当家的。她还讲了这两年她是如何领着众弟兄打鬼子的。

桂力胜问，你父亲死的时候多大岁数？

四十二岁。

谈起父亲，郭秀梅沉默了，她不再说话。

两个人都沉默着，跟在二柱的马后无声地向前走着。

第五章

桂力胜注意到，达达香的这个山头与占山好的山头有很大的不同。

一直行走在密林间，忽然就看到树上有人和郭秀梅打招呼，桂力胜知道这是达达香的山头快要到了。

树上的岗哨设得很隐秘，外人很难发现树上还藏了个人。

又走了一段时间，林地里开始有了空阔的地方，出现了屋舍，很像一个小小的村落。只不过这些屋舍是把林中的树木伐掉建起来的。这些屋舍呈一字形排开，大概有二十几间。正在桂力胜惊疑这独特的屋舍排列时，苗二柱牵的两匹马停下了。

郭秀梅从苗二柱的手中接过两匹马的缰绳，对他说，你把桂大哥送到客房休息，晚上咱们和桂大哥好好喝上一顿。

桂力胜想和郭秀梅说点什么，但又不知说什么好。他把腰间的撸子取下，和肩上的长枪一起递给了郭秀梅，说，谢谢你信任我，把自己的枪给我用。

郭秀梅说，你不是救了我一命嘛，还有啥可不信任的？

桂力胜说，把自己的枪交给别人，就是把半条命交给了对方。

郭秀梅说，你救了我，还没来得及谢你，这枪就送你啦。

桂力胜刚想说句什么感谢的话，郭秀梅转身牵着马走了，她拿走了那支长枪。

郭秀梅牵马走向另一间屋子，与马长脖张罗着卸大烟土。

桂力胜的心中升起了一种异样的感觉，他小心地将那把枪牌撸子掖进怀里。

那三间房子似乎比其他的房屋结实一些，全部由石头砌成。桂力胜猜测，里面一定装着绺子里最值钱的东西。

苗二柱喊了桂力胜一声，示意跟着他走。

屋舍之间由于经常来往而踩成了极平整的小道，但树木依然紧密，枝丫横出。这些屋舍，不走到跟前是无法发现的。桂力胜也明白了一个道理，既然马架子走到近前也能发现，为何不建造些舒适的民房呢？

这是一座标准的东北三间房。从中间进去，中间是厨房，东边一间，西面一间。二柱领着桂力胜进了东边的一间。东北的房子一般以东边为尊贵，东北冷，冬天经常刮着西北风，冬季东面的屋子比西面的屋子相对暖和一些，如果三代人同住一起，一般老人和孙子住东屋，儿子儿媳住西屋。

进了东屋，南北两铺大炕，二柱把桂力胜让到了南炕上。南炕把东头有个炕柜，二柱打开柜门，从里面拿出了一个笸箩。笸箩是用柳条编成的，中间还装了个十字挡板，里面装了四样东西：花生、葵花籽儿、榛子、松子。这是东北比较隆重的待客之道，是过年到人家串门时才能享受的礼节。

二柱跳上炕，把褥子铺了，枕头拿了。他对桂力胜说，你先躺着歇会儿。我看你这小体格不像干活的人，走这么老远的路够你受的。你先眯瞪一会儿，晚上咱们好好喝点儿。

桂力胜向二柱笑了笑，谢谢苗大哥。

二柱跳下炕说，我今年二十九了，你叫我大哥没毛病。

二柱在屋里转了个圈，觉得再不需要自己干什么。他抓了一把葵花籽儿，边嗑边走出了屋。

桂力胜真的累了。昨天没睡好是一方面，今天走这么远的路又是另一方面。桂力胜感到浑身上下酸痛。他脱鞋上炕，在褥子上躺了下来。

桂力胜知道，现在自己是出了一个土匪窝，又进了另一个土匪窝。

如果郭秀梅要自己入伙怎么办？虽然看上去郭秀梅并不那么凶残，但她毕竟是土匪，而土匪就没有什么道理可讲。她虽然承认自己救过她，但自己不答应入伙，她会不会翻脸不认人？

桂力胜脑中闪出逃走的想法。

糊着窗纸的窗户半开着，伴着微风不时有蒿草的气息涌进屋里。

东北的窗户从上到下分成两个半扇，下一半是固定的。上一半可以向内掀起，必要时用个木杆支上，起通风作用。

桂力胜来到窗前向外观望。房前屋后都是树林，逃走之后进入林中很容易躲藏，也就是说，要想逃走还是很容易的。可逃离这里后到哪里去呢？如何生存？桂力胜一时没有想好。

桂力胜知道，逃出去固然容易，但要想到你想去的地方并不容易。在山里，如果不熟悉情况，走着走着，就困在山里了。

桂力胜躺回到枕头上，他犹犹豫豫地无法下定决心。桂力胜又想，不如先在这里待上一段时间再说。这样一想，他很快就睡着了。

恍恍惚惚中，桂力胜听到厨房里一阵乱响，屋门被打开了。

二柱说，力胜老弟，大当家的和二当家的来看你了。

桂力胜忙爬起来，只见郭秀梅、马长脖还有苗二柱正立在屋中央。

桂力胜下地穿上鞋，他揉了揉眼睛说，不好意思，我睡着了。

郭秀梅快言快语地说，桂大哥走了一天山路，能挺下来就不错了。一般人早就累瘫巴了。

苗二柱说，我看力胜老弟这体格子比一般的读书人强。

马长脖不说话，他用一双阴鸷的眼神盯着桂力胜看。桂力胜不知道这个马长脖到底在想什么，他假装没有注意到马长脖的眼神，朝马长脖笑笑，说，其实也累瘫巴了。

马长脖似乎意识到自己再不说话就不妥了，他的脸上也挤出了笑容，说，大当家的准备了好嚼谷，算是给你接风。喝了酒，立马就不瘫巴了。

出了屋子，向前走了没有多远，来到了另一个三间房的前面。这里有个小院，没安院门。屋门前不远处摆放着一只大酱缸，酱缸旁种了一墩地瓜花。

桂力胜猜测这是郭秀梅的住所。除了郭秀梅之外，这里的胡子不会有第二个人会对地瓜花感兴趣。

站在院里，桂力胜能看到一些胡子在不停地端着碗盘四处穿梭。他知道，这肯定是整个山头都在庆贺大当家的和二当家的平安归来。

东屋门口有个布帘，西屋的门没有。郭秀梅领着他们来到了西屋。桂力胜猜测东屋是郭秀梅的住处。

西屋和一般东北的房间有些不同，东北的屋子大部分是南面一铺炕，北面一铺炕，中间是屋地。这间西屋北面有一溜火炕洞子，纯粹是为了取暖而砌出来的。南面没有炕，放有两张木桌，四周摆满了木凳。

现在，一张木桌移到了角落，另一张桌子摆上了六盘菜，还有一个酒坛子放在边上。

桂力胜在没有到达达香的山头的时候，曾经想象过这里的生活，他想土匪的住处向来都是沟远林深，肯定非常艰苦，没想到这里和屯子里的老百姓没什么不同。

郭秀梅喊，桂大哥，你坐这里。

郭秀梅指的那个位置通常被称为主位。小时候桂力胜的父亲曾告诉过他，不能轻易坐主位。那么怎么判断哪个是主位呢？一般来说，面对着门的是主位，而背对着门的是末位。

桂力胜说，三位当家的都在这里，我岂敢坐在那里？我坐在这里就不错了。

桂力胜主动坐在了背对着门的那个位置。

桂力胜知道，虽然郭秀梅把自己当作客人，但自己却不能不清楚自己的身份。自己是在和一帮胡子打交道，是要时刻警惕的。

郭秀梅和苗二柱坚持要让桂力胜坐主位，马长脖对他们的争执不感兴趣，他凑到那坛酒前闻了闻，脸上露出一脸的陶醉。

二柱把桂力胜从椅子上拉起来，要他坐在主位。在争执中，桂力胜只好勉为其难坐到了主位边上的位置。这样，郭秀梅坐到了主位，桂力胜坐到了她的右手边。马长脖坐到了郭秀梅的左手边——桂力胜的对面，而二柱则坐到了背对门的位置。

很快，一碗白酒已经见底了。桂力胜是有些酒量的，他甚至不清楚自己到底能喝多少。

平时父亲都是自己单独在屋里的桌上用餐，桂力胜则是和母亲及其他姐姐在厨房的桌子上吃饭。十五岁之后，桂力胜偶尔在过年的时候有机会陪父亲喝酒，父亲喝多少他跟着喝多少，既不敢少喝也不敢多喝。如果父亲说就这些吧那就意味着结束。桂力胜从未体验到喝多的滋味。喝得最多的那一次是在陆军军官学校毕业典礼的那天晚上，全班的人都在狂欢，可是桂力胜却感到惆怅。班里好几个同学喝醉了，瘫坐在地上无法起来。桂力胜也一杯接一杯地喝着白酒，他想体验一下喝醉的感觉。没等他喝醉，班长就拉着他去抬那些躺倒在地上的同学。把同学送回宿舍，桂力胜反而更清醒了。

第二碗喝了一半的时候，二柱说，桂老弟，人呢，相遇得讲缘分。我们呢，在占山好的山头相遇了，这就是缘分。有缘分呢，我想你就听哥哥我一句劝，入我们绺子。

马长脖自己喝了一大口酒，说，二柱呀，不是我说你，你非得劝桂少爷入我们的绺子干什么呀？人家哪能看上咱这个江湖上没什么地位的绺子呀。人家能上东北讲武堂，说明家里有钱。讲武堂那是啥地方？出大官的地方。远的不说，东京城的宋旅长就是讲武堂毕业的。再说了，家里有产业，凭啥跟你在山里把脑袋别在裤腰带上当土匪？

二柱说，世道这么乱，家里有产业也难免守得住。桂老弟念过讲武堂，如果不怕死，在绺子里当个炮头不成问题。

桂力胜没有说话，他看到郭秀梅正用急切的目光看着他。

桂力胜默默地喝着酒，他知道加入很容易，但过后如何脱身呢？如果自己拒绝，他们会翻脸吗？

桂力胜脑中急速地想着这些，他再一次端起酒碗示意喝酒。

看桂力胜不说话，郭秀梅忙打着圆场说，二柱，你也别逼桂大哥。这事儿不能勉强，桂大哥愿意留下来自然好。如果桂大哥想回家，那桂大哥在这里住上些日子咱们就把桂大哥送回去。

马长脖说，大当家的这话说得对。

　　桂力胜慢慢地把碗放到桌子上说，三位当家的心意我领了。我桂某也没有什么能力，能蒙三位当家的厚爱相邀入伙，这让我诚惶诚恐。在这里我也和你们说说心里话。从占山好的山头到这里来的时候，大当家的对我说了咱们绺子这两年来专打小日本，砸日本人的窑。这一点让我倍感钦佩，大当家的虽然是女流，但不失爷们风度。我能选择进讲武堂，其实心里是憋着一股劲儿的。我在奉天普通学堂，老师为我们讲了中国近些年的历史，小日本是一直想要灭我中国的。我们作为中国人，应该怎么办？这就是我入讲武堂的原因。可是，如果仅仅有打小日本的志向是无法走得更长远的。

　　听到这里，马长脖不高兴了，他拍了一下桌子说，你是嫌我们不是正规军呗？正规军有啥了不起？不就是多一身军装嘛。

　　郭秀梅瞪了一眼马长脖，说，长脖叔，你是不是喝多啦？

　　桂力胜对郭秀梅笑笑，说，我说话比较直，三位当家的也别在意。我说一个队伍要想走远，那不光得有枪炮，有子弹给养，还得有一个政党来统领这个部队。什么是政党？就是一个组织，拥有自己的信念和信仰……

　　二柱打断桂力胜的话，他问，桂老弟，什么叫信仰？

　　桂力胜想了想说，信仰就是你相信的东西。比如说信佛的人相信行善能让人脱离苦海，比如说做买卖的人相信拜财神能让人发财。

　　看着二柱似乎明白了自己所说的意思，桂力胜接着说，可是咱们绺子只有这么一个打小日本的主张是不够的。

　　郭秀梅说，那我们建立一个政党不就完事了吗？

　　桂力胜摇了摇头，说，事情并不是那么简单。这一点我说不好，但一个政党的建立不是容易的事儿。我这次出来，虽说是来找我的父亲，但我也听说这一带有人民革命军、反日联合军，他们是共产党领导的队伍，我是想加入他们的。

二柱说，听说在延吉、珲春和汪清那一带有好多人民革命军，据说到咱们这一带活动过，但和他们没缘分，一次也没有见到过。

郭秀梅说，共产党是干什么的？倒是听人说过，但不知道他们到底是怎么回事。

桂力胜说，我也是听说，弄不清楚他们的所有一切。只是听人说他们是劳苦大众的政党，专门为穷苦人谋利益的。

桂力胜知道，如果自己把共产党的主张说得太详细，那么就会有人怀疑自己是共产党。

郭秀梅说，听说离这里六七十里他们有个密营……

桂力胜马上问，这也不远啊。你见过他们？

二柱说，离这么近？我怎么没听说过？

郭秀梅说，我也是听别人说的。具体在哪里我也不知道。

桂力胜说，如果能见见他们就好了。

马长脖把碗向下一墩说，别扯那些没用的，你就说想不想加入我们的绺子？

桂力胜慢慢喝了一口酒说，这个我还真的没想好，我先在山上住一段时间，和大家熟悉熟悉再说。

马长脖骂了一句，妈了个巴子，给你脸不要脸啦！骂完他就掏枪。

桂力胜的手速极快，他的右手在掏出枪的同时，左手同时向后拉拽将子弹上膛。马长脖的大镜面匣子枪还没有端平，桂力胜的枪已经指向马长脖的头部。

突如其来的变化让二柱吃惊。马长脖在绺子里向来以出枪速度快著称，可没想到他会输给一个年轻小伙子。

在桂力胜睡觉的那段时间里，马长脖向二柱说了桂力胜枪法不错的事儿，二柱以为是长枪。绺子里长枪打得好的人多得是，好多打猎人的出身，他们在二百步以内基本不会失手。

郭秀梅想不到两个人说着说着就要动枪，她喝了一声，干什么？放下！

桂力胜看了一眼马长脖，缓慢地把枪放下。忽然马长脖的枪向上一抬，桂力胜立刻把枪重新对准了马长脖的脑袋。

郭秀梅扭头看着马长脖，马长脖十分不情愿地把匣子枪别进了腰里。桂力胜也把枪收了回来。

郭秀梅看了看马长脖，又看了看桂力胜。

桂力胜的心中有一种羞愧，知道自己掏枪让郭秀梅很为难，但他又觉得自己不能太被动。不知道为什么，马长脖那像鹰一样阴鸷的眼神让桂力胜不安，不知那闪烁眼神的背后会生出多少变数。

郭秀梅的酒量不错，三个男人喝多少，她就跟着喝多少。她又端起了酒碗说，今天大家都喝了不少，有点多，喝多了在说话做事上就没个准谱儿，我也不怪罪你们。你们酒醒后要想一想，自家的事儿就操家伙该不该？桂大哥虽没入绺子，但是我的救命恩人，这和自家兄弟有什么区别？我们是胡子，但做事儿还是得有规矩。桂大哥从今天起在绺子里住着，他想干点什么就干点什么。如果他想走，谁也不能拦着。如果桂大哥身上少根毫毛，就是打我郭秀梅的脸，我手中的家伙肯定不是吃素的。二当家的，你有啥想说的没有？

马长脖手中的酒微微颤抖，他说，我没有说的。

郭秀梅问，三当家的，你有啥说的没有？

二柱说，我没有。

郭秀梅又问，桂大哥，你看就先在绺子里住些日子吧？

桂力胜说，我没有意见。

郭秀梅说，既然把话都说在了明面上，就把这碗酒喝了。喝完酒之后，今天的事不要再提。再提的话我就不客气了。好不好？

郭秀梅一仰脖把酒喝干净了，然后把酒碗向下一翻，看着三个人。马长脖一声不响地把酒捅了。

二柱说完一口气喝干酒。

桂力胜端着酒看了一眼郭秀梅，然后对马长脖说，二当家的，我错了，请原谅我。我虽然上了几年学，但这脾气就像我爹说的，是属驴的。请您大人不计小人过，多多包涵。按照大当家的叫法，我应该叫你长脖叔。长脖叔，请多多担待。

桂力胜说完，将碗中的酒一饮而尽。

马长脖了摆了手，说，大当家的不是说了吗，喝完酒就不再提了，都过去了。

半夜的时候，桂力胜突然被枪声惊醒。他一骨碌爬起来，把枪握在手里。

睡觉前，桂力胜很为把枪放在什么位置费了一番脑筋。很多人喜欢把枪放到枕头下面，这确实是一个很理想的地方。安全，别人要想偷偷拿走不容易。离手的位置也近，可以很快出枪。不足之处是很多人会想到枪就在那个地方。桂力胜决定把枪放到褥子下面靠大腿的那里。别人到那里拿首先得触碰褥子，不易被人偷走。离手近，出枪快。最重要的是，别人很难想到会把枪藏到那里。不过枪放到那里硌得慌，睡起来并不那么舒服。

北面的窗户那里有个黑影一闪而过，很快就没了动静。

桂力胜不清楚外面的情况，也不知到底有多少人。桂力胜躲在黑影里不动，观察着外面的情况。很奇怪，那一枪过后，外面就陷入了平静，仿佛什么事也没有发生。

很快，传来了嘈杂的声响，桂力胜听到郭秀梅领着人跑了过来。郭秀梅边跑边喊，桂大哥，你没事吧？

听到郭秀梅的喊声，桂力胜忙喊，没事儿，我没事儿。

桂力胜一边说着，一边拿起一盒洋火儿点着了煤油灯。

郭秀梅提着枪领人进来，见桂力胜没出意外，她笑了，说，你还真是命大。

郭秀梅看到北窗的窗纸上有一个拳头大小的洞，她示意老柳头领两个手下的人到外边查看。三个人跑出去看了一番回来了。老柳头附在郭秀梅的耳边说，看样子是一个人，咱们绺子内的。

郭秀梅一愣，看清楚啦？

老柳头说，不会错的。那人在林子里跑了几步后又折回来了，进了哪个房子就弄不清了。

郭秀梅也怀疑是绺子内部人打的枪。如果是外边人进来，肯定不会只打一枪。

怎么才能把这个人查出来呢？各种念头在郭秀梅的心头划过。

郭秀梅知道，在这个以凶狠与残暴为生存前提的胡子圈里，她并不是一个大当家的好材料。如果不是为爹爹报仇这个想法支撑着她，她可能一天也干不下去。

郭秀梅看了看桂力胜征询地问道，要不桂大哥到我的西屋去住？

桂力胜说，真不用，大掌柜的，我在这里住挺好的。

郭秀梅说，也好，你就消停地住着，不会再发生这种事儿了。

郭秀梅领人撤离了桂力胜的客房。到了外面，郭秀梅低声吩咐老柳头，柳叔，你派两个人到后山坡上守着，再见到那里晃荡的，不用打招呼，直接开枪。

老柳头点了点头。

早饭过后，桂力胜就坐在房前的一块石头上。这是一块有些像鸡蛋形状的鹅卵石，坐在上面倒是挺平滑的。

桂力胜在放置被褥的炕琴里找到了一块碎布，他用那块布擦拭郭秀梅给的那把枪牌撸子。枪牌撸子的真正的名称叫勃朗宁FNM1900，这是桂力胜在军械课中学过的。他同时也知道，这种枪的弹匣装弹量有七发，枪膛里还可以装填一发。知道自己手中的武器的容弹量很重要，关键时刻往往会救自己的命。

桂力胜把弹匣卸下，把子弹一颗一颗地退下。装好子弹后，桂力胜小心地把枪别进了腰间。

坐在门口能望出的视野有限，茂密的树木挡住了各个屋舍的轮廓。

桂力胜清楚，昨天晚上的那一枪，并不是真想要他的性命。当时桂力胜正在睡觉，他不相信那一枪会打得那样没有准头。这一枪是警告。警告他什么呢？是要他快些加入绺子？那就是马长脖派的人。警告他快些离开这个绺子？那又是谁呢？

桂力胜想起了自身的处境，他觉得左右为难。怎样才能与组织接上头呢？

桂力胜想不出什么办法，他恨自己无能。如果张成信在这里，桂力胜相信他一定能够找到解决问题的方法。

听到有脚步声由远及近地传来，桂力胜抬头望去，只见朱明龙满脸笑意地走了过来，他的身后跟了个年轻的胡子。

昨天晚上，郭秀梅安排人带朱明龙去休息，朱明龙不放心地扭头看桂力胜。桂力胜向他摆了摆手，意思是可以放心去睡觉。

朱明龙走近桂力胜，说，我回家。

桂力胜问，他们让你走？

朱明龙点头，他们让了。

桂力胜问，吃饭了吗？

朱明龙点头，并且拍了拍肚皮。

朱明龙又做了一个手势，意思是我们一起走。

桂力胜笑了笑说，你先走，我再在这里待一些日子。

朱明龙嘴里冒出了一串朝鲜语，意思是说，我们一起走多好。

桂力胜拍了拍他的后背，和他拥抱了一下，说，你走吧。我们早晚会再见的。

朱明龙依依不舍地离开了，那个年轻的胡子送他下山。

桂力胜重新坐到了那块巨大的鹅卵石上。朱明龙能离开这个是非之地，桂力胜觉得还是挺好的。达达香手下的这伙胡子，虽说打日本鬼子，但成分复杂且纪律涣散，祸害老百姓的事时有发生。

如果找到抗日人民革命军，该怎样介绍自己呢？

桂力胜清楚自己身上肩负的重要任务，这是对谁都不能说的。他应该把自己过去的一切全都隐去。

正胡思乱想着，桂力胜发现郭秀梅正站在一棵水曲柳树下向自己这边张望。

郭秀梅的上身穿了件红色的衣服，衬托出了她女性的丰韵。郭秀梅似乎还擦了一些雪花膏和香粉，使得她站在这么远的地方桂力胜仍能嗅到她身上散发出的香气。

昨天第一次见郭秀梅的时候，她是一身男人的衣裤，跟男人没有什么区别。在她的面前，桂力胜也没觉得有什么不自然，但当郭秀梅突然换上这么一套女装时，桂力胜却无端地心慌起来。

桂力胜向郭秀梅招了招手，示意她过来。

郭秀梅走过来，坐到了桂力胜身旁的一块花岗岩上。

郭秀梅问，后半夜你睡着了吗？

桂力胜说，睡着了，怎么会睡不着？

我想着你要是害怕，就再也睡不下去了。

没有。昨天太累，走了那么远的山路。以前虽说也走过山路，不过是上山挖挖野菜。昨天把我累得半死。

郭秀梅说，我不也同样走吗？你个爷们应该比我更强才是。

桂力胜说，是是是，我应该加强锻炼了。

郭秀梅哧哧地笑。

桂力胜也笑。胡子成天在山里转，每个人都练出了很好的体力和耐久性。

郭秀梅看了桂力胜一眼说，你有些傻。

桂力胜心中一动。

两个人谁也不说话，他们沉默着。

过了一会儿，郭秀梅说，我想领绺子去打安敦城的日本守备队，你看应该怎么打才好？

话问得突然，桂力胜毫无思想准备。郭秀梅为什么要和自己说这个话题呢？

桂力胜问，为什么要问我？和二当家的、三当家的商量不是更好吗？

郭秀梅叹了一口气，说，他们都说打不得。

桂力胜问，为什么打不得？

郭秀梅说，说我们打不过他们。

桂力胜说，你说说各方面的情况。

听完郭秀梅的介绍后桂力胜问，绺子现在最多能出去多少人？枪支弹药是什么情况？

郭秀梅说，除了看家的，最多能出去一百五十多人。枪倒是每个人都有，子弹并不富裕。以前山上的绺子都是吃绑票，去砸硬窖的时候少，用不着那么多子弹。但现在要跟小日本打，就得真刀实枪地干。每次打小日本，子弹都打掉不少。子弹都是用大烟土换来的，一斤大烟土换不来多少。

桂力胜心中疑惑，问，打小日本没缴获一些枪支和弹药吗？

郭秀梅说，我们从去年到现在，差不多也打了小日本十几次了，只有两三回得到了枪支和弹药，剩下那几次什么也没得到。

桂力胜问，为什么会这样呢？

郭秀梅说，有的时候是小日本守在里面我们攻不进去，死了两个弟兄我们就觉得再硬攻就不值了。有的是小日本其他的地方来支援了，我们就撤了回来。

桂力胜点头沉思道，这就是缺少计划。咱们绺子里有没有机枪？

郭秀梅摇头，机枪要价高，没买。

那日本守备队还真打不了。

桂力胜给郭秀梅分析道，首先是冲不进去。你说这个日本守备队是个守备中队，至少有三个小队，再加上中队部，往少里说，应该有四十多个人，往多了说，可能要五十出头。每个小队配备有一挺轻机枪。这样的配备我们如果硬冲，这一百五十人也不好干什么。如果城里的警察署或者是保安团前来支援，就要受到前后夹击。

郭秀梅显得不高兴，依你的说法，小日本还打不得啦？

桂力胜想了一想说，依绺子现在的实力打起来还真困难。如果真打的话，我们就要把这个日本守备队打垮，从那里取得大量的枪支弹药和给养。只打得不痛不痒的有什么用？

郭秀梅问，怎么才能把守备队彻底打下来呢？

桂力胜说，目前绺子的武装力量不够，能不能再联合一两个绺子，或者是找人民革命军？

郭秀梅一听，马上凑近桂力胜说，你一说我马上想起来。昨天我不是说离这六七十里有个人民革命军密营？这是老柳头悄悄告诉我的。二当家的和三当家的不知道。老柳头一次外出打猎，发现了那里，说那个密营里至少有百八十人。

桂力胜说，可以和他们联络一下，一起把这个守备队打掉。我们两部分需要一伙专心打守备队，另一伙打前来增援的部队，这样才可能彻底把这个守备队拿下来。

郭秀梅问，人家人民革命军会和我们绺子一起干？

桂力胜说，怎么不会？首先都打日本，其次是战利品平分。他们没理由不与我们合作。

郭秀梅沉思了片刻后问，如果他们不与我们平分怎么办？

郭秀梅会提出这样的问题是桂力胜没有想到的。郭秀梅想和人民革命军合作，又怕他们不讲信用。

虽然桂力胜没有在人民革命军的部队里待过，但他知道这些部队都是共产党的队伍，是党辛辛苦苦建立起来的。这样的道理怎么对郭秀梅说呢？

如果真的缴获了大量的枪支弹药，你会不会分给人民革命军啊？桂力胜微笑着问。

郭秀梅瞪大眼睛，当然要给啦。

为什么呢？

郭秀梅想了想说，如果不给，对方可能动枪。真闹到那一步，哪一方也得不到好处，不如把东西分给对方。

桂力胜点了点头说，你能这样想，他们也会这样想。

郭秀梅不说话了，她漫无目的地揪着脚边的一丛扫帚菜。

一阵疾风吹过，远处的树叶发出轻微的喧哗声。

郭秀梅站起来，她已经下了决心，那么你能不能跟我跑一趟？

桂力胜感到诧异，跟你跑一趟？怎么跑？

郭秀梅小声地说，一会儿我把老柳头叫着，咱们三个骑马儿去，晌午前就能赶到那里。如果谈妥，晚上就可以行动。

桂力胜实在惊讶，晚上行动？是不是太急了？

郭秀梅说，我们傍晚就能回来。回来就开拔，半夜就到城边了，正好打驻守在城边的守备队。

郭秀梅这种做事果断的性格桂力胜是很佩服的，但这样决定是不是有些草率？作战前不研究一下作战方案？不和二当家的、三当家的通个气？这就是胡子向来的做法？

根据郭秀梅说的，桂力胜觉得自己倒是可以在路上想一想整个作战方案。

桂力胜在课堂上倒是学过诸如进攻的一些基本知识，但他并没有实战经验。课堂上讲的是一回事，面对具体的情况能不能奏效是另一回事。最重要的是郭秀梅会不会听从自己的安排。

当老柳头把马牵来的时候，桂力胜才想起自己根本没有骑马的经验。

说自己完全不会骑马是不准确的。军校里有骑马训练这一环节，马匹有限，他们大部分是在课堂上由教官讲授骑马的基本常识。到了实际操练的时候，每个人在马背上的时间不超过二十分钟。

在操场上骑马和在林中骑马完全不同。有骑马经验的老骑手也很害怕骑马进入森林，马并不考虑身上还驮着个人，它能走过的缝隙，就会快速通过，骑在上面的人很可能会被旁边或高处的树木绊下马来。

郭秀梅换了身男装，身上增加了一股英气。她把一支步枪递给了桂力胜，说，这是你从占山好地盘扛回来的枪。

桂力胜拿过来一看，果然是他昨天从占山好手下的胡子手中夺来的汉阳造步枪。他拉开枪机，检查了一下里面的子弹。猛然想起，自己的口袋里应该还有不少子弹，桂力胜不由自主地摸了摸口袋，那些子弹还在。

郭秀梅从老柳头手中接过枣红马的缰绳，递给了桂力胜，你骑这个，它稳当。

老柳头看着郭秀梅忍不住嘿嘿地笑了起来。

郭秀梅白了老柳头一眼，笑啥？不稳当？

老柳头笑得更起劲儿了。

桂力胜不明白老柳头为啥笑，问，怎么啦，柳叔？

老柳头说，稳当，那马是匹骒马，怎么能不稳当？

桂力胜也笑了。他知道郭秀梅让自己骑骒马并没有嘲笑自己的意思，从安全的角度来讲，骒马确实没有公马那样狂野。

桂力胜跨上了马背，他觉得这匹枣红色的骒马走起来确实稳，不像老柳头身下的青花马，一起步就拉开要跑的架势。

走了一段时间的路，桂力胜觉得自己的骑马技术有了明显的提高。在两片林子中间有一块蒿草地，郭秀梅从后面策马赶了上来，与桂力胜齐头向前走。桂力胜看了看二三十米开外的老柳头，悄声问郭秀梅，可靠？

郭秀梅说，可靠，他一直跟着我爹。

桂力胜问，你把计划跟二当家的、三当家的说了？

郭秀梅说，没有，我只是跟长脖叔说我们要出去办点事儿，别的没和他说。

桂力胜说，还是得早些向他们说这个计划，支持你也好，反对你也罢，要先和他们通气，如果不这样的话，很容易产生隔阂，你说呢？

郭秀梅点了点头。

又开始钻林子了，郭秀梅双腿一磕马，率先进入了林子。

正午的阳光，透过密密的林间枝丫洒落在空地上，这让林间的一切看起来斑驳陆离。郭秀梅骑在马上，那些细碎的金色阳光在她的身上疾速地划过，使她像仙女一样置身于幻境中。

突然，老柳头勒住了马。他朝对面拍了三下手掌，道，前面的大哥听着，我们是达达香绺子的，有事儿与你们大当家的说话。请出来我们见一面。

见对面没有回音，老柳头又把刚才说的话重复了两遍。

一处虎榛子丛下猛地站起一个人来，只见他一身灰色衣裤，平端着一支三八大盖枪。他高声叫道，我们是人民革命军安敦游击支队，不是什么绺子，对面的大哥别弄错喽。

老柳头说，我们就是慕人民革命军大名而来，我们要见你们大当家的。

另外一个方向的一棵楸子树上又跳下一个人来，也是一身灰色衣裤，不过他的胸前插着一支三号匣子。他落地后上下打量了一下三位骑在马上的人，说，你们见我们首长有什么事？

郭秀梅说，我们是想和你们谈一下打城里日本守备队的事。

　　三号匣子惊异地看了看郭秀梅，知道她并不是开玩笑。他说，你们先在这里等一下，我去向首长汇报。

　　三号匣子说完，小跑着隐没在柞树林里。

第六章

朴光浩滚入草丛之后，迅速将身上的小米袋子扔掉，准备起身狂奔。可他发现那些胡子并没有发现少人，仍在不紧不慢地向前走着。

朴光浩趴在蒿草中不敢动，直到最后一个胡子走过去许久，他才从草丛中立起身。

朴光浩辨别了一下方向，朝着下山的方向走去。

他不敢走来时的那条路。为了确保不迷路，朴光浩又不敢离那条路太远。

没走多远，朴光浩停住了，他想起了那袋小米。小米足有百十多斤，如果背回去，全家人差不多可以吃一个月。可是，胡子来追自己怎么办？朴光浩坚信，只要自己不走原来的路，胡子是根本无法找到自己的。想到这里，朴光浩返回身去，把那袋小米重新背到了身上。

夜色虽不明亮，但仍能影影绰绰看清前进的方向，朴光浩从林子的树木之间缓慢地向前穿行。朴光浩有时会误入荆棘丛中，那些枝条上的尖刺会扎到朴光浩的脸上和身上。

　　走了还不到一顿饭的工夫，朴光浩的身上就开始出汗了。上山的时候，朴光浩被小米袋子的绳索勒得肩膀很痛，却没有出汗，这和他常年在地里干活有关。

　　朴光浩的父亲朴成道和母亲李美子是在一九〇二年从朝鲜咸境北道来到东北的。当时李美子家里不同意她跟朴成道的婚事，二人便逃了出来。到东北后，两个人便在安敦城附近落下了脚。那时朴成道年轻，体力好，只用两年便开垦了十多亩旱田和十多亩水田。两年之后，朴光浩的哥哥朴哲浩出生。哲浩出生后第二年，李美子再次怀孕了，这个孩子生出来就是死胎，女孩。哲浩六岁的时候，李美子怀上了第三个孩子，这个女孩出生后似乎就有些毛病，娇娇弱弱的，还未满周岁，女孩便死掉了。李美子因为孩子的死亡一直伤心，身体病病快快的。后来就一直怀不上孕。当夫妇两人都觉得可能这辈子只能有一个孩子的时候，在哲浩十一岁那年，李美子又怀孕了，这就是光浩。光浩与哲浩年龄相差十二岁。在光浩小学毕业的那一年，本来朴成道是想送光浩到龙井读中学的。就在这一年，朴成道的身体出现了问题。最初他只是咯血和咳嗽，后来便无法下地干活。找了乡村的大夫看，说是肺痨。到城里找了在日本留过洋的大夫看，说是肺结核。这样的病没有什么药管用。光浩十五岁时告别了校园，选择回家帮父亲干活。哥哥哲浩虽然已经二十七岁了，因父母娇惯，家中的农活几乎不沾，并且养成了嗜赌的恶习。哲浩出去赌博，常常是十天半个月不回家。朴成道和李美子对哲浩打也打了，骂也骂了，也苦口婆心地劝了。哲浩发誓之后会好几天，随之而来的便是更疯狂的赌博。因为欠赌债，朴哲浩的左手小指和无名指已经被人剁掉了。家中指望不上哲浩，便把希望寄托在光浩身上。辍学之后，光浩承担了家中的全部劳动。不忙时光浩还要到城里做些佣工以补贴家用，挣些钱为父亲看病。哲浩不时从家中把父亲治病的钱偷走。光浩痛恨哲浩的赌博行为，但两个人的关系尚好。哲浩因常出入各村屯和城里的赌博场所，汉语练得和当地人一样，根本听不出朝鲜人的口音。光浩的汉语就是和哥哥哲浩学的。

身体已经疲累到了极点，朴光浩仍不愿放弃这袋小米。他知道，在外做佣工一个月，也不一定能换来这袋小米。

天大亮的时候，朴光浩终于钻出了林子，来到了一座山坡上。山坡有一部分被人种上了黄豆，这说明离村庄不远了。

见到了一个下地干活的人，一问，才知道离光浩住的地方还有三十里。

光浩硬撑着走完三十里，他感到浑身的力气好像全都用完了。

没进家门，光浩先看到家中院子里聚焦了一帮人，似乎还能听到母亲李美子的哭声。

光浩顾不得多想，便把肩上的小米袋子放到门前的稻草堆上。邻居为光浩闪开了一条道。

光浩进了屋，见父亲身在炕上，有出气却没有进气。光浩着急地喊，爸爸怎么啦？

在母亲李美子的哭诉声中，光浩大概听清楚了事情的经过。

今天早晨，朴成道听邻居说有一大群人正在他家的谷子地里开工修建什么。朴成道顾不得身体的虚弱，忙从炕上爬起来。李美子劝不住丈夫，便跟着一起来到了谷子地。平时常来往的邻居也跟过来了好几个。一大片谷子已经被踏倒，五六个人正在那里挖着什么。朴成道大怒，他大声地用朝鲜语喊着，你们干什么？你们干什么？来到安敦三十多年，朴成道几乎不会汉语。倒是李美子平时会到集市上卖些自己家产的蔬菜，会一点点汉语。李美子也怒了，她喊，这地是我们的。在边上没有干活的是樊五爷和钱小鬼。樊五爷看到朴成道在那里吼叫，便知道这定是原来土地的主人。樊五爷从怀里掏出了地契，说，看到了吧？你儿子已经把它输给我们啦。李美子听明白了樊五爷的话，愣在了那里。她没想到，不务正业的哲浩竟然会把地契偷走。朴成道无法控制自己，他既没有看清樊五爷手中的东西，也听不懂樊五爷的话，他一心想与这些人拼命。他吼叫着冲向樊五爷，一下子把樊五爷推倒，与樊五爷扭打在一起。朴成道毕竟是久病之人，身子极度虚弱，樊五爷一翻身便把他压到了身底。樊五爷喊钱小鬼，快打，给我往死里打。两个人对朴成道一顿拳打脚踢，很快就把朴成道打得晕了过去。李美子拼死扑在朴成道身上，护着朴成道。邻居们帮忙把朴成道抬回家，发现朴成道一直昏迷，呼吸微弱。

父亲随时都有可能咽气。朴光浩问母亲，是樊五爷？你认识他？

李美子说，我不认识他。是邻居崔大爷说的，会错吗？

朴光浩知道，赌场上的骗局千千万万，他们用了什么样的计谋把地契从哥哥手中骗去先不说，可对多病的父亲下此毒手他是无论如何不能容忍的。

朴光浩冲出屋，顺手抄起挂在屋檐下的一把镰刀，跑出了院子。

朴光浩料到母亲和邻居会出来追，但报仇的决心已下，他越跑越快。

朴光浩的怒火已经无法遏止，那就是要杀了樊五爷，给父亲报仇。

春天的时候，樊五爷家莫名其妙地着了一把火，虽然火很快被浇灭，损失也不大——一个小偏厦被烧掉了。偏厦里放着些樊五爷小时的玩具，冰车、木马、小三轮车什么的。虽然没什么大用，但樊五爷有时还要看一看，回忆一下从前。这一次全烧光了，让他很郁闷。过了没多久，樊五爷的老妈病了，脑袋痛，往死里痛，什么药都不管用。樊五爷请了不少远近闻名的大夫，也到有留洋大夫的医院看了，就是不好。没办法，樊五爷只好请远近闻名的迟大仙过来给老妈瞧瞧。一看，竟然看出了大问题，说是樊五爷老爹的坟有问题。樊五爷的老爹是三年前死的，选坟地时也找明白人看了，并且花了一笔不小的钱。迟大仙说那人选得不对，他只看到了其一，没有想到其二。只想到了在冥界的安稳，却没有想到要保佑子孙的幸福安康，这坟地是一定要换的，要不然还会有怪事发生。樊五爷给了迟大仙一笔钱，让她为自己的老爹选个良穴，迟大仙她拿着一只自制的罗盘左选右选，终于找到了一个地点。那是一块谷子地，当时是春天，蒿草还没有拱出地来。樊五爷派人一探问，这块地是朝鲜人朴成道的。樊五爷本打算派钱小鬼到朴成道家出钱把地买过来，钱小鬼却嘿嘿一笑，他说这人的儿子是朴哲浩，他家的地还用买吗？朴哲浩常出入樊五爷家开的赌场，钱小鬼是知道的。他把自己的计谋和樊五爷说了，樊五爷想，能不花钱就办事岂不是更好。他催促钱小鬼快些办。本来这张地契前几天就到手了，没来得及开工就出了新买宅院遭胡子抢劫的事。樊五爷想，根子还是在坟地上。昨天夜里胡子刚走，樊五爷今天早晨就带着人来这里开工。

朴光浩进了安敦城，很顺利就找到了樊五爷家的大院。大院的暗红色漆门紧闭，一切都静悄悄的。

光浩不清楚樊五爷是不是在院里，但他清楚，自己是不能从大院的正门进入的。他寻找着可能进入大院的途径。一棵老榆树长在樊家大院院墙的外面，虽然离院墙有些距离，但爬上去之后，却可以跳到院墙上，至于跳上去是不是立得住，就要看朴光浩的运气了。朴光浩决定冒险一试。还好，朴光浩虽然没能掌握好平衡，但他跌入了院里而不是院外。

正房的窗户全部镶着玻璃，显示着樊家的富有。

透过玻璃一看，樊五爷正坐在那里喝酒。想着将要咽气的爸爸，光浩心中一阵刺痛。这个老东西，把我爸爸打得快要死了，你还要在这里喝酒，是为了庆祝吗？

光浩撞开门冲了进去，顺手抽出了别在后背上的镰刀。

樊五爷正在喝闷酒，今天的开工不太顺利让他心烦。几杯酒下肚，他微微有些醉意。见光浩挥着镰刀冲进来，他的酒立刻醒了，樊五爷把筷子一扔，大声呼喊，杀人啦！救命啊！

樊五爷在呼喊的同时操起了八仙桌上的一只装花生米的瓷盘充作武器。

光浩扑过去对着樊五爷就是一镰刀，樊五爷抬手用瓷盘一挡，倒是挡住了光浩挥来的镰刀，只听"当"地一响，樊五爷手中的瓷盘碎了。樊五爷见光浩的第二刀又挥来，忙向后闪，只听"哧"的一声，樊五爷的衣服被镰刀划开。光浩见两刀都没有砍到樊五爷，用力反向从下面挥了过去，这一下樊五爷没有躲开，光浩的镰刀直挺挺地从樊五爷的下腹部插了进去。

杀个人就这么简单吗？朴光浩一时不相信自己的眼睛。他眼见樊五爷直愣愣看着自己，慢慢地倒了下去。

朴光浩舒了口气，体验到了为父报仇的快感。还没容光浩多想，他听到院内有人在向这里跑，光浩的第一个念头就是赶快从这里逃出去。

钱小鬼刚拉开门，立刻被朴光浩冲出的身子撞了一个跟头。朴光浩慌不择路，直奔大门冲去。钱小鬼从地上爬起来，声嘶力竭地喊着，抓小偷！

朴光浩已经奔到大门前，樊家的大门已经闩上了。高大的院门非常笨重，闩门杠也落得很紧，朴光浩用力抬了一下，闩门杠竟纹丝不动。

这个院内樊五爷雇了许多的伙计，光是专职炮手就有八个。还有一些兼职的炮手，平时就在家里待着，说好胡子来砸窑时拿着枪在外面支援。八个专职炮手平时不在院子里，各回各家，只有在傍晚时才来到樊五爷家，吃上一顿饭，然后分住在左右两间厢房里。平日里在院内的只有打杂的老薛头和厨师老李头，再加上一个赶大车的车把式王大鞭。

樊五爷的大老婆和二老婆正在后院里端详一块布，大老婆拿不定主意是做上衣呢，还是做裤子，她找二房给她拿个主意。两个人说得正热乎的时候，她们听到樊五爷的厅里传出喊声，离得太远她们没有听清。正犹豫着要不要过去。这时她们听到钱小鬼的声音。大老婆和二老婆忙大声跟着呼喊抓小偷。

王大鞭出车了。院内只有老薛头和老李头。

两人听人喊院内有小偷，忙拿了身边的东西当作武器。老薛头拿了把铁锹，老李头拿了把铁勺。

老李头知道遇到贼的时候，最好把贼吓跑，他虽然拿着铁勺，却冲在最前面，嘴里喊着，你别跑，给我站住。

老李头知道朴光浩不会听他的不跑，他的用意是告诉朴光浩，我来了，你别站在那里，同时也向管家钱小鬼展示我正在抓贼。

朴光浩见两个人追过来了，忙使尽全力用肩膀去扛那根闩门杠。老薛头见状，将铁锹一抡便飞了出去，"当"一声插在了门上，离朴光浩的头不过一尺远。光浩一心急，肩膀猛地发力，闩门杠被他拱了起来，门"哗"的一声打开了，朴光浩急忙跑到了街上。

铁锹本来扎在门上，随着门的打开哗啦一声掉落了下来。

老薛头弯腰拾起铁锹就要去追，老李头拽了老薛头的衣襟一下，说，穷寇莫追。

老李头的话是从戏文里学来的。虽然老李头弄不懂每个字的含义，但用得很准确。

老李头和老薛头还没来得及将大门闩上，就听钱小鬼像狼嚎一样的喊声，快来人，快来人呐。

老薛头和老李头忙跑向正房的客厅，只见樊五爷倒在那里，肚子上插了把镰刀，身下流了一大摊血。

老薛头和老李头吓得手脚不好使了，两人一齐看向钱小鬼。钱小鬼的脾气发作了，看我干什么？找个门板。

两个人想起厢房仓库的门好卸，两人把那扇门卸下来，把樊五爷抬了上去。

樊五爷的大老婆和二老婆跪在地上放声大哭，裤子上沾满了樊五爷的血。

离樊五爷家最近的回春堂不收，说回春堂只治疑难杂症，不治红外伤。

钱小鬼咬了咬牙，令老李头把樊五爷送到了日本人开的医院。

樊五爷住了院后，老李头和老薛头拖着门板向樊家大院走。老薛头有些后怕，他嘴里絮絮叨叨地说，得亏你拉了我一把，要不，我上去还有个好？

老李头说，你虎抄抄的我还不知道？以后遇事儿多长个心眼儿。还比我大两岁呢，两年咸盐白吃了？

出了城的朴光浩坐在河边发愣。爸爸朴成道怎么样了？家里妈妈一个人能应付过来吗？

朴光浩知道家是不能回了，也许警察署的警察正在去他家的路上。也许，警察正在家里等着他，谁知道呢？

自己杀了人，能去哪里呢？朴光浩想不出什么办法。他决定去找好友申东勋。

河边有条小道，可以很便捷地到达申东勋所在的那个屯子。从屯边绕过去，就可以到达申东勋做工的那个采石场了。

太阳悬在正空，显然是正午了。

从早晨到现在，朴光浩什么东西也没有吃，肚子非常饿。附近既没有认识的人家，身上又没有钱，他只好忍着。

朴光浩想，可能要很长一段时间不能回家去看母亲了，他心中忽然有一种失落和忧伤。家中的事情朴光浩是不能管了，只能靠母亲一个人撑着。不知道母亲能不能发现自己放到稻草堆上的小米。

朴光浩饥肠辘辘地向前走着，隐隐感到前面走来了人。朴光浩知道看见自己的人越少越好，否则用不了两天，就会给警察逮住。想到这里，朴光浩一闪身钻进了蒿草丛躲了起来。

来人是申东勋。

昨天晚上东勋特意去见了金顺姬。

顺姬把她那天的遭遇讲了一遍。听东勋说把桂力胜交给了朴光浩，顺姬感到不满。她说桂力胜是自己的恩人。东勋说把头金大爷不同意将桂大哥留在采石场，他也是没办法。

正走得匆忙的申东勋被蒿草丛中跳出的人吓了一跳，待看清对方是朴光浩时，他非常高兴，忙问，桂大哥呢？

说起桂力胜，朴光浩感到内疚，他讷讷地说，桂大哥让胡子抓走了。

让胡子抓走了？

申东勋确实惊讶。

朴光浩把昨天晚上发生的事讲了一遍。

申东勋问，这么说，是桂大哥把你救出来的？

朴光浩点了点头。他知道，如果没有桂力胜的帮助，他不可能从胡子的手里逃出来。朴光浩难过地说，当时，队伍已经向前走了，我根本没有时间救他。

申东勋说，是啊，胡子人那么多。

两个人沉默了一会儿，朴光浩感到肚子咕咕地叫，他问东勋，身上有吃的吗？

东勋掏出了用布包着的两个饭团和一些泡菜。光浩欣喜地接过饭团，大口大口地吃着，由于吃得过猛，光浩被饭噎住了，只好跑到河边喝水。

东勋跟在朴光浩的背后，他还在想着桂力胜的事儿。

朴光浩吃完了饭团仍不说话，坐在那里不停地薅身边的蒿草。光浩的身旁长着很多的老苍子，他揪秃了一棵，又去揪另一棵。

本来光浩找申东勋是想让他帮助自己拿个主意的，可桂力胜落到胡子手里，这事儿多多少少和自己有关。

见朴光浩一直沉默，申东勋感到很奇怪，你怎么啦？

光浩的眼泪却不争气地流了出来，他把家中发生的事儿和自己刚刚到樊家大院去杀樊五爷的事说了一遍。

听了光浩的诉说之后，东勋好半天没有说话。

东勋比光浩大两岁，考虑问题自然比光浩周全。

东勋说，这两天小日本抓了不少人，全是年轻的男人，听说是送到矿上干苦力。

朴光浩感到不解，他们随便抓人？

东勋撇了撇嘴说，可不是随便抓？还要什么理由？小日本杀人，要过什么理由吗？

朴光浩不吭声了。就算自己没杀樊五爷，在家种田也种不下去了。

申东勋扭过头认真地看着朴光浩说，现在这种情况，只有一条出路了。

什么出路？

到山里去参加抗日游击队。

光浩早就听说过山里有抗日游击队，朋友尹正叁、崔秀吉等人前些日子进了山里。光浩几次想对母亲说到山里参加游击队，有时话都到嘴边了，却没有对母亲李美子说出口。

光浩想，自己参加了抗日游击队，家中的父母怎么生活呢？父亲的病一直不见好，家中的农活儿谁来干呢？

朴光浩说，我现在只能去山里抗日游击队了，要不能，去哪里呢？

申东勋说，以前也是考虑你家的情况没让你去，现在，我们一起去山里，好不好？

朴光浩非常好奇，你知道怎么找他们？

申东勋点点头，我和他们联系好多次了。

好多次了？那你为啥不参加抗日游击队？

申东勋笑了笑说，你怎么知道我没参加？

朴光浩上下打量了申东勋一遍说，没见你带枪啊。

申东勋说，打小日本，不一定非得带枪，我就是不拿枪的抗日游击队队员。

朴光浩问，那你干什么呀？

申东勋严肃地说，光浩，我们虽然是好朋友，但我要告诉你，抗日游击队是有很严格的组织纪律的。有些事情就是对好朋友和亲人也是不能说的。你明白了吗?

朴光浩点了点头。

朴光浩早就发现申东勋的行为怪异,出于对朋友的信任他并没有询问什么。令他没想到的是,申东勋竟是抗日游击队员。

朴光浩问,那你是共产党员吗?

申东勋脸色平静地说,这个真的不能告诉你了,属于保密的范围。

朴光浩点了点头表示理解。他心里清楚,申东勋一定是共产党员。

申东勋又说,不过我现在可以告诉你的是,前一段时间我一直为山里的抗日游击队输送队员。尹正叁和崔秀吉就是我把他们送到山里的。现在,任务完成得差不多了,我正准备到山里去。

朴光浩忙站起身要跟着申东勋向山里走,却见申东勋走向了另一条路。

你不是说抗日游击队在黑瞎子沟吗?怎么向那里走?

申东勋神秘地一笑说,我得带着顺姬。

朴光浩的话变得结巴了,那,那,你们私奔?

申东勋不好意思地说,算是吧。我和大队长汇报过,大队长同意我们结婚。他说抗日也需要女人参加。

第七章

　　桂力胜细细地打量着眼前的这片林子，发现这里的树种和达达香的绺子所在地完全不同。达达香绺子所在地的树基本上是以水曲柳和楸子树为主，间以一些桦木和臭松。这里的树木主要是柞树，偶尔会有几棵椴树和榆树。桂力胜觉得，在这里建立密营确实更合理，因为柞树在冬天的时候，它的叶子也一丛丛地挂在树上，遮蔽着人们的视线。

　　正当桂力胜胡思乱想的时候，三号匣子出现了。

　　三号匣子说，达达香大当家的，我们林大队长来了。

　　郭秀梅抬眼望去，只见从三号匣子身后的蒿草中露出一个细高的人来，他穿了一身黑色的衣服，与平常的庄稼汉没什么不同。

　　细高的人笑呵呵地说，我是抗日人民军安敦游击支队第二大队的大队长林建东，欢迎各位客人啊。

　　这个叫林建东的大队长年纪应该不超过三十岁。

　　郭秀梅以为对方大当家的出来，身后怎么也得带几个人，没想到，他只是一个人来。

　　看郭秀梅是女性，林建东向她抱了抱拳，行了个江湖礼。见老柳头在郭秀梅的身后，便伸出手去与他握手。老柳头对这一套礼节不习惯，有些笨拙地与林建东握了握手。桂力胜在军校时常接受上级军官的接见，对这一套礼节熟悉，他在与林建东握手的同时说，感谢大队长亲自来迎接我们。

郭秀梅说，我姓郭，叫郭秀梅，在江湖上的报号是达达香。这位是柳叔，是我们绺子的炮头。这位是桂力胜桂大哥，是住在我们绺子上的客人。

林建东认真地看了看老柳头和桂力胜，说，一路上辛苦了，请到我们的住处坐一坐吧。今天政委出去执行任务。副大队长生病了，只能由我一个人前来迎接各位，请多多包涵。

走了没多长时间，来到了一个地窖子前，林建东打开了一扇木门。

这个地窖子挖得十分巧妙，它依靠山的斜坡而建，如果不是人到跟前，根本不能发现这里还会住有人。

林建东说，条件不好，请多多担待。

林建东把郭秀梅他们让进了地窖子里。

地窖子外表不大，里面的空间还是令人吃了一惊。最里侧有两个铺位，在进门处有一张木板制作的桌子，周围放置了五六个木墩。虽然人进了里面直不起腰来，但坐在木墩上却显得非常自在。尤其让人觉得舒服的是，在地窖子的地脚处还留出了两个透亮的小窗。

三个人刚刚在木墩上坐定，就听到那边的铺上有人费力地爬起。林建东说，老元啊，你就躺着吧，我和他们谈就行了。

林建东对郭秀梅说，这是我们的副大队长元洪春，这几天病倒了。

元洪春猫着腰走过来，说，客人来了，我怎么能躺着呢？请原谅我的失礼啊。

元洪春找了个木墩坐了下来。

郭秀梅向林建东提出了想要攻打安敦城日本守备队的想法。

林建东和元洪春交换了一下眼神,他转身从身后的一只皮包里拿出一张地图摊在桌上。

桂力胜已经完全适应了地窖子里的光线,看清桌子上铺的是安敦城的地图。

林建东说,你们绺子的情况,我听说了一些。知道你们是打日本鬼子的。所以一听到你们来,我就觉得高兴。抗日的人都是一家人嘛。安敦城的日军守备队,我们早就想打了。一来时机不到,二来我们的力量也不够。现在,我们两家联手,这个日军守备队是可以打的。

林建东详细问了达达香绺子的情况,比如多少人可以参战,有多少支枪,都是什么枪。听了达达香的回答,林建东思索了一下,问元洪春,老元,你对这事儿有什么看法?

元洪春刚想回答,外面有人喊报告。林建东一推门,一个小战士送开水来了。

林建东说,这山上也没有什么招待你们的,就喝点开水解解渴吧。

小战士拿出了一摞粗瓷大碗,为每个人倒上了一碗开水。

元洪春咳了几声说,根据你们的武器装备,我认为你们不适合打主攻。城东的警察署和城北的伪军虽然人多,但战斗力不强。我的想法是,你们既然能出一百五十多人,那么就将这一百五十多人拆分成三部分:一部分阻击警察署的援兵,一部分阻击城北的伪军,再拿出一部分,跟我们一起攻打守备队。我们队里有两挺轻机枪,弹药不那么充足,如果我们不能迅速解决战斗,整个形势就危险了。因此，我的想法是，第一，在半夜动手，尽量不出声地摸掉敌人的岗哨；第二，一定要在天亮前结束战斗，如果天亮后还拿不下来，无论是怎么样的情况，都要快速撤出安敦城。

对于要把自己的人员拆分成三块，郭秀梅心里是有想法的。如果对方起什么歹心，很容易将自己的这一部分吃掉。郭秀梅转过头一想，攻打守备队是要付出代价的，日本人的精良装备摆在那里，谁进攻谁死伤的人数就多，这是谁都明白的道理，人家主动分担主攻，你还有什么说的？这样一想，郭秀梅的心就放下来了，她认为这是一个很好的安排。

元洪春指着地图——地细讲了阻击城东的警察署时队伍应该埋伏在什么地方，阻击城北的伪军应该把队伍设在什么地方。另外，五十多人应该在什么地方与元洪春联络，怎么样接头。

最后，元洪春又讲了如果一旦战斗进行不顺利，那么各支队伍如何撤离，如何在撤退时相互进行掩护，如何在指定地点集合。

元洪春讲完了话，他看了看林建东说，我说完了，看看大队长有什么想法？

林建东点点头说，我认为完全可行，看看郭大当家的还有什么要说的？

郭秀梅说，这样行，我只有一个想问的，如果拿下了日本的守备队，东西怎么分？

林建东笑了，说，我还真忘了这个事儿，这样吧，你们先拿，剩下的是我们的。

郭秀梅说，那怎么行？两家各拿一半。

林建东说，那我们就占便宜了，我们的一个中队一直在外地执行任务，只能去两个中队，总共只有一百多人。

郭秀梅说，那也是平分。林大队长讲义气，我们做事也不能不讲究。

林建东说，大当家的说话豪气，你这个朋友我交定了。以后，再有打日本鬼子的事，只要通知我们，我们肯定会去。

郭秀梅也豪爽地说，那就说定了。

林建东问，那么，大当家的定一下打守备队的时间？

郭秀梅想了想说，就今天夜里怎么样？

林建东觉得意外，今天夜里？我们倒是没问题，你们还要回营地，能来得及？

郭秀梅说，我们现在回营地，天黑前能到。然后就出发，半夜前能到安敦城。

元洪春掏出怀表看了看说，我的表现在是十一点过五分，我们对一下表。

郭秀梅也掏出了怀表看了一下。

老柳头笑了笑，显然他没有表。桂力胜从怀里把自己的怀表掏出来，这有点出乎老柳头的意料。老柳头当胡子的时间也不短了，有几次机会可以拿到怀表、手表的，但他一直认为这东西没用，不如烧酒和皮袄来得实惠。

元洪春接着说，那么在半夜十二点前，你们的五十人应该到达安敦城的南门来和我们接头，如果能提前一点更好。你们准备派谁来？

郭秀梅说，我来吧。其他的两部分由我们二当家的和三当家的领着人去。

元洪春说，好。刚才我已经把接头暗号什么的和你们说了，到时千万不能出错。

郭秀梅说，放心，我们也不是第一次干这个了。

本来林建东要留郭秀梅他们在营地里吃饭，但郭秀梅说时间紧，回去后还要和二当家和三当家的做些商议。林建东不再挽留他们，叫人为他们拿了几个苞米面大饼子，并用一个葫芦装了满满的凉开水。

林建东把三个人送出营地。他对郭秀梅说，郭大当家的，希望我们这次合作是一个开端，以后能有更多的合作。朋友处的时间长了，才能知道哪个是真正的朋友。

郭秀梅说，好的，我们慢慢处。

老柳头骑着马仍然走在前头。走了一会儿，郭秀梅把马停下，等着桂力胜走近。

郭秀梅说，他们用的那张图挺好，我们以后也弄一张。

桂力胜说，他们那是军用地图。

军用地图？你怎么知道是军用地图？

军用地图比例小，标注清楚。民用地图比例一般都比较大，很少有标注那么清楚的。

什么？地图还分什么民用和军用的？还有什么比例？

是这样。

那？那个军用地图怎么能弄到呢？

桂力胜想了想说，这个买不到，只能到小鬼子或是伪军手里去抢。

郭秀梅说，那我明白了，那个比例是怎么回事？

桂力胜说，地图主要是表示地面上的山川河流以及城市和村庄的分布。可是我们不能画得和真的那样大呀，依照一定的比例缩小，实物是图的一百倍大，那么我们称这张地图的比例是百分之一。如果实物是图的一千倍大，那么比例就是千分之一。军用地图有十万分之一，百万分之一，各种比例都有。

郭秀梅若有所思地想着什么，没想到一张地图竟然有这么多的说道。我以后一定要有一张军用地图。

桂力胜问，咱们绺子没有军用地图？

郭秀梅摇了摇头说，没有。

桂力胜心想，看来胡子就是胡子，他们只要熟悉方圆一二百里的富户人家就可以了。

刚一回到绺子，郭秀梅便让小崽子请二当家的和三当家的来她的屋商议事情。除了三位当家的，还有三个炮头。

老柳头是最早给秀梅她爹郭大个子当炮头的。小铁子是跟着西顺马长脖过来的。周三儿是原来飞龙二柱的炮头。郭秀梅让桂力胜也进屋，算是列席会议。

郭秀梅说，我决定今天晚上打小日本的守备队。

见马长脖露出不解的神色，郭秀梅就把今天和抗日人民军安敦游击支队林建东大队长的见面情况和大家说了，说今天晚上就打驻安敦城的日本守备队。

马长脖立刻不屑地说，不行。这不是瞎胡闹嘛。咱们绺子有多大能耐我们自己心里有数，小日本的守备队那么好打？俗话说，没有金刚钻别揽瓷器活儿。咱们有那个金刚钻儿？以前，咱们打过一些小日本。那都是零零星星的，都是什么森林守备队，日本人只有那么几个，大部分是中国人。就这样不是也有好几回没打下来？要我说，这仗不能打。

郭秀梅说，我已经和林大队长把这事儿定了。

马长脖说，那也不行，咱们不能拿鸡蛋往石头上碰。

郭秀梅脸色沉了下来，我说了算，还是你说了算？

马长脖说，那也不能不顾兄弟们的死活啊。

郭秀梅厉声说，长脖叔，你如果害怕，你可以不去，这一仗我打定了。

见郭秀梅真的怒了，马长脖吭吭哧哧地说，我也……没说不去嘛。

郭秀梅气得说不出话，她说，桂大哥，你记性好，给大家说说今晚的仗怎么个打法。

桂力胜觉得自己现在说话实在不妥，但大当家的发话，自己当然应该服从命令。

桂力胜站了起来，说，小弟初来乍到，本没有说话的资格，但大当家的让我传达一下和抗日游击支队达成的作战方案，我只是代大当家的向大家作个说明，没别的意思。

桂力胜把水壶拿到自己的一边说，我们假设这是小日本守备队的位置，这肯定是块硬骨头，由抗日游击支队担任主攻，我们协助他们。大当家的领着五十人左右跟支队打配合，攻下来之后呢，需要把缴获的各种枪支弹药和各种东西搬回山寨，这个任务比较重。另两个任务呢，是担任阻击。

桂力胜把两只茶杯摆放在另两个位置。

桂力胜说，城东呢，是警察署，战斗打起来后，他们肯定会派人来增援。城北呢，驻有伪军的一个连，他们也会增援。两位当家的需要各领五十人左右去阻击他们。

郭秀梅问，你们谁阻击警察署？谁阻击伪军？

马长脖立即说，我去看着警察署。

马长脖说完后看了一眼郭秀梅，意思是说我可没说我不去。

苗二柱说，那我只能去看着伪军了。

其实马长脖是有私心的。他认为伪军是正规部队，打起仗来总比警察要厉害。警察也就是抓个人，会打什么仗呢？马长脖觉得还是阻击警察能占些便宜。

桂力胜接着说，抗日游击队大队对安敦城的地形非常了解，他们认为如果阻击警察，最好把队伍布置在老街那里。阻击北面的伪军，最好把队伍布置在五龙口街。当然，这是他们的想法，他们也说二位可以根据形势随机应变。

马长脖和二柱都不说话，桂力胜弄不清楚他们心里到底想的是什么，也不清楚他们对安敦城里的老街和五龙口街是不是熟悉。

郭秀梅看了看马长脖和二柱，说，我不管你们是爬着去还是跑着去，十二点前必须进入埋伏的地点。你们有什么要说的吗？

两个人沉默了一会儿，马长脖问，我们什么时候撤呀？总不能一直守在那里吧？

郭秀梅说，如果可以提前撤我会派人告诉你们。最后撤离的时间是天亮，如果天快亮了战斗还没有结束一定要想办法撤出来。

桂力胜在厨房的水缸旁拿起水瓢喝了小半瓢水。马长脖路过他的身后，说，你要不要跟着我们去打阻击呀？

桂力胜笑了笑说，算了吧，我还是跟大当家的去打守备队更合适一些。

马长脖阴阳怪气地说，小心呐，子弹可不长眼睛。

桂力胜认真地说，我会注意的。

桂力胜在厨房里四处翻找东西，引起了郭秀梅的注意，她问，桂大哥，你找什么呢？吃的吗？

桂力胜已经找到了一把杀猪刀，他把杀猪刀举在手里向郭秀梅晃了晃说，我找这个。

桂力胜说完，把杀猪刀别在后腰上。

郭秀梅说，我让下面的弟兄把他们用的攮子给你一把，不好吗？

桂力胜说，我拿来人家用什么？这个就挺好。你有没有多余的枪？撸子近处还行，远了就使不上劲儿。最好是匣子。

郭秀梅笑了，你不是说使不惯匣子？

桂力胜说，近距离它的准头不如撸子，打远的地方匣子可比撸子强多了。

郭秀梅进里屋，从炕琴的下层里拿出一个布包。她把布包打开，里面是一支崭新的二十响大肚匣子枪，还有几支替换的弹匣。

看见大肚匣子，桂力胜高兴坏了，他拿起大肚匣子看了看说，真好，我就喜欢这种容弹量大的大肚匣子。

郭秀梅说，这是我爹死前留下的，是他那年过生日时黑星送给他的。他还没来得及用，就让小鬼子给打死了。

桂力胜一听是郭秀梅父亲留下的遗物，又把大肚匣子放回到炕上，说，你还是留着做个念想吧，我用那支长枪就行。

郭秀梅白了他一眼，留着当念想有什么用？拿着它杀小日本才是对我爹最好的念想。

桂力胜说，你既然这么说，那我就不客气了。

桂力胜把大肚匣子别在了胸前，并且把那几个弹匣也放进了口袋。

进安敦城可以说是很顺利，老柳头带着三个人上去就把两个站岗的捅死了。

弟兄们正要进城，桂力胜发现野地里又有许多身影在闪动，郭秀梅忙令弟兄们隐蔽起来。野地里出现了一点火光，火光上下晃动了三下，随即熄灭了。郭秀梅低声说，是林大队长的人。她忙从怀里掏出打火机，打着后在空中画了三个圆圈。

桂力胜发现，抗日游击队确实和山上的绺子不一样，同样是通过城门的岗哨，他们百多号人发出的声音比达达香绺子的五十多人发出的还小。他们每个人都是微弓着身，动作敏捷地从桂力胜身旁划了过去。相反，绺子里的兄弟貌似小心翼翼，但还是不由自主地发出踢踢踏踏的声响。

一个瘦高的影子飘了过来，桂力胜知道是林建东大队长。

元洪春也拖着虚弱的身子来了。元洪春与桂力胜握手的一瞬间还笑了一下。

日军守备队分住在两个院落，林建东看了看郭秀梅身后的队伍，说，老元你领些人跟这些兄弟一起干。

元洪春轻声说好，然后他向后招了下手说，二中队的一、二小队留下来。

郭秀梅他们负责的是东院，东院有两个门，每个门口都有日军的岗哨。东院的东南角和东北角各有一个空中岗楼，上面有雪亮的探照灯在不停地转来转去，弄得附近的街道一会儿明亮一会儿黑暗。

元洪春看了看身旁的郭秀梅，他做了个手势，意思是他们负责前门的那个日本哨兵，郭秀梅他们负责后门的那个日本哨兵。郭秀梅点头表示明白。

老柳头挥了下手，他身后的两个人就把长枪背到身后，准备上前去解决哨兵。桂力胜也跟了过去。

在解决城门岗哨的时候桂力胜已经看到过他们的表现，勇猛有余而训练不足。在这个关键时刻，桂力胜生怕他们不小心弄出什么声响而惊动了鬼子，他跟在后面，防止有什么意外发生。

探照灯的白光闪过，街道瞬间陷入黑暗。趁着这个机会，桂力胜迅速在街道上匍匐前进，还未等第二次探照灯亮起，他已经穿过街道来到日本哨兵一侧。老柳头手下的那两个人也在他身后跟了上来。

桂力胜抽出后腰上的杀猪刀握在手里，他要靠近哨兵些再实施行动，尽可能少弄出声响。

就在这时，意外发生了。

后门忽然打开了，从里面出来两名换岗的日本兵，其中的一名正朝自己这边走来。桂力胜来不及思索，他快速向前，把杀猪刀捅进了这个日本兵的身体，不等这个日本兵的身体倒下，他拔出刀来对付第二个日本兵。

第二个日本兵见到桂力胜出现后的第一个反应是拿枪。日本兵的枪本来是背在侧肩上的，还没等把枪移到胸前，桂力胜已经冲到他的面前。桂力胜举刀便刺，那个日本兵忙向后跳跃，可是他还是挨了一下，桂力胜生怕他叫出声来，第二刀紧跟着刺了上去，日本兵哼也没哼便倒了下去。在桂力胜解决这两个换岗的日本兵的同时，老柳头的手下也把那个哨兵干倒了。

院内有两排平房，按照元洪春的部署，郭秀梅他们负责东面的平房，西面的平房由元洪春他们负责。

一阵手榴弹过后，郭秀梅指挥向里面打枪。趁这个机会，桂力胜忙用长枪向岗楼上射击。他把东南角的哨兵打掉之后，想掉转枪来打东北角的岗楼，却见那个已被人端掉了。

一阵排枪过后，平房里面没有任何声响，略等了一会儿，郭秀梅以为没什么事了，便挥了一下手，意思是向里冲。没想到这时候里面一挺轻机枪叫了起来，郭秀梅身边的一个兄弟被打倒了。绺子里的弟兄忙向里打枪，郭秀梅发现，步枪在机枪的吼叫面前，枪声显得极其微弱。

郭秀梅低声问身边的桂力胜，怎么办？

桂力胜说，别急。

桂力胜从隐蔽的地方探身察看轻机枪的位置，当他确认了轻机枪的位置后，抽出别在前胸的大肚匣子对着喷火的位置就是一个点射。大约打了七八发子弹之后，机枪停止了吼叫。

郭秀梅挥了下手，示意弟兄们冲。

郭秀梅领头冲到了房子前，就在郭秀梅将要推门的一刹那，桂力胜把她拉到了身后。

桂力胜一脚把门踢开，一个前滚翻进了屋里。

借着微弱的月光，桂力胜看清了屋内的布局，和自己在军校的宿舍差不多，只不过这里是南北大炕，军校是上下铺。

桂力胜不敢怠慢，他一抬手，手中的大肚匣子开始点射，炕上像是有人躺着的地方，桂力胜都用枪过一遍。

随着桂力胜的进入，身后跟着进来了好几个弟兄。

忽然有日本兵用日语喊叫着什么，屋内的电灯一下子亮了起来。只见一个日本兵穿着白色的内衣内裤站立在电灯的开关前。老柳头也不说话，抬手就是一枪，日本兵慢慢地顺着墙瘫了下去。

老柳头用的是一支汉阳造步枪，他是打猎的出身。

屋内南面炕上八个铺位，北面炕上八个铺位。大部分被刚才的这一阵手榴弹和子弹打死了，还有几个人在炕上嚎叫滚动。桂力胜细心地点了一个人数，发现铺位和屋内的人不符，这让桂力胜觉得不能大意。后面的窗户开着，有鬼子可能从这里逃了出去。

桂力胜小心地靠近窗口，没发现什么。他从窗户跳出去，窗户后面黑乎乎的，并没有什么异常。西面平房的枪声这时也停了下来，看样子游击队也攻进了屋内。

桂力胜在窗后搜寻了一阵，并没有发现逃走的两个鬼子，他只好回到屋内。

郭秀梅下令，没死的赶快补枪，一个活口不留。打扫战场，有用的全都拿走。

老柳头领人将枪支弹药归拢到一起，那些衣服和被褥也是重要的战利品。

南炕上，一挺轻机枪立在那里，它的后面还有一个穿着白色裤头的鬼子兵伏在那里。

郭秀梅一脚把那个日本鬼子蹬到一边，她的眼里顿时放出欢喜的光芒，说，我们终于有机枪了。

郭秀梅把轻机枪拿起来，摸了两下，然后转身交给老柳头，这个交给可靠的人背着。如果东西多拿不完，可以少拿些，但枪和子弹一点也不能落下。

老柳头说，放心。在外面那屋发现了不少的子弹，已经安排人扛了。

桂力胜东瞅瞅，西看看，希望能找到郭秀梅想要的军用地图。但这个地方住的全是士兵，没有一个军官。桂力胜在一个铺位前面的地上发现了一支钢笔，显然是从哪个被褥里甩出来的。桂力胜原本有一支钢笔的，出南京时没来得及带到身上。

桂力胜还在炕上找到一支打火机，他知道打火机在山里的重要性。

几位小崽子正把鬼子的军衣军鞋放进被褥里，然后用绑带捆扎起来。绺子的习惯就是这样，一旦砸开窖，屋子里的东西能带走全都带走。

一个小崽子扛了很多的东西，一双军靴掉了下来。郭秀梅拾起军靴，走到桂力胜的面前蹲下去比了比他的脚，大小差不多。

郭秀梅说，你穿上这个试试。

桂力胜脚上的那双布鞋已经坏得不像样子。桂力胜把军靴穿到了脚上，挺合脚。

郭秀梅高兴地说，这鞋是你的啦。

桂力胜穿着军靴走了两步，郭秀梅说，你穿这个挺好看的。

桂力胜不自然地笑了笑，他感到心里有一股暖流在涌动。从小到大，除了自己的妈妈，还从来没有哪个女人这样夸过自己。

桂力胜刚想说点什么，就听到北面的枪声响了起来。几乎没有什么间隔，东面的枪声也响了起来。

桂力胜说，二当家的和三当家的与增援的敌人交火了。

郭秀梅刚要说什么，院子里响起了枪声。桂力胜立刻拔出匣子枪冲出了屋子，郭秀梅跟了出去。

老柳头正指挥几个人向东头的那个厢房靠近，枪就是从那里打出来的。屋内突然又打出了一枪，绺子的一个兄弟倒了下去。看得出，厢房内的鬼子也是受过训练的。

郭秀梅看清了屋内打枪的位置，她叭叭打了两枪，门慢慢地打开了，一个鬼子直挺挺地摔了出来。

老柳头不清楚屋内是不是还有人，他和两个小兄弟先是打了两枪，然后小心地靠近门口。他们发现那里只有这一个鬼子。老柳头走进厢房，然后跑出来喊，大当家的，我们发啦，里面全是好东西。

郭秀梅忙跑过去一看，发现这里原来是一个仓库，里面是鬼子的各种物资，有被褥、棉衣、鞋靴，等等，甚至还有水壶和茶缸。看来那个打枪的鬼子是这个仓库的管理员，他平时是住在仓库里的。

看着这满屋子的各种东西，郭秀梅知道自己的这些人是搬不完的，他对身后的桂力胜说，你让元副大队长派人过来扛东西吧，东西太多了，我们一时扛不完。

东面的枪声一阵紧似一阵。相反，北面也能听到枪声，但却稀稀落落的。

元洪春正在指挥战士们打扫战场，缴获的枪弹都被抬出放到了院子里。见到桂力胜，元洪春忙问，老弟，你们那面有没有伤亡？

桂力胜说，这个，我不是很清楚。刚才仓库里有一个鬼子从暗处打了几枪，好像有两个兄弟倒了，不知是死是伤。你这边呢？

元洪春说，我这边还好，只有三个受了轻伤。

桂力胜说，那边找到了一个仓库，里面有棉衣等各种物资。大当家的让你们过去背。

元洪春说，你们就拿吧，剩下的我们再背。

桂力胜说，那怎么行，大当家的让你们现在就过去。

元洪春停止了说话，他听了听东面的枪声，老弟，东边有点不对劲儿啊。

桂力胜说，我也听着不对劲儿。

元洪春想了想说，这样，这里有我们刚缴获的小鬼子的枪弹，你们全拿着。这院里仓库的东西，能带走多少带多少。你们先撤，我带着这个小队去支援一下东面的兄弟们，那里恐怕遇到了麻烦。

未等桂力胜回话，元洪春喊，姜二彪。

一个战士应声跑了过来。元洪春马上对他说，你到西院通知大队长，这个院子里的战场由达达香的兄弟们打扫，我领人到东面去支援一下打援的兄弟。请大队长尽快领人撤离战场，我们会尽快和大队长汇合。

姜二彪领命跑出了院子。元洪春喊了一声集合，战士们马上归拢了过来。元洪春只说了一句话，弟兄们，东面担任阻击的兄弟有点吃紧，我们马上去增援。

桂力胜看了看摆在那里的一挺轻机枪和十几支三八大盖枪，忙跑去向郭秀梅汇报这个情况。

郭秀梅在仓库外面能看到西面的大概情况，她不知道为什么元洪春会急匆匆地带人离去。听桂力胜这么一说，她觉得游击大队讲义气。

郭秀梅本来和马长脖的想法是一致的，那些警察能有什么战斗力呢？况且他们是来增援的，能拼命向这里冲吗？不过是做做样子罢了。当东面的枪声响起来的时候，郭秀梅并没有太在意。

元洪春带人去支援东面的马长脖去了，郭秀梅的心也悬了起来。

郭秀梅吩咐老柳头安排人一定把元洪春留下的枪带走，她决定带几个人到东面去看一看。

郭秀梅喊来了乔黑虎、老柴、大发三个人，她问桂力胜，要不你跟他们回去？

桂力胜笑了，我为什么回去？我跟你一起去。

郭秀梅满意地点了点头，好。

桂力胜他们到达老街的时候，元洪春带领的小队已经和警察署的人接上了火。

马长脖的一只胳膊负了伤，他生气地说，你们怎么才来？我们都有些顶不住了。

郭秀梅说，不是说好需要支援派人通知我们吗？

马长脖气急败坏地说，派了一个人过去。我猜那个瘪犊子玩意儿肯定是溜了。

郭秀梅问，现在情况怎么样？

马长脖黑着脸说，怎么样？有十几个兄弟躺在那里了。

元洪春说，现在，这里由我们顶着，你赶快带着人向下撤。

马长脖也不等郭秀梅做出反应，急急地向他的手下一挥手，小崽子们就像一群羊似的退了下去。

元洪春带来的两个小队近四十个人，他们一到老街，迅速选择各种障碍物隐蔽自己。这时的轻机枪发挥了威力，警察署那边的火力被压了下去。

敌人的火力暂时被压制了，但他们的轻机枪仍不时地吼叫着。

元洪春向跟上来的桂力胜问，老弟，这个时候有没有什么好办法？

桂力胜趴在那里四处观察了一下说，我看这街两边的屋顶全连着，从这边上去，很快就能向前突进几十米，可以居高临下打这帮狗娘养的。

元洪春高兴地说，好主意。

桂力胜慢慢地立起身，说，你让机枪掩护一下我。

郭秀梅悄声地问，桂大哥你行吗？要不换个别人？

桂力胜说，别担心，我会注意的。

桂力胜一伸手抓住了一个铺面的外面所上的窗板上缘，全身一用力蹿上了房顶。这时游击队的机枪开始吼叫起来，趁着这个机会，桂力胜快速向前匍匐前进。在军校里教官讲过，在屋顶作战时尽量采用卧姿，减少自己暴露目标的可能性仅仅是其中的一方面，还要防止自己从屋顶掉下去。有的屋顶为了省料，常常在椽子上加上木条直接挂瓦，很容易踩穿。桂力胜无法判断屋顶的结实情况，他采用卧姿匍匐前进。

在倾斜的屋顶匍匐前进并不是件很容易的事。按照平地的速度，桂力胜应该在轻机枪一梭子子弹打完后到达地点。游击队的机枪一梭子子弹打完后，桂力胜感到离理想的距离还差好多。对面的敌人已经发现登上了屋顶的桂力胜，开始向桂力胜射击。

元洪春见桂力胜危险，忙指挥战士压制敌人的火力。

桂力胜来不及多想，他弓起身，顺着屋檐处一路小跑，突进了十几米，还未等他完全停稳，手中的匣子枪开始响起来。对面的警察有的被放倒，没倒下的警察争相逃跑。

桂力胜听到有日本人在声嘶力竭地吼叫，原来有日本人在警察中督战。怪不得这些警察打得这样猛，一副不要命的架势。桂力胜换了只弹匣，伏下身去，向自己这一侧的屋檐下射击，那下面埋伏了许多的警察。一只弹匣打完，警察与日本鬼子全都向远处逃走。

元洪春指挥着游击队员边打边冲了过来。桂力胜从屋顶上跳下来。

郭秀梅关切地凑上前问，你没……没挂花吧？

桂力胜说，没有。就是……就是子弹快打没了，就剩下一匣了。

郭秀梅捶了他一拳，命都快没了，还惦记着子弹？

元洪春指挥战士打扫战场，同时下达了撤退的命令。

在出城的路上元洪春问桂力胜，老弟，你的各种军事动作都挺标准的，是部队上过来的吧？

桂力胜看了一眼身旁的郭秀梅说，部队倒是没待过，在讲武堂军校学过一年。

在指定汇合的松树林里，郭秀梅并没有看到马长脖，这让她产生了一种不祥的预感。

二柱领两个人在那里等着郭秀梅，他把郭秀梅拉到一旁，悄声说，撤出的时候我们顺手砸开了一家日本药铺和日本洋布店。弟兄们又扛又背的，我让他们从别的道先回去了。让抗日游击队看了，你说分不分他们？

郭秀梅松了一口气，她以为马长脖趁着这个机会分绺子了。靠窨的绺子往往各怀心思，稍微有点不对脾气，把手下带走另立山头是常事。

郭秀梅对二柱的安排不好说什么。在绺子里，不仅当家的时时刻刻打着发财的主意，绺子内的小崽子也是怀揣着发财的梦想。

林建东带着十几个人上来了。他们也是又扛又背的。原来，鬼子的食堂设在他们攻打的西院里，他们不仅背扛了不少的粮食，还搬来了几口大小不等的铁锅。

元洪春马上向林建东报告了自己带的两个小队及达达香部的伤亡情况，说到桂力胜时元洪春特意说，这小伙子不错，勇敢，有智谋，还上过讲武堂。

桂力胜看到达达香正和二柱在远处说着什么，就对林建东说，大队长，我要参加咱们的抗日游击队。

林建东没有马上说话，他略一思考后说，我不知道你是什么原因留在达达香绺子的，可现在他们一下子死了这么多人，我再把你挖过来就显得不仗义了。老元说你勇敢，有智谋，这让我看到了你身上男人的血性。再说，你面对的是一支多么好的武装力量啊。让他们变成抗日的力量不好吗？你明白我的意思吗？

桂力胜若有所思地点了点头。

郭秀梅和二柱走了过来，林建东迎了上去，他说，听老元说你们这次伤亡不小，这是没想到的。

郭秀梅说，就是吃这碗饭的，死了伤了都得认命。贵队伤亡不大吧？

林建东说，我们有九个人受伤，只有一个伤得比较重，其余都是轻伤。

郭秀梅向林建东拱拱手说，林大队长，我们就此别过。以后有机会再合作。

林建东说，别忙着走哇。

林建东向后招了招手，有两个游击队员抬过来两袋白面。林建东说，老元说你们那边枪缴获得不少，枪就不再给你们了。这是我们从西院弄的白面，分给你们两袋。这可是好东西。

郭秀梅推辞不要，说，这怎么行？这边缴的枪你们一支没拿。我们怎么好意思再拿你们的面？

林建东说，拿着拿着。大当家的这样明事理的人我们愿意合作。以后有别的事儿，只要招呼一声，我们肯定帮忙。

郭秀梅只好喊来乔黑虎和大发把两袋面扛上。

桂力胜将一大包被褥用绳子捆好，背上了肩。他扭身再去看抗日游击队的时候，发现这支队伍已经悄无声息地隐没在森林的黑幕之中。

第八章

桂力胜随郭秀梅回到密营时天已经大亮了。

还未出林子，桂力胜就发现郭秀梅住处前的情况不对，有一群人围在那里争吵着什么。郭秀梅意识到问题的严重性，她小跑着赶了过去。

见到大当家的出现，七吵八嚷的人安静了下来。

郭秀梅威严地看了一下在场的人：怎么回事？

争吵的有三个人：老柳头、小铁子、周三儿。

老柳头看了一眼儿郭秀梅：你让小铁子说。

郭秀梅把目光放到小铁子身上。

小铁子迎着郭秀梅的目光，显得毫无惧色，他摆出一副好汉做事好汉当的架势说，我寻思我们队武器不行，想拿挺机枪和几支三八大盖。

周三儿愤愤地说，光是枪吗？不是说药品和布也得分你们队一半吗？

小铁子马上回呛道，拿一半怎么的？难道不应该吗？我们队躺下了十几个兄弟，我们多拿点难道不应该吗？

　　胡子的合绺是很复杂的。当年老二哥郭大个子与马长脖合绺，只是合绺不合财。当然胡子合绺也有合财的，因为财都合了，人员也就算是完全合到一起了，没有什么你的我的之说。如果只是合绺不合财的话，那么情况就复杂了。下面每干一次活儿，比如说打一个财主家吧，就得按出的人和枪来算，也就是所说的人股和枪股，用胡子的话说叫挑枪片子。如果一人一枪算是一个片子，那么大当家的是两个半片子，二当家和三当家的是两个片子，四梁八柱则是一个半片子。所说一人一枪中的枪当然是指汉阳造或三八大盖，如果你手中的枪是个老洋炮或是土别子，那还分不上一个。如果你拿的是大肚匣子，那你得拿一个片子多点。

　　当年苗二柱上山的时候，大家都愿意合绺不合财。二柱也想不合财是最理想的，如果不顺心，随时可以把自己的人马再拉出去，但要是合财就难办了，钱上的事儿不容易算清楚。因为不合财，原来的绺子还是各自的队，老柳头还是掌管老二哥原来人马的炮头，周三儿还是飞龙的炮头。西顺马长脖领着人马靠窝的时候，仍是合绺不合财，小铁子还是西顺的炮头。

　　郭秀梅说，你这么干，是想改变一下以前定下来的分法呗？

　　小铁子梗了一下脖子，以前那分法儿不合理，还不兴改改？

　　老柳头听小铁子说话不客气，立刻翻了脸，你他妈的才长了几根毛，敢这样跟大当家的说话？

　　小铁子也急了，我他妈的心里有话为什么不能说？

　　老柳头一点也不含糊，他"噌"地一下从腰间把三号匣子抽出来，按下扳机指向了小铁子。小铁子身后的弟兄们见老柳头抽枪，二话不说端起枪来。

　　郭秀梅看着眼前的情形并不惊慌，她轻轻地笑了一下，说，你们这些犊子玩意儿打警察狗子的时候吓得枪都放不明白，现在来能耐了。

小铁子强硬地说，我们能和人家比吗？人家有机枪。

郭秀梅说，比是不能比，但你们放了多少枪我还听不出来吗？连枪都不放还能不挨打？

郭秀梅说得很有道理。警察署的警察跑过来的时候，马长脖的手下还没来得及完全隐藏好自己。有几个小崽子正在砸一家店铺的门锁，他们想搂草打兔子——发一笔横财。警察的机枪响了，胡子们才知道警察是真的玩命。这种街巷战马长脖的手下从来没有遇到过，对方的枪声一猛，他们转过身来就逃，可他们哪能跑得过子弹？近十个人就是在那时躺到地上的。马长脖看形势不好，忙组织人还击。双方开始在街巷里互相射击。有的人顶不住警察机枪猛烈的火舌，又站起来想逃，结果是直挺挺地摔倒在那里。

马长脖从苗二柱的身后钻出来，他看了看小铁子身后那些端着枪的小崽子们，黑着脸道，想干什么？把枪都给我放下。

小铁子身后的小崽子们纷纷放下枪。老柳头的腮帮子鼓了鼓，他把三号匣子插回腰间，他身后的人也把枪放了下来。

二柱和他的手下在一旁看热闹。苗二柱对马长脖说，二当家的呀，不是兄弟我说你呀，真得好好管教管教手下了，太没规矩了。

马长脖没理苗二柱，他走到郭秀梅的身旁道，大当家的，别生气啊。

郭秀梅知道，没有马长脖的默许，小铁子是不敢到这里闹事的。

郭秀梅说，我生什么气？我应该高兴啊，应该请个戏班子唱三天大戏。

马长脖的脸色马上变得不好看了，他说，大当家的这是怎么话说呢？小铁子看到跟了他多年的兄弟不明不白地瘪咕了，他心里难受啊。

郭秀梅声色俱厉地说，他难受，我就好受吗？他难受就应该到这里来耍驴吗？

马长脖眨巴了一下眼睛，他知道，现在自己的队伍少了十几个人，人数已经比二柱的手下少了。马长脖萌生了把队伍拉出去单干的念头。

郭秀梅看透了他的心思，说，如果长脖叔觉得在这里受委屈，分绺子也不是不可以。

马长脖心中一动，但他马上又露出笑脸，大当家的把我当成什么人了？你大人不记小人过，别和他一般见识。

郭秀梅扭头看了看小铁子，他仍是一脸不服气的样子。郭秀梅知道，今后没有安稳的日子过了。马长脖不主动提出分绺子，也不好赶他走。

郭秀梅长长地叹了口气，说，算了。别再说了。老柳叔，把东西分分吧。

每次分财都是由老柳头来弄，他对各队的人数和枪心中有数。

老柳头清了清嗓子，高声说，大伙再好好翻翻自己的兜，把没摘干净的东西全掏出来。如果过后发现，别说子弹没长眼睛。

有几个小崽子翻了几下，还真拿出了一些很细小的东西，有戒指和手表什么的。

桂力胜想起自己在鬼子的营房里揣进怀里一支钢笔和一只打火机，想来都属于战利品。他掏出了钢笔和打火机，准备将脚上的那双军靴也脱下来。

小铁子看到桂力胜从身上掏出了东西，显得怒不可遏，冲上去就给了桂力胜一拳。

小铁子的恼怒是有道理的。担任阻击时他和几个小崽子想把一家店铺砸开，这个店铺防贼的意识太强，门窗弄得太结实，砸了半天也没弄开。后来那几个人就被警察的枪弹打倒了。后来小铁子一直忙着和警察对射，什么也没捞到。看到桂力胜身上都有战利品，他的气就不打一处来。

桂力胜和郭秀梅是最后进营地的，他当时更关注的是这些人在那里吵什么。

小铁子不算完，号叫着又向桂力胜扑过去。枪响了，小铁子举起的拳头无力地垂了下去，他的胳膊上挨了一枪。

郭秀梅手中拎着撸子说，不懂规矩吗？不知道谁是大当家的吗？

小铁子身后的人不敢看郭秀梅，他们低垂着脑袋。

平时大当家的总是笑呵呵的，对谁也没发过脾气。但现在一出手就动枪，老二哥都没见过。

马长脖踹了小铁子一脚，把他踹回那帮兄弟的队伍里。马长脖说，这儿有你说话和比比画画的份儿吗？

马长脖踹小铁子的那一脚，是为了保护小铁子，让他别再激怒郭秀梅。作为一个绺子大当家的，惹急了干出什么事都不稀奇，一枪崩了小铁子也有可能。什么是法？大当家的就是法。

郭秀梅制止桂力胜脱军靴，桂力胜没有依从她，把军靴脱下来放到老柳头的旁边。

郭秀梅把枪掖回腰里，她找了个木墩坐下来，看着老柳头分东西。她喊了一声"柳叔"，老柳头回头看。郭秀梅说，钢笔和打火机还有那双军靴给我。

老柳头把钢笔、打火机和军靴拿给了郭秀梅。

郭秀梅摆弄着打火机，打着，灭掉。再打着，再灭掉。

最后，还剩下一支三八大盖，两挺捷克式轻机枪和两个能背在身上的长条皮匣，还有一大堆机枪子弹。

老柳头把长条皮匣打开，里面是机枪的一支枪管。老柳头不明白，既然机枪已经有枪管了，为啥还要备一支枪管，难道这枪管容易坏？

郭秀梅示意老柳头把那支三八大盖放到她身旁放有铅笔和打火机的那个木墩上。

郭秀梅站了起来，她对马长脖和二柱说，两挺机枪就先不分了，咱们有三个队，哪个队不分也不合适。等以后再得到一挺，那就是一个队一挺。现在这两挺机枪放在我这里，哪个队下山要用，到我这里来领。你们说行不行？

二柱马上表态说，我没说的。

马长脖说，就这么办吧。

郭秀梅对老柳头说，把这些分给这次行动立了大功的桂大哥。

郭秀梅用脚点了点不远处的那支三八大盖、钢笔、打火机和军靴。

老柳头把东西放到了站在不远处的桂力胜面前。

桂力胜觉得自己身上已经有了三支枪了，再拿就贪心了，他刚想推辞，就听到小铁子在那里声嘶力竭地喊叫，凭什么他分那么多？我不服。

马长脖见小铁子那股虎劲儿又上来了，他忙令两个弟兄拉小铁子走。小铁子倔驴脾气真的发作了，他一只手按着另一只挨枪的胳膊，挺着胸脯向郭秀梅这边嚷嚷。

在胡子看来，这么分确实不公平。因为绺子内是凭出枪和出人算的，他一个外人，怎么分那么多？马长脖的这个队，出了近六十人，也不过才分了十支枪。要知道，一支枪在外面是能卖大价钱的。

郭秀梅看小铁子不服气，她对拉着小铁子的两个人说，你们放开他。

拉着小铁子的两个小崽子放开了手，小铁子直接向郭秀梅走来。

小铁子走到了郭秀梅的面前，小铁子说，我就是不服，你爱咋办就咋办吧。

郭秀梅看了小铁子一眼，说，你心里有话就说，我敬你是条汉子。我们分财是按枪按人对不对？

小铁子说，这个大家都清楚。

郭秀梅说，那桂大哥去了你们都看见了吧？他身上有一支汉阳造，一把大肚匣子，还有一支枪牌撸子。分这些多吗？

小铁子感到诧异，他哪来的枪牌撸子？

郭秀梅说，我送给他的，不行吗？

小铁子说，如果这样，那我没说的。

郭秀梅说，还有你不知道的呢。你们被那些警察打得屁滚尿流，游击队就是上了挺机枪警察也不后退，我们没法向外撤。是桂大哥蹿上了房把那些警察狗子打得跑没影了，我们才能安全地向外撤。要不是这样，后面跟着两挺机枪突突我们，我们还得死多少？这样算下去，分给他的多吗？

小铁子说，不多。我愿意把我的那份财分给桂大哥，以弥补我的过错。

郭秀梅说，你知道就好，财就不用给了。

小铁子指挥手下的人抬着他们队里分的财物走了。按照小铁子的意思，地面上留下了一匹布。

看着马长脖和小铁子走远，二柱让周三儿把东西先拿回队里，看着桂力胜站在那里发愣，二柱没好气地说，还不快拿着你的东西回你的屋去？

桂力胜知道，自己作为一个外人这种冲突还是不要介入的好。令他没有想到的是，他越是想置身事外，却越卷入了事件的中心。

想着这是在胡子的营地，什么荒唐的事情都可能发生，他更加对自己的处境感到迷惘。想着自己身上的任务，想着与林建东告别时他的种种暗示，桂力胜一时心潮起伏。

听到二柱的喝斥，桂力胜忙到木墩前把那双军靴穿上。他把那支三八大盖拿上，再去拿放置在木墩上的那些零碎，那些零碎包括钢笔、打火机，还有一些子弹。子弹是散乱堆放在那里的。桂力胜站起来，向郭秀梅点点头，拿着东西走了。

二柱看郭秀梅身边没别人了，帮着郭秀梅把那两挺机枪和子弹向屋里搬。

进了屋，二柱在怀里摸索了好一会儿才取出了一帖膏药，大当家的，这是我家祖传秘方熬制的枪伤膏药，你给小铁子送去吧。

郭秀梅看了一眼二柱的膏药，说，为什么让我送去？那一枪打错了吗？

二柱说，没错。你就是打死了我也支持。老马要是敢动手，我肯定先灭他，不会让你吃亏。但你也要想想，老马要不说点什么，小铁子敢这样？彻底掰了也就罢了，还留他们在营地里，那你就把这帖膏药送去。一旦反水，他们也不会把事儿做绝。

郭秀梅知道，论当胡子的经验，二柱比自己在行。郭秀梅心里非常清楚，在绺子里一句话说错都会产生非常严重的后果。

郭秀梅把膏药接过去，问，这么金贵的东西你舍得？

二柱说，有啥舍不得的，我命都交给大当家的了，怎么会舍不得一帖膏药？

到了马长脖的队上，小铁子果然不在屋里。

几个小崽子忙着推牌九，他们的身边堆着药品和布匹，这些全是赌注。小崽子们见了大当家的也舍不得丢掉牌九。

当家的都是一个人一个屋。此刻，马长脖与小铁子正坐在那里喝酒，下酒菜是马长脖常年备在屋里的干巴咸鱼。

小铁子问马长脖，大当家的说可以分绺子时你为什么不顺坡下驴?

马长脖说，你还真是嫩啊，这样走了得多亏呀? 不弄它一家伙是我马长脖的做派? 你说我们这样走了，她郭秀梅会把机枪分给咱们一挺不? 不能。但咱们真要走，指定得把两挺机枪都弄过来呀。

小铁子不同意马长脖这么干。

大哥，这样做不是跟他们结下死扣了? 再说，在江湖上传出去也不好听。

马长脖眯着眼睛说，死扣? 我得好好地琢磨琢磨，让他们都蹬腿，不就没有扣了? 如果我们不说，江湖上又怎么会有人知道呢?

小铁子觉得，毕竟在一起合绺这么多年了，就算过不下去也没必要赶尽杀绝。小铁子不再说话，一杯接一杯地喝酒。

马长脖也不说话，他在考虑怎样干才能万无一失。

郭秀梅推门进来，小铁子显得有些慌乱，像是有什么秘密被大当家的窥见了一样，立马从桌边站了起来。

郭秀梅笑着把小铁子按了下去，说，都是家人，客气啥。

马长脖说，小铁子今天做事确实犯浑，我正开导他呢。

郭秀梅说，我今天也是压不住火，让铁子兄弟挨了一枪。你也知道，我这个大当家的不是靠手头的枪硬打出来的，而是靠继承我爹创下的这份家业。我在绺子里本来就没有什么威望，你这么一闹，我要是忍了，以后说话谁还会听？铁子兄弟你也别怪我下手重，我也是没有办法。

马长脖说，大当家的你做得没错。小铁子要接受这个教训。大当家的吐口唾沫就是颗钉，大当家的在，谁也不能胡来。

小铁子不说话。

郭秀梅拿出那帖膏药说，这膏药治枪伤特别好使，你马上贴上。

见小铁子低头不接，她把膏药放到桌上走了。

马长脖站在窗前看了看，确认郭秀梅已经走远，他责备小铁子说，看你，怎么不说句话呢？

小铁子说，我说啥呀？

马长脖说，你不说话，大当家的一是觉得你还记恨着她；二是会认为你心里有鬼。

小铁子说，我们刚才还在说怎么样和她分绺子，现在却要和她说好话，我不会说。

马长脖说，你这人怎么这样死性？我和你说过多少回了，要见人说人话，见鬼说鬼话，你怎么就学不会呢？

出了马长脖的屋子，郭秀梅心头有了一种不祥的预感，那就是要出事。

小铁子一言不发，马长脖什么话都顺着自己。这让郭秀梅心里画魂儿。马长脖为什么会这样呢？

郭秀梅认为有必要把自己的预感告诉二柱和老柳头、周三儿，如果有什么情况，也好有个照应。

桂力胜回到客房，习惯性地把那支三八大盖枪栓拉开，发现里面压满了子弹，这让他兴奋不已。现在，他手中已经拥有四支武器了。

他把汉阳造和三八大盖放在一起比较了一下优劣，然后把这两支枪仔细地擦拭了一遍。桂力胜知道，如果把这些武器带到抗日游击队，将是一笔可观的财富。

可如何才能加入抗日人民军呢？这让他很是苦恼。

在这个绺子里，桂力胜只是和郭秀梅、二柱打过一点交道。马长脖一直对桂力胜怀着戒备心理，桂力胜没法和他交流。老柳头一直不太说话，两个人也没共同感兴趣的东西。仅凭着这些就能把这个绺子拉到抗日游击队里吗？

如果和郭秀梅、二柱谈加入抗日游击队的事，这将是非常疯狂的一个冒险，弄不好自己会被这两个胡子崩了。

正当桂力胜拿着那支三八大盖胡思乱想的时候，二柱推门进来了。

桂力胜马上站起来说，二柱哥，快坐。

二柱冷着脸并不坐，在屋里不停地转圈。

进入绺子之后，二柱是第一个对桂力胜笑脸相迎的人，但现在忽然冷了脸子，桂力胜不知道自己做错了什么。看来刚才对自己的喝斥是发自内心的。

二柱终于不再转圈，他对桂力胜说，兄弟，我今年二十九岁了，在我的老家，和我一样大的发小儿的孩子都能放猪了。我这些年因为当了胡子，一直没成家。你没来时，秀梅有什么好东西都想着我，对我也有说有笑的。可你来了以后，她就变了，她把老二哥的大肚匣子给你使了，她自己的两把撸子也给了你一把。

今天，她为你打了自己兄弟一枪。桂老弟，你读过书，有文化，断文识字，比我们这些当胡子的人更有远大前程。这些年，兄弟们一直要为我抢个女人成家，可我一直没有那个心思。现在，总算有一个女人走进了我心里，你就不要跟我抢了。桂兄弟，你说说，从你来到我们绺子，我待你不错吧？

桂力胜说，二柱哥待我如兄弟一样。

二柱说，那好，我也不逼你，你想好了找我，我悄悄把你送出山去。

二柱说完转身出了屋，把桂力胜一个人留在屋内。

两天来，郭秀梅对自己的热情桂力胜是感受得到的。他曾有过激动，有过青年男子对女性的美好向往，但他知道那应该仅仅是个向往而已，他不能也不应该对这个土匪头子有任何的非分之想，如果自己傻到连这个都分不清楚的话，那么无疑是自己找死。

郭秀梅对自己确实是挺慷慨的，慷慨得像对待家人的程度。桂力胜认为这是对自己救了她一命的一种回报。难道她对自己真的有好感？

可自己有什么呢？桂力胜对自己的长相并不满意，尤其对自己的单薄身材觉得难堪。桂力胜认为，一个爷们，必须长得五大三粗。

二柱向自己说这番话，分明就是撺自己出山。桂力胜决定离开这里，去找林建东的抗日人民军，今晚就走。

做出了决定，桂力胜反而显得轻松，他把准备随身携带的几样东西放到身旁，免得半夜起来寻找不方便。

既然想半夜就走，桂力胜决定先睡它一觉，一宿没睡让他觉得困乏至极。晚饭之后再和二柱谈走的事。

桂力胜把钢笔和打火机还有子弹都放进了口袋，睡觉虽然硌得慌，但没什么危险。撸子桂力胜掖进了腰里，大肚匣子别在腰上无法入睡，桂力胜把它放到了自己的身下，让自己时时刻刻能感受到它的存在。杀猪刀和三八大盖、汉阳造放到一起，桂力胜觉得游击队那里需要这些东西。

桂力胜刚要睡着，突然感觉屋内进了人，他一翻身跃起，成跪姿时手中的撸子已握在手中。桂力胜发现，屋内站着的是二柱。

桂力胜不好意思地放下手枪，说，二柱哥，我睡毛愣了。

桂力胜一边把被子向炕里拽了一拽说，二柱哥坐吧。

二柱站在那里说，我还真没看错，你要是进了绺子，一定是把好手。

桂力胜说，二柱哥别拿我取笑。

二柱说，咱哥儿俩缘分浅啊。我刚才去了大当家的那里，她让我喊你过去。

桂力胜坐在那里没动，他不知道郭秀梅喊自己过去干啥。

二柱说，快去啊？你不应该高兴吗？

桂力胜仍然没动弹，但他知道自己不能不去。

桂力胜下了地，穿上那双军靴，然后把褥子下面的大肚匣子别在了腰间。

桂力胜说，大当家的喊我我不能不去。我正要告诉你，我已经想好了，我半夜会去找你。你睡觉轻点，到时别有什么误会。

二柱笑了，老弟是个爽快人。我夜里等着你。

木桌上摆放着两挺轻机枪，郭秀梅坐在旁边盯着机枪出神。郭秀梅刚刚送走二柱、老柳头和周三儿。秀梅把自己的担心向他们讲了，二柱当即提出把马长脖和小铁子插了，省得以后是祸患。老柳头和周三儿同意，并提出由他们两人去干。郭秀梅摇头，说咱们没什么把柄，仅凭猜测就把人插了，以后谁还能信咱？

二柱见郭秀梅不同意，便不再争执。郭秀梅知道他心里想什么，便说，你们私下里也不能打什么主意，心里防范着就行了。

马长脖真的会不念旧情吗？会带着手下的人反水？在绺子的营地长大，郭秀梅倒是听说了不少的事，她不相信这些会发生在自己的身上。

桂力胜进屋，问，大当家的找我？

郭秀梅指了指木墩，示意他坐。

郭秀梅说，绺子里从来没见过机枪，这玩意儿怎么用？

桂力胜把机枪拿起来掂了掂，说，这是捷克产的轻机枪……

郭秀梅忙问，哪产的？捷克是哪儿？

桂力胜说，是外国的一个国家，叫捷克，离咱们这儿挺远的。

郭秀梅点了点头，噢，那你接着说。

这款轻机枪的型号是 ZB26 型。

郭秀梅忙说，等等，什么辟？

桂力胜说，"贼辟"二六型。

桂力胜知道，自己的学生腔又犯了，对郭秀梅这样的人来说，根本不用说这些。

想到这里，桂力胜忙说，对不起，我说得有点文啊，我挑简单的跟你说。

郭秀梅却说，说啥对不起？我喜欢你这样文。

桂力胜心脏快速地跳动了两下，但他马上就想到了二柱对他说的话。

桂力胜接着说，这种轻机枪一分钟能发射五百发子弹，因为弹匣插上去很快就打没，所以在战斗中，这种轻机枪要配备两个射手，一个主射手，主管发射，另一个副射手专门管换弹匣。我这样说行不?

郭秀梅点头,一双大眼睛一眨不眨地盯着桂力胜的嘴。

桂力胜用手按了一下弹匣卡子,说,按这里弹匣就可以拔下来,装上去时,只要先把这面插上,这边一压就可以了。你试试?

郭秀梅把弹匣拔下,然后再插上,表示她学会了。

桂力胜说,这种机枪的弹匣装弹量是二十发,有效射程是九百米……

郭秀梅说,等等,什么是米?

桂力胜说,米就是……三尺是一米,这样说来就是两千七百尺。为了好理解,我跟你说,也就是我们所说的差不多两里地。一米呢,虽说是三尺,但大个儿的人走一大步差不多有一米,小个儿可能就没有了。那么,我们所说的九百米也就是我们所说的九百多步差不多一千步。

郭秀梅说,这个我懂了。可什么是有效射程呢?

桂力胜说,这种轻机枪呢,它的标尺射程是一千五百米,也就是说它最大的劲儿可以打这么远,但这么远时有可能打不准。有效射程就是在九百米这个距离是可以打得准的。

郭秀梅认真地点了点头,说,你懂的可真多。

桂力胜说,我们开过课讲过这种轻机枪。这挺轻机枪有一个缺点,那就是枪管容易发热,一般打二百发就需要换一次枪管,也就是打十个弹匣就换一次枪管。所以副射手除了换弹匣的任务之外,还有一个任务就是换枪管,好的副射手经过训练,很快就能完成换枪管这个操作……

等等,如果打得猛,来不及换枪管怎么办?郭秀梅着急地问。

桂力胜说,一般来说换了十个弹匣后枪管就发热了,但并不代表不能射击，射击还是没问题的，只是精准度降低。比如，我再打两个弹匣，没问题，尤其是与敌人很近的情况下再多打几个弹匣也是没问题的。但这样枪管的温度会越来越高。有经验的副射手一般会准备一副棉手闷子，以防止枪管烫手而无法更换。

桂力胜打开装有备用枪管的帆布袋，抽出那根枪管，然后把机枪的枪管卸下，将新的枪管换上。

演示完毕，桂力胜问，你看明白了吗？

郭秀梅点了点头。

好，那你把这个卸下，将那个再装上。桂力胜觉得应该让郭秀梅学会，如果自己今天夜里走了，那绺子里就没有再懂这种机枪的人了。

可以背在身后的那只大的帆布袋里装满了弹匣，足有三四十个。桂力胜逐个掂量了一下，发现有一个弹匣很轻，他把那个弹匣的子弹退下来查看，果然这个弹匣只装有三发子弹。

桂力胜说，这个机枪原来的射手是个很有经验的射手。

郭秀梅诧异地问，你怎么知道？

桂力胜说，一挺轻机枪内能打二十发子弹，它有固定的换弹匣的规律。有时一些神射手就会乘它换弹匣时一枪把机枪射手打掉，但如果它还没打完就换弹匣，这样它的间隔时间就没有规律了，那神射手也就不敢轻易露头了，因为很可能因为时间掌握得不准而被机枪射中。

郭秀梅似懂非懂地点了点头。桂力胜看到还有一箱的机枪子弹，便把箱子打开，把那个剩有三发子弹的弹匣装满。郭秀梅用满是羡慕的目光看着他。桂力胜把弹匣装进帆布袋中，扣好。把那支枪管也装进细长的帆布袋里扣好，把它们和轻机枪一起摆放整齐。

桂力胜说，平时这些都要放好，不能散乱，要提防有意想不到的事情发生。你要尽快为两挺轻机枪配备正副射手各一人。正副射手都要学会射击和换弹匣、换枪管，以防战场上出现各种情况。机枪的正副射手要勇敢，心理素质要好，不能一开枪他先吓得尿裤子。有时轻机枪能改变战场上的被动情况。

有些词儿郭秀梅还听不大懂，但意思她全明白了。郭秀梅说，你放心，我明天就安排人。

桂力胜打了个哈欠，说，那好。全教你了，我要回去睡觉了。

郭秀梅说，再唠会儿呗，我挺愿意听你说话的。

桂力胜说，不了。我真的是太困了。前些天就没睡好，昨晚又是没睡，抗不住了。

郭秀梅说，好吧，明天再唠。

还没进院子，桂力胜发现二柱坐在院子里的木墩上。

桂力胜问，二柱哥找我有事儿？

二柱说，大当家的找你干啥呀？

桂力胜笑了，她找我问那两挺轻机枪怎么用，我给她讲了一下。

二柱有点尴尬，他吭吭哧哧地又憋出了一句，她没和你说别的？

桂力胜说，没有，我困了，好几天没睡好了，别忘了我半夜去找你啊。

桂力胜知道，如果没有二柱的帮助，自己要想经过绺子所设的明哨和暗哨是困难的。

枪声是突然响起来的。先是零星的几枪，随后就响成了一片。

其实桂力胜在枪响前已经醒了，他正在地上穿那双军靴，已经系完鞋带。枪响了以后，桂力胜别上杀猪刀，他在汉阳造和三八大盖前犹豫了一下，随后拿上三八大盖冲出了院子。这时候枪声密集起来，桂力胜在院门口打了一个愣，随即便向郭秀梅的住处跑去。

听枪响的声音，桂力胜认定敌人离这里大约有三百多米，而且有几挺轻机枪。随着枪声的稀疏，桂力胜判断他们已经将绺子派出去的明哨、暗哨解决掉了。这不像是其他绺子黑吃黑，而像是鬼子或是靖安军什么的。

到了郭秀梅的住处，桂力胜喊，大当家的，大当家的！

郭秀梅冲出屋来，只见她身背弹匣帆布包和枪管包，手中提着一挺轻机枪。她着急地问，怎么回事？

桂力胜说，我不知道，判断是鬼子或是靖安军。

郭秀梅问，那，现在怎么办？

桂力胜说，现在敌人从西边打来，我们只能向东边撤。你去集合队伍，我去拿那挺轻机枪。

大当家的，大当家的。随着喊声二柱冲进院子。

桂力胜背上弹匣帆布包和枪管包，他舍不得把三八大盖丢下，便背上了肩。他提着机枪出了屋子。

刚出院门，便看到林子那边有火力向这边射击，桂力胜立刻卧倒射击。对方的火力很快被压制住。一个弹匣打完，桂力胜伸手向背后的帆布包掏弹匣。只听到身边有人喊，这玩意儿怎么用？我来好不好？

桂力胜回头一看，发现老柳头正趴在自己的身后。桂力胜换完弹匣为老柳头示范了一下，老柳头马上趴下来向林子那边打了一梭子。

有的人天生就是枪手,老柳头就是这样的人。一个梭子打完,他就发现了轻机枪点射的功能。

老柳头打上瘾了,只要那边有枪声出现,他的机枪很快就压了过去。

打了几个弹匣后,桂力胜感觉情况不对。自己这边郭秀梅的机枪也在响,可是对方的火力却比刚才猛多了,至少有四五挺轻机枪在吼叫。

这样打下去整个绺子很快就被收拾干净了。桂力胜想。

胡子只是干些打家劫舍的勾当,这种阵地战,他们没有一点经验。这一点从自己这边的枪声就能听出来。除了两挺轻机枪外,其他的枪声稀稀落落,根本不像一支一百几十号人的队伍。

桂力胜示意老柳头换个射击的位置。老柳头很快明白了他的意图,趁着一个弹匣打完,他向后跑了十几米远的距离。桂力胜跟过去,换了一个弹匣后他对老柳头说,大哥,省着用。我告诉大当家的快撤,对方人太多,我们顶不住。

桂力胜跑到那边一看,只见二柱正趴在那里疯狂地用轻机枪扫射,郭秀梅正在为他换弹匣,她的右肩出了血,右胳膊已经抬不起来了。

桂力胜喊,大当家的,撤吧。我看对方人不少,武器比咱们好得多,咱们打不过他们,再消耗下去,我们就惨了。

郭秀梅说,怎么撤?他们咬得这么紧?

桂力胜说,你领着人向外撤,我和柳叔在后面掩护。

郭秀梅说,好,你们照顾好自己。

郭秀梅说完,与二柱向后跑。跑了几步后郭秀梅又返回来说,我们向烟囱砬子方向撤,你们到那边找我们。柳叔知道路。

月色很好,山林里的一切都能看得清清楚楚。

只要有人影在晃动，老柳头的机枪便会跟上去，因此林子里的敌人不敢轻举妄动。

林子里的敌人听上去有小日本鬼子，因为桂力胜不止一次地听到"牙机给给"的吼声。桂力胜还听到有个当官的在喊，抓到一个赏一百。

有老柳头的机枪压在这里，他们不敢向前冲，但他们肯定看到了绺子在向后撤退，对面的敌人又开始了疯狂的射击。

一时间老柳头的机枪被对方压了下去。

桂力胜发现东部有人影在向前突进，是想绕道包抄吗？桂力胜想也不想，抽出大肚匣子来了几个点射，人影赶紧又伏了下去。

算算时间，桂力胜觉得队伍应该跑得够远的了。桂力胜为老柳头换了一个弹匣之后说，我们该撤了，大当家的说是烟囱砬子方向。

老柳头说，嗯，那边路险，你走路要小心。

两个人快速离开了一间屋舍前的院子，钻进了林子。

最初敌人没有反应过来，老柳头的那挺轻机枪不响了一段时间之后，敌人放肆地向前追来。

桂力胜和老柳头选择了一个有利的地形，把机枪架在了那里。大批敌人压上来后，老柳头的机枪响了，有十几个敌人随着枪声向山坡下滚去。

就这样打打停停。后来，敌人不敢向前追了，桂力胜决定和老柳头全速撤退，不再和敌人周旋。

天亮之后，桂力胜和老柳头追上了郭秀梅他们。

队伍停留在一个山谷口那里，这是去烟囱砬子的必经之路。谷口有一条小溪，清澈见底，能见到好多小虾在溪底快速地游动。

桂力胜渴坏了，他趴在溪边咕咚咕咚喝了个饱。

郭秀梅见桂力胜和老柳头追上来，高兴得眼泪都出来了，她说，太好了，我还以为你和老柳叔出不来了呢。

桂力胜说，怎么会呢？我还想着把鬼子打跑后回家看俺妈呢。

老柳头用手摸着那挺轻机枪说，这家伙还真是好使。没有它，我们全绺子可能就崴进去了。大当家的，以后就让我用它吧。

郭秀梅喊来周三儿，让他把桂力胜身上的两个帆布包接过去，她对周三儿说，你和老柳叔学学怎么用机枪。我看老柳叔昨晚用得挺好的。

卸下身上的弹匣背包，桂力胜顿时感到轻松不少。桂力胜看到郭秀梅仍然垂着胳膊，忙问，伤口没处理？

郭秀梅说，绺子里也没人会啊，上了些烟面儿。

桂力胜知道她所说的烟面儿是什么。东北人抽叶子烟，烟口袋放在衣兜里。有人手上划个口子，会拿烟包里的烟末来止血。

桂力胜想起，周三儿不是带人砸了日本人的洋药铺吗？有没有人带着药？

挨个儿问了个遍，光顾着逃命了，竟然没有一个人带药。有人倒是把洋布缠身上了。周三儿气得把小崽子身上的布扯下来扔到地上。

马长脖不高兴了，他阴阳怪气地说，你有火找日本人发去呀，跟自己的弟兄较什么劲儿？

二柱看马长脖这样对待自己的手下，火也上来了，二当家的，话可不能这样说啊。昨晚撤退的时候，要不是周炮头在后面殿后，你们队不知要瘪咕多少人呢。

郭秀梅冷了脸，骂了一句，扯犊子的话先别说，说说下一步怎么办？

马长脖和二柱闭了嘴，谁也不说下一步的事，瞪着眼睛互相看。

桂力胜拾起那匹布，扯下来巴掌宽的一条，然后把布又还给了那个小崽子。桂力胜拿着布条为郭秀梅做了个肩部包扎。

郭秀梅问，长脖叔，你们队上出来多少人？

马长脖说，三十一个吧，二柱哥你们呢？

二柱说，三十八个。

郭秀梅把目光看向了老柳头，老柳头回来最先做的就是清点他手下的人马，见大当家的看自己，便说，我们队里共有三十九个，加上字匠、花舌子、做饭的什么的，一共四十五个。

郭秀梅的心情立刻变得沉重，不过两天的时间，自己由一百七八十人马变成了一百出头的队伍。马匹和大烟土全都丢弃在那里，老爹郭大个子经营了多年的家底就这样在一个晚上毁了。

见马长脖和二柱不说话，郭秀梅更来气了，她张嘴骂道，不是有章程吗？怎么都瘪茄子了？

老柳头说，如果不去烟囱砬子，我们从这边拐下去是庙沟村，那里有个大户，牛老抠，不如我们到那里歇歇脚，好好商议商议以后的事？

郭秀梅一时也想不出什么办法，听老柳头这么一说，觉得可以到那里吃饱喝足，顺带包扎一下伤口。

郭秀梅说，去庙沟村，挂彩的可以找个大夫扎咕扎咕。

队伍向庙沟村进发。

第九章

庙沟村不大，只有二十多户人家，牛老抠是这个村里最富足的大户。

说起牛老抠，他虽然有不少地，手里也有钱，但他的抠劲儿也确实让村里人佩服。一年到头，从来舍不得雇一个短工，总是指挥全家人起早贪黑地干。有人劝他雇两个人帮忙，牛老抠脸一沉，说，花那个冤枉钱呢，自己多干两个时辰也累不死。

村里的人都疑惑，想，这么舍不得吃、舍不得穿，是为了啥呢？

牛老抠在买地上舍得花钱。谁家要是想卖地，他一准第一个到。牛老抠认为只有手中有地，才能到什么时候心中都不慌。

队伍还没进到庙沟村，桂力胜发现好多人牵着牛马和孩子向村外跑。有的村民边跑边喊，胡子来啦！胡子来啦！

绺子里的小崽子平时也说自己是胡子，别人真喊自己"胡子"的时候他们还挺反感的。向外跑也就算了，还喊。有的小崽子气不过，对着喊的人的方向放了两枪。

奔跑的人流顿时慌乱起来，一时间，增加了女人和孩子的哭声。

郭秀梅走在队伍的中后部，听到枪声她厉声喊，不许放枪！这会儿逞什么能耐？

来到牛家大院，只见大院的木门紧紧地关闭着。

东北农村的农户一般很少用石头或砖砌院墙，户主认为有那材料不如再盖几间房呢。所围的院子，基本上是用木头杆子，东北人叫作障子。一般来说，障子所用的木头杆子以胳膊粗细的居多，再粗就浪费材料了。木头障子主要是挡挡猪、狗、牛、羊、鸡，人是挡不住的。

庙沟村只有牛老抠家有院墙，是青砖砌成的。

打头的几个小崽子用力去推那紧闭的门，大门纹丝不动。牛老抠虽然抠，但在建造围墙上却不吝啬，尤其在大门上用足了料。

有眼尖的小崽子看到牛老抠院落的角楼里站着一个人，便对郭秀梅说，大当家的，牛老抠在那儿。

角楼留了好多可以架枪的窟窿，以方便向各个角度射击。透过那些窟窿，可以清楚地看到里面站了个人，好像还拿了支长枪。

胡子太多，东北的大户但凡有几个钱的，基本上都买了枪，或者是洋炮。牛老抠倒是买了枪，他舍不得花钱雇炮手，在这关键的时刻只好自己上角楼了。

郭秀梅派出绺子里的花舌子鲁大明白上前喊话。

鲁大明白走上前去喊，牛掌柜的，我们是报号达达香的绺子，这名头你应该听说过吧？

看牛老抠没反应，鲁大明白又喊，我们今天到别处办事儿，途经牛掌柜的门口，人困马乏，主要是想进去喝口水、吃个饭。没有别的意思。你也许听说过，我们只打小日本，不抢中国人的东西。你就下来把门给我们开开吧。

鲁大明白停顿了一会儿，发现角楼上的牛老抠根本没有下来的意思。

老柳头看鲁大明白劝不动牛老抠，他把手中的轻机枪放下，对郭秀梅说，这老东西不吃软的，我吓唬吓唬他。

老柳头取下背在身后的汉阳造，喊，牛掌柜的，我要是打你，你都死十来回了。你以为你站在那里我打不着？你仔细看着你身边的那个窟窿啊，我就打那里，你就看看那块砖上有没有枪眼儿。你站着不要乱动啊。

老柳头说着抬手放了一枪。

角楼上有个窟窿扬起一点小灰。

沉寂了片刻，牛老抠站在角楼上喊，你们真是达达香的绺子？

老柳头喊，那还有假？要是别的绺子，还和你扯这个？

牛老抠喊，误会呀误会，我马上下去给你们开门。

进了院子，牛老抠站在那里不停地向进来的人鞠躬。老柳头指了指身后的郭秀梅说，这是我们大当家的，报号达达香。

牛老抠忙鞠躬说，女杰啊女杰。

郭秀梅说，牛掌柜的，我们到这里给你添麻烦了。

牛老抠说，哪里哪里，请还请不来呢。

郭秀梅说，绺子现在还没有吃饭，麻烦你安排家人给我们做些吃的。还有，请把房子空出一些来，我的兄弟们可能要在这里住上一两天。

牛老抠又鞠躬，应该应该。

牛老抠让老婆和两个女儿做饭，自己张罗住的地方。

空出的三间大屋让三个队住进去了。

桂力胜不知道自己应该去哪个队。老柳头拉了桂力胜一把，大兄弟就跟着我们一起挤一挤吧。

牛家上下忙着做饭，各队人马除了放哨的全都进了屋子休息。

南北两铺大炕，四十多个人全挤了上去。有人刚刚躺下，就响起了响亮的鼾声。本来没有桂力胜的位置，老柳头硬是为他在炕头的地方挤出了一个位置。

桂力胜毫无睡意，他在想昨天晚上的战斗。如果没有那两挺轻机枪的有力支撑，小鬼子收拾达达香的绺子就跟玩似的。可郭大个子在密营里那么多年都没有事儿，怎么却在一个晚上就被小鬼子攻克了呢？

郭秀梅和马长脖、二柱在牛老抠的正房里商议事情。

马长脖说，住在这里不是事儿啊。这儿离荒山镇不到四十里地，那儿驻有日本兵，他们说过来就过来。

郭秀梅说，这里确实不能长待。你们说一说有什么好招儿？

马长脖说，依我的想法，去投占山好赵老灯，与他们合绺子。

郭秀梅说，投占山好赵老灯？你没吃错药吧？

马长脖说，赵老灯是跟咱们有些过节，可他家大业大呀。合绺子后让他当大当家的，他不可能不答应。你想想，咱们这是一百多号人，哪个绺子能接手？先不说别的，就是住的、吃的一般的绺子能不能供得起？

郭秀梅说，不行。别说咱们跟占山好赵老灯有过节，就是没过节，我也不会跟他合绺子。你看看他做的那些事儿？哪件事儿说出来不让人恶心？

马长脖说，咱们不是胡子吗？胡子不都是这样式吗？

郭秀梅说，我没有让人人都夸"好胡子"的想法，但我不会伤天害理。你问一问，一提占山好、赵老灯，谁不骂？

马长脖问，三当家的，你怎么想？

二柱说，大当家的说得对。

马长脖说，那不跟占山好合绺子，你给指条道儿？

二柱说，大当家的拿主意就是。

郭秀梅说，我的想法是再找一个山高林密的地方建个营子。

二柱马上说，这样行，到哪儿去合绺子都得听人家的，哪儿还有我们的好烟儿抽？

马长脖低头沉默，看得出，他并不同意这个方案。

郭秀梅问，长脖叔，你看这样行吗？

马长脖也不看郭秀梅，说，我还是那句话，去找占山好、赵老灯合绺子。再找个林子建营子，你以为那么容易？谁干？让这些弟兄干？绺子里还有多少愿意干活的？别的不说，建营子这些天我们吃什么？喝西北风啊。

郭秀梅原本想在庙沟村弄些粮食上山，找个林子建营子。听马长脖这么一说，她感觉有道理。绺子里这些弟兄当胡子把自己娇惯坏了，基本上不会干什么活儿了，一天天不是喝酒就是耍钱，让他们干活简直是要他们的命。

不让他们干让谁干？在村里找人干？那还是秘密营地吗？

郭秀梅一时拿不定主意。这时屋门开了，牛老抠的老婆领着两个丫头——牛大丫和牛二丫走了进来，她们端来一摞粗瓷碗，一盆豆腐熬角瓜，一盆小米捞饭。

牛大丫拿着木勺为他们每个人盛饭。郭秀梅看到她身材苗条，长得也好看，便问，妹子今年多大了？牛大丫不好意思地说，十九。

东北的说法是虚岁，有时说十九，可能还不到十七周岁。

郭秀梅问，说婆家没有？

牛大丫的脸一红，说了，秋后就结婚。

东北所说的秋后就是开始上冻的日子。那时候粮食入仓了，秋菜也都腌好了，基本上没什么农活了，很多人家就开始嫁姑娘娶媳妇了。

牛老抠倒是想再留女儿在家里一年的。多待一年能为自己多干多少活啊，女儿一出嫁，就是别人家的人了。嫁出去的女儿泼出去的水，全是一些赔钱货。

郭秀梅羡慕地说，真好，我就想过那样的日子。

二柱理解郭秀梅的心思，想说句什么，又怕说不好惹她生气，想来想去他什么也没说，他把菜盆里的一块豆腐夹起来放进郭秀梅的碗里。

郭秀梅的脸色变得不自然，她忙夹了块豆腐放进马长脖的碗里。

吃完饭，马长脖和二柱倒在炕上休息。郭秀梅来到了牛老抠为她安排的他女儿的住房。两个女儿住一间小房，虽然不大，但收拾得挺干净。

郭秀梅爬上炕去，刚想倒下休息一会儿，她看到桂力胜站在院子里四处张望，是找自己？郭秀梅忙打开上窗，冲桂力胜招手。

桂力胜进屋后见只有郭秀梅一个人，显得格外不自在，要不我以后再来吧？

郭秀梅说，怕啥？怕我吃了你？

桂力胜挠了挠脑袋。

郭秀梅说，我都不怕你怕啥？

桂力胜说，你是大当家的，我一个小白丁，怎么能跟你比？

郭秀梅说，怎么不能比？你是个大读书人，还进过讲武堂。

一提起来多吓人啊？

桂力胜笑了，那也没见你害怕呀。

郭秀梅说，你刚才在门口满院撒摸什么呢？

桂力胜说，想找你说句话，我觉得营地被日本鬼子偷袭这事儿不简单。

郭秀梅说，我也在心里画魂。不过这事以后再说，先说眼巴前儿最紧要的事，那就是绺子应该怎么办？我说到林子里再找个地方建营子，马长脖说去找占山好合绺子。

桂力胜说，占山好？就是把我和朱明龙绑票的那个占山好？

郭秀梅点了点头。

桂力胜知道把自己的想法说出来有些冒险，但不说出来怎么知道郭秀梅到底是怎么想的呢？想到这里桂力胜说，你只想建营地或者是找占山好合绺子，为什么不参加抗日人民军游击支队呢？

郭秀梅犹豫了一下说，说实在的，我心里转悠过这个念头，但我又一想，我们是啥？是胡子，人家怎么能要咱呢？

桂力胜说，我听人说，只要是真心打日本，抗日游击队都要。

郭秀梅说，说是那么说，什么时候不都是表面上有个说法。底下实际上是怎么回事就不一定了。

桂力胜说，如果你有什么顾虑，可以先让二柱哥、马长脖去和林大队长谈一谈……

郭秀梅说，马长脖不一定乐意加入抗日游击大队，要去也是老柳头和二柱，二柱还是……

郭秀梅的话还没说完，外屋传来哭声。门一开，牛大丫推门进来，见屋内有郭秀梅和桂力胜，她先是愣了一下，哭着一头趴倒在炕上。牛大丫的衣服有两处撕破了，裤子上沾了不少的污泥。

听到哭声，牛老抠和他的老婆忙跑了过来，牛老抠的老婆扳着牛大丫的肩膀急切地问，你咋啦？咋啦？

郭秀梅以她女性的敏感察觉到牛大丫出事了，脑袋立刻大了。是哪个混账玩意儿干的？

在牛大丫不停哭泣的叙述中，他们了解到了事情的原委。

牛大丫到放粮食的下屋去取苞米面，准备明天多做些苞米面饼子给队伍带走，不想身后溜进来一个小崽子，把她按倒在地上。牛大丫拼命挣扎，撕破了上衣。小崽子毫不含糊，他把腰间别的一个攮子拔出来，顶在了牛大丫的下颏处，牛大丫不敢再挣扎……

郭秀梅脸唰地变白了，大丫你跟我去认那个人，我马上把他崩了。

牛大丫趴在那里不动弹，她只是呜呜地哭。牛老抠说，你倒是起来呀？

牛老抠的老婆也不停地说，起来起来，去认他。

牛大丫在她妈的拖拽下被弄下了炕，她两腿发软，不停地哆嗦。牛大丫说，我不敢呐。

郭秀梅和桂力胜走出了大丫和二丫的闺房。郭秀梅一脸的怒气，她把腰间的撸子拔出来提在手里。桂力胜不好阻止她，只好先回到自己的房里。

房间里的小崽子们吃完了饭，有的仍在睡觉，有的竟然掷起了骰子。

桂力胜想不明白，他们枪和子弹都没有带全，口袋里竟然装着骰子和钱？

郭秀梅提着撸子一个屋一个屋地看，她认为干了伤天害理的事之后，那个人一定会惊慌失措，可她挨个儿屋走下来，却什么也没有发现。

这个结果让郭秀梅沮丧，她恨自己的无能。

正在郭秀梅不知道如何是好的时候，却传来消息，牛大丫上吊死了。

郭秀梅心里突突了两下，她完全蒙了。

牛大丫被解下来放到了炕上，牛老抠的老婆和牛二丫趴在她的身上哭，牛老抠站在地中央一言不发。

郭秀梅心中一阵阵酸楚，她知道失去亲人的滋味，因为父亲走了还不到两年。让郭秀梅想不明白的是，刚才自己走的时候不是有牛老抠两口子在牛大丫身旁守着吗？怎么让她找到机会上了吊？

人死了，接下来应该怎么办？就算是找到那个惹事儿的小崽子，如何才能收场呢？郭秀梅没有处理这种事情的经验，脑中像是灌满了糨糊。

郭秀梅让一个小崽子去找花舌子鲁大明白过来。郭秀梅想，鲁大明白能说会道，或许知道应该怎样处理眼前的这种烦心事。

郭秀梅和鲁大明白站在外屋，能听到屋里两个女人的哭声。郭秀梅把事情的前因后果简要地说了一遍，然后问鲁大明白，你看怎么办？

鲁大明白想了一下，面色有些为难，想说又不敢说的样子。郭秀梅说，怎么能把这个事平掉，你尽管说。

鲁大明白说，只有找到是哪个小崽子惹的事，崩了，牛家才能平息心里憋的那口怒气。但最终还得谈钱，不出钱怎么可能解决问题呢？

郭秀梅说，好，你去谈钱，我到队里去查是哪个混蛋惹的事。

郭秀梅还没有走到老柳头队住的厢房，小铁子急匆匆地跑过来，他的身后跟着二柱。小铁子边跑边喊，大当家的，二当家的领着人跑啦。

郭秀梅的心中一凛，反水啦？

郭秀梅心中很慌，她故作镇静地问，到底怎么回事？

小铁子说，饭后二当家的找我说要分绺子。我问他和大当家的说了没有，他说没说想偷偷走。我说大当家的处事仗义，虽说给了我一枪，但她做事讲究，这让我佩服。我不想这么不明不白地走，走也是明面上走。二当家的没多说什么，后来他和队里的好多人嘀嘀咕咕，忽然就决定走了。走了二十多个，还有八九个没走。

二柱凑上前来，大当家的，他们应该没走多远，我现在领人把他们追回来还来得及。

二柱说完就要走，郭秀梅摆手制止了他，说，好合好散。不想在一起了，直接说多好，我也不会阻拦他们，偷偷走显得太不爷们儿了。

本来郭秀梅想对小崽子一个一个地审问他们饭后的行踪，但马长脖已经带着二十多人走了，再查下去毫无意义。那个惹事儿的小崽子会不会就在逃走的二十多人里呢？

郭秀梅想起了那个白天惹事儿的大晃儿，问小铁子，大晃儿也走了？

小铁子说，大晃儿没走。他本来想走的，但看着他的两个人不让他走，没走成。

郭秀梅对小铁子说，铁子兄弟，难得你还这样信任我，不记恨以前的事，我谢谢你。你现在得马上回去稳定一下剩下的几位兄弟，不能再出事了。

小铁子点点头，跑着回去了。

郭秀梅看了眼二柱，说，你不会有别的想法吧？

郭秀梅指的是他会不会也领着自己的手下逃走。二柱不满地翻了郭秀梅一眼说，怎么可能？你还不了解我吗？

郭秀梅点了点头，她把牛大丫怎么样被队里的小崽子祸害，又怎么样上吊说了一遍。二柱说，你怎么不早告诉我呢？

郭秀梅说，我看你在上屋睡得沉就自己去查，也没查出来。但现在这个已经不重要了，谁也不知道那个混蛋小崽子是不是混在马长脖的队里。

二柱说，是啊，人不全了就没法查。

鲁大明白快步走了过来，对郭秀梅说，大当家的，我跟牛老抠好说歹说，可他一定要让那个祸害他家丫头的人偿命。我说你家丫头已经死了，这事谁能承认呐？这叫死无对证啊。后来说到钱上，他张口就要十五斤大烟土。我不停地说合，降到了八斤。我心里也明白，这要是平时弄个八斤大烟土不算什么，可现在咱们到了这个份儿上，上哪儿去找这八斤大烟土呢？

郭秀梅也知道，队伍仓皇逃离营地，什么也没带出来。现在别说是八斤大烟土，就是一两大烟土也没有。她对鲁大明白说，你回去吧，只要有价就好办。

郭秀梅把手腕上的一只金手镯退了下来，然后又把自己的金耳环摘了下来，她把这些放到了二柱的手里说，你找队里的兄弟，看他们谁身上有金镏子什么的，跟他们借用一下，以后绺子有了，一定会还给他们。

说完这些，郭秀梅叹了一口气，说，你去办吧。我有些累了，也到上屋去休息一会儿。筹办好了，就交给牛东家，我不想再看到他们抹眼泪儿的样子，心里难受。

二柱爽快地说，大当家的，这事儿就交给我办吧。

来到正屋，郭秀梅躺到了炕上，但却毫无睡意。

牛家的事情能不能很好地平息她没有把握，她知道，队里的小崽子们胡子当惯了，把钱财看得比命还重要，要不，怎么可能豁出命来当土匪？他们的钱财是从来不外借的，平时赌博借钱也是有利息的。郭秀梅基本可以认定，二柱可能会从跟他关系铁的小崽子手中借到一些金镏子，但肯定凑不到八斤大烟土的那个数儿。

再往后怎么弄呢？最初郭秀梅是想在牛老抠家里住上两天的，现在人死了还怎么住？还有，这个牛大丫什么时候出殡呢？需要停三天吗？郭秀梅没有这方面的经验。本来还想跟牛老抠赊些粮食、油盐啥的，这个事不摆平，怎么可能跟牛老抠谈粮食、油盐的事？就算摆平了，牛老抠会同意赊账吗？

郭秀梅觉得脑袋痛，她的坏脾气上来了，她想，我们是胡子，是匪，根本没必要跟他们讲道理，谈不拢就抢，手里拿着家伙还怕这个？

跟二柱说去与林大队长合绺子，他会同意吗？郭秀梅认定二柱肯定会跟自己一起去。父亲死了以后，二柱对自己的话向来言听计从。她知道，二柱对自己有那个意思。说实在话，郭秀梅还是很喜欢二柱这个人的，实在，有担当，遇到难事总是冲在前面。有了危险他也会出面为自己挡枪子。可是，自从桂力胜出现后，郭秀梅就被这个读过书的小伙子吸引了，她觉得桂力胜浑身上下哪儿都好，就是一些话从他的嘴里说出来，也和别人不一样儿，文绉绉的。听着桂力胜说话，她的心总是一动一动的。这是郭秀梅活了十八年从来没有过的感觉。

想到桂力胜，郭秀梅的心中流淌过一丝不易察觉的暖意，这让她感到舒服和甜蜜，她在这种幸福和满足中甜甜地睡去。

郭秀梅醒来的时候已经是晌午了，她的第一个感觉是饿了，同时她也感觉到，牛家上下并没有烟火气。牛家没人做饭了，弟兄们怎么办？

二柱领着鲁大明白进来了，他捧一顶毡帽，里面装着一堆大大小小的金货。

郭秀梅非常惊讶，问，怎么会这么多？

二柱笑了笑，说，也不多，我想了个招儿。

二柱最初到屋里找了几个小崽子，都说身上没有金货。二柱急了，他把那些小崽子一个个地叫到外屋来搜身，结果每个人身上都搜出了金货。

郭秀梅很是担心，这样不好吧？弟兄们心中会有怨气的。

二柱说，有啥怨气？我跟他们说先借用一下，这些年亏待过他们吗？

郭秀梅无奈地叹了口气，说，好吧，先把眼面前儿的事儿办好，以后有钱时多分给弟兄们一些就是了。

郭秀梅看了看鲁大明白，她不清楚八斤的大烟土得用多少金子换，问，这些够吗？

鲁大明白说，多了多了，用不了这么多。

郭秀梅说，都拿去吧，别显得咱们小气。

鲁大明白捧着毡帽出去了。

郭秀梅拍了拍炕沿，示意二柱坐下。郭秀梅说，二柱哥，马长脖走了，你可千万不能再和我分心了。

二柱立刻说，你放心，我死都不和你分心。

郭秀梅说，那我就放心了。我想，咱们也别找林子建营子啦，去抗日游击支队与他们合绺子，不行吗？

二柱说，我听你的。

郭秀梅听二柱这样爽快，她非常高兴，话就多了起来。郭秀梅说，本来我还有顾虑，怕他们嫌弃咱们是胡子不要我们，但桂力胜给我讲了一番道理，我就觉得咱没什么远见。

听到桂力胜的名字，二柱显得不快，说，是桂力胜给你出的主意？

郭秀梅说，算是吧。其实我脑中倒是转过去抗日游击支队与他们合绺子的想法，只不过没说出来。

二柱没有吭声。

郭秀梅没有注意到二柱情绪上的变化，她自顾自地说，把这里的事处理完，我们晚上吃完饭就出发，晚上出村没人会注意我们的行踪。

二柱张了张嘴，似乎想说什么，却被跑进来的鲁大明白打断了。

鲁大明白捧着那顶毡帽着急地说，牛老抠不见了。

鲁大明白来到牛家的闺房，发现牛大丫已经被移放到地下的门板上，穿着一身极其古怪的衣服。她的头前点着三支蜡烛，放了一只小碗，碗里放了一些杂米，插了三支点燃的香。

牛老抠的老婆和牛二丫正在一只破瓦盆里烧纸。牛老抠的老婆一边烧纸一边嘴里嘟嘟囔囔地念叨着什么。面对鲁大明白的到来，她像没看见一样。鲁大明白只好在牛家上下寻找牛老抠，可整个院落全找遍了，愣是没有牛老抠的影子。鲁大明白忙问门口放哨的小崽子。小崽子说，牛老抠牵着一匹骡子出去了，说是给孩子置办衣裳。

听到牛老抠牵着骡子出门，郭秀梅心中立刻升腾起一种不祥的预感。

郭秀梅问，附近有没有小鬼子？

鲁大明白想了想说，小鬼子？大荒沟那里驻有鬼子的守备队，离这里有四十多里。原来东北军的一个营在北边，据说是降了日本人，老百姓叫他们走狗军，离这里不到三十里。对了，林子边上还有一个日本骑兵队，三十多人，离这里好像十多里。只是听说，从来没见过。

郭秀梅心想，坏了，牛老抠准是到日本骑兵队告密去了。她顾不得多想，跳下炕就向角楼跑，牛老抠家的角楼是庙沟村的最高点。

登上角楼，郭秀梅看到东边的大道上，隐隐约约有马匹在跑动，虽然离得还远，但以骑兵的速度，他们很快会到。

郭秀梅边下角楼边对跟在身后的二柱说，我们奔西南入林子，然后转向正南，去找林大队长的抗日游击大队。

二柱说，大当家的，我就不和你一起去啦。

郭秀梅立刻愣在了那里，刚才你不是还说听我的吗？

二柱说，刚才是刚才，现在是现在。现在我准备带着我以前的弟兄向西北的林子里撤，然后找个地方建个营子。我们这就分绺子了，来日再见。

听二柱说得这么坚决，郭秀梅知道再劝也没有用，至少二柱是当面锣对面鼓提出来分绺子的，她没有理由阻拦。

郭秀梅说，好。绺子里的公共财产就是那两挺轻机枪，一挺已经拿到你们队了，也算公平。我们就此别过，来日再见。

郭秀梅向二柱抱了抱拳，匆匆去找老柳头集合队伍。

队伍刚钻进林子，日本的骑兵队就追上来了，他们的速度快得有点出乎郭秀梅的预料。

昨晚已经被小日本在后面追了好久，这回又来了日本骑兵队，小崽子们如惊弓之鸟，争先恐后地向山上爬。就在这时，日本骑兵队的枪响了，向山上逃窜的小崽子有两个倒了下来。

本来桂力胜与老柳头冲在前面，他对老柳头说，这样不行，我们要被小日本当靶子打。快叫几个枪法好的弟兄，在这里阻击他们。

听到桂力胜的话，郭秀梅也想留下来，桂力胜推了她一把，对身旁的一个小崽子说，掩护大当家的快撤。

一排枪打过去后，马上的鬼子掉下来几个。看到山上有人阻击，鬼子的骑兵队不再向山上冲，他们从马上下来，就地隐蔽射击。让桂力胜感到惊奇的是，他们虽说是骑兵队，却随队带了挺轻机枪。

这样一来，轻机枪的子弹压得他们抬不起头来。

桂力胜向老柳头望去，只见他手里握着的仍是那支他平常用惯了的汉阳造。桂力胜喊，轻机枪呢？

老柳头说，那玩意儿太重，我让小崽子扛着呢。

桂力胜向身后看了看，郭秀梅与其他人已经隐没在身后的密林中。

桂力胜倒是很认真地背着装有轻机枪弹匣的帆布包和装有备用枪管的帆布袋。没有机枪，包里的弹匣就跟石头差不多。

桂力胜将手中的三八大盖子弹推上膛，他知道在轻机枪换弹匣时有一次射击的机会。他趴在那里，认真地锁定轻机枪的发射位置。

轻机枪的枪声刚一停止，桂力胜伸出枪向那里打了一枪。打完一枪后，桂力胜忙伏下身来。是不是打中，桂力胜没有把握。在军校时，桂力胜的步枪射击成绩还不错，但那是在操场上，没有障碍，靶子所在的地方也没有遮挡物。现在不同，除了视线不好，头上还有子弹在嗖嗖地飞着。

鬼子的轻机枪停顿了一下，但随后又响了起来。桂力胜知道，自己的那一枪打中了，只是他不清楚打中的是主射手，还是副射手，从停顿的时间来看，打中副射手的可能性较大。

鬼子可能发现了什么，机枪的子弹一直在桂力胜的头上扫个不停，桂力胜一动也不敢动。本来他想换个地方，可这强大的火力压着他，让他无法移动。要不是头顶处有块凸起的岩石，他早就没命了。

趁着机枪手换弹匣的间隙，桂力胜探出头又是一枪，机枪手应声倒下。

正当桂力胜想要换个隐蔽地点的时候，他听到鬼子的下方响起了密集的枪声。桂力胜探头一看，发现有的鬼子放弃了马匹，正在向自己的左侧逃走。有的鬼子则不管不顾，骑上马向林子深处奔去。桂力胜忙对一个骑在马上的黄乎乎的身影放了一枪。

老柳头喊，鬼子要逃，狠狠地揍他们。

桂力胜发现，要逃走的鬼子被小崽子打倒不少。胡子们被鬼子追杀的时候，他们像是连枪都不会打了，可一旦鬼子要逃走时，他们却都显示了好枪法。

桂力胜看老柳头打枪不瞄准，他端着汉阳造抬手就是一枪，打不中的时候很少。

老柳头打得不过瘾，他端着枪向鬼子逃走的方向追去。

二柱拎着匣子枪慢慢地向上走，他向追打着逃走鬼子的手下人喊，追一段就行了，别跑太远。

看到二柱出现，桂力胜感到很意外，忙喊一声，二柱哥！

二柱看了一眼桂力胜，没理他。他低头在一处蒿子丛后面扯出了一挺轻机枪。原来鬼子逃走时光顾逃命，竟把轻机枪丢在了这里。

　　向山林中撤退的时候桂力胜注意到二柱领着队伍向另一个方向开拔，他以为这是郭秀梅的计谋——分兵诱敌，便问郭秀梅，大当家的，我们定好了在哪儿汇合？郭秀梅没好气地说，汇什么合，我们分绺子啦。桂力胜知道，胡子就是胡子，一言不合就分绺子。

　　现在二柱杀了个回马枪，倒让桂力胜有些意外。

　　二柱见山下又上来三个小崽子，他把手中的机枪交到了一个小崽子手里，说，赶快四下找找，还有没有什么好东西。

　　老柳头领着人追了不到两里地，发现林子更密了，就把小崽子们喊了回来。

　　这一路上，他们一共打死了六个鬼子，他们把鬼子的马枪、马刀、马靴还有军装全弄了回来。

　　打扫战场，一共找到了十七匹马和九个鬼子的尸体。

　　见到二柱的时候，郭秀梅明显地愣了一下，她说，你不是和我分绺子了吗？

　　二柱说，我不那样说，你能走？我是想，如果鬼子的骑兵队追我，我就自己扛着。如果是追你，我就打他们个回马枪。没想到他们还真追你了。

　　郭秀梅说，那你当时不跟我说？

　　二柱说，当时哪有时间和你费口舌？

　　郭秀梅说着打了二柱一拳，说，瞧你那傻样？还学会长心眼了。

　　二柱嘿嘿地笑了起来。

　　当郭秀梅领着队伍进入抗日游击大队的营地时林建东和元洪

春都感到意外。

清点完队伍后，郭秀梅才知道现在全绺子一共有八十三人。本来从庙沟村向外冲的时候还有九十多人，在山坡上与鬼子骑兵队遭遇，死了五名弟兄。另外的，不是私自逃走了，就是在林子里走散了。

林大队长让自己的大队空出来一些房间，把达达香的绺子安置到营地里。他说郭秀梅的队伍可以编成一个大队了，因为自己的二大队也不过一百多人。但最终应该怎么办，还得听抗日游击支队的意见。

林建东把这里的情况写了一封汇报信，派交通员送给支队。

第十章

申东勋费力地把洋铁皮水桶运到了山洞旁，里面装的是从山下打来的泉水。

山洞旁支了一口铁锅，下面还有一些炭火，申东勋把运来的水倒进了这口锅里。这口锅现在用处太大了，平时用来盛水，早晚的时候用来煮饭。

申东勋把水倒进锅里之后，打算坐下来抽支烟。他看到顺姬从那边走过来了。顺姬的身体有些变形，她在那边紧张地忙碌着，这让申东勋既感到心痛，又有些无奈。

现在山洞里有五名重伤员躺在那里起不来，一名轻伤员勉强可以挂根棍子做些烧饭的轻活儿。那么剩下的两个能自由行走的人就是他和顺姬了。

这些天，顺姬每天从天亮忙到天黑，一刻也闲不下来。

她先是用水为公务员清洗枪伤的部位，然后为伤口上些草药。

这些草药也不知道管不管用，都是申东勋在附近的山上采来的。以前，和申东勋一起干活的工友教申东勋认识了一些草药，说能止血消炎什么的。这些天，申东勋每天会出去采些大青叶和车轱辘菜，他把这些草药捣碎，让顺姬把它们敷到伤口上。有时运气好，申东勋会在林子里找到几株马粪包，申东勋会把这些宝贝采摘回来，放在那里让顺姬给那些伤口溃烂的伤员使用。后来申东勋听一位伤员说老鸹眼树皮熬水洗伤口好使，于是他便满山遍野地去找老鸹眼。

已经五天了，伤口溃烂的伤员越来越多，顺姬和申东勋一直不知道如何办是好。顺姬能做的，只是用布蘸着水把溃烂的脓血擦净，再敷上草药。这样一来，就需要大量的干净的水。

山洞在山腰上，周围树木茂密，是比较理想的建密营场所，只是离下面的山泉远了一点，近一里地，营地运水的工具只有一只洋铁皮水桶。现在申东勋每天的工作就是采药和运水。

朴光浩拄着根棍子走过，从他走路呲牙咧嘴的模样来看，打在他腿上的那枪肯定是伤了骨头。

朴光浩坐下来卷了一支蛤蟆烟，然后把烟包递向了申东勋，申东勋没有接，说，我还得去打水。

申东勋说完，提着空洋铁皮水桶向山下走去。

朴光浩本来不会抽烟，因为烦闷，便把朱明龙的烟包拿了过来，没事儿卷上一颗。朱明龙一直处于昏迷状态，他一共挨了三枪，一枪在肩上，两枪在腹部。

本来没想约朱明龙上山，朴光浩知道，朱明龙的父亲去世得早，两个姐姐出嫁了，只剩下老母亲得由朱明龙来养。当朴光浩他们走出顺姬家五六里地的时候朱明龙追了上来。

顺姬的父亲敏锐地发现了顺姬把自己很少的几件衣物带走了，这是一个不好的信号。他出门去追，碰到朱明龙，便把顺姬的事儿对朱明龙说了。待顺姬的父亲走后，朱明龙判断了一下方向，他选择了去黑瞎子沟的方向，他听说那里有一伙打日本的游击队。

从土匪窝子下来时朱明龙就想好了，一定要参加抗日游击队，在家里养伤是不会安宁的，不是让土匪绑票，就是被日本人抓到矿上去。

四人来到黑瞎子沟的时候，抗日游击支队三大队的李大队长正带领手下的两个中队准备外出执行任务。李大队长接到线报，说是离这里四十多里地的西水地镇运来了大量的物资，那里原来是东北军的一个营地，日本人不知用了什么办法，他们全归顺了，老百姓管他们叫走狗军或是满兵。线报上说运来的物资里有吃的，有穿的，可能还有子弹什么的。李大队长想把这些物资全变成三大队的补给。

李大队长知道这批物资的重要性。现在是六月底，如果有衣物的话，很可能是冬天的服装。棉衣棉裤对游击队员太重要了，没有这些，在山里过冬几乎是不可能的事。

见游击队要出发执行任务，四个人要求参加。李大队长想了想，同意了。他要顺姬留下来协助汤大厨做饭。汤大厨已经六十多岁了，一个人忙活八十多人的饭菜实在是有些力不从心。

顺姬本来一门心思去打小日本，没想到上了山却让她做饭，心里不高兴。申东勋对她说，上战场是男人的事儿，在家做饭也是大事。

尹正叁看见申东勋，他高兴得又蹦又跳，忙去喊崔秀吉。两个人向申东勋展示自己身上背的三八大盖，并且告诉他们如何装弹。申东勋、朴光浩和朱明龙在家也或多或少地跟着邻居进山打过猎，用过猎枪。尹正叁简单地一说，三个人就学会了。

学会了打枪的三个人便向李大队长要枪。李大队长本来想让三个人跟着向回背物资，没想到他们坚决要参加战斗。李大队长想起山洞里还有几支老套铳，便让人拿来了。虽说这枪比不上三八大盖，总比什么也没有强。

申东勋、朴光浩和朱明龙乐呵呵地跟上队伍走了。

游击队下到山下大道的时候有些早，天还大亮着。本来这时间不太好掌握，走得早吧，林子里倒是好走了；下来晚吧，林子里一片漆黑，走起来困难。但到了大路的时候天很亮，就容易被敌人发现。李大队长决定所有人都在附近的蒿草地里歇着，等天擦黑了再走。

就在这时路上出现了一支队伍，大约有二十多个人，他们穿着整齐的灰蓝色衣服。

本来坐在蒿草地上的游击队员们全都匍匐在地上。趴在李大队长身边的尹正叁悄声说，是走狗军。

李大队长知道，把队伍撤走已经来不及了，希望不被走狗军发现。

队员们离路边太近了，一个走狗军似乎发现了什么，他把枪端平了。李大队长也没客气，抬手就是一枪，走狗军倒下了，其他的原地卧倒。

游击队员一起开枪。走狗军拼死抵抗。

以往和走狗军相遇，走狗军听见枪声扔下枪就跑，保命要紧。游击队员们也不追，得了枪就算完事。李大队长觉得蹊跷，他仔细观察那些走狗军，发现里面有两个握着手枪的人不时地喊着什么，像是日本人在说话。李大队长把尹正叁的三八大盖拿过来，打倒了其中的一个。

这时李大队长听到了汽车的声音，还未等他想明白是怎么回事，汽车已经露出了头，一车黄压压的日本兵已经开始从车上往下跳了。

李大队长意识到大事不好，他高喊了一声，一中队留几个人掩护，其他人撤退！

可是已经晚了，日本兵的轻机枪已经架上了。机枪的吼叫压得游击队员们无法站起身。

申东勋紧挨着朴光浩，他们不知道自己算是一中队还是二中队的，但他们清楚，手中拿的是枪并不是烧火棍，他们趴在那里一枪一枪地打着露头的鬼子。

游击队员大部分趴在一片开阔的蒿草地里，要想从这片蒿草地里撤出，会将身体完全暴露在敌人的火力之下，好多人就是刚才在撤退时被击中的。看到身边好多人倒下，游击队员只好原地卧倒。

申东勋听到尹正叁不停地喊"大队长""大队长"，他心中隐隐有些不安。李大队长发出了撤退的命令后再没有出声。从尹正叁急切的呼喊声中，申东勋意识到了什么。

朱明龙"啊"的一声站起来，对着鬼子的机枪手就是一枪。那个机枪一下子哑了。

朱明龙笑了一下，他刚要趴下，身子却像面条一样软了下来。

申东勋忙爬了过去，把朱明龙的身体放平，免得再挨枪子。朱明龙笑着对申东勋说，你看，我一枪就把机枪手干掉了。

申东勋点了点头，他用手捂着朱明龙肩头冒血的伤口说，你是好样的。

朱明龙用手推了推申东勋说，不要管我，开枪打他们。

申东勋含泪向前爬了两步远，把枪重新架上。

崔秀吉爬到朴光浩的身边说，我们再这样下去是等死啊。

朴光浩向身后的林子看了看，离林子足有二百多米，这么远的距离，没等跑进林子，子弹早就射进了你的身体。

朴光浩悄声对崔秀吉说，跑不出去，和他们拼了，打死一个够本，打死两个就赚了。

转机发生在天黑以后。天黑之后趴在野地里的游击队员就占据主动了，他们变换位置后向躲在车后的鬼子射击，鬼子却完全看不清游击队员在什么位置。

鬼子在一阵枪响之后跳上汽车快速地开走了，留下的尸体也没顾得上收。

这个遭遇战双方都损失惨重。鬼子留下了十四具尸体，走狗军也被我们打死了五个人。我方损失更大，一共牺牲了二十一个，包括李大队长。

如果说这一仗有什么别的收获的话，那就是缴获了敌人近二十条枪和一些子弹。

回到营地，五名重伤员被安置到了山洞里。看到一下子有这么多人受了重伤，金顺姬的眼泪一下子就流了出来，她不敢看那些血肉模糊的人。

第二天的下午，游击三大队接到命令，要他们到支队所在地老沟接受整编。

队伍是在天快擦黑时走的，汤大厨也跟着队伍走了。

二中队潘中队长特意找到了申东勋，说，我们接到支队的命令，要到老沟去一段时间，伤员无法随部队行动，你和顺姬负责照顾他们，朴光浩的伤不重，也能帮着做点事。粮食我们全都留给你们了，我们什么时候回来也不一定，你呢，在这一段时间里主要是照顾这些挂花的。他们伤得都挺重。枪我给你们留了四支，其余的我们运到老沟。如果我们不回来，会派人和你们联系。

这里就全靠你们几个啦。

申东勋一直很信任潘中队长，在没有来游击队之前，向山里输送队员的事，全是与潘中队长秘密联络的。

五天过去了，老沟那边没有一点消息。

第十一章

第一天晚上，桂力胜是和许多人挤在一个地窖子里度过的。

达达香绺子的突然到来，让林建东措手不及。平时营地也来人，一般三五个，最多时七八个，就是晚上住下来，腾出一两个地窖子也就够了，可现在忽然来了七八十人，虽然勉强腾出十个地窖子，但住进去仍然很挤。

考虑到郭秀梅是个姑娘，林建东把大队部的那个最大的地窖子腾了出来。他和元洪春到战士的地窖子去挤。

看到元洪春又喘又咳嗽的，郭秀梅不同意他们搬到别的地窖子里去。

元洪春说，我这是老毛病了，没那么娇贵。你一个大闺女，哪能去闻男的臭脚丫子味儿？

第二天的早饭后，营地开始修建地窖子。

桂力胜以为地窖子应该建造在离抗日游击二大队不远的地方，但他发现林建东似乎有更深远的考虑，林建东将所有人领到了对面的山坡上。

站在这里，居然看不到隐藏在密林深处的游击二大队的地窖子。两面山坡虽然相距不过六七百米的距离，但真要从这面到另一面去还真要费些工夫。

桂力胜与小铁子等人负责挖厨房。

厨房比其他的地窨子有讲究，首先厨房要大，不仅做饭要能转开身，而且至少要能容下十来个人吃饭。夏天时人们可以把饭端回到自己的地窨子吃，可冬天就不行了，饭端到自己的地窨子凉了不说，雪大时路根本没法走，只能是分批吃完再回去。

做饭的烟囱更有讲究。仅仅做到排烟好烧还不行。在山里，冒出的一柱烟往往十几里外都能看见，很容易被敌人发现。厨房的排烟道是门学问。一个主烟道要向不同的方向分出若干个次烟道，次烟道走一段还要细分。真正的高手能把烟道设计得烧火时在营地里根本看不到炊烟。如果设计得不好或者因为风向的关系，某个次烟道的烟就会冒出得多些，这时，就得派人弄绺蒿草把烟驱散。

山上的铁锹不多，小铁子他们这些人只分了两把铁锹。小铁子说，人可以停但锹不能停。

桂力胜虽然在家的时候也会帮家里干些活儿，真正出力的活儿他没干过。在这一点上，桂力胜听鲁大明白的，他说怎么干，桂力胜就怎么挖。还不到一顿饭的工夫，桂力胜的手上竟然磨出了两个水泡。

站在一旁的大晃儿看到桂力胜手上出了水泡，他乐得不行，阴阳怪气地说，秧子货呀，干这么点活儿手就打泡啦？

正在低头猛干的小铁子听到后抬头看了大晃儿一眼，走过去踹了他一脚，说什么呢？妈拉个巴子你倒不是秧子货，你给我干呐？

小铁子对桂力胜说，把锹给他。

桂力胜说，没事儿，我还不累，就是手上磨两个泡。

小铁子说，让他干，省得他闲得蛋疼。

大晃儿接过锹，开始挖地基，但他的嘴却像鸭子屁股一直不歇着，你说像力胜这样的，念了几年书，到了还是和咱们一样钻林子，手白净得一拿锹镐就打泡，书念了还有啥用啊？

桂力胜很反感大晃儿调侃自己，但他却不知道如何反击。

小铁子停下了锹，厉声对大晃儿说，你在哪儿瞎逼呲啥呀？昨天，要不是力胜两枪把日本人的机枪打掉，不知道得有多少人瘪咕了，你有那本事？

大晃儿还想争辩什么，但他知道小铁子的脾气，没敢再吭声。

小铁子为自己说话，出乎桂力胜的意料。

歇气的时候，小铁子坐到了桂力胜的身旁，卷了一支蛤蟆烟递了过来。桂力胜接过，想起衣袋里有一只打火机，他掏出来，先为小铁子点上了火。

桂力胜把烟叼在了嘴上，犹豫着抽不抽。作为漂河烟叶的种植大户，汪家老爷汪化臣却不允许家中的人抽烟。每年新烟收获之后，家中倒是会请邻居来家中的院子里吃顿饭，饭前会把今年新晒好的烟叶拿出来让大家尝尝，家中的人也可以试着抽几口，汪家老爷并不禁止。这种时候，桂力胜也会好奇地卷上一颗。

看桂力胜并不点火，小铁子问，你不抽烟？

桂力胜笑笑，点了点头。

小铁子说，那就别抽啦。这玩意儿抽上了也没什么好，想戒都戒不掉。时间长了下不下山，想买烟叶都买不到。

桂力胜说，我爸不许家中有人抽烟。

汪化臣不许家中人抽烟，自己首先不抽。汪化臣年轻时是抽烟的，后来继承了父亲的家业种植烟叶，就把烟戒了。

汪化臣有一个别人不具备的本领，那就是只闻一闻别人抽烟时喷出的烟，就能判断烟叶的品质。不允许家人抽烟，也是想保持他那敏锐的嗅觉。

小铁子似乎对桂力胜家中的事情不感兴趣，他喜欢上了桂力胜的打火机。他把桂力胜的打火机拿过来，打着，灭掉，打着，灭掉。

小铁子说，你不抽烟，咋想起要个这玩意儿？

桂力胜说，一直想有个这玩意儿。在学校的时候，教官从口袋里拿出一包烟，是洋烟卷儿，啪地往嘴上一叼，然后掏出打火机点着，那派头别提有多牛啦。一次晚上我们上课停电，教室里黑得什么也看不见，教官掏出火机一打，有亮了，大家才能顺利走出教室。从那个时候起，我就想，自己不抽烟，但口袋里一定得备个打火机。

小铁子问，这是烧油的，油没了怎么办？

桂力胜说，你看这儿有个孔，拧开，可以把汽油倒进去。如果搞不到汽油，就到城里去，好多杂货店都能加油和换火石。

小铁子满意地看着这只打火机说，这玩意儿可真好。

桂力胜说，嗯。我觉得在山里更需要这玩意儿，比如笼堆火取个暖啊，烧点什么吃的。

小铁子掂了掂那只打火机说，真好，我以后也想办法弄一个。

小铁子把打火机递给桂力胜，桂力胜不接，说，别以后啦，既然喜欢，就送你啦。

小铁子高兴地说，你舍得？

桂力胜开玩笑地说，又不是媳妇儿，有啥舍不得的。

小铁子高兴得眉眼舒展开来，他细细地摸着那只打火机，又打了一下火。桂力胜说，这里面的油和火石都是有寿命的，使一次少一次。刚才你打的时候还是我的，我要说不让你打显得我小气。现在是你的啦，不能老打。

小铁子高兴地把打火机放进了怀中的口袋里。

桂力胜问，人家都叫你小铁子，这是你的小名吗？

小铁子说，不是，我姓铁。

小铁子简单地诉说了他上山入绺子的经过。小铁子和他爹从山东来到东北，在一家大户扛活，说好了干满三年，东家把一块地给他们。三年后东家也把那块地给他们了，可还没到秋收，真正的地主拿着地契来了，原来东家早就把那块地卖给了别人。小铁子的爹一气之下死了，小铁子觉得爹都没了，也没脸再回关里了，他一怒之下把东家的一个大院点着了，进山入了绺子，那绺子就是西顺马长脖的队伍。

小铁子问桂力胜，你说一个男人除了媳妇还有什么不能给别人？

桂力胜认真地想了想说，除了媳妇儿就是枪了吧？让我把枪给别人，那我舍不得。

桂力胜想起了丢在客房里的那支汉阳造，他为没带出来感到无比惋惜。

小铁子说，我也是。

小铁子用的是一支二号匣子枪，虽说比桂力胜的大肚匣子小了一点点，但真的打起仗来，二号匣子仍然很猛。

只用了三天的时间就挖了二十多个地窖子。等把床铺用木头弄好的时候，桂力胜他们便搬进了新的地窖子里。

地窖子基本上还是按照以前的队伍安排人，小铁子的队伍只剩下了八个人，他把另七个人安排到一个地窖子里，一定要桂力胜和他住在另一个地窨子里，原因是他喜欢听桂力胜唠嗑。

大晃儿和鲁大明白不想和另几个人一起挤，见小铁子这个地窨子有空闲地方，便央求着和他们住到一起。

鲁大明白借口找得很恰当，他说，两个人住到一起有啥意思，又不是一男一女，人多在一起才热闹。

小铁子说，你那嘴，一天到晚不闲着。

鲁大明白说，不是图个乐嘛。

小铁子损了大晃儿两句，你以后不能再对力胜胡说这个那个，你连字都认识不了几个，怎么就敢瞧不起读书人？

大晃儿赔着笑脸说，我哪敢瞧不起？

小铁子横了他们一眼，默许他们住在这里了。

住进新的地窨子之后，勤快的人开始对新地窨子进行加固。好多人并不着急，他们躺在地窨子里吹大牛。

小铁子去林子里扒了一些榆树皮，在一个山坡上找到了黄泥。

小铁子边干边说，你看他们现在清闲，等到冬天就该遭罪了。

鲁大明白又发挥了他确实明白的优势，用那些搭建地窨子剩下的树头，做了一个非常密实的木门。

四五天过去了，支队那边还是没有什么消息，郭秀梅坐不住了。她和二柱来到林建东的地窨子里，她说，林大队长，抗日游击支队是不是不打算接收我们？

林大队长为他们各自倒了一杯水，说，你看，交通员也没有回来。我们真的不知道那边有什么事。但我们共产党有一点是肯定的，只要你们拥护共产党，真心抗日，那我们永远都是欢迎的。

二柱说，那你们会不会嫌弃我们呀，因为我们当过土匪。

林建东说，我以前也听说过你们，你们在十里八乡的名声还是挺好的，没有做过什么坑害老百姓的事。现在你们愿意跟着我们一起打日本人，我们欢迎还来不及呢。要不，我们怎么可能帮着你们盖了那么多永久性的地窖子呢？

元洪春在一旁接着说，再等一等，也许支队那边有什么重大行动，也许是支队长出去开会没回来。

郭秀梅犹犹豫豫地问道，啥叫开会？

元洪春说，开会就是大家伙儿坐在一块儿商量事。

回到对面的山坡，郭秀梅一眼看到小铁子的地窖子前聚集了不少的人，他们正在乐呵呵地听鲁大明白在那里唱《十八摸》。鲁大明白在那里用沙哑的嗓子在唱……伸手摸姐下颏尖，下颏尖尖在胸前……

看到郭秀梅过来，鲁大明白知趣地闭上了嘴。

郭秀梅瞪了鲁大明白一眼，喊，桂力胜，你到我的屋里来一下。

郭秀梅说完，甩开大步向自己的地窖子走去

桂力胜看了看二柱，犹豫着要不要过去。

二柱说，你看我干什么？大当家的说话不好使呀？

桂力胜知道，二柱这话是说给郭秀梅听的。

郭秀梅坐在自己的地窖子前面，那里摆放着几块石头。郭秀梅向那些石头努了努嘴，桂力胜选了其中的一块坐了下来。

郭秀梅说，《十八摸》挺好听的？

桂力胜立刻红了脸，他支支吾吾地说，我也是……第一次听……如果不听吧，显得有些格棱子了……

郭秀梅说，我也没说什么，只是这帮男人都不是什么好货，你别跟他们学坏了。

桂力胜低着头，好像是做了什么丑事被人看见了。过了一会儿他说，我不过是想和他们熟悉一下，以后就要在一个锅里吃饭了，要一起打日本人……

郭秀梅叹了一口气，她望着对面的山坡，不知道在想什么。

桂力胜问，你找我有事儿？

郭秀梅说，没什么大事儿。只是想和你唠唠嗑。你说这都四五天了，抗日游击支队为什么还不给个信呢？是不是不想收留我们啊？

桂力胜想了一下说，收留我们应该没问题，大概是因为什么事情耽搁了。如果不想收留我们，自然也就不会又供我们吃饭又供我们住的。别急，等吧。

郭秀梅想想也是，只能是慢慢地等。

第五天的下午，抗日游击支队的支队长冷小刚带着两个警卫员赶了过来。冷小刚把郭秀梅、二柱和林建东、元洪春召集到一起开了个会，他先是对郭秀梅、二柱带着队伍投奔抗日游击支队表示欢迎，然后又提出了对达达香绺子整编的一些要求。

冷小刚支队长说，经过支队研究，你们达达香绺子正式命名为抗日人民军安敦游击支队独立大队。大队长为郭秀梅，副大队长为……二柱。二柱贵姓？

二柱说，我免贵姓苗。

冷小刚接着说，副大队长为二柱，政委为元洪春。整个大队设为三个中队，每个中队三个班，中队长和副中队长由郭大队长和苗副大队长任命。但我们要从二大队中和你们置换九名战士，二大队派过去的战士到独立大队当三个中队里的班长。郭大队长和苗副大队长，你们有没有什么意见？

郭秀梅说，你是说我们出九个人到二大队，二大队派九个人到我们这里当班长是吧？

冷小刚点了点头，说，就是这个意思。因为你们在山林里待惯了，我们抗日游击支队的一些规矩你们还不习惯。我们的纪律公布后，得有人随时为大家解释，这样，九个班长在那里，工作就好做多了。

郭秀梅看了二柱一眼，她心想这个冷小刚还真是有心计，派九个班长，时间长了就能把绺子里所有兄弟的心全笼络住。可自己当初也没提不能派人啊。反过来一想，人家抗日游击支队的战士一个个执行起任务有模有样，真把自己的手下都训练成这样也不错。

想到这里，郭秀梅就说，我同意，二柱你说呢？

二柱心想，既然我们都决定靠窑了，有点小的不如意还计较什么呢？什么事都弄得直直溜溜的？可能吗？想到这里二柱就说，大队长同意，我也同意。

冷小刚说，好，既然这样，那就按照刚才说的办。我着急去县里开会，得马上走。正好林大队长也在，关于我们支队的政策和纪律，由林大队长向你们介绍。其他的一些事情，你们就商量着来。对了，知道你们粮食吃紧，已经安排了，大概三四天就会送来。还有，元洪春到独立大队当政委，你们二大队的副大队长空缺，过两天我们会从一大队调人来任职，先和你们打个招呼。

冷小刚说完，把面前瓷杯里的水喝完，领着两个警卫员走了。

林建东对郭秀梅和二柱说，郭大队长，苗副大队长，今后我们就是革命同志了。欢迎你们加入我们的队伍。

林建东与他们两位握手。郭秀梅因为一时还不习惯这种的方式，她红着脸与林建东和元洪春握了握手。

林建东说，这次老元到你们大队里任政委，我是挺舍不得的。他和我搭班子一年多了，合作起来很顺手。这次老元到你们那里去工作，希望你们二位多多支持他的工作。

郭秀梅说，元政委能来我们这支队伍，是我和二柱的福分。

二柱也说，元政委来我们队伍，我们一定好好合作。

林建东说，老元心细，到你们独立大队当政委是合适的。两位新加入我们的队伍，可能还不知道大队长和政委的职责，大队长和政委的职务是平级的。大队长在指挥战斗和制订作战计划时是全权负责人。在政治思想和组织工作方面，政委是全权负责人。但我们共产党的队伍实行的是民主集中制，那就是有事几位领导在一起商量着来，最后做出决策。一旦做出决定，不同意的人也要按照决定来，这是我们少数服从多数的纪律。以后，你们的大队还要建立党的组织，我希望二位向党的组织靠拢，争取早日加入共产党。

二柱问，如果有什么事，我到底是听大队长的，还是听政委的？

林建东说，在工作层面上，他们两位都是你的领导，你应该接受他们的指令。但有时可能沟通不及时，或者他们两个人的意见不一致，那你们三人就到一起开会研究商量一下，统一思想。少数服从多数。如果仍然不能统一思想，那么也可以把手下的中队长、副中队长找来，一起商量一下，投个票，少数服从多数嘛。

二柱笑了，你这里头有些词我不太懂，但意思我是听明白了。

郭秀梅问，你刚才说要在独立大队里建立党的组织，我们也争取入党。这党怎么入啊？

林建东笑了，我们的队伍，是共产党领导的队伍，所以队伍里一定要建立党的组织。关于入党呢，老元是老党员，以后他可以向你们介绍共产党的纲领和组织纪律。老元啊，你抓紧时间为他们两位上上党课啊，还可以多找几位思想进步的积极分子啊。

元洪春坐在那里微笑点头。

林建东想了想又说，我一会儿回去选九名各方面全都过硬的战士送到你们那里当班长，你们呢也选些好的过来呀，别把一些歪瓜裂枣给我。

元洪春说，能加入我们队伍打小日本的都是好样的，哪有什么歪瓜裂枣？

林建东一怔，说，是是是，我说错了。你们两个看看，这刚过去，就开始护犊子了。

元洪春对郭秀梅和二柱说，那你们两位先回去吧，跟大家说一下我们现在部队的番号。我把以前的工作向林大队长交接一下，一会儿我就把行李搬过去。

郭秀梅说，你住到我们那里？

元洪春说，我是独立大队的政委，不住到队里住到哪里？

二柱说，那用不用我帮你拿行李？

元洪春说，不用，也没啥东西，就一件皮大衣。

郭秀梅与二柱向对面的山坡走。

郭秀梅问二柱，刚才林大队长说的政治思想和组织工作是什么工作？

二柱说，我其实也没听大懂，只是听明白了有些事是你说了算，有些事是元政委说了算。如果定不下来就开会。

郭秀梅说，研究。

二柱说，对，研究。

两人同时笑了起来。

郭秀梅问，如果我和元政委想法不一样，你支持谁？

二柱说，我当然支持你呀，我怎么可能支持元政委呢？

郭秀梅笑着看了二柱一眼，说，这还差不多。

郭秀梅心想，靠窨不过是一种让队伍活下去的办法。在人家的山头上，不得不低头。如果在这里待得不舒心或是违背自己立下的打日本人为父亲报仇的宗旨，那完全可以再把队伍拉出去。

郭秀梅当然知道二柱内心的想法。

在桂力胜没来的时候，郭秀梅一度认定自己铁定要嫁给二柱了，虽说二柱比自己大了十岁，但在绺子里，郭秀梅还没有发现比他好的男人。她很坦然地接受二柱对自己的照顾。桂力胜来了之后，郭秀梅的内心起了变化。她发现自己喜欢上了这个白面书生。

郭秀梅漫不经心地问，三个中队你看怎么划好？

二柱说，原来不也是三股队伍嘛，直接改为中队不就行了？

郭秀梅说，小铁子那个队就剩八个人了，怎么办？

二柱说，你说怎么办就怎么办。

郭秀梅沉默了一会儿说，柳叔那队，周三儿那队，都是三十多人，如果一个队抽出来五个人到小铁子那队，再加上一个桂力胜，他那队也不到二十人，这么匀乎匀乎比较好。

二柱说，就这么办。一会儿我让周三儿挑五个人交给小铁子。老柳头那里你去说。

郭秀梅说，以后是抗日游击独立大队了，没必要分得那么清了。你看三个中队长和副中队长由谁干好？

二柱说，那不是明摆着吗？有原来的炮头。老柳头就让他当一中队长，周三儿就让他当二中队长，小铁子就当三中队长。

郭秀梅说，行。每个队再配个副中队长，老柳头那个中队让鲁大明白当怎么样？

二柱说，他？我看不行。一听枪响直哆嗦，就是个嘴货。

郭秀梅说，他在山上当花舌子大小也是个人物，现在到这里什么也不让他当？

二柱说，到时不顶用，还不如现在就不用。

郭秀梅觉得二柱说得有道理。真的打起仗来，枪一响如果鲁大明白尿了裤子，对下面的战士是个不小的影响。副中队长是要领着弟兄们向前冲的。

看着郭秀梅皱眉，二柱又想自己是不是说得重了。这两年，二柱养成了说话看郭秀梅脸色的习惯。

要不，你问问老柳头？他如果同意，我倒是没什么想法。只怕到时上战场不顶愣，误了大事。

郭秀梅摇了摇头，说，算了。他的胆子也确实不行。就让他到小铁子的中队吧，他们人少。

两个人慢慢地向山下走。两个山坡之间并没有路，全是密密的杂树林子。好在郭秀梅从小就钻惯了林子，她走得很轻松。

郭秀梅边走边问，三中队让桂力胜给小铁子当副手怎么样？

听到郭秀梅的问话，二柱的心里涌起了一种酸涩的感觉。他知道郭秀梅还是很在意桂力胜的，可是，自己在她的心里就没有一点地位吗？

作为一个男人，二柱嫉妒桂力胜，但他同时又觉得不能让郭秀梅看不起自己。于是他说，桂力胜这小子在讲武堂学过，又有文化，并且枪打得也不错，我看他当个副中队长绰绰有余。

到了营地，郭秀梅发现林建东和元洪春已经领着九名一大队的战士在那里等着他们。原来，他们走了一条更便捷的小道。

郭秀梅把全绺子的人召集起来，她高声地对大家说道，从今天起，我们达达香绺子正式命名为抗日人民军安敦游击支队独立大队，是共产党领导的队伍了。当然，抗日队伍有抗日队伍的纪律，以后我们绺子里的那一套行不通了。今后我们一心一意打小日本，把他们赶出中国去……

林建东宣布了抗日游击支队对独立大队的任命。郭秀梅宣布了对三个中队中队长和副中队长的任命。

桂力胜听到自己被任命为副中队长，他并没有表现出应该有的激动。他知道，这样就意味着自己仍然要在郭秀梅和二柱的领导下来来往往。

小铁子很高兴，他狠狠地拍了一下桂力胜的肩膀，说，兄弟，咱哥俩儿一起干活肯定没问题。

桂力胜勉强地对他笑笑，说，打仗我没什么经验，铁中队长还得帮助我。

桂力胜知道，自己在这里一天，二柱的心里就不舒服一天。如果是这样，那为什么还一定要在一起呢？

郭秀梅的模样长得周正，桂力胜也承认自己对她很有好感。可自己并没有到对她爱得死去活来的地步。既然二柱那么爱她，自己又何必搅到这里去呢？有时桂力胜甚至会想，在战场上时，二柱会不会打自己的黑枪？作为一个土匪来说，没有什么不可能。桂力胜倒不是怕死，只是他觉得如果自己就这么死了，那就太窝囊了，也对不起张成信。

整编这么顺利是林建东没有想到的。他心情愉悦地向回走，刚走到林子边上，桂力胜就从后面撵了上来，林大队长，我有事儿想找你谈谈。

林建东停住了脚，他看着面前这个跑得气喘吁吁的小伙子。虽然林建东只见过这个小伙子几面，但桂力胜给林建东留下了很好的印象，他觉得桂力胜机警、干练，是个当兵的好材料。

桂力胜停住了脚，他说，林大队长还记得我不？我们以前见过几次。

林建东说，记得记得，你和郭大队长以前来过这里。她当时说你是暂时在绺子里做客的。那次战斗结束后你还说要加入抗日游击支队。

桂力胜不好意思地笑了笑，说，是这样。

桂力胜讲了自己如何被土匪占山好绑上山，如何遇到达达香绺子，又如何跟着达达香绺子突围，最后如何劝说郭秀梅来投奔抗日游击支队。

桂力胜说，我一直记着那次你说的话，没想到，郭秀梅还真的把队伍拉到了这里。

林建东说，这很好哇。我看郭大队长也很器重你，让你当了副中队长。

桂力胜说，我想说的不是这个，我是想跟你说……能不能让我到你们二大队去，当个一般战士也行，没有特殊的要求。

桂力胜说自己有在讲武堂受过训练的经历，林建东对他的素质很感兴趣。

林建东说，我们二大队倒是真的很需要你这样的人，但我这样直接把你弄到二大队不太合适，我去找郭大队长和元政委商量一下。

桂力胜点了点头，说，那我就坐在这里等你的信。

望着远去的林大队长，桂力胜感到心里一阵轻松。他把背在身后的三八大盖取下，开始用布仔细擦拭。

桂力胜对自己现在的装备很是满意，一支长枪，一支大肚匣子，一支枪牌撸子，这样的武器配备，是他在军校里也没有想到的。

林建东见郭秀梅、元洪春和二柱都在，便把想调桂力胜到二大队的想法说了，希望郭秀梅支持。没想到，话还没说完，便被郭秀梅一口拒绝。

郭秀梅说，林大队长想调哪个人都行，就是这个人我不能放。

林建东一脸的尴尬，他说，不是我想要他，是他找的我，我又不好拒绝。

郭秀梅问，桂力胜他人呢？

林建东说，他在林子边等我呢。

郭秀梅怒气冲冲地喊了声，三中队长，你跟我走。

小铁子正在为手下的人编班。虽说人没有别的中队多，但也有十八九个，编成三个班，每个班就是六人。

听到郭秀梅喊自己，小铁子忙跑了过去。

看到郭秀梅一脸的怒容，桂力胜知道麻烦来了。

郭秀梅瞪着眼睛直视桂力胜不说话，桂力胜看了她一眼，把脸扭向了别处。

郭秀梅说，为什么想走不打声招呼？

桂力胜看了一眼跟在她身后的小铁子，说，我以前也跟你说过，我不想参加绺子，我想参加抗日人民军……

郭秀梅大声地说，我现在难道不是抗日人民军？

桂力胜不说话，他一时想不出更好的借口。

小铁子借机劝桂力胜，兄弟，这两天我刚跟你处得对了脾气。你就是要走也得说一声啊。再说了，到二大队和在独立大队不是一回事嘛？

桂力胜仍然不说话，但他知道，调二大队的想法泡汤了。

回到自己住的地窖子，桂力胜的心里有说不出的憋屈。在桂力胜走进地窖子的那一刻，二柱意味深长地看了他一眼，这让桂力胜感到很别扭，但他能说什么呢？说好的离开这里，但他无法办到，这个能和郭秀梅说吗？

坐在地窖子的角落里，桂力胜想起刚才还没来得及擦大肚匣子，他把大肚匣子的弹匣卸下，细心地擦拭着。

鲁大明白显然因为没能弄个一官半职在那里念三七，哎呀，这年头，有能耐不如长得好呀。你看看，光凭着长着一张小白脸，就能让大当家的封个副中队长。早知道这样，我也让爹妈生个俊俏的脸多好。

大晃儿在那里遛缝儿，就你长的那样儿，你爹妈就是使出天大的劲儿来，也造不出好看的脸来。人家那是底子好。能长出一张好看的脸那也是本事。

桂力胜快速把大肚匣子装上弹匣，子弹上膛，然后把枪对准了鲁大明白。

鲁大明白的脸一下子变得惨白，他结结巴巴地说，你……你……你这是……干什么？有话好说嘛？

桂力胜平静地说，饭可以随便吃，话不能乱说。

鲁大明白说，我不过是开个玩笑嘛。

桂力胜把枪插回腰间，说，这是我给你们俩的一个警告，别觉得我刚从校门出来就好欺负。

大晃儿心虚地打着圆场，天天在一起哪有那么多正经嗑儿，说说笑笑嘛。

桂力胜没好气地说了声，滚，你也不是什么好东西。

桂力胜刚想走出地窖子，却闻到了一股臊哄哄的气味儿。大晃儿说，鲁哥，你怎么尿裤子啦？

桂力胜觉得自己刚才是太冲动了，居然把枪对准了一起打小日本的兄弟。这要是在军校，三天的禁闭是跑不了的。

鲁大明白觉得难堪，他急急地冲出了地窖子。

鲁大明白出去了，但地窖子里仍然充满了一股臊哄哄的气味儿。桂力胜走出了地窖子。

外面的太阳快落山了，西边的天空红红的，从树的间隙望出去，别有一番景致。桂力胜坐在那里，他打不起兴趣来欣赏这眼前的美景。他在想一个问题，中央还会派人来和自己联络吗？现在的自己应该怎么办？

小铁子急匆匆地跑过来，他一脸惊讶地问桂力胜，你惹什么祸了？

桂力胜把刚才的事情说了一遍，他内疚地说，我一时生气没控制住。

小铁子骂道，这两个犊子玩意儿，我要在，他们不敢这么耍驴。

桂力胜说，他们就是欺软怕硬，我用枪指了鲁大明白一下，他尿都吓出来了。

小铁子说，这个完蛋玩意儿当年不知怎么混进绺子的。不过……他跑到元政委那里告状去了。元政委好像很生气，让我喊你过去。

桂力胜知道，一顿训斥是免不了的。

元政委的地窖子高大些，桂力胜在里面完全可以站直，他向元政委敬了个标准的军礼。

元政委不说话，直直地盯着他。桂力胜向地窖子内四处看了下，他看到鲁大明白委屈巴巴地坐在角落里。

元政委终于说话了，你小子行啊，敢用枪对着自己的同志了。有你这么干的吗？

桂力胜不说话，他知道自己理亏。

元政委说，我们的枪是用来干什么用的？是用来打小日本的，是用来打走狗军的。怎么可以用来指向自己的同志呢？

桂力胜说，我错了，我只是一时生气……

元政委说，一时生气也不行！我现在撤掉你这个副中队长的职务，到一班当战士。

桂力胜两脚一碰，是。

元政委看了看桂力胜，目光变得柔和起来，知道你以前在军校念过书，底子好，我觉得你很有发展前途。可也不能因为屁大点的事儿就动枪呀。以后在一个部队了，就都是革命同志，我们之间哪有什么刻骨的仇恨呐。

桂力胜说，道理我懂，就是当时冲动了。

元政委和缓了语气，说，你呢，晚饭后在全中队做个检查，检讨自己的错误，并向我们的老鲁同志道歉。

桂力胜点了点头，说，我可以走了吗？

元政委说，对了，有人反映你一个人有三支枪，而有的人一支都没有。这很不公平，我们现在是共产党的队伍，不是山上的绺子了，你是不是把枪交上来呀？

桂力胜知道这也是鲁大明白告的状，鲁大明白手中没有枪。

其实鲁大明白也知道自己胆小上不了战场，在绺子里分东西的时候他向来都是要钱或物。他知道自己主要靠的是嘴，拿枪是没有用的。现在进了抗日游击支队，怕是以后没有分钱的机会了，他想，能白得支枪也合算，就算是以后不干时背着枪溜走，卖给哪个大户，那至少是几十块大洋。

鲁大明白早就听说抗日游击队里讲究官兵平等，他想这些小九九不能跟郭秀梅说，跟新来的元政委说比较合适。

桂力胜向元政委说了自己这三支枪的来历，说了那支撸子和大肚匣子是郭秀梅作为礼物送给自己的，那支三八大盖步枪是按照绺子里作战规矩分给自己的。自己拥有这三支枪没有什么不合适。

听了桂力胜的话后元洪春陷入了长久的沉默，他知道绺子里的分配方式。如果一加入抗日队伍里来，就把以前的分配方式判定为不合理，显然会引起所有队员的反感。

想了一会儿元洪春说，桂力胜，我知道你有着很高的觉悟，在你那次来营地时我就看出来了。你有文化，受到过系统的军事训练，这是营地里许多同志比不了的。可你刚加入我们共产党的队伍里来，就要多学习，靠近党的组织，争取早日入党。这位老鲁同志也是我们一个战壕里的弟兄，他现在的问题是没有枪，我们都是一个队伍里的人，能袖手旁观吗？

进入山海关以后，桂力胜就再也没有听到过这些久违的词，如觉悟、同志、组织、入党，等等。他想起了两年前张成信找自己时的谈话，那时张成信的话里便有这样的词语。一股暖流在桂力胜的胸腔里激荡，他鼻腔一酸，眼眶有些潮湿。

桂力胜镇静了一下，不想让自己失态。

桂力胜看到坐在那里翻着白眼的鲁大明白，心中生起了一股厌恶，心想，一支枪在他手里能起什么作用吗？

桂力胜说，元政委这么说，我没话可说。你决定吧，看我怎么上缴合适？

元洪春笑了，这不叫上缴，这叫同志之间的赠送，是互相帮助的意思。

元洪春把桂力胜腰间的大肚匣子拔出来看了看，说，这枪比我的还好呢。

桂力胜说，那你就拿去用。

元洪春摇了摇头，说，郭大队长的老爹当年都舍不得用，我怎么可以用？还是你用合适。

元洪春说着又把大肚匣子还给了桂力胜，说，这样吧，你呢，战斗时用大肚匣子，如果近战时呢可以用撸子防身，两支也就够了。

桂力胜说，能让我跟着部队打小日本，我就心满意足了。

元洪春说，你把这支三八大盖步枪让给老鲁同志，总不能让老鲁同志上战场拿烧火棍吧？

桂力胜把背在肩上的三八大盖步枪取下，交给了元洪春。

元洪春想了想又说，被免去副中队长职务的事你也别有思想包袱，以后表现好呢，我随时恢复你的职务。

桂力胜什么也没有说，他敬了个军礼后走出了元洪春的地窖子。

第十二章

朱明龙从昏迷中醒过来了，但一直在发高烧，时而清醒时而糊涂。

朱明龙的这种状态让金顺姬一筹莫展，她只能不停地用冷水为朱明龙擦拭身体。

申东勋又找到了一棵老鸱眼树，砍倒了，细心地用刀把树皮刮下，然后熬水。这种洗伤口的事情由朴光浩负责。朴光浩的那条腿仍然瘸，但可以一瘸一拐地走路，比几天前好多了。

以前是由金顺姬清洗伤口的。从昨天开始，金顺姬只要一看到那些流着脓血的伤口就不停地呕吐。申东勋吓坏了，以为金顺姬得了病。岩洞里全是伤员，如果金顺姬再病倒了，只凭自己和朴光浩肯定不行。申东勋忙将金顺姬扶到几捆蒿草搭成的铺位上休息。金顺姬躺了一会儿，便坐了起来，说自己没病，是怀孕了。听到金顺姬怀孕的消息，申东勋是又喜又惊。喜的是自己马上就要当父亲了；惊的是金顺姬现在怀孕，明显不合适。

申东勋摸了摸金顺姬微微隆起的肚子问，怀孕几个月了？

金顺姬不好意思地回答说，按照秀吉奶奶的算法，应该是五个月了。

今年年初的时候，申东勋到金顺姬家求亲。金顺姬的父亲没有同意。就是那天，申东勋听到了金顺姬小时候曾与韩英哲订亲的消息。

从那天起，金顺姬的父亲就开始对金顺姬实施管制了，再不允许金顺姬外出。金顺姬为了表明自己爱申东勋的决心，她在一个晚上忽然离家出走了。

金顺姬父亲当然是第一时间到申东勋家去找，但他不可能在申东勋家找到金顺姬，也没有见到申东勋。等到金顺姬的父亲在离申东勋家五里地远的邻村磨房找到两个人的时候，已经是半个月以后了。金顺姬父亲知道打骂无济于事，他只是狠狠地瞪了申东勋两眼，一声不响地把金顺姬领回了家。

金顺姬的父亲坚持履行自己当年把金顺姬许给韩英哲的承诺。

申东勋想，这么多年了，韩家怕是早就把与金家有婚约的事忘掉了，一直都没有出现不就说明忘了吗？即便如此，金顺姬身旁每出现一个陌生男子都让他心惊肉跳。桂力胜出现在金顺姬身边时，申东勋就一度误以为是韩英哲来了。

那一段时间申东勋有着无尽的苦恼，常常莫名其妙地跟父母发脾气。他在邻村遇到了李柱虎，李柱虎的身后跟着几个年轻人。李柱虎以前是大屯的老师，申东勋和他一起踢过球，他管李柱虎叫李先生。申东勋早就听人说李柱虎上山了，也不知道是真是假。看到申东勋，李柱虎招手让他过去。两个人坐在路边上谈了起来，几个年轻人看似漫不经心地坐在了不远的地方。申东勋问李柱虎，听说李先生上山了？在周围的十里八屯，人们把参加抗日队伍叫上山。李柱虎说，是啊。我现在担任游击支队第三大队的大队长，正准备到河西村去接个人。听到李柱虎果然上山了，申东勋来了兴趣，他说，既然李先生当大队长，那我也参加好吗？前些日子，申东勋在村里的金一介绍下入了党，他马上要金一把自己送到山里去参加游击队。金一要他不要着急。李柱虎笑了笑说，金一已经把你的情况跟我说了。听李柱虎这样讲，申东勋就知道李柱虎确实是山里的人。申东勋很高兴，有了金一的介绍，参加游击队的想法应该能实现。申东勋高兴地说，我今天就跟着你们走吧。李柱虎摇了摇头，他说，山上确实是需要你这样的战士，可是，现在上山，只是你一个人的力量。如果你能动员更多的人参加游击队呢？那可就不一样了。听金一说你结交的朋友很多，你先试探一下他们想不想到山上来，对有顾虑的人你可以给他们讲道理。接下来李柱虎告诉申东勋进山与潘中队长的联络方法。看申东勋脸上有忧愁的表情，李柱虎问，怎么？有困难？申东勋摇了摇头，他说了自己面临的困境。李柱虎说，这简单呀，你和金顺姬一起来队上参加抗日不就完了吗？申东勋问，队上有女兵？李柱虎说，我们大队暂时没有，但支队上有个女兵中队，专门负责照顾伤员和做衣服啥的。申东勋又问，那我们可以结婚吗？李柱虎说，当然可以啦。队上有好几对夫妻呢。我把你的情况向支队上说一下，等你来队上后我就给你们主持婚礼。你先动员你的朋友上山，过些日子我就让你上山。

让申东勋没想到的是，他和金顺姬上山的第一天，李柱虎就在战斗中牺牲，再也不能主持他们的婚礼了。想到这里，申东勋的内心就充满了忧伤。

傍晚的时候，申东勋刚从山下挑水回来，听到金顺姬正在岩洞里哭，他忙放下水桶跑进洞里。

只见金顺姬坐在地上，一脸的泪水。申东勋以为金顺姬不小心摔倒了，想把她搀扶起来。金顺姬眼睛直勾勾地望着铺上，身体瘫软。顺着金顺姬的眼神望去，那里躺着两名重伤员，一名还在艰难地大口喘着气，而另一名却静止在那里一动不动，这不……就是死了吗？

申东勋忙喊在外面烧火的朴光浩，朴光浩一瘸一拐地跑了进来，两个人小心地看着躺在由杂树枝搭成的铺位上的那名重伤员，不敢向前迈进一步。

最后还是朴光浩胆子大一些，他走上前去摸了摸那个伤员的手，又把手伸到鼻子下试他的气息，然后说，他死了。

由于部队转移过于匆忙，没有人告诉他们这七位伤员都叫什么名字，七位伤员里他们唯一认识的就是朱明龙。

申东勋和朴光浩商量了一下，决定把尸体抬出去埋了。

在三大队所有的地窖子中找了一遍，没有找到铁锹，却找到了一把镐头。朴光浩一瘸一拐地跟在申东勋的后面，看着申东勋背着尸体向前走。

天色已经黑透了，申东勋和朴光浩回到岩洞前，金顺姬已经把晚饭做好了。厨灶在离岩洞几十步远的地方。

金顺姬说，粮食没有多少了，大概明天还能吃一天。

申东勋看着本来就很稀的苞米面糊糊，吃不下去了。

这时身后传来了脚步声，三个人的汗毛全竖了起来。

申东勋厉声喝道，谁？

申东勋顺手操起了刚拿回的那把镐头，朴光浩也拿起了一根腕口粗的木棒。

来人模模糊糊地说了声，是我，胡老三。

申东勋和朴光浩并不清楚谁是胡老三，但来人还在向前走。就着灶里散发的火光一看，原来是躺在最里面那位肚子挨了一枪的伤员。

胡老三一直处于昏迷状态，多少次为他清洗伤口从来没有醒来过。金顺姬为他多次垂泪，以为他熬不了多久，没想到他却能下地了。

申东勋说，你叫胡老三呐，这么多天都不知道你叫啥。

胡老三一屁股坐到申东勋坐过的石头上，说，我饿了。

朴光浩忙把自己的碗递了过去，胡老三也不在意，开口便哧溜哧溜地喝，很快就把那碗苞米面糊糊喝个精光。申东勋又把自己的那碗递了过去，胡老三毫不客气，他接过来几口便喝了下去。金顺姬本来分给自己的就少，只有半碗，她刚喝了两口，她犹豫着把碗递给了胡老三。胡老三看了她一眼，把碗接了过去。

胡老三把碗舔得干干净净，探头看了看锅里。

金顺姬说，要不我再给你做点？

胡老三说，不用了，我得上趟茅楼。

胡老三说完，匆匆跑远了。

胡老三的康复让三个人沉重的心情略有缓和，但仍掩不住那从心底弥漫上来的悲伤。

胡老三回来的时候，金顺姬为他查看了伤口，并为他重新清洗了一下。

胡老三声音哽咽地说，我这条命是你给我捡回来的。我虽然睁不开眼睛，但我能听到你的声音，感觉得到有人为我清洗伤口。

金顺姬也开玩笑说，你这么重我怎么能捡回来？是大家伙把你抬回来的。

每天在睡觉前，朴光浩总要一瘸一拐地到朱明龙的铺前看一下，对朱明龙的负伤朴光浩的心里感到很内疚。他想，如果那天来游击队的路上坚决让朱明龙回去，那他就不会挂彩。

朴光浩点着一块松明子来到朱明龙的铺前，令他担忧的事情还是发生了。朱明龙躺在那里，平静得很。朴光浩手中的松明子掉落在地上，他的身体慢慢地瘫软了下去，无声地哭了起来。

朴光浩想，以后见了明龙的母亲，该怎么对她说呢？为什么自己好好的而明龙却死了呢？

借着朴光浩手中的松明子的亮光申东勋和金顺姬正在察看其他伤员的情况，忽然洞内一黑，申东勋忙把煤油灯点上。看到朴光浩蹲在地上，申东勋知道朱明龙出了事。

看着死去的朱明龙，三个人一时不知所措。说句实在的，刚才那名伤员死去的时候，三个人虽然悲伤，但还没到心痛的程度。因为毕竟以前不认识，只是内心有一种对生命的悲悯。朱明龙不同，他是朴光浩的朋友，他们从光腚的时候就认识了。申东勋和金顺姬也认识朱明龙两三年了。朱明龙不愿意说话，但热心，谁家有个大事小情，他总是冲在最前面。

三个人在朱明龙的面前默默地流了一会儿眼泪，申东勋问朴光浩，怎么办？

朴光浩想了想说，埋了吧。

朴光浩让申东勋把朱明龙扶到自己的肩上，他要把朱明龙背到墓地去。

申东勋担心他的那只瘸腿，说，你能行吗？他这么重？我来吧。

朴光浩流着泪执拗地摇了摇头说，没事儿，小时候我老背着他玩儿。

朴光浩背着朱明龙一瘸一拐地出了岩洞。

胡老三也想跟着去，申东勋阻止了他，说，你的伤口还没全好，还得歇着。洞里只有金顺姬不行，万一别的人有点啥事儿你也能帮着照顾一下。

申东勋拿着那把镐头追了上去。

朴光浩在前面一拐一拐地走着，申东勋在后面问，要不要我换一下？

朴光浩不吭声，也不停下脚步。

申东勋问，让明龙以后住在哪里？

朴光浩说，和那位一起吧，做个伴。

申东勋说，他们好像不认识呢。

朴光浩叹了一口气说，处时间长了，两个人就认识了。

申东勋说，也不知道那位是汉族人还是朝鲜人，明龙的汉语不大好。

朴光浩说，我也不知道哇，那人一直没醒过来，我没和他说上一句话。

中午时分，尹正叁和崔秀吉背着粮食上来了。

能够在这关键时刻送来粮食，这让三个人感到高兴，整个一个上午，他们一直在研究如何解决吃的问题。

听到朱明龙死去的消息，尹正叁和崔秀吉很震惊。尹正叁在学校里和朱明龙同桌，并且私下里交情不错。

大家沉默了一会儿，尹正叁向大家讲了一个不好的消息，三大队整编完开向宁安方向执行任务去了，什么时候回来不好说。新上任的大队长是从一大队调过来的一个姓史的人，史大队长告诉尹正叁，在照顾伤员期间要小心，听说小日本最近要有山林清剿活动。

申东勋感到失望，刚刚参加抗日游击队，却每天要在这里干些婆婆妈妈的事。申东勋心中想的是走上战场和日本鬼子真刀真枪地干上一场。

金顺姬又开始干呕，申东勋忙跑出去为她端来了一瓢凉水。

樊五爷近来心情不错。

在那间铺子被占山好抢劫之后，樊五爷心痛了好几天，但他一直想不出什么好办法。自己的铺子和宅院太多，光是请这些看家护院的人就有二十多个了，但分散到每个铺子和宅院中，就没几个人了。遇到占山好这样的胡子，只能是他们想拿什么就拿什么，因为你根本治不住他们。有时邻近的院子也听到了那边有动静，但仅凭那几条枪还是不敢出去。

樊五爷由此想到要成立一个自卫队。

如果把自己雇的这些看家护院的人集中起来，再招些人马，不就可以成立一个自卫队吗？哪里有动静，就把自卫队派出去，一定可以把胡子们打个落花流水。

有了这个想法之后，樊五爷马上把钱小鬼找来商量。

钱小鬼高兴地说，五爷，你这招想得确实是高。只是自己出钱就亏了。应该把各家商户找来，让大家出钱。出钱的，一旦有胡子砸他的铺子，自卫队理当出面护卫。如果不出钱，对不起，就是我们看到了胡子砸你的店铺，也全当没看见。

樊五爷拍了拍钱小鬼的肩说，哎呀，都说你是钱小鬼，果然想得远呐。这样咱们就用不着掏多少钱了。

钱小鬼笑了，说，五爷，怎么可能用咱们掏钱呢？你想啊，这里的开销和人员支出费用的账是咱们做，怎么可能往里搭钱呢？我想咱们应该从这里挣它一笔，能挣多少我还没想好。

樊五爷乐得合不拢嘴，忙喊厨师老李头炒两个菜，他要和钱小鬼喝上两杯。

按照樊五爷的想法，这自卫队的规模怎么也得有一百人，超过一百人养起来费钱，但是人太少了根本无法镇唬住一般的绺子。安敦城周边一带，几十人的小绺子比比皆是，但超过一百多人的大绺子并不是太多。

樊五爷把安敦城有名的商户找到饭馆里喝了一顿，把成立自卫队的想法跟大家说了说，大部分商户都说要加入，只有几户商家没有表态。

下午的时候，钱小鬼就开始派人到各商户收份子钱了。钱小鬼替樊五爷初步做的预算是，参加的交份子钱三百元，不参加的交五元。听了钱小鬼的收法，樊五爷问，不参加的怎么也收五块？

钱小鬼说，中午的这五桌酒席可不应该咱们掏，这是要算在自卫队成立的费用上的。你不参加但你吃了饭吧？你可能觉得一顿饭花不了多少钱，但这里面还有个保密费用。这个自卫队都谁参加谁没有参加，这是不能对外人说的。说了之后对出钱的人没好处，你不参加，你就得出点保密费。

听了钱小鬼的一番话，樊五爷觉得满意，他挥了挥手，让钱小鬼快些去办。

钱小鬼领着几个人，整整跑了一个下午。当然，最难收的是那五元钱，一些老板都觉得被樊五爷耍了。

收来的钱装在两个口袋里，钱小鬼说还是放到樊五爷的密室里保管合适。

当樊五爷和钱小鬼从密室里走出来的时候，打杂的老薛头跑了进来，他结结巴巴地说，外面……外面来了……日本人。

樊五爷眯起眼睛，问，你怎么知道是日本人？

老薛头说，日本人不说话，跟着他的那个人说，太君想见商会樊会长。

樊五爷想起来，自己确实在安敦城还有个商会会长的头衔。

樊五爷并不知道来者是什么人，到底想做什么，但他知道日本人是不能得罪的。樊五爷忙说，快请他们进来。

老薛头出去后，樊五爷狐疑地问钱小鬼，日本人找我干什么呢？

钱小鬼忙说，这年头，多认识些日本人只有好处没有坏处。听说现在城里最打腰的是加藤课长，我托了关系都结交不上。

樊五爷点了点头，他觉得应该到院子里迎一迎，以显示对客人的尊重。

钱小鬼跟在后面，嘴里仍不停地说，和日本人搞好关系很重要，有了这种关系打腰。

院子里黑魆魆的，樊五爷只看到两个黑影。

樊五爷对着两个黑影拱了拱手，说，稀客稀客，有失远迎啊。

黑影似乎对着樊五爷鞠了一躬。

钱小鬼忙引着他们进到了正房的厅里。厨师老李头把八仙桌上的酒菜摆好。

进了正厅，那个穿了一身西装的年轻人向樊五爷介绍，樊会长可能还不认识，这位是安敦城警察署特别课的加藤课长。

樊五爷心想，刚才钱小鬼还在说想认识加藤课长找不到门路，没想到现在加藤课长自己找上门来。

樊五爷忙把加藤课长引到八仙桌前，说，不知道贵客上门，本想自家小酌一杯，也没准备什么好菜，请随便在这里喝些酒。日后一定专门设宴请加藤课长。

年轻人向加藤课长翻译了这些内容，加藤略一鞠躬便坐下了。

年轻人向樊五爷说，樊会长认识我吧？我大爷王大鞭在你的手下做事，我是他的侄子，现在日本人那里当翻译官。

樊五爷笑着说，哎呀大侄子，你现在真是出息了。都说上洋话在日本人手下当差了。

王翻译官说，加藤课长今天来是和樊会长有要事相商。

樊五爷说，加藤课长是我们平时请不来的客人，今天能到我们这里，真是太让人高兴了。只是为何穿着便装啊？

王翻译官说，我们加藤课长行事低调，他认为有些事情越不引人注目越好。

一直坐在那里的加藤课长说了几句日语，王翻译官赶紧翻译，加藤课长说，你将要组建自卫队？有什么具体的计划？

樊五爷心底一惊，组建自卫队的事不过才忙活了一个下午，这么快就传到日本人那里去了？日本人真够厉害的，怎么会有这么灵通的耳目呢？

想到这些，樊五爷便对加藤课长说，是要组建自卫队。计划呢，是先招人，准备招上一百人，然后呢再到哈尔滨去买枪，这样呢，自卫队就组建起来了。我组建自卫队的目的是打那些老来城里闹事的胡子。

王翻译官把樊五爷的话翻过去之后，加藤课长眨了眨眼睛，他很快地说了几句话，然后让王翻译官把话翻译给樊五爷听。

王翻译官说，加藤课长的意思是说，自卫队成立后，要服从日本人的领导和安排。不服从日本人的领导的武装是反日的武装，皇军是要给予剿灭的。

樊五爷的头上立刻冒出了一层冷汗，他想，当时想要成立自卫队时，怎么没想到要报告给日本人呢？惹怒了日本人，这不是给自己头上找包吗？

想到这里，樊五爷忙站起来对加藤鞠了一躬，说，自卫队一定听从皇军的安排，服从皇军的领导，请加藤课长放心。

听了樊五爷的表白，加藤课长微微一笑，说了很多的话，虽然樊五爷听不懂，但他知道自己的表态让加藤课长十分满意。

王翻译官说，加藤课长说，他对樊会长的忠心很满意，以后会与樊会长进行紧密合作。关于自卫队所招人数，可以不必限制在一百人，能招到多少就招多少。枪支的问题由皇军负责解决，会按所招人数落实。经费也由皇军负责，这次加藤课长为你们先提供一万元，以后每月视情况为你们提供经费。

王翻译官说完，便从他随身携带的一只皮包里拿出了几只金砖，说，这是相当于一万元的金砖，加藤课长说，对于你们来讲，金子用起来方便些。

加藤课长走后，樊五爷和钱小鬼兴奋得脸都变形了。两个人觉得，以日本人发给的钱财维持自卫队的开支完全没有问题，如果再从其他商家那里收来钱，那就是白得了。

樊五爷一时高兴，他进了密室，从商家集来的钱中拿了五百元给钱小鬼。

钱小鬼知道，今天的樊五爷很是慷慨，这五百元可以买上一垧非常像样的好地。若是差些的地，可以买上一垧半了。

半夜时分，申东勋打了一个激灵，被远处微小的声音惊醒了。他暗暗地责骂自己，怎么在放哨的岗位上睡着了？

前些日子，他和朴光浩并没有放哨。他们没有什么经验，只是叮嘱自己睡觉警醒些就是了。昨天尹正叁和崔秀吉回来，说小日本近来可能对山里进行围剿，四个人商量着才决定要加派岗哨。胡老三说他现在状态还不错，可以出去站岗。申东勋觉得胡老三虽说可以下地行走了，但毕竟伤口摆在那里。申东勋决定，自己先值头半夜，后半夜由朴光浩来接替自己。

远处传来了一阵说话声，因为离得太远，无法听清他们具体在说什么。申东勋害怕自己出现幻听，他慢慢地站了起来，把耳朵对准发出声音的方向。声音消失了。过了一会儿，说话的声音又传了过来。这回申东勋听清了，是一些人说话的声音，至少有三四个人在说话。有人摸上来了？申东勋感觉事情不妙，他慌忙向岩洞的方向跑。

申东勋把尹正叁和崔秀吉弄醒，崔秀吉怀疑申东勋听错了什么，他说，不是野兽什么的？你确定是人？

崔秀吉说着走出岩洞去察看。他刚来到洞口，看到山下有火光闪了一下，好像是有人抽烟。崔秀吉忙退回岩洞要大家背上伤员转移。

有四个昏迷不醒的重伤员，申东勋、尹正叁和崔秀吉每人背上了一个，可仍然剩下一个没有人背。金顺姬拉起那个伤员就要背，却让朴光浩把金顺姬推开了，说，我来背，你拿着枪。

金顺姬小声地问，你的腿能行？

朴光浩说，没事没事。你眼睛能行？

朴光浩在白天听东勋说金顺姬怀孕有反应，晚上看不清路。

朴光浩看到胡老三正在向外面走，便对胡老三说，胡哥，你搀扶一下金顺姬好不好？她眼睛不太好。

胡老三忙过来去拉金顺姬的胳膊。

申东勋领着大家向山的西边撤退，这边的地势很险要，不仅生长着大量的杂树，在杂树林中还常会出现一些耸立的岩石。正因为这样，人们可以把身体隐藏到岩石缝里。如果向东，虽然也是一片林子，但却好走得多。

走出一段路之后，他们发现岩洞前已经燃起了火把，有几十个人影在那里出出进进。人影在那里聚集了一会儿，队伍熄掉了火把，然后消失了。

申东勋判断，他们是向东追去了。

十个人躲在一处岩石的后面，他们不敢重回岩洞，害怕那里有埋伏。

就这样，十个人胆战心惊地度过了后半夜。

天大亮之后，崔秀吉和尹正叁拿着枪慢慢地向岩洞靠近，他们没有发现什么埋伏，进洞一看，粮食全被拿走了，就连几条破棉被也不见了踪影。

看到粮食和棉被不见了，金顺姬流下了眼泪。她知道，如果没有粮食，十个人在这里又能坚持几天呢？

眼下怎么办？六个人坐在一起简单地商量了一下，四个伤员的伤势太重，想出山并不可能，虽然这里被人发现了，但只要提高警惕，有人进山完全可以提前发现。到目前为止，还没有比这个岩洞更好的住处。

尹正叁提出由他出山去搞粮，总不能天天吃野菜。大家想不出别的办法，就同意了。

第十三章

最初只是一些传言，说是要并大屯了，说是在镇子上某个地方已经贴出了公告。可有识字儿的人再去看时，却发现那些公告被人撕掉了。

再后来就不是传言了，日本人雇了一些人，到各村屯敲着破锣喊，归并大屯喽！到集团部落去住喽！

这一年来金雄吉的日子并不好过。先是女儿顺姬在年初离家出走，这让他觉得自己丢了脸面。虽说在半个月后把女儿找了回来，但许多邻居都知道了这件事。对于大女儿的婚事，他是有自己的想法的，如果再等一年韩家还不来人，就让女儿嫁给申东勋算了，毕竟这个小伙子看上去还不错。可是他千想万想，却没有想到两个人上山参加游击队了。金雄吉不明白，女儿凭什么要相信这个外姓的小子而不相信自己呢？当爹的能害自己的女儿吗？

吃过早饭金雄吉准备带着小女儿春姬到地里去干活儿。他发现小女儿近来也不安分，没事总向外跑。为了避免小女儿重蹈大女儿的覆辙，他干活总要把小女儿带在身边。

还没走出院子，许保长推门进来了。

许保长也是朝鲜人，还不到四十岁，说着一口呱呱叫的日语，在日本人面前很吃得开。金雄吉家离许保长家远，但跟他也算是熟识。这家伙两年前当上了保长，走路的姿势就和以前不一样了。

金雄吉不敢得罪许保长，忙把他让进屋里。

许保长说话也不绕弯子，他说，皇军说了，集团部落正在建，马上就要完工了。完工后大家都要搬到集团部落里去住。用不了秋收结束，我们就能搬过去了。我现在来是跟你家提前打个招呼，有什么东西要带的，现在就收拾收拾，免得到时候手忙脚乱。

金雄吉问，集团部落在哪里啊？

许保长说，在苇子沟。

金雄吉感到疑惑，问，不是说马鹿沟吗？怎么又变苇子沟了？

许保长说，马鹿沟那是汉族人的集团部落，朝鲜人全到苇子沟去。

金雄吉说，那里离这里五十多里呐，我的水田怎么办？

许保长说，这事儿你得问皇军呐，我怎么知道？

许保长走后，金雄吉独自坐在那里生闷气。这几间房子，这个院落，还有房前房后的水田，哪一个没浸透着他的心血？如果搬到集团部落去生活，自己还会剩下什么呢？

敢不去吗？日本人的狠毒他是见过的。邻居去年因为偷着留了一草袋子水稻，便被抓去坐了三个月的牢，放回来时，人已经瘦得皮包骨头。

想到这里，金雄吉便觉得再去田里干活已经毫无意义，他决定喝酒。金雄吉要老伴把泡菜端上来，却发现壶里的白酒已经不多了。他把壶里的酒倒在了碗里，把壶拿给春姬，要她到前村的烧锅去打些酒来。

春姬从金雄吉让她下地的那一刻起一直噘着嘴，她知道父亲把她带在身边的用意。现在父亲让她到前村去打酒，春姬感到高兴。能离开家到外面透气的事儿都让春姬高兴。

姐姐顺姬离开家后，游击队的生活就一直出现在春姬的想象里。那是一种什么样的生活呀？拿着枪打日本鬼子，住在山林里，据说还每天学唱歌，这得有多么快乐呀。

春姬一直寻找机会去找姐姐，可四周全是山，又该向哪个方向找呢？

春姬又觉得妈妈和爸爸可怜，本来就因为没有儿子，金雄吉在别人面前抬不起头来，如果自己和姐姐都离家出走，他们是不是要更伤心一些？

马上就要到前村了，春姬发现前面的路上走来了一个人，背着一袋什么东西。春姬定睛一看，她险些叫出声来，这不是正叁哥吗？

尹正叁背着一袋苞米面正准备回山里，这是他在前村的一家堡垒户家里背来的，险些撞到在那里转悠的许保长。出了村后，尹正叁发现一片地里种着角瓜，角瓜已经长得不小了，他忍不住摘了三四个。

如果不是摘角瓜耽搁了一些时间，尹正叁早就从岔路拐进山里了，根本不会碰到春姬。

春姬喊了一声，正叁哥。

尹正叁停住了脚步，他笑呵呵地看着春姬，说，春姬好像又长个子了。

尹正叁每次看到春姬，总会开个玩笑，他最常开的玩笑就是春姬又长个子了。因为春姬比顺姬长得高。

春姬小声地问，两个月前我就听说你上山了？

尹正叁点了点头，说，是啊。

春姬说，那，你怎么在这里啊？

尹正叁说，山里没吃的了，我出来背点粮。

春姬说，你看见我姐没有？她前些日子去的。

尹正叁说，看见了，我们在一起。

春姬高兴得蹦了起来，真的？

尹正叁很肯定地点了点头。

春姬说，那我也去。

尹正叁迟疑地问，你不回家跟你爸爸打个招呼？

春姬说，我跟他打招呼能让我走吗？

尹正叁想，那老头如果知道，肯定不会让春姬走。可如果他知道是自己把春姬带到山里的，还不打死自己？

看尹正叁犹豫，春姬说，我其实早就想去参加游击队了，只是不知道怎么去山里。再说，我也不小了，已经十七岁了，是大人了。

尹正叁想，山上确实需要春姬这样的人照顾伤员。顺姬怀孕了，以后一些洗洗涮涮的活干不了，春姬正合适。

尹正叁说，山里的生活可苦了，你能受得了？

春姬使劲点头，唯恐尹正叁不带她进山。

尹正叁觉得把春姬带到山上，顺姬也有个伴，便答应了。

春姬见尹正叁答应，高兴坏了。听说山上缺粮，忙又到地里去摘角瓜。

很快春姬就摘了五六只角瓜，可是怎么带呢？她犯了愁。

尹正叁见春姬没有东西装，便劝春姬放弃，进山的路挺远呢，一个女孩子空手走起来都困难。

春姬不同意，她觉得山里缺粮，这么多吃的不带进山里太可惜了。

没有办法，尹正叁只好把自己的上衣脱下去让春姬来装角瓜。上衣要给春姬用，尹正叁只好把上衣两只口袋里的角瓜拿出来，裤袋是放不进去了，尹正叁只好拿在手中。

进山的路是漫长的。最开始还是羊肠小道，到后来就只能凭借一个大概的方向向山里走。

春姬是第一次进山。以往，她不过是到山上采些野菜什么的，在林子的边缘转上一转就回来了，这次她终于见识了什么叫深山老林。

凭借干农活积攒的力气，春姬开始走得很快，紧跟着尹正叁的脚步，不敢和他的距离拉得太远。慢慢地，春姬的体力便消耗得差不多了，她慢慢地落在了后边。

尹正叁也不敢大意，他一般会领先春姬十多步，如果她真的离得太远的时候，便会停下来等春姬。

到了一个山泉边，两个人停下来喝了不少的泉水。尹正叁劝春姬把角瓜藏在泉边的树丛里，明后天再想办法过来拿。

春姬不同意，她说，要是让别人发现拿走了呢？

尹正叁认为她说的也有道理，这眼泉比较有名，熟悉这座山的人都会在这里喝水歇脚。

在天擦黑的时候，尹正叁和春姬来到了一处石崖下休息。尹正叁看到春姬已经累得身体发软，便问道，你还行吗？

春姬仍然嘴硬，行，没事儿，离山里还有多远啊？

尹正叁说，差不多还有十里吧。

听到这话，春姬感到泄气，还有那么远啊？

尹正叁把春姬背的角瓜拿过来，藏到了崖下的一个凹坑里，上面用几块石头盖好，说，明天我再过来一趟吧。剩下的虽说只有十里，但更不好走。你看天也黑了，我们半夜能到就不错了。

春姬没有坚持自己的想法，她也感到确实背不动了。

天已经完全黑了，尹正叁带着春姬在树林里摸索着前进。在林子疏朗的地方可以看到天空中的星星，在林子密集的地方根本无法看到天空。

他们爬上了一道山梁，下山的时候，尹正叁的记忆出现了一点点的偏差，就是这一点点的失误，险些让尹正叁摔下崖去，幸亏他抓住了崖边的一棵小榆树。

半夜时分，尹正叁带着春姬终于连滚带爬地来到了沟底的那条小溪。两人饱饱地喝了一肚子凉水，一边打着水嗝一边向山上爬。

快到平时布置哨位的地方，尹正叁开始喊，崔秀吉……申东勋……朴光浩……胡老三……

因为尹正叁也弄不清楚今天会是谁在站岗放哨。

很快一棵树的下边有了回应，是尹正叁吗？

尹正叁赶忙回答说，是我，是秀吉吗？快下来接我一把。

在树丛下窜出来的正是秀吉。尹正叁像是一下子用完了力气，他瘫软在那里对秀吉说，帮我把粮食背上去吧，我实在是背不动了。

秀吉注意到尹正叁身后有个人，但因为天黑他看不清，便问，你把谁带来了啊？

尹正叁说，顺姬的妹妹，春姬，你认识的。

崔秀吉高兴得叫了起来，春姬来了，真是太好了。

春姬的到来让整个岩洞沸腾起来。

为了表示庆贺，胡老三点起了一块平时舍不得用的松明子。

尹正叁下山不过才两天的时间，可岩洞里的四名重伤员有三名已经苏醒了过来，虽然还无法下地走路，但他们可以躺在那里喝些野菜汤了。

看到妹妹，顺姬高兴得流下了眼泪。她其实很心痛妹妹，山上的苦自己能受，但妹妹能行吗？从小，爸爸妈妈就对妹妹偏爱，什么活都尽量少让她干，顺姬担心山里的艰苦春姬会承受不住。

顺姬问了家里妈妈的情况，知道妈妈老是流泪，这让她已经止住了的眼泪又流了下来。过了一会儿顺姬问，我走后爸爸天天骂我吧？

春姬说，你还别说，我以为爸爸会骂。可你走后他竟然一句没骂，天天坐在那里喝闷酒。

顺姬的心刺痛了一下，如果说爸爸天天骂她，倒让她心里好过一些，只喝闷酒，说明爸爸真的是伤透心了。

松明子熄灭了，顺姬对春姬说，来，今晚和姐一起睡。

春姬随顺姬躺下来，顺姬把一张狐狸皮盖在了两个人的身上，说，山里晚上凉，得盖上点。

春姬有些惊讶，问，你们就盖这个？

顺姬说，前些日子走狗军摸上来了，我们人虽然逃了出去，可粮食和几条被子全让他们给搜走了。这个狐狸皮，还是东勋从别的地窖子里的墙里找出来的，因为别的战士转移不方便带，他们藏到了墙里。别人，只能盖点草。我因为怀孕了，大家照顾我。

春姬轻声叫了起来，姐你怀孕了？

顺姬没有吭声，她只是轻轻地拍了拍妹妹的手。

小铁子的身后跟着三个陌生的背着三八大盖的战士，鲁大明白觉得新奇，他喊，小铁子，这都是谁呀？

郭秀梅告诫他说，以后我们是游击队了，不能没规矩，要喊铁中队长。

鲁大明白自知失言，说，我知道了，大当家的。

郭秀梅厉声说，叫大队长。

鲁大明白待在那里，脸上挂着尴尬的笑意。

小铁子把全中队都召集了起来，排成了三排。本来在今天上午的时候，小铁子和桂力胜把全中队的人分成了三个班，桂力胜教给了他们立正、稍息和向右看齐的基本要领。只有鲁大明白在队伍里显得心不在焉。考虑到以前鲁大明白在绺子里和自己平起平坐，现在却要在自己的手下当兵他肯定心里会有牢骚，小铁子也就睁一只眼闭一只眼。

郭秀梅走到队伍前向大家说道，这三位是从游击一大队支援我们的独立大队三中队的三名班长，他们是纪宝利、迟庆财和焦贵泽，他们分别将担任一班、二班和三班的班长。他们三个打日本鬼子的经验很丰富，希望我们的战士能够和他们三位处好，嗯，以后多打胜仗。

郭秀梅说完，大家一片沉静，三位班长带头鼓起掌来。战士们见三位班长拍手，也跟着鼓起掌来。

三位班长和中队里的各位战士一一见面。桂力胜刚想和三位班长说说话，发现郭秀梅在远处朝自己招手。

桂力胜跑步过去，立正，敬了个军礼。

郭秀梅白了他一眼，以后跟我不用这么客套。

桂力胜说，那哪儿行，你是首长。

听了桂力胜的话，郭秀梅说，大队长算什么首长，还要受支队长管着，远不如我在山里当大当家的。

桂力胜笑笑，是没有大当家的活得滋润。不过你有没有感觉到，以前你手下的是怕你，现在他们对你是亲近，你感受到这种区别了吗？

郭秀梅点了点头，停顿了一下，她问，你看我今天讲话怎么样？

桂力胜想了想说，挺好的呀。

郭秀梅说，我用的那些新词对不对？

桂力胜仔细地回忆了一下，郭秀梅讲话用什么新词了？怎么自己一点都不记得了？

桂力胜只能笼统地说，挺好的，用得很准确。

受到桂力胜的夸奖，郭秀梅掩饰不住内心的得意，她说，那你回去吧，下午我们大队班长以上的干部开个会，研究下一步的工作。

桂力胜说，我已经被撤职了。

郭秀梅说，我知道，元政委说了，你把三八大盖支援给自己的战友使用，表现很好。明天正式复职。今天的会议是列席参加。

郭秀梅说完一笑，向自己的地窖子走去。

纪宝利家是宁安的，今年二十三岁。参加游击队前在金矿淘金。

迟庆财家是本地老头沟的，今年二十一岁，从他爷爷那辈全家就靠打猎为生。

焦贵泽家是山东日照的，今年二十五岁，来东北六年了，参加游击队前一直以挖人参为业。

桂力胜和小铁子商量，中队里的正副轻机枪手由谁担任比较合适呢？小铁子推荐了两个人，一个叫傅维武，另一个叫田老疙瘩。

傅维武长得高大粗壮，打仗是把好手，急眼了不要命。来到绺子后，大家一叫他名，听上去像是"废物"，后来就很少有人叫他本名了，都叫他"废物"。田老疙瘩长得五短身材，但爬山上树比谁都快。他最厉害的是上山下套子，只要下套子，总会套上点什么。

桂力胜把分到中队里的轻机枪搬出来，把全中队的人集合到一起，主要讲了装弹、射击以及机枪保养的知识，他要求全中队都要掌握轻机枪的射击方法，以后如果再缴获鬼子的轻机枪，就不用专门培训了。

桂力胜讲完轻机枪的专业知识，铁中队长宣布轻机枪的正副射击手由傅维武和田老疙瘩担任。

这时大晃儿喊了声"报告"，小铁子让他站起来说话。大晃儿说，我个子也挺高的，让我担任机枪手吧。

还没等小铁子回答，就见废物推了大晃儿一把，说，滚犊子。你个子虽高，爬个山都呼哧带喘的，怎么能跟我比？

废物乐呵呵地把机枪抱在怀中，像是得到了一件宝贝。

天气渐渐地冷了下来。

在这一段时间里，独立大队打了几个大仗，但更多的，是配合其他大队打阻击。

阻击打好了很有赚头，因为阻击都是先选好一个有力地点对日本鬼子进行伏击，增援的日本鬼子和走狗军大多没有准备，一遇到袭击便会慌作一团，除了当时被打死的外，大多数顺着原路逃回去了。

但有一次伏击却打得异常艰苦。

那次伏击的是日本鬼子的一个中队，五六十人。这伙鬼子利用路边的沟渠顽强抵抗，从下午一直打到天黑，也未能将日本鬼子的三挺机枪完全打哑。明明将机枪手打掉了，却发现日本鬼子又有人顶了上来。天黑后，日本鬼子趁着夜色在机枪的掩护下逃了回去。这次虽然不顺利，但不管怎么说算是完成了任务，打死了十八个鬼子，并且缴获了一些枪支和军用物资。伤亡不大，两名战士牺牲，三人受伤。

最窝火的一次是独立大队按照支队的要求在宁安通往安敦城的方向打伏击，在选定的地点等待了一天一夜，根本没有看到一个日本鬼子和走狗军。第二天下午才接到支队派人带来的信。知道那边的袭击已经结束了，虽然得手但撤退时不顺利，因为增援的鬼子赶到了。增援的鬼子很狡猾，走了一条绕远的路。

二柱想不通，鬼子难道会掐算？认准这条道上有埋伏？没打成仗就没有战利品，独立大队还得饿着肚子向山里撤。

支队的队部有一百多人，有一个警卫中队和女兵中队，他们一般跟随一大队行动。虽说是支队，但也没有什么办法保证下面各大队的供给，粮食和服装什么的，还得靠各大队自己解决。

进入十一月，天气冷了起来。虽然还没有下雪，但早晨的泉眼处边缘却结了冰。

夜里，桂力胜裹着半条军毯被冻得久久难以入睡。这时他非常想念从南京背过来的那床破被子，那床破被子虽然很薄，但却在他来东北的路上给了他温暖。想想，那床破被子应该还在樊五爷家新院子的厢房里。

桂力胜在达达香的密营里曾受到客人般的招待，但那里他并没有意识到一条棉被对一个常年在山沟里生活的人的重要性。

这半条军毯是小铁子拿给他的。一次打伏击，小铁子在一匹马鞍子下发现了这半条军毯，他带回来直接给了桂力胜。桂力胜当时觉得应该先上缴大队，小铁子制止了他。小铁子说，如果说大队长要批评，那也是我这个中队长的责任，你出什么头？

听小铁子这么说，桂力胜知道小铁子是真的要照顾自己，便把这半条毛毯收下了。

部队过冬的棉服问题一直困扰着林建东的二大队和郭秀梅的独立大队。如果解决不了棉服，人在山里冻也冻死了，还怎么去打日本鬼子？

林建东和郭秀梅商量了几次，决定打安敦城樊五爷的自卫队。

听山下跑交通的人说，现在樊五爷的自卫队已经有一百八十多人了，如果把这些人的棉服全收缴过来，那么两个大队的过冬服装就基本解决了。两个大队全部人马加起来也不过才两百人，差也差不了太多。

山下比山上暖些，还没到穿棉衣的季节，但听说他们的棉衣棉裤已经运到仓库里了。据说那些自卫队员全部住在樊五爷的货场里，那也就是说他们全是有被褥的。如果行动顺利，还会缴获自卫队大量的枪支弹药。

上一次袭击安敦城的日本鬼子的守备队，桂力胜就体验到在城里作战会面临巨大的风险。且不说战士们不习惯这种利用建筑物做隐蔽与对方开火的方式，单就作战来说，就得把很大的一部分兵力放在阻击对方的增援上。打日本守备队，得阻击警察署和走狗兵。这次打樊五爷的自卫队，得阻击警察署、走狗兵外加日本守备队。两个大队总共还不到二百人，到哪儿能分出那么多的人呢？

如果执行阻击的任何一队出现问题，那袭击自卫队的队伍都会陷入极大的危险境地。

队伍进安敦城很顺利。根据林建东的计划，独立大队打自卫队，二大队三个中队阻击三个方向的增援。郭秀梅这边进行得很顺利，刚刚组建起来的自卫队基本上没有什么战斗力，他们还没有搞清楚怎么回事时就被缴械了。正当郭秀梅的队伍忙进忙出地搬东西时，街上巡逻的日本兵与准备要阻击走狗兵的二中队在街上遭遇，双方打了起来。枪声响过之后，二中队很快把五个巡逻的日本兵解决了。当守备队的电话打到自卫队的时候，郭秀梅正在指挥自己的队伍向安敦城外撤离。

郭秀梅的队伍刚刚撤出城，她就听到日本守备队的方向响起了密集的枪声。枪声一直像崩豆似的响个不停，这使独立大队的人停下了脚步。

郭秀梅让小铁子的三中队把物资全部交给其他中队，回去接应一下二大队，免得吃了日本鬼子的亏。

当桂力胜与小铁子带领手下过去的时候，二大队的三中队正在边打边撤。机枪手"废物"没有丝毫犹豫，他站立在那里，不找任何遮挡物，端着机枪对着追来的鬼子就打光了一梭子弹。桂力胜不敢怠慢，他等到废物机枪里的子弹完全打光，立刻用自己的大肚子匣枪顶了上去。

二大队三中队的中队长老康卧在桂力胜的身边，他的一条胳膊在不停地流血。

桂力胜与二大队的主要干部全都认识，这得力于二大队和独立大队在一起办的干部培训班。这个班主要培训的是两个大队班长以上的干部，还有一些向党组织靠拢的抗日积极分子。讲课的人主要是元洪春，林建东也讲过两次课。老康就是桂力胜在这个班上认识的。

趁着"废物"射击的间隙，桂力胜问，康中队长，伤亡怎么样？

康中队长一边射击一边带着哭腔说，牺牲了……牺牲了好多弟兄……

桂力胜知道，在这种街道的追击战中，如果不给日本鬼子重创，他们是不会善罢甘休的。他对康中队长说，你快带着你的队伍先撤，这里交给我们。

康中队长说，这怎么能行？你们也顶不住。

桂力胜说，快走快走，我有办法。

康中队长带着他的人撤下去了。

桂力胜对着小铁子的耳朵耳语了一番，小铁子一惊，说，这能行？太冒险了。

桂力胜说，现在这种情况，也只能这么冒一下险了，没有别的办法。

桂力胜悄声对废物和田老疙瘩说，一会儿把子弹压好，我们躲到那个空巷子里去，等他们压上来再打。

小铁子指挥大家一顿猛射，然后迅速拐进一个巷子撤离了。

最初日本鬼子并不敢向前冲，他们打了一阵枪后发现并没有人还击，于是胆子便大了起来。当他们冲到桂力胜三个人隐身的地方，桂力胜和"废物"一齐开火，直打得枪中的子弹全部打光。日本鬼子当场倒下了十多个，剩下的回头就跑，也有几个趴在地上还击。三个人不敢恋战，快速拐入旁边的小巷。桂力胜在撤退的同时，弯腰捡了一支三八大盖。

来到指定的集合地点时天已经放亮了。损失最严重的是二大队，他们中也只有三中队打得最惨烈，牺牲了十四名战士。另两个中队虽然也与对方交了火，但对方一遇到阻击便只是隐在黑暗处放枪，仅有三人受伤。

独立大队牺牲了两名战士，都是小铁子中队的，本来这个中队人最少，这下又减员了两名。

大晃在那里发牢骚，他说，我们中队死了人，东西我们得多分点儿……

郭秀梅瞪了他一眼，他将剩下的话憋了回去。

元洪春对小铁子说，你们中队殿后，要注意隐蔽我们的行踪。

小铁子说，是。

到营地的时候已经是中午了，吃过午饭，桂力胜领到了一床被子和一身棉衣。昨天晚上去安敦城的路上，他的肩头就被棘树棵子刮了一个大口子，他一直感到那里有风钻进来。现在发了棉衣和棉裤，桂力胜最先做的就是把棉衣和棉裤穿上。穿好棉衣棉裤后桂力胜又想了想，他把单衣单裤套在了棉衣裤之外。他想，常在林子里转悠，说不上什么时候棉衣裤就会刮坏，又找不到针线，棉花跑掉了棉衣也就不存在了。

穿上棉衣裤后桂力胜活动了一下手脚，感到笨拙了许多。桂力胜想进地窖子睡一觉，却看到焦贵泽押着一个人走了过来。

桂力胜忙让鲁大明白去喊中队长小铁子。本来小铁子执意要跟桂力胜住一个地窖子，说可以跟有文化的人学点什么。元洪春不同意，他说正副中队长一定要分开住，可以随时了解下面战士的情况。这样，本来和桂力胜住在一起的小铁子和大晃儿搬到了纪宝利当班长的一班，而桂力胜去了迟庆财当班长的三班。

焦贵泽今天放的是远哨。根据元洪春以往的经验，这个岗哨至少要离营地两里地。本来昨夜一宿没睡，到了哨位焦贵泽就犯困，他把哨位定在了树下，准备坐在那里。通常哨位设在树上，但焦贵泽怕自己到树上睡着了摔下来。

虽然又困又乏，但焦贵泽脑中一直提着根弦儿，他不敢让自己睡去，一直处在似睡非睡的状态中。

焦贵泽被一阵沙沙的脚步声惊得清醒过来。焦贵泽看到一个一身庄稼人打扮的人背着一支猎枪走过来。这个人走得很谨慎，不时地东张西望。还没等他发现焦贵泽，焦贵泽便把黑洞洞的枪口指向了他的前胸。

焦贵泽令这个人解下自己的裤带，然后趴在地上，把手背到后面。这个人照做了。焦贵泽用他的裤带把这个人捆了个结结实实。焦贵泽拿起了那把猎枪看了看，是一杆双筒洋炮。焦贵泽把猎枪挂了这个人的肩上，想把这个人押回营地去。焦贵泽想了想又觉得不妥，他把那人的上衣全部撩起来，把他的头部包上。焦贵泽觉得上衣把脑袋包得不紧，便又折了几根蒿草揉搓了一下，在头上打了个结。

是山中的猎人还是小日本派来的暗探？桂力胜和小铁子对视了一下，他们也无法做出准确的判断。桂力胜知道此事非同小可，应该送到大队部去。桂力胜和小铁子耳语了两句，与焦贵泽一起押着这个猎人来到了大队部。

大队部里只有元洪春一个人，他正在那里写着什么。焦贵泽说了刚才的经过，元洪春看了看立在屋中的那个人，对焦贵泽说，你马上回到哨位上，等有人接你哨了再回来。

焦贵泽跑出去了，元洪春的脸色却变得冷峻起来。

听到动静，郭秀梅和苗二柱也全都从自己的地窖子赶了过来。

郭秀梅看到桂力胜穿上了棉衣裤，她问，现在穿是不是有点热？

桂力胜不好意思地说，有点，但我敞着怀就行了。

苗二柱看了桂力胜一眼，鼻子哼了一声。

元洪春看了看桂力胜和小铁子，说，你们两个回去睡一觉吧。

我们三个审就行了。

走出大队部，桂力胜打了个哈欠，这回我得好好睡一觉。前两天夜里一直冷嗖嗖的，睡不踏实。

小铁子说，可不，有时能冻醒，但架不住困，翻个身，又睡过去了。

回到地窨子里，桂力胜躺了下来，不仅没脱衣服，还把棉被也盖在了身上。迟庆财被桂力胜进来的声音弄醒，他看了一眼桂力胜，说，你这么整，我赌你会热醒。

桂力胜说，这两天冻怕了。

那个猎人模样的庄稼人坐在那里一动不动。苗二柱走过去踢了那人伸出来的脚一下，那人似乎一惊，猛地把脚收了回去。

苗二柱把包着他脑袋的衣服解开，那人一露脑袋，迅速地四下看了看，急急地说，大当家的饶命，我上山打猎走错了路。

元洪春警惕地问，你是打猎的？叫什么名字？

我叫狗剩儿。

苗二柱吼了一声，说大号。

狗剩儿忙说，我大号叫罗玉宝。

苗二柱说，那你说说，你住在哪个屯？保长叫什么名字？

狗剩儿说，我住在安敦城边上的范家屯，保长叫孙德民。

苗二柱倒是认识几个保长，但他并不认识这个孙德民。

苗二柱说，打猎的大多是冬天下雪没农活儿了才进山打点野兽，你怎么这么早就进山了？

狗剩儿说，今年进山是早了点儿。家中今年庄稼收得早，在家也没有什么事可干。再加上邻居三叔胳膊被火烧坏了一块地方，我想着为他弄点獾子油抹一抹，就着急忙慌地进山来了，没想到在山里迷了路，转了好长时间也找不到正道，没想到转到大当家的地盘上了，请大当家的开恩原谅啊，我确实不是故意的。

郭秀梅看着狗剩儿的穿戴倒是跟打猎的没有什么区别，可他真的是打猎的吗？现在，有人到山里刺探消息然后报给日本人拿钱可不是一个两个。郭秀梅怎么也想不通，为了那么两个钱儿为日本人卖命值得吗？

上次营地遇袭，郭秀梅心里一直在想小日本是怎么发现自己绺子的。父亲郭大个子在这个营地住了十五六年，一直都没事儿。为什么自己掌管绺子才两年的时间就出了问题？现在，新建的营地里又莫名其妙地来了个迷路的猎人狗剩儿，这难道仅仅是偶然的巧合吗？

元洪春仔细看了看面前的这个人，觉得没什么疑点，他说，我们是安敦抗日游击支队，不是山上的土匪绺子。常有日本人派来的汉奸来打探消息，我们不得不防。

元洪春走上前去把狗剩儿绑在后面的胳膊解开。

郭秀梅说，大兄弟，对不起啊，把你当敌人了。

狗剩儿一边把元洪春递给他的腰带向腰里扎一边说，哪里话呢？你们警惕性高点是应该的，要不早就着了小日本的道了。

苗二柱说，大兄弟明白事理，我们抗日游击队靠的就是老百姓的支持。

参加了干部培训班，苗二柱说话也和以前发生了明显的变化。

郭秀梅说，狗剩儿大兄弟饿了吧？二柱你快去安排厨房给做点吃的。

狗剩儿笑笑，满脸轻松地说，不饿。早饭在家里吃了。

郭秀梅猛地掏出撸子，一下子把子弹顶上膛，她指着狗剩儿说，你，是日本人派来的探子。二柱，把他重新绑起来。

元洪春和苗二柱不清楚郭秀梅为什么翻脸。二柱跳过去把狗剩儿的腰带重新解开，把他的一双胳膊重新扭到背后绑紧。

狗剩儿感到自己的脑袋瞬间变大了，他不知道自己的这套说辞哪里露出了破绽。当初和樊五爷一起商量好的呀，怎么会被眼前的这个女的识破？

大概是十几天前，樊五爷和钱小鬼到狗剩儿家来过一趟，他们带来了一些糕点和十几尺华达呢。狗剩儿媳妇一见那十几尺华达呢眼睛都直了，不住地夸这布料好。

樊五爷跟狗剩儿提了一条，那就是进山去找游击队，只要认准了他们的营地就行。狗剩儿知道这是一个弄不好掉脑袋的差事，他犹犹豫豫地没敢答应。钱小鬼在旁边打岔说，你只是远远地看到他们的营地就行了，也不用进去，这能有啥危险？再说了，一旦你探听到消息，皇军至少得赏你二百元。你一年也挣不来的。听着这样的诱惑，狗剩儿答应了。他说，进山打猎得下第一场大雪之后。樊五爷想想，狗剩儿的话在理，他就说行。三个人还把一旦被游击队发现怎么应付的说辞编了一遍，三个人都认为万无一失。狗剩儿的猎户身份是真的，住在范家屯是真的，保长孙德民也是真的。

今天早晨狗剩儿刚吃完早饭，就见樊五爷带着钱小鬼坐着马车赶来，要狗剩儿马上进山。樊五爷说，昨天游击队是从南边的那条沟进山的。皇军已经在游击队安插了眼线，他会在走过的路上隔一段刮掉一块树皮，隔一段刮掉一块树皮。你是一个老猎人，这样找到他们不难吧？狗剩儿好奇地问，皇军在游击队里有眼线？我认识吗？樊五爷说，你知道这些干啥？我都不知道。你马上出发，快些回来报告。

狗剩儿想不出，自己怎么就让这个女的给识破了呢？

郭秀梅坐到狗剩儿的对面，她把手中的枪掖回腰里，你是自己说呢？还是让我逼你说？实话对你说，我也刚加入共产党的游击队不久。我原来就是绺子上的，我的报号叫达达香，这报号不那么响。但我爹老二哥的报号用了十几年了，想必你也听说过。说说，是谁派你来的？

元洪春和苗二柱看到郭秀梅突然变脸，都觉得奇怪，但郭秀梅既然敢变脸必然有她的道理。两个人不动声色，想看郭秀梅到底发现了什么。

狗剩儿认定郭秀梅是在诈自己，不能中了她的圈套。

狗剩儿摆出一脸无辜的样子说，长官，我说的句句都是实话呀，要是有半句假话，天打五雷轰。

郭秀梅哼了一声说，知道离明年打雷还早是吧？

郭秀梅说完，一直盯着狗剩儿看。狗剩儿内心慌乱，他眨巴了两下眼睛，说，长官可不要和我开玩笑。

郭秀梅说，我没时间和你开玩笑。你肯定在心里盘算我是怎么看透你的，和你说说也没关系。我们是早晨天亮时在南山的林子里集合回这里的，而你，在家吃了早饭，这么快就赶到了这里，只比我们晚到了一个时辰。你说说，你还在林子里迷了路，转悠了好半天，那你为什么能这么快就出现在这里呢？是你走得快吗？

狗剩儿愣了，他没想到自己不经意地说的一句实话把自己暴露了。他的脸色灰了下来，想不出再编些什么话来为自己辩解。

元洪春觉得郭秀梅的判断正确，队伍回到营地还不到两个小时，这个家伙就跟来了，虽说战士们扛着战利品走得慢点，但基本上没有歇息。如果这个狗剩儿不是直接追踪而来，这么短的时间他根本转不到这里。

苗二柱见狗剩儿不说话，便说，算了，你和他好好说没用，他听不进去。我先把他的耳朵割下来，他就知道绺子里的规矩了。

苗二柱上前薅着狗剩的头发向外走，他说，别让我们大当家的看着你的血恶心。

狗剩儿的身子立刻哆嗦了起来，嘴里不停地说，我，我，我……

郭秀梅见狗剩儿有要招供的意思，便喊了一声，二柱……

苗二柱仍不停手，他说，大当家的，你的意思是不能割耳朵是吧？我明白，我先割鼻子。你是怕耳朵割下来问话听不见是吧？

苗二柱把狗剩儿像截木桩一样摔在了地上，说，妈了个巴子的，有点出息好不好？

元洪春摆了摆手，示意他继续审问。

苗二柱把瘫在那里的狗剩儿弄起来，说，你就坐这儿说，让你坐木墩子都白瞎了。

元洪春问狗剩儿，是谁派你来的？

狗剩儿看了一眼苗二柱，说，是自卫团樊团长樊五爷。

元洪春有些疑惑，他不是队长吗？怎么又成团长啦？

狗剩儿说，樊团长说就这两天改的，不叫自卫队，改叫自卫团了，他现在是团长。

听完了狗剩儿的供述，三个人都感到非常吃惊，队伍里居然混进来了奸细？这个人到底是谁呢？

把狗剩儿押走之后，三个人陷入了沉默。

自己绺子的营地被偷袭后，郭秀梅一直在想为什么小日本能这么准地摸到自己的老窝，老爸的绺子在那里住了十几年也没发生什么事，为什么到自己手里就全不一样了呢？难道绺子里有内奸？

沉默了片刻，元洪春说，我们的内部肯定有内奸，但我敢肯定不是出在二大队那边，也不会是二大队派来的那九个班长。肯定是原来的那些人。

依照郭秀梅的性格，如果平时元洪春这样分析事情她肯定会不高兴，但今天元洪春这样说她却觉得和自己想的一样。

郭秀梅说，那你说说，小日本会派个什么样的人混到我们的队伍里呢？

元洪春沉思了片刻说，你们的营地以前一直平安，为什么就突然被小日本精准地偷袭了？因为有个内奸。以前没有，说明是新去的。你们那里谁是新去的？

苗二柱脱口而出，桂力胜。

郭秀梅错愕地张大了嘴，她愣了一下，立刻说，不可能是桂力胜。

元洪春说，你还真不能急着下结论，日本鬼子太狡猾了。

苗二柱说，那，我现在就把桂力胜抓起来吧？万一他跑了，这深山老林的可不好抓。

元洪春想了想说，好。多带两个人，我见过他的身手，确实受过专业训练。

苗二柱说，放心，我干这个也不是一年两年了。

苗二柱说着走出了屋子。

郭秀梅张了张嘴，她想说点什么，又不知道应该怎么说。如果桂力胜真的是日本鬼子派来的？如果他真的是奸细，那自己该怎么办？此时的郭秀梅才发现，自己已经彻底地爱上了这个文弱的白面书生。

郭秀梅忽然想起，大晃儿也是和桂力胜前后进绺子的。他是由马长脖做保直接进队的。至于大晃儿和马长脖是什么关系，郭秀梅并没有细问。一个绺子的二当家还是有权直接保一个人入伙进绺子的。

郭秀梅向元洪春说了大晃儿的情况。元洪春说，把大晃儿也一齐抓来吧。

郭秀梅刚想要向外走，元洪春说，等等，我们两个去抓吧，知道的人越少越好。

元洪春扭头在地窨子的角落里找了一根绳子，说，他是和铁中队长住一个地窨子吧？

桂力胜这一觉睡得非常沉稳，他好久没有睡过这么踏实的觉了。棉被松软地盖在身上，让人有一种温暖的感觉，他甚至打起了畅快的鼾声。

当那管黑洞洞的枪口顶到自己额头的时候，桂力胜立刻被枪口的冰凉惊醒了。睁眼一看，只见苗二柱正俯身看着自己。

桂力胜见苗二柱手中拿着的，正是自己的大肚匣子。桂力胜勉强在脸上挤出一丝笑容，说，副大队长，开什么玩笑？

苗二柱说，桂力胜，我可没时间和你开玩笑。有些事情你得到大队部说清楚，不要反抗，你藏在褥子下的撸子也被我起走了。

桂力胜看了看苗二柱的身后，两名战士拿着枪正指向自己。

桂力胜的脑中迅速思索这到底发生了什么事情。因为郭秀梅他吃醋了？苗二柱想要叛变？想起那个被抓的猎人，桂力胜想肯定是那个猎人说了什么。

桂力胜思考着应对的策略，敞开的门外也有人把守，这就是说如果桂力胜在地窨子里把三个人全都打倒，也无法逃出门外。

桂力胜叹了一口气，他把自己的手伸了出去。

走出地窖子时桂力胜想，这是自己回到东北第二次失去对自身命运的掌控吧？记得曾经在心中发誓不让这种事情发生的，还是又一次发生了。

外面的阳光有些刺眼，桂力胜猜测还不到三点钟，他想掏一下怀表看一下时间，但他的双手已经绑在背后被战士控制着，根本无法动弹。

进屋的时候，桂力胜发现大晃儿也被绑了双手，坐在另一个木墩上，这让桂力胜感到意外。桂力胜想了想，他选择了一个离大晃儿稍远一些的木墩坐了下来。桂力胜猜测，发生的事情和刚刚抓到的那个猎人有关。

苗二柱看了看坐在那里的郭秀梅和元洪春，觉得两个人由自己审问比较合适，于是他说，你们两个是谁先说呢？

桂力胜看了看大晃儿，又看了看郭秀梅和元洪春，他仍然不知道把自己绑来的目的。

在桂力胜看向自己的时候，郭秀梅把脸扭向了一边，她不敢回视桂力胜。她的心情复杂，涌动着一种独特的酸楚。

苗二柱坐在一张由原木砍削成木板制成的长条桌后，猛地拍了一下桌子，你们说不说？

大晃儿哆嗦了一下，说，你让我们说什么呀？

苗二柱说，你们，谁是日本鬼子派来的探子？

大晃儿说，我不是，我真的不是。

苗二柱把脸看向桂力胜。桂力胜说，别看我，我不是。

苗二柱火了，他噌地站了起来，走向桂力胜把他向外拖。苗二柱加入绺子十三四年，他的信条就是什么样的嘴拷打都能撬开。

元洪春说了声，先等等，苗副大队长。

苗二柱心中不服，觉得元政委就是婆婆妈妈，如果不上刑，哪个人会心甘情愿地供认自己就是日本鬼子派来的奸细？

元洪春一直在思考着整个事情的来龙去脉，他知道，如果上刑，那么两个人中就会有一个人无辜遭受拷打，这对一个怀着一腔抗日热情的青年来说，将是一个多么大的打击啊。难道就没有一个更好的辨别方法吗？

元洪春对门外的几名战士喊道，把这两个人押到厨房旁装粮食的地窖子里，好好看着。千万不能大意。

迟庆财领着两个战士进来，把桂力胜和大晃儿押了出去。

迟庆财把大晃儿推倒在那里，让一个战士把他的腿绑紧，然后又用绳子把他绑到了中间的立柱上。

大晃儿嘴里不停地骂着，你们这群王八羔子，绑得那么紧干什么？大队长能给你们好处哇？

迟庆财笑呵呵地说，好处倒是不能给。但万一你跑了，至少得挨顿骂吧？

储存粮食的地窖子建得比较大，比元洪春住的大队部还要大一些，每次打仗缴获的战利品除了发放到各中队战士手中的外，全存放到这里。

桂力胜站在那里，看着迟庆财戏耍大晃儿。他想，迟庆财也肯定会这般对待自己。

迟庆财是由二大队调过来当班长的，他对汉奸和二鬼子有一种天然的仇视。

迟庆财看了桂力胜一眼，对一个战士说，把墙角的那个木箱搬过来。

墙角的那里放了几个装子弹的木箱，那个战士费劲儿地搬了过来，从那个战士费的力气来看，子弹箱是满的。

迟庆财接过子弹箱，他把这个子弹箱放在了桂力胜的脚下，说，桂副中队长，你坐。

桂力胜内心充满感动，没想到在这个时刻迟庆财还会做出这样的举动。

大晃儿一看不高兴了，骂道，凭啥绑我不绑他呀？因为他是官呀？

迟庆财说，大晃儿啊，这里现在是我说了算，你懂不懂？咱俩往日无冤，近日无仇，还在一个地窖子睡过两天，也算有些交情。你这样骂我干啥？

大晃儿问，那你为啥绑我不绑他？

迟庆财说，那天桂副中队长给我们讲轻机枪的使用方法，那天的课你听了吧？

大晃儿说，听了。

迟庆财又说，后来还讲过战场上如何隐蔽自己和相互配合，你也听了吧？

大晃儿说，听了。

迟庆财说，那还说啥？给咱们讲课的，就是老师。老话说，一日为师，终生为父。虽说现在不那么讲究了，但我给老师拿个坐的东西别人不会说我什么吧？哪天你要是也给我上一课，我也会给你拿个板凳坐。

迟庆财说完，他走过去摸了摸大晃儿的脑袋，说，也不知道你这里头都装了些什么？屎汤子？

迟庆财出去了。

桂力胜在脑中迅速地判断眼前的形势。根据苗二柱的只言片语，可以断定大队已经发现那个猎人是日本鬼子派来的奸细，他来干什么呢？和隐藏在队里的奸细接头？弄清营地所在的准确地点？桂力胜想起了达达香绺子营地被偷袭的事件，看起来绝不是偶然的。当时曾想对郭秀梅说出自己的疑惑，后来因为各种事情耽搁就没说。

自己和大晃儿同时被抓，说明大队对自己和大晃儿有了某种猜测。

自己和大晃儿有什么相同点呢？进入绺子的时间差不多。大晃儿比自己早入绺子半个多月。

坐在那里，桂力胜开始有一搭没一搭地和大晃儿聊天。

大晃儿啊，你怎么叫大晃儿呢？

那些人瞎叫呗。他们说我走道来回晃。

你今年多大呀？

毛岁二十四啦。

噢，比我还大一岁呢。结婚了吗？

家里穷，拿啥结婚哪？

嗯嗯，我猜测，你就是为了钱，才给鬼子当奸细的吧？

你瞎说什么玩意儿啊？你说我是奸细，我还说你是奸细呢。

这就是你的不对了。这里也没有外人，我可以拍着胸口说，我不是奸细。你可以拍着自己的胸口说吗？

大晃儿眨巴了两下眼睛，说，你说这些也没用。不管说什么我是不会承认的。这事儿说了也是个死，不说也是个死。有啥用？

桂力胜看着大晃儿，他沉默了一会儿，然后说，大晃儿，你家中都有什么人？

大晃儿说，我爸，我妈，还有一个弟弟，有两个姐姐出嫁了。

桂力胜说，大晃儿啊，我不知道你是怎么想的啊，难道穷就什么都可以做吗？你如果没见过那些小日本怎么害中国人的，难道一点也没听说过吗？做这些事的时候心里能过得去吗？不害怕遭报应吗？

大晃儿沉默了片刻，他仍然梗着脖子说，说这些有啥用？都是虚的。

元洪春领着郭秀梅和苗二柱去取刀子。

元洪春分析，既然狗剩儿是按照沿途在树上所留刻痕追踪上来的，那么藏在队里的奸细就必须得符合两个条件：一是手中有把刀子；二是这个人得有时间向树上刻记号，还得不能让人看见，多半是走在队伍的最后面。

郭秀梅和苗二柱认可元洪春的分析。郭秀梅说，做这种断子绝孙的事，肯定得偷偷摸摸地干。

巧的是，两个人被抓时随身都带有刀子。

桂力胜身上带的是郭秀梅老爹留下的杀猪刀，大晃儿身上搜出来的是一把剔骨刀。这两把刀当他们被抓时全被搜出，扔到了所在的地窖子里。

拿到了刀子，元洪春拿在手里仔细地看了半天，没发现有任何可疑的地方。

两把刀子干净、锋利，并没有残留什么在树上刻画的痕迹。

三个人沿着出山的路径向外走，很快就找到了一棵有痕迹的树，那是一棵水曲柳树。元洪春拿着两把刀子比对了一下刻痕，仍然无法判定树上的刻痕到底是哪把刀子刻上去的。

苗二柱站在那里东张西望，似乎对这种方法丝毫不感兴趣。

元洪春问，苗副大队长，你看这痕迹像是哪把刀留下的？

苗二柱说，不用看，我心里有数。

郭秀梅脸色立刻变得益发难看，她说，你认为是桂力胜对不对？

苗二柱说，我没说。

郭秀梅说，你就是那样认为的。

郭秀梅感到委屈，她想，如果桂力胜真的是奸细，那么将子弹打进桂力胜脑袋的，一定应该是自己。想到这里，她的眼睛红了，眼泪不争气地流了出来。

苗二柱心中不是滋味儿，知道自己惹祸了，他笑着向后退了退，站到了元洪春的背后。

听到门外迟庆财的说话声，桂力胜知道政委元洪春来了。

随着门响，苗二柱首先闯了进来。

屋里的光线不是很好，桂力胜看不清郭秀梅的眼睛，只觉得她的眼神飘忽不定。桂力胜想，难道他们对自己已经有了定论？他的心不禁悬了起来。

跟进来的迟庆财又搬来了两个子弹箱，示意元政委和郭大队长坐。桂力胜看到迟庆财还要去搬，便站了起来说，别去了，让苗副大队长坐这个吧。

元洪春坐在那里看了看站着的桂力胜，又看了看绑在柱子上的大晃儿，问，今天从山外向营地来的时候，你们两个走在队伍的什么位置？谁能证明？

桂力胜想了一下上午的返回路上自己的位置，说，我好像是最后面吧？不记得我后面还有没有人，但前面的人离我有二三十步远，没人能证明我的位置。

郭秀梅想，离开队伍二三十步远，这个距离足可以在一转弯的时候掏出刀来把记号刻在树上。桂力胜啊桂力胜，你让我说你什么好呢。平时看着挺精明的，为什么在关键的时刻净说些对自己不利的话呢？

元洪春的脸色变青了，他看了一眼郭秀梅，然后又扭向大晃儿，问，你呢？你在什么位置？

大晃儿说，我？我当然不在最后。我在队伍的稍后一点吧，也就离队伍三五步远。

元洪春问，谁能证明？

大晃儿说，我忘了前面是谁了……但我可以发誓，我就在队伍稍后的位置。

大晃儿其实要在树上做记号的时候就想到，自己要走在队伍的最后面，不能让任何人发现自己的行为。现在，有人要证明自己在队伍的最后面，那是死活都不能承认的。当时大晃儿只是注意和前面的队伍保持一定的距离，他的前面是谁，大晃儿还真的没注意。

苗二柱哈哈大笑起来，笑得眼泪都出来了。苗二柱好不容易止住笑，他指着大晃儿说，我还真有点服你，你演得真像。

元洪春和郭秀梅吃惊地看着苗二柱，不知道他想要干什么。

苗二柱走到桂力胜的身后，把绑在他手上的绳子解开。

苗二柱说，你们两位相信我吧？我是不可能通日本鬼子的。如果我通了日本鬼子，那我们营地早就被日本人干掉了，也用不着等到这时候。

队伍向山里撤的时候，二大队走在前面。不管怎么说，这次战斗队伍伤亡太大，二大队的战士们心中充满忧伤，因此队伍走得很慢。本来桂力胜是走在前面的，他和小铁子一前一后向前走。死的两个弟兄都是原马长脖的手下，有一个还是介绍小铁子入绺

子的人，小铁子的心里挺难受的。郭秀梅站在路边察看自己大队
的队伍，当她看到桂力胜的时候，桂力胜只是向她点点头就接着
向前走。郭秀梅把他拽住，非要为他包扎伤口。桂力胜没觉得自
己受伤，他停下来一看，原来是胳膊上有道口子，衣服上的血已
经凝结，但桂力胜却想不起来这伤是子弹擦破的，还是被什么东
西刮破的。就这样，两个人落在了队伍的后面。苗二柱看到郭秀
梅又在找机会和桂力胜接近，心中很不是滋味，他隐在路边的树
丛中，让自己落在郭秀梅和桂力胜的后边，想听听两个人都说些
什么话。就在这时，一个战士跑过来，说是二大队的林建东大队
长找郭秀梅过去，郭秀梅跟着那个战士一路小跑赶到队伍的前面
去了。跟在桂力胜后面的苗二柱显得无聊，几次想上前和桂力胜
理论几句，但苗二柱知道，在与郭秀梅关系的这件事上人家桂力
胜占理，人家承诺不理郭秀梅就真的不理郭秀梅，总是郭秀梅主
动去打扰桂力胜。想到这里苗二柱却感到很伤心，他就在桂力胜
后面十多步远的地方跟着。苗二柱当时倒是想过，如果这个桂力
胜要是个奸细该有多好哇，那样自己就可以名正言顺地崩了他。

听到苗二柱的叙述郭秀梅是又惊喜又生气。惊喜的是桂力胜
确实是无辜的，他是好人。生气的是苗二柱明知道暗号不是桂力
胜刻的，为什么还要带人把桂力胜抓起来？

面对郭秀梅的指责，苗二柱笑了，说，抓人是元政委定的。
我就是知道也得先执行吧？再说了，抓起来审一审也好，证明一
下桂力胜的清白。

苗二柱大大咧咧地拍了拍桂力胜的肩说，爷们，别往心里
去啊。

桂力胜无奈地说，苗副大队长愿意开玩笑我是知道的。

桂力胜知道，苗二柱的醋意仍然很重，如果自己和郭秀梅接

近，还会有更严重的后果。

元洪春生气了，他的脸色很不好看，他低沉地说了一句，二柱你这是胡闹啊。你要在大队的会上做检讨。

苗二柱很客气地说，行行行，我做检讨，我做检讨。

苗二柱说完，转身面向大晃儿，脸色变得凶狠狰狞，他声音很轻地说，大晃儿啊，我还真看不出来这事儿是你干的。你说你干什么不好，非得要干这个呢？

大晃儿看了看苗二柱，低下了头。

苗二柱说，你说说吧，这一切都是怎么回事？你最好是说出来，别逼着我用刑。记得我那次闲着没事儿唠绺子里的各种酷刑你也在场，我还真不信你能把那些酷刑都扛过去，你想试试吗？

大晃儿带着哭腔说，不想。

苗二柱说，那好，我也嫌麻烦，你说说这一切都是怎么回事？

大晃儿家在窝棚沟，离范家屯只有五六里路，保长也是孙德民。这天孙德民找到大晃儿，提出了要大晃儿打进绺子的事儿。孙德民一开口就被大晃儿拒绝了，他知道自己的胆子并不大。孙德民并不泄气，他说出了很能打动大晃儿的条件，一垧好地。孙德民还说如果干好了，皇军还会另有奖赏。一垧好地能使全家吃穿不愁，这是大晃儿一直的梦想。孙德民说他在绺子里有内线，可以保证大晃儿很顺利地进入绺子。可一想到进入绺子的种种危险，大晃儿还是不肯答应。孙德民说，危险？干啥不危险呢？你进山打野兽不危险？那吕老二打柴放爬犁跑坡还被撞死了呢？范家屯的那个还被牛车轧死了呢？啥不危险？大晃儿想想也是，自己进山打过几回野猪，哪回不是提心吊胆的？挺挺也就过去了。见大晃儿同意，孙德民就把如何在回去的路上做暗号交代了一番。

孙德民说，如果皇军满意了，就会把一垧好地给置办下来，到时候我就会派人捎话让你下山。大晃儿答应了。孙德民马上找来纸笔写了一封信给马长脖，要他保大晃儿入绺子。好多年前，孙德民和马长脖就有很深的交情，他认为马长脖不会拒绝。果然，大晃儿在马长脖的担保下顺利地进入了绺子。营地被袭后逃亡的悲惨是大晃儿所无法想象的。他以为自己做了暗号，皇军一过去把营地一包围，喊几句话，绺子就投降了，这样自己就得了地。可不停的枪声打碎了大晃儿的梦想，他几次都想迎着日本人的枪声跑过去，告诉他们自己就是皇军派来的探子，可常识告诉他，那样跑过去就是送死，没办法，只好咬着牙向外逃。加入了游击队，大晃儿一直盼望着保长孙德民派人捎话让自己下山，可一直等不到捎话的人。他想，自己刻的暗号不是已经把达达香的绺子击垮了吗？这不算是探报成功？那一垧地还没置办下来吗？可孙德民不派人找他，大晃儿也不敢下山，怕做了一半的事情黄了。这次回山，大晃儿又鬼使神差地刻了暗号，他想，孙德民该不是因为换了营地找不到自己吧？

听到自己的绺子就是因为眼前的这个坏种而被打散的，郭秀梅冲上前去就要动手，元洪春拦住了她，说，这个事你就别动怒啦，交给下面的人去办吧。

元洪春向门外喊了声，迟班长来一下。

迟庆财应声进来。

元洪春说，把这个人拉出去执行枪决。

迟庆财低下头去解大晃儿的绳子。

大晃儿这时露出一脸的可怜相。他说，我不是全都说了吗？我不是全都交代了吗？为什么还要枪毙我呀？

苗二柱说，妈拉个巴子的，你说为什么？我们被偷袭死了多少弟兄？还他妈为什么？行，不枪决。迟班长，你找个树权把他吊上去勒死算了，省一颗子弹。

迟庆财把一直号叫着的大晃儿拖了出去。

元洪春走过去握了握桂力胜的手说，让你受委屈了。不过也请你理解，现在的情况复杂，闹些误会也在所难免。

桂力胜苦笑着说，没关系，我相信领导不会那么容易被蒙蔽。

郭秀梅也学着元洪春的样子过去和桂力胜握手，桂力胜迟疑地看了一眼苗二柱，然后和郭秀梅握了一握。

苗二柱掏出烟荷包卷了一根旱烟，留了封口没有沾唾沫，他把烟递给桂力胜说，抽一根，压压惊。

看着苗二柱是以待客之礼对待自己，桂力胜便接了，他用唾沫把纸口封上，苗二柱掏出盒洋火儿为桂力胜点着了烟。

元洪春说，这个营地是不能再用了，进山的路留下了信号，这个又没法儿消除。我们最晚也要在明天转移，再晚一些，恐怕要出事。

桂力胜说，元政委，郭大队长，苗副大队长，我有个不太成熟的想法，想提出来供大家参考。

元洪春说，你有什么好想法就说。

桂力胜说，这个营地建起来不容易，丢弃掉怪可惜的。我们完全可以按照大晃儿的暗号从三道崖向外刻出三路或四路做出迷惑的路标，并且想办法把到我们营地这一路的暗号去掉，去掉的办法可以想一些用树叶遮挡或用泥土做旧的方法，总之是想办法不让对方看到，那么，我们这个辛苦建起来的营地就还可以用。不过，为了稳妥起见，我们还是选一个离这里不超过二十里的地方再另建一个营地，以防万一。

听了桂力胜的想法，元洪春认为方案不错，可以按照这个计划执行。

元洪春喊来了铁中队长，让他领几个人出去刻暗号。

对于在树上刻暗号迷惑敌人小铁子不愁，制作出三路、四路迷惑敌人的暗号他都不在乎，而且有这方面的经验。关键是如何把拐向这里的暗号去掉？怎么弄？刮掉吗？小铁子提出了自己的难题。

桂力胜说，铁中队长，可以利用遮掩物，比如找个野蜂窝挂上去，也可以找两个木菌什么的安上去。反正要弄得像。

小铁子说，你这样一说我就明白了，还愁呢。想着，总不能用泥硬往上抹吧？

趁着大雪到来之前，独立大队和二大队都在外面重建了秘密营地。

独立大队是在南面十多里的地方建的，二大队则选择了东面，距离现在的地点差不多有二十里。营地建好后林建东与郭秀梅商量了一下，他们决定还是搬到新营地。

面对建好没多久的营地，苗二柱觉得遗弃了实在可惜，便和郭秀梅商量，把一些不是很重要的物资隐藏在这里，并作了一些伪装。

第十四章

冬季到来了，这让游击支队的日子变得更加艰难。

一天中午，专门为独立大队跑交通的老麻头来了。

老麻头原来是西顺马长脖手下的一个炮头，入绺子前在山中打了二十多年的大动物。老麻头专打大动物，什么野猪、黑瞎子、狍子什么的，野兔、野鸡什么的他基本上不碰。老麻头因为枪打得准，入绺子后就当了炮头。老麻头不爱说话，你说十句他也不回一句。炮头领人砸窑得发号施令啊，老麻头觉得自己干不来这个，后来小铁子进入绺子，老麻头主动把自己炮头的位置让给小铁子了。在西顺马长脖偷着分绺子的时候，老麻头还跟着走了一天，第二天他就后悔了。老麻头不愧在山里打过二十多年猎，他通过一些蒿草的痕迹追上了郭秀梅的绺子。和支队联络需要一个稳妥的人，小铁子推荐了老麻头。老麻头确实适合跑交通，首先人靠得住。老麻头无儿无女，一个老跑腿子，钱财什么的对他没大的诱惑。老麻头能耐得住寂寞，别人是一天不说话难受，老麻头是两三天也难得说一句话。跑交通有时三四天见不到人，一般人无法承受这种孤独。老麻头枪法准，就是在山里碰到野物，他也足以应付。最重要的一点是老麻头是个山里通，他既有办法在山里过夜，又有办法找准前进的方向。要知道，在山里转，最怕的就是迷路，也就是老百姓所说的"抹搭山"。"抹搭山"可不是闹着玩儿的，有时转了一两天，又回到原来的位置。

老麻头挺喜爱他这个新差事，他说，他就愿意在山里跑。

老麻头已经五十好几了，但论爬山，比他强的真不多。

跑交通，老麻头就不能背他原来使用的三八大盖了，最多可以背个洋炮。当时独立大队全都换上了制式步枪，原来的洋炮全都通过县委运到地方交给各村的反日会了。郭秀梅想起林建东说过他们二大队有一个仓库，里面还有一些备用的武器。小铁子带着老麻头去找，果然找到了一支双筒洋炮。

最初老麻头只是跑二大队、独立大队与支队的联络。后来支队长冷小刚见老麻头确实可靠能干，便把支队与三大队、四大队的联络也交给了他。

老麻头这次来，带来了一封信，信是写给郭秀梅和元洪春的，信中冷小刚说三大队已经按上级的命令到牡丹江一带执行任务，近期内回不来。但三大队有十多个人留在了黑瞎子沟，大部分是伤员，依他们自己的能力无法安全过冬。考虑到日本鬼子会利用冬季进山扫荡，因此支队要求独立大队派一个中队到黑瞎子沟驻守。

元洪春把信为郭秀梅念了一遍，然后用询问的目光看着郭秀梅，你认为应该派哪个中队呢？

郭秀梅没有回话，她还没有想好。

元洪春说，不好决定是不是？那我替你做个决定吧。派小铁子那个三中队吧。舍不得让桂力胜走，是不是？

郭秀梅脸立刻红了起来，你净拿我开玩笑。

元洪春说，这有啥不好意思的？咱们现在是打仗。如果把日本鬼子赶走了，你这个年龄不早就该结婚了？这没啥可害臊的。

郭秀梅说，也不是我害臊，是人家对我没那个心。

元洪春说，你不能这么说。我看出苗副大队长对你也有那个意思。作为桂力胜来说，他哪敢和苗副大队长对着干呐。他有时躲着你有他的道理。你想，得罪了苗副大队长，以后还怎么在独立大队干呐。

郭秀梅忙问，那我应该怎么办？

元洪春说，你呢，不能冷落苗副大队长吧？你们是搭档，不能因为这个事翻脸吧？同样，你对桂力胜也不能太热乎。太热乎苗副大队长一时想不开就可能做出极端的事来。我看你更在意桂力胜，如果真是这样的话，你得慢慢让苗副大队长感到你和他不可能成为两口子。到那个时候，你再名正言顺地和桂力胜谈恋爱。

郭秀梅一脸好奇地问，啥叫谈恋爱？

元洪春笑了，说，谈恋爱就是两个人在一起，说说笑笑，说些没用的话。

郭秀梅脸臊得通红，她把眼睛望向别处。

元洪春说，如果你真的舍不得让他走，那我可以提议大队里设一个参谋，让桂力胜来担任，这个参谋负责制订作战计划。这样，他就可以不去黑瞎子沟了。

郭秀梅说，不行。这样的话，二柱可能就更恨桂力胜了。

元洪春说，咱们现在是独立大队了，但有些话我还是不得不说。你们原来没有加入游击支队时手中都各有势力。我要说把一中队老柳头的那个中队派出去，你心中会怎么想？如果派二中队周三儿的那个中队呢？苗副大队长心里可能也会有想法。你们加入游击大队要求必须独立编制就是怕失去对自己队伍的指挥权。

风卷土硬

本来从一大队老林那里调去一个中队比较合适，但冷支队长肯定考虑上次战斗他们减员严重，所以才决定从咱们独立大队调人。现在一中队将近三十人，二中队二十多人，只有三中队不到二十人。我觉得三中队去最合适，否则我们这边有点啥事战斗力就弱了，你说呢？

郭秀梅想了片刻，说，那就派三中队去吧。

元洪春试探着问，那把桂力胜留下来？

郭秀梅脸一红，扭捏地说，算了。他单独留下来，我也不舒服。

老麻头说，黑瞎子沟离这里差不多有一百多里，不好走。硬走一天也是到不了的。何况每个人都带着枪支子弹、被子和一定量的粮食。老麻头的意思是到秃顶子那里过夜，山腰有个半山洞，多少能挡些风。

到达秃顶子的时候天还没黑，老麻头看了看天，说，不好哇，这天怕是要下雪。

桂力胜也跟着看了看，没看出什么名堂。他看了看那个所谓的半山洞，这是个悬出的巨岩，它的下面向山体里凹进了许多，因此形成了一个看似像山洞口那么一个空间。看得出，这个地方曾有猎手或访山的在这里歇脚或是过夜，地上存留了许多枯黄的蒿草。但这个半山洞还是太小了，如果十个八个的人还挺宽敞，如果十九个人全在这里过夜就可能挤不开。

小铁子安排了几个人出去弄蒿草和干柴。

干柴弄回来了，小铁子用征询的口气问老麻头，麻叔，在这里笼火没事吧？会不会让日本鬼子发现？

老麻头看了看天，说，再等会儿。天黑透了就好了，有林子挡着，火光倒是传不太远，关键是烟，烟一升空十几里外都看得见。

小铁子听老麻头这么说，吩咐三个班的战士多捡些干树枝，最好够一晚上烧的，要不，后半夜肯定会被冻醒。

火堆笼起来了。鲁大明白把他背的铁锅架上，田老疙瘩把他背来的三葫芦水倒进了锅里。田老疙瘩不仅背负了一整箱的轻机枪子弹，还执意要把三个葫芦装满水带上。很多人都嘲笑田老疙瘩多此一举，他们认为，在哪里还找不到山泉？只有老麻头不紧不慢地说了句，能带就让他带着。

接近一天的行程，基本上是步步登高，几乎没有下坡的时候，有人忍不住了，纷纷向田老疙瘩要水喝。田老疙瘩显得挺吝啬，对每人都说，只能喝一口。

鲁大明白一边烧着火一边说，老疙瘩行啊，知道提前备下点水，我怎么就没想到呢？

田老疙瘩说，有一年我和我爹进山采参，走了一天也没喝到水，感觉快要渴死了。就是身上有饼子也吃不下去。那时我就知道，在山里，没有水喝太难受了。

小铁子说，说得对。不过下雪之后就好了，实在不行就吃雪。

老麻头说，躲过这个躲不过另一个，那就是冷。

水开了，鲁大明白小心地和田老疙瘩一起把锅从火堆上移开，把锅里的水分到每个人手中的碗里。

大家喝着白开水，吃着从营地里带来的饼子。

小铁子一边喝着水一边说，一会儿睡觉，那个地方谁也别抢，留给麻叔。

老麻头连忙摆手，说，我这把老骨头抗造，不用管我。

小铁子接着说，你们也要想着照顾一下桂副中队长，他刚从学校出来，和我们这些粗人不一样。

桂力胜笑了，他觉得小铁子现在这个中队长当得像模像样了。

小铁子又说，我把今天晚上放哨的事儿安排一下。麻叔自然不放哨。机枪手"废物"扛那么重的机枪，比我们辛苦得多，他也不放哨。田老疙瘩背的子弹比谁都沉，还费力背了三大葫芦的水，不用放哨。鲁哥以前在绺子里主要是传话，没有战斗经验，也不用放哨。其他的就往下排了。桂副中队长值第一个哨，两个小时。纪宝利放第二个哨，两个小时。迟庆财放第三个哨，两个小时。焦贵哲放第四个哨，两个小时。第五个哨是我，两个小时……人员呢就这样安排了。没值上的同志到了新的营地接着往下排。

小铁子说完，又转身悄悄地对桂力胜说，不好意思，我没和你商量就把你的怀表当成中队的财产了。一会儿你放完哨，得把怀表留给下一个人，要不，没有人能掐得准时间。

桂力胜说，行啊。我身上就枪和怀表值点钱，用完可得还我。

小铁子说，那是那是。咱也不能没收哇。

桂力胜刚刚进入哨位，大雪便铺天盖地地下了起来。站在哨位上，桂力胜感到眼前的一切全都变得模糊起来。

大雪不停地下了一夜，老麻头第二天醒来，发现雪已经深得没了膝盖。老麻头嘴上没说什么，但他知道在这种情况下向黑瞎子沟进发肯定会有诸多危险。在大方位上老麻头不会搞错，但山路上有许多洞穴和断崖，哪一脚踩空都危险。

老麻头没有多说话，他用刀削了根还算结实的水曲柳秆子，当作探路的木棍。

小铁子把焦贵哲找了来，要他在最后面执行一个特殊的任务，用一根桦树枝条扫掉队伍走过的痕迹。

出发时小铁子说，后面的人踩着前面人的脚印，不能出差错。

看着十几个人只留下一个人的脚印，又看到焦贵哲在后面细心地抚平脚印，桂力胜知道，一个绺子在山林里能够生存，要靠他们积攒的很多生存的经验。

抵达黑瞎子沟时已经下午了，在沟口的下面遇到了放哨的朴光浩。

朴光浩发现有人进入沟里就想跑回去报警，他发现进来的这支队伍穿戴不像是日本鬼子，也不像走狗军。那么是绺子还是游击队？他拿不定主意是回去报警还是在这里监视这支队伍的动静。后来朴光浩把背着的三八大盖子弹上了膛，他想，如果是绺子的话他就开枪报警。

当队伍还有三十多米的时候，朴光浩从蒿草丛中跳了出来，大声喊道，你们是哪一部分的？

朴光浩的突然出现吓了老麻头一跳，虽然老麻头知道已经到了黑瞎子沟。

老麻头喊，你们是游击支队第三大队的吗？我们是独立大队的。

朴光浩感到发蒙。

朴光浩在参加游击队的第一天跟着三大队下山打了一仗，然后队伍转移，他作为轻伤员留下来照顾重伤员连带养伤。这几个月来，他只知道自己所在的这个大队是安敦游击支队第三大队，大队长是李柱虎，第一天他就牺牲了。此外他认识的是汤大厨，刚进队的那天傍晚，汤大厨给他端来了饭。剩下的，他认识的就只有胡老三、崔秀吉、尹正叁、申东勋和金顺姬了，也许还要再加上金春姬，她是尹正叁私自带上来的，没任何领导批准，不知道算不算是正式的游击队员。朴光浩想，自己所在的游击大队是第三大队，那肯定还有第一大队和第二大队，可是从哪儿冒出一个独立大队呢？

朴光浩仍然端着枪问，你们说是独立大队。那你们说说，游击支队的支队长叫什么名字？

老麻头说，叫冷小刚啊。

朴光浩听胡老三说过支队长的名字叫冷小刚，他仍然无法证实眼前的这伙人是游击支队的。

走在队伍后部的桂力胜来到了前面，一眼就认出了朴光浩，他挤到前面喊，光浩，是我，我是桂力胜。

看到桂力胜，朴光浩出于警惕地问，朱明龙说你不是在一个叫达达香的绺子里吗？怎么又说是游击支队了？你们真的是游击支队的？

桂力胜说，是。我们是新加入的，番号不是第五大队，而叫独立大队。

朴光浩想着当初桂力胜冒着生命危险把自己从被绑的队伍里救出来，他的话总是可信的。

见到了桂力胜，申东勋自然是非常高兴，他说，前两天我还和顺姬念叨你呢，说不知道你现在怎么样。

桂力胜很惊讶，顺姬也在这里？

申东勋说，在，在，她正给一个伤员洗伤口呢。

在顺姬和春姬的精心照料下，四个重伤员中三个完全能行动自如了，只有一个人的腹部伤口一直在向外流脓血。因为没有药，顺姬和春姬能做的，就是每天用老鸹眼树皮熬水为这位伤员洗几次伤口。

看到眼前的两位女性，桂力胜险些认错人，他以为春姬是顺姬。

待他看清眼前这个挺着大肚子的女人就是顺姬时，他惊呆了。

看到桂力胜那惊愕的眼神，顺姬笑了，说，我和申东勋，就算是结婚了。

为了缓解自己的尴尬，桂力胜问，孩子什么时候生啊？

金顺姬说，快了。也就是最近这十来天吧？

春姬看到桂力胜，她很高兴，说，你们来得真巧，我姐夫早晨套住了两只野兔，还没做呢，你们赶上了。

桂力胜说，是啊。来得早不如来得巧啊。

桂力胜想起了朱明龙，问，明龙呢？他没和你们一起来山上吗？

听到桂力胜问朱明龙，申东勋的眼睛又潮湿了，他把头转了过去。

顺姬说，他来了，和我们一起上的山。第一天随大队打了一仗，受了重伤，挺了五六天就死了。

桂力胜想起在达达香的绺子里朱明龙来和自己告别时的情景，当时明龙的眼神里显露着一起下山的期盼。可这样一个鲜活的人却再也见不到了。

小铁子指挥中队的战士开始收拾山洞。山洞很大，以前曾住过三大队的百十号人，现在全部人员加到一起还不到四十人，住起来绰绰有余。

三大队留守这个山洞的一共有十一人。石喜贵、唐保友、苏宝泰、冯春来，这四个人原来都是重伤员，冯春来腹部的伤仍然没好，他原来是三大队二中队的三班长。

风寒土硬

根据冷小刚支队长写给独立大队的信，元洪春告诉小铁子和桂力胜把留守的战士全部编入独立大队的三中队里。本来小铁子想把九名男战士按每队三个随意编入三个班，桂力胜对小铁子说，我的想法是这样，石喜贵、唐保友和尹正叁编到一班，苏宝泰、冯春来和崔秀吉编入二班，朴光浩、申东勋和胡老三编入三班。

小铁子说，这有什么区别吗？

桂力胜说，朝鲜人每个班都安排一个，对以后工作有好处。出外执行任务，有时难免会路过朝鲜人聚居的地方，没有一个懂朝鲜语的人怎么行？

小铁子笑了，说，还是文化人想得周到。就按你说的办。

顺姬和春姬对没把她们编到班里有意见。小铁子说，你们两个情况特殊，就算是中队队部的人。

山洞的内部虽然很大、很空旷，但因为外部的洞口过大，里面的温度仍然很低。桂力胜不知道三大队是不是在这里住过整个冬季，但从现在的情况来看，这种温度肯定不适合过冬。

桂力胜找来了胡老三、朴光浩和申东勋。胡老三干过木匠，朴光浩干过瓦匠，申东勋干过石匠。

桂力胜问，怎么能让洞里暖一些呢？

胡老三细细地打量了一下洞口，说，那只能是在这里加个墙，然后做个门。

朴光浩皱着眉说，现在砌墙怎么砌？没法弄。

胡老三说，用泥确实没法弄。可以先弄些木头杆子弄个木头墙，然后烧些开水和些泥，弄些蒿草挂些泥塞到缝隙中，这样连冻带干那缝隙就堵死了。用一冬天是没问题的。只是那些泥是冻上去的，明年开春就得掉下来。不过可以保证现在暖和。

桂力胜觉得胡老三的主意不错，便领人到远处去砍些直溜的、碗口粗细的各种木杆。

小铁子查看了所有人带来的粮食和申东勋他们原有的粮食，认为这些粮食最多坚持一个月。现在刚刚十一月底，漫长的冬季怎么坚持下去呢？

小铁子安排了两个人到附近的林子里下套子。申东勋没什么打猎经验，他在前几天成功地套住了两只野兔，说明这里的野兔比较多，能套住狍子也未可知。

桂力胜注意到在对面的山坡上是一片红松林，高大、茂密，树下会不会有掉落的松塔？营地的北部是大片的柞树林，树下不会有橡子吗？

桂力胜把自己的想法跟小铁子说了。小铁子笑了，雪这么大，想找橡子和松塔哪那么容易啊？等我们快要断粮时再去找也不迟。

桂力胜说，等到真断粮了就来不及了。

小铁子说，也好，你可以先带几个人过去试试。

小铁子说完，便安排人到更远的深山里打柴。虽说守着林子，但往往烧的都是一些湿的树干。湿材明显不易点燃，而且烟大。考虑到至少要在这里度过一个冬季，小铁子便安排人到远处的深山里去砍那些枯死的树，也就是所说的"站干"。

冬季用火是个大问题。如果不烧火取暖，人就冻得半死。遇到无风的天气，冒出去的黑烟几十里外都看得见。这时候，就得专门派几个人站在烟道附近，用扫帚或是蒿草什么其他的把烟驱散。

一天中午，老麻头带着郭秀梅、柳中队长和五个战士来了。

小铁子向郭大队长介绍新加入独立大队的队员申东勋、朴光浩、金顺姬、金春姬、石喜贵、唐保友、苏宝泰、冯春来、胡老三这些人。

郭秀梅的到来，让桂力胜很是兴奋。在离开郭秀梅的这些日子里，在晚上临睡的时候他也要想一想郭秀梅，想一想郭秀梅看着自己的那种热辣辣的眼神。

在郭秀梅和所有的战士握完手后，桂力胜也走上前去和郭秀梅握手，他感到郭秀梅的手有些颤抖，并且不愿意松开。

郭秀梅他们在来之前制作了四副长杆的爬犁，拉来了粮食和布匹，最让桂力胜惊奇的是爬犁上面还有一台缝纫机。

郭秀梅说前些日子独立大队和二大队配合一大队打了一场大仗，缴获了一批布，还有一台手摇缝纫机。想着这里有两位女游击队员金顺姬和金春姬，冷小刚就想着能不能让她俩把这批布加工成衣服，发给游击队中衣衫单薄的战士穿。冷小刚让郭秀梅先运过来一些布试试，如果可以的话，可以成立个游击支队服装厂。

看到布匹和缝纫机，金顺姬和金春姬都很兴奋。两个人虽说和母亲学了一些缝制衣服的手艺，却不会用缝纫机。

桂力胜在军校的时候热衷于拆解枪械，对机械的东西还比较了解，他把那台缝纫机放置到桌上，根据上面的各种机关大致弄懂了如何穿针引线。拿了块布试一下，果然就可以缝纫了。

看着缝纫机上刻了些洋字码，朴光浩问，桂副中队长，你上过洋学校，你看这上面写的是啥？

桂力胜仔细看了看那台缝纫机，果然上面钉着一个金属铭牌，上面有个显眼的英文：singer。

英文桂力胜学了一年多点，后来因为考入了军校，便没有再学下去。不过这个单词桂力胜倒是认识，于是他说，这个牌子上的意思是鸣禽。

朴光浩问，什么是鸣禽？

桂力胜说，鸣禽就是会叫的鸟。

大家笑了。

申东勋摸着缝纫机说，嗯，会叫的鸟，有点意思。

看着挺着大肚子的金顺姬，郭秀梅直皱眉头。这种情况不仅她没有想到，就连冷小刚也没有想到。谁能知道，金顺姬是在怀孕的情况下上山参加游击队的呢？可现在缝纫机运来了，布匹运来了一部分，只好让她们试一试了。

郭秀梅把小铁子和桂力胜叫到一个角落，说，怎么样？独立担当一面有没有什么不方便的呀？

小铁子说，太不容易了。以前什么事都是大队长做主，现在，我是什么事都得管呐。真是不当家不知柴米贵。

郭秀梅笑笑，问桂力胜，你呢？感觉怎么样？

桂力胜说，我还行。中队里的事主要是铁中队长操心，我不过是帮着敲敲边鼓。

小铁子说，桂副中队长不错，心细，我没考虑到的，他都替我考虑周全了。

郭秀梅说，看到你们两个人合作得不错我就高兴。你们有没有什么困难？

小铁子想了想说，困难是有这么几个。一个是粮食不够；另一个是那个伤员的伤老是不好，也找不到药；再一个就是金顺姬快要生了，到时怎么弄啊？

看到金顺姬的时候，郭秀梅就想到了生孩子的问题。今年山里的雪大，一般的地方都到了大腿根儿深，窝风的地段甚至没了腰。在这么深的大雪里，让金顺姬下山去生孩子是不可能的。如果半路出些什么意外，就更加麻烦。

郭秀梅考虑了半天，想不出好的办法，只好说，支队呢对你们这里的情况也不太了解，你们看这样好不好。先说粮食……

小铁子把话接了过去，他说，粮食吧不算是大问题，大队解决不了我们也能克服……

郭秀梅说，你先听我把话说完。我们也知道你这里粮食不够，这次没多带。为什么呢？关键是我们从地委得到消息，说最近日本鬼子要来山里扫荡，据说调集了很多的兵力。如果日本鬼子进山，你们就得全部转移。那时候，你们携带过多的粮食就是个负担。

小铁子说，去年小日本不也是说要进山剿灭我们绺子，也没见到他们进山呐？

郭秀梅说，铁中队长，这个事不能大意。今年小日本在好多地方吃了亏，他们肯定要来报复。我想，你现在就要做好随时转移的准备，不要等日本鬼子到了再弄得手忙脚乱。

郭秀梅说完，她严肃地看着小铁子。小铁子认真地点头。

郭秀梅说，铁中队长，这可真不是闹着玩的。真得提前准备。你说的那位伤员的伤我刚才也看过了。咱也不是大夫，不知道怎么帮他呀。我把这个情况跟支队汇报一下，看支队那边有没有什么办法解决。关于金顺姬生孩子的事，我也跟支队汇报一下，听说支队那边有几个岁数大些的女队员，看看能不能派个懂接生的女队员来帮助接生孩子。

听郭秀梅这么说，小铁子显得很高兴，对对，派个接生婆来倒是最可心的。要不，真的要生了，我们这些人不都得抓瞎？

郭秀梅说，这样吧，桂副中队长，我记得你不是有管钢笔吗？你就把这些以我的名义写封信给冷支队长，请他帮忙。我们回到营地，立刻让麻叔把信送到支队去。

小铁子问，大队长一会儿就走？

郭秀梅说，不能在你们这里多待呀，那边还有一大摊子事呢。一会儿走也得天黑透才能到秃顶子那个山洞里歇息。

小铁子说，那你和桂副中队长写信，我让他们早些做饭，你们吃了饭再走。

自从上次缴获了这支钢笔以后，桂力胜就想办法为这支钢笔配备了墨水和一些纸张。桂力胜想，如果有人和自己来接头，那么自己可以把看到的和了解到的一切全部写下来。

让桂力胜失望的是，一直没有任何人和他联系，这支钢笔也就几乎没有用过。

山洞里没有真正的桌子，胡老三用斧子把五六根小盆粗细的圆木砍削成木板，在角落里支起了像桌子的东西。桌子上凹凸不平，再加上桂力胜好久没有写字了，手生，有好多字他甚至得想一想才能写出来。信写好后，桂力胜给郭秀梅念了一遍。郭秀梅点头认可，把信接过去揣进兜里。

郭秀梅问，我来了这么半天，你怎么不问我点什么呀？

郭秀梅笑意盈盈地看着桂力胜，脸上充满了喜悦。

桂力胜看了郭秀梅一眼，说，我没问吗？苗副大队长最近好吗？

郭秀梅佯装嗔怒地瞪了他一眼，说，你就不会问点别的？

桂力胜笑笑说，你还别说，离开苗副大队长这么些日子，我还真有点想他了。

郭秀梅问，那你想过我吗？

桂力胜的心底划过一股暖流，他不由自主地轻轻点点头。

郭秀梅很高兴，刚想要说什么，小铁子把刚煮好的苞米面糊糊端了上来，说，我们开饭吧。

郭秀梅说，好，快把顺姬和春姬叫过来，我们一块儿吃。

小铁子刚离开桌子，郭秀梅用她的拳头用力地捶了桂力胜一下。

郭秀梅走后，小铁子开始忙了起来。

他要求一旦发出撤退的命令每个人都能马上把自己的全部家当拿走。中队里每个人的情况不同，有的人分到了被子，有的人不过是分到了一件棉大衣，有的人甚至有皮褥子。但不管你有什么物件，铁中队长要求大家在起床后全部用绳子捆绑好，做好随时撤退的准备。

小铁子预留了三天的苞米面，交给了三个班长。要他们每天要打到行李里。剩下的粮食，小铁子领着桂力胜，把它们分散藏到了后山的几块岩石下面。

做足了各种准备工作之后，小铁子就开始念叨，接生婆怎么还不来？

桂力胜和他开玩笑，说，人家东勋这个当爹的都不着急，你着的是哪门子急呢？

小铁子叹口气说，我不是怕嘛。你说到时候如果接生婆不到，春姬也没结过婚，没经验。你让这些大老爷们咋整？

桂力胜说，你放心吧。信是我替大队长写的，第一件事儿说的就是金顺姬生孩子的事，估计这两天就能过来。

小铁子像是没有听到桂力胜的话，说，接生孩子根本不是老爷们干的活啊。

金顺姬似乎对自己要生孩子的事儿浑不在意，她每天围着胡老三制作的几张桌子转来转去，桌子上面摆的全是布，桌子全被她占用了。顺姬主要负责裁剪，用缝纫机制作的事儿由春姬负责。

经过两天的努力，两个人试制出四套服装。

金顺姬很兴奋，她把小铁子叫过来，要他试穿一下。

小铁子乐呵呵地跑过来，先是抓起一件上衣套了上去，又找到一条裤子。他把自己打扮好后，在山洞里走了一圈，自言自语地说，看看，像不像新郎官？

胡老三说，像像，太像了，就差一朵大红花了。

小铁子把衣服脱下来，小心地叠好，又放回了那里。小铁子发现了一个问题，他问金顺姬，怎么这衣服还不一样啊？

金顺姬笑笑，是啊，可着布裁的。有布呢就安一个兜，没布呢就没安。有的衣服有个兜，有的没有。

小铁子皱了皱眉，这样不好吧？咱们要把这衣服发给下面的战士穿，有的有兜，有的没兜，这怎么算呢？

金顺姬说，如果硬给安兜，同样的布就要少做一件上衣。是兜重要，还是衣服重要？

小铁子想了想，当然是衣服重要。他说，那就按照你的想法来吧。

小铁子想起了三班长焦贵哲，他的那套棉衣一直比别人的单薄。如果这衣服分给他一套，套在棉衣外面，肯定会暖和不少。可这衣服是大队拿过来的布匹，制成衣服肯定要交还大队。

小铁子向门口处走去，桂力胜正坐在那里写着什么。

送郭秀梅回营地，桂力胜特意绕道去了很远的桦树林，剥了几张树皮。桂力胜舍不得用手中的纸张，但他发现，好久不写字的缘故，写起字来像不会写一样。

木门所留的缝隙很小，漏进来的光线有限，桂力胜只好把两只木墩搬到门口的地方。

看到小铁子走过来，桂力胜知道他找自己有事，便把桦树皮收起来，示意小铁子坐到那里。

怎么？不当新郎官了？

小铁子尴尬地笑笑，我倒是想啊，哪有姑娘愿意嫁给我呀？

桂力胜说，别急，等把小日本打跑了，我帮你找一个。

真的？

桂力胜点点头说，真的，我说话算话。

小铁子说，那行，如果真是那样的话，我请你喝三天大酒。

桂力胜忙说，用不了三天，一天就行。

行。咱们从早晨喝到晚上。

桂力胜点头，就这么说定了。那你想要个什么样的女人呢？

小铁子掏出旱烟，卷上了一颗，他说，我心目中的女人呢，是个知冷知热的女人。知道为我生孩子，知道为我做饭，下雨天知道往家抱柴火……

桂力胜笑了，下雨天知道往家抱柴火，那就是不傻呗？

小铁子认真地点了点头，是啊，有个不傻的女人愿意嫁给我就知足了。

桂力胜说，铁中队长，你的这条我记住了，到时肯定为你找个下雨天知道往家抱柴火的女人。

小铁子长长地吸了口旱烟说，刚才，顺姬她们做好了四套衣服。

桂力胜说，我看到了。

我寻思先把这衣服分给队里的战士穿。

桂力胜犹豫了一下，这，不好吧？大队拿来的布，咱们哪能说分就分。

小铁子说，我也这么想。可是，队里好多人身上的棉衣很薄，他们出外站岗就很遭罪。

停顿了一下小铁子又说，如果日本鬼子要进山扫荡，背衣服也是个累赘。

桂力胜认真地思考了一下这个问题，说，你看这样好不好？选一套大些的衣服放在门口这里，谁去站岗谁就把这衣服套上，这样暖和一些。剩下的发给焦贵哲一套，胡老三一套，金春姬一套，我看他们的衣服都很薄。但要事先跟他们说好，衣服是暂时为了保暖发给他们的，一旦大队那边有需要，还是要还给大队的。

小铁子拍了一下大腿，说，书生啊，真有你的。你这招太好，说是暂时发给他们。这又不犯纪律，还能解决暖和的问题，我怎么就没想到呢？我告诉顺姬和春姬，让她们快些做，我看那些布还能做十多套。

桂力胜拉了一下起身要走的小铁子，我说铁中队长，你可真是个急性子。你看她们姐俩是偷懒的人吗？你不告诉她们快做，她们就待在那里不干活吗？这个你就不要操心了。我跟你说个事啊，这个事可能有点违反纪律，但是不违反又不行。

小铁子吃惊地瞪大了眼睛，啥事啊？还违反纪律？

桂力胜沉思地说道，你想过没有，如果顺姬生下了孩子的时候，那个孩子用什么来包裹呢？得有条小棉被吧？如果没有，那孩子怎么办呢？

小铁子说，这得问顺姬呀？

桂力胜说，问什么问呀，这山上就这么个条件，上哪儿弄被子去？我就想啊，正好有这些布匹，可以为孩子做个小被。离大队这么远，也来不及请示，我们只好先违反纪律，先把被子做了再说。大队以后要批评，就让他们批评咱们两个。

小铁子没有犹豫，他说，行。可是光有布，没有棉花呀？

桂力胜说，每个人从自己的被子里薅出来点就够了。

小铁子要走，桂力胜悄声在他耳边说道，你得把这件事儿当作命令让她们完成。也就是先放下别的活计，先做完这条小棉被。如果方便的话，最好再做两套小衣服。

小铁子点了点头。

当桂力胜把一团团的棉花交给金顺姬的时候，她的眼泪不由自主地流了下来，她说，这棉花太多了，做一条小被根本用不了。

桂力胜说，都絮上吧，取都取出来了，也不好再塞回去。

早饭的时候，小铁子和桂力胜正说着打猎的事，站岗的迟庆财慌慌张张地跑进山洞来，说，日本鬼子到山下了。

小铁子问，你确定是小日本？不是走狗军？

迟庆财说，后面有没有走狗军不清楚，但前面的全是小日本，穿着土黄色的军装。

小铁子问，发现咱们没有？

迟庆财说，还没有。但他们停在那里，好像要向山坡两面搜山。

听到日本鬼子进山的消息，山洞里没有吃完的人慌忙地把碗里没吃完的东西扒进嘴里，急忙奔向自己的铺位，将早晨起床后打好的铺盖背到身上。

小铁子喊，全体集合。

小铁子要把全中队的人带到东面的老虎碴子，那里地势险要，距这里八里多路，有两间由以往猎人搭建的小窝棚。几天前，小铁子领着桂力胜和焦贵哲到那一带转过，他们把那里作为撤退后的第一个落脚点。

小铁子领着大家向东撤走了，纪宝利在后面负责清扫雪中的脚印。

按照小铁子和桂力胜的计划，桂力胜领着尹正叁和胡老三向西进发，后面的人踩着前面人的脚印，只留下一行脚印。

登上一处山坡，桂力胜向黑瞎子沟望去，只见那里升腾起好大的一个烟柱。桂力胜知道，日本鬼子肯定是把洞内能烧的东西全都烧毁了。胡老三气愤地骂道，这帮王八羔子，以后千万别落在我的手里。

一开始撤离黑瞎子沟，桂力胜就预料到这种结果了。听焦贵哲讲过日本鬼子以前的扫荡，只要发现抗日的力量，他们总要把这里烧干净。虽然有心理准备，但真正地看到自己赖以为生的山洞起火的时候，桂力胜的心里还是一阵阵地刺痛。

三个人走得大汗淋漓，桂力胜示意尹正叁和胡老三坐下来歇一歇。三个人选择一处砬子停了下来。砬子上面长了几棵小油松，能够遮挡他们三个人的身影，这里地处高地，能够看清楚黑瞎子沟那边的动静。

桂力胜心想，我们三个人向这边走就是为了将敌人吸引到这面来，如果起不到这个作用，我们跑得再起劲又有什么用呢？

桂力胜并没有看到日本鬼子土黄色军装的踪影。

正当桂力胜感到后悔的时候，只听尹正叁说，来了，他们来了。

桂力胜一看，果然，一队土黄色的军装在树林里隐隐约约地穿行。

桂力胜说，行，敌人果然跟上来了。那我们三个就沿着这个方向再向前走上三十里。我们走得越远，中队的同志们就越安全。

胡老三说，这没问题，你们两个一定要跟紧我，如果跟不上了就吭声。

尹正叁说，我是没事儿。关键是桂副中队长能不能跟上。

桂力胜说，你俩尽管使足劲儿，我管保落不下。

跑出了三十多里路后，桂力胜带着胡老三和尹正叁登上了一座高峰，他要确认日本鬼子是不是一直在后面跟着。当三个人看到敌人一直在向这个方向开进时，他们的内心还是相当激动的，这就说明，中队的人员没有受到追击。

桂力胜说，我们吸引敌人的任务完成了，接下来我们要摆脱敌人的追踪。

胡老三掏出带在身上的短锯，他锯了三棵小桦树苗子，递给了桂力胜和尹正叁各一根，作为拂平雪地脚印的工具。

三个人开始向三个方向进发，他们约定，在前面的老秃顶子脚下集合。虽然老秃顶子已经能看得很清楚，但望山跑死马，他们能在两个小时赶到那里就算脚力快的。

要扫掉自己的脚印，桂力胜感到自己走得很慢。他侧着身子一边向前走一边拂平自己在雪地上留下的脚印。

起风了，风很硬，时时把雪地上的雪粒扫起来在空中盘旋。风裹挟着雪粒扑面而来，打得桂力胜睁不开眼睛。桂力胜踉踉跄跄地走到老秃顶子山脚下，却见胡老三和尹正叁已经等在了那里。

胡老三高兴地说，老天爷真是帮我们的忙啊。

桂力胜问，这话怎么讲？

胡老三说，其实我们用这桦树梢子扫脚印能起些作用，但对一些老猎人作用不大。老猎人用手一试，他通过雪的软硬程度就能知道有没有人走过。现在起风了，这风能带起雪，很快就能抹平我们的脚印。我们快点走，趁风住下前离开这里。

胡老三在前面开道，尹正叁在后面拂扫脚印行踪，他们决定绕道返回老虎砬子。

天色擦黑的时候，风停了。

山野里一片寂静。

桂力胜把手里的桦树梢子交给尹正叁。返程的路上，两个人一直换班掩盖足迹。胡老三对这一带熟悉，一直在前面带路。桂力胜向前看了看，觉得诡异，他问胡老三，我们走得对吗？我怎么感觉方向有些不对劲儿呀？

胡老三听桂力胜这么问，他认真地辨别了一下方向，说，错不了。我们翻过这座山再向下就是老虎碴子了。

跑了一天，三个人已经累得筋疲力尽了。除了早晨吃的那一顿饭，他们一直没有吃东西。渴了，就吃一把雪。

尹正叁趁着胡老三观望方向的时机，一下子靠在了旁边的树上，他喃喃地说，歇歇，歇歇再走。

三个人站在那里不动，他们怕坐下来使自己的脚印变得杂乱。

桂力胜感到空气变得和白天不同，温度下降了不少。

白天的时候，虽然也冷，但却没有那种刀割皮肤的感觉。现在的空气中似乎藏着刀，对那些裸露着的皮肤进行切割。

桂力胜说，温度下降了，我们得走。要不越待越冷。

桂力胜说话的时候，他感到嘴唇冻得不听使唤。

尹正叁说，是冷了不少，嘴都冻瓢了。

三个人赶到老虎碴子的时候已经快半夜了。当时正好轮到石喜贵放哨，一听到有动静，他马上紧张地拉了一下枪栓，喊，是谁？

本来走时桂力胜与小铁子约定好，今晚他们回来时口令是哨兵先问，口令？桂力胜他们答，抗日。哨兵回答，必胜。

不知道是哨兵交接时没有交代明白，还是石喜贵一紧张把这事给忘了。听不到对方回答，他又问了句，是谁？因为桂副中队长领人外出今晚要回来他是知道的。

桂力胜见对方不问口令，心中也疑惑，是不是日本鬼子在这里留有走狗军？见对方第二次发问，只好回答了一句，抗日。

石喜贵很高兴，他喊，是桂副中队长吗？

桂力胜只好哭笑不得地说，我是。

石喜贵高兴地迎上前去。

桂力胜问，你怎么不回答口令啊？

石喜贵忙说，我忘了，忘了。

石喜贵冻得直哆嗦，他的两只脚在不停地左右倒腾，想要以这种方式减轻寒冷对自己的侵袭。

石喜贵的嘴已经不太好使，他口齿不清地说，快上去吧，铁中队长好像还在等你们呢。

三个人又向上爬了一会儿，桂力胜才隐隐地看到了一点火光。

猎人搭建的两个小窝棚隐在一片樟子松林内。樟子松是一种常绿乔木。在东北的大森林里，冬天只有松树和柞树仍然顽强地挂着叶子。只不过松树的针叶仍是绿的，而柞树叶则是一片褐黄。常年在林子里生活的胡子一般愿意将绺子的营地选在松树林或是柞树林里，因为这样可以让营地在冬季里也有个遮挡，万一发生什么突发事件也有利于隐藏。

围着两个小窝棚点燃了四堆篝火，篝火的外面堆起了高高的雪墙，难怪桂力胜在远处看不到火光。

小铁子果然没有睡，他不停地叫醒一些人，要他们起来活动一下再睡，防止睡得过死把自己冻坏。

听到有人靠近，小铁子警觉地把手伸向了腰间的匣子枪。

桂力胜忙低声喊，铁中队长，是我，桂力胜。

小铁子一听是桂力胜回来了，忙喊，快进雪围子烤烤火。

雪墙在一个地方修得矮些，胡老三和尹正叁一下子就蹦进去了。

火堆的内圈已经有不少坐在那里睡觉的战士。为了不打扰这些人休息，桂力胜忙找了一抱树枝丫铺在那里，示意胡老三和尹正叁坐在那里休息。

尹正叁一屁股坐上去，说，哎呀，真是累死了。我要好好睡一觉。

胡老三二话不说，他把身上的皮袄紧了紧，然后把头伏到了膝盖上。

桂力胜正要向小铁子汇报这一路的情况，窝棚里突然蹿出一个身影，把桂力胜吓了一跳。仔细一看，原来是金春姬。

金春姬结结巴巴地说，不……不好了，我姐……我姐她要生了。

小铁子和桂力胜愣在那里，两个人全都蒙了。怎么早不生晚不生，偏要选这么个时候生？

桂力胜先反应过来，他问金春姬，需要我们做什么？

金春姬用要哭的声音说，我也不知道哇。

小铁子忙把坐在火堆旁的申东勋叫醒。申东勋一脸懵懂地醒来，问，日本鬼子来了？

小铁子说，你老婆要生孩子了。

申东勋站起来就要往窝棚里面跑，但跑了几步他又停了下来，觉得自己进去不合适。

桂力胜说，你进去吧。你是他丈夫，没什么不好意思的。

小铁子也向申东勋摆了摆手，示意他进去。申东勋这才犹犹豫豫地进去了。

桂力胜想了想，他觉得现在金顺姬生孩子，肯定需要光亮。桂力胜在火堆中选了三个燃烧得很好的木棍，做成了一支火把。桂力胜拿着火把来到窝棚的旁边，他发现窝棚实在是矮小，火把无法进入里面，如果硬进的话，很可能会把窝棚点着了。从撩开的窝棚门中，桂力胜看到金顺姬躺在那里，脑袋不停地转来转去，他只好把火把插在窝棚门上。

站在窝棚外面，桂力胜和小铁子互相看了看，两个从没有结过婚的男人显得束手无策。

桂力胜想起了小时候邻居家生孩子有个剪脐带的事，记得母亲说，如果不剪脐带大人和孩子都得死，因此从小桂力胜就记住了生孩子一定要剪脐带。

想到了这一点，桂力胜便对窝棚里说，孩子生出来后一定要剪脐带知道不？

申东勋问，什么是脐带？

桂力胜说，就是，就是和母亲连着的一根肉带，长在孩子的肚脐眼上。你剪的时候，肚脐眼儿这边得留一截儿。

申东勋听得似懂非懂的，他说用什么剪？剪刀吗？

桂力胜说，就用剪刀。不是有把剪刀裁衣服吗？

金顺姬在那里断断续续地说，那剪刀……和缝纫机一起……埋在……黑瞎子沟了……

虽然有时能听到金顺姬偶尔发出的隐忍的哼哼声，但桂力胜却没听到她的叫喊。桂力胜为金顺姬的忍耐力表示敬佩。记得邻居媳妇生孩子，号叫声像杀猪一样，惊动了前后左右的邻居。

桂力胜想了想，他把自己别在后腰上的杀猪刀抽了出来，从窝棚门递了进去，说，东勋，用这个也一样。

申东勋接了过去，实际上，他进到窝棚里几乎帮不上什么忙。他只是握着金顺姬的手，让她的手有个抓的东西。

桂力胜还想起生孩子得烧开水，至于烧开水用在什么地方他并不清楚。他把锅装上了雪，吊在篝火之上。

正在这时，放哨的石喜贵慌慌张张地跑了上来，他上气不接下气地说，中队长，下面有敌人。

小铁子忙问，是日本鬼子？

石喜贵说，不清楚。

桂力胜和小铁子交换了一下眼神，他们对这个情况感到吃惊。现在是什么时候了？怎么还会有敌人过来？难道是敌人追踪到他们的脚印了吗？

桂力胜问，他们在哪里？发现咱们了吗？

石喜贵说，在沟底。没有发现咱们，像是要到什么地方去。

小铁子马上想要集合队伍。桂力胜示意他不要急，他说，我领几个人过去看看，如果他们没发现咱们，咱们就没必要转移。你留在这里，把所有的篝火灭掉，防止他们发现。

桂力胜说完，他叫醒三班长焦贵哲，带着朴光浩和唐保友向坡下走去。

小铁子马上领人把篝火全部灭掉。

小铁子对窝棚内的申东勋说，东勋，山下有敌人，你们在窝棚里尽量不要出声。

申东勋感到很意外，敌人竟然在自己老婆生孩子的时候出来行动。随即他又想，敌人毕竟是敌人，它可不管你是什么时候。

申东勋看了一眼脸部痛苦且有些变形的顺姬，他轻轻地说，我们知道了。

小铁子挨个儿开始扒拉每个正在熟睡的队员，告诉他们醒一醒，敌人就在山下，我们要保持警惕，随时准备向其他地方转移。

一些胆小的队员听到敌人已经在山脚下，紧张地站立了起来，抱着枪两腿交替地活动着，不停地向山下张望。胆大的队员听说敌人还在山下，仍然伏身接着睡。四处是雪，他们只能坐在那里把头伏在膝盖上。

桂力胜带着几个人来到山下，他看到一队穿着土黄色军装的队伍，队伍中有人举着火把，似乎正在赶往某个地方。队伍中倒是有人说话，因为离得远，桂力胜他们无法听清是汉语还是日语。从那些土黄色军装来看，他们不是日本鬼子就是城里的自卫队。因为新建的自卫队全部是日本人提供的军装。

这支队伍已经走远，桂力胜觉得既然已经走远就没有必要再和他们纠缠，他让朴光浩和唐保友留下来作为增加的岗哨，让他们一发现什么马上回来报告。

刚刚回到山上的雪围子里，桂力胜就听到窝棚里传来了一阵婴儿的哭声。生了？顺姬生了！桂力胜很高兴，他急忙跳进围子里。

小铁子吓了一跳，他说，东勋，能不能不让孩子哭？

桂力胜忙说，没事了，敌人走了。

小铁子听说敌人走了，急忙重新挑拣柴火点燃篝火。

桂力胜制作了一支火把，插到窝棚的门上，问，东勋，是男孩，还是女孩？

只听到里面金春姬和申东勋说了两句朝鲜语。金顺姬也在用朝鲜语和他们说着什么。

过了一会儿，申东勋叹了口气说，是个丫头。

这一段时间来，申东勋在队里一直和其他队员不停地学习汉语，他的汉语说得越来越地道。

桂力胜笑了，丫头好，丫头长大用不着父母操心。

申东勋说，我还想着让他长大打日本鬼子呢。

桂力胜说，谁说丫头不能打啦？顺姬和春姬不是女游击队员嘛？

费了不小的劲儿，小铁子终于把四堆篝火点了起来。刚才在扑灭篝火的时候，因为着急，只好在篝火上面添加了大量的雪，雪融化后，把柴火打湿，再点燃起来就相当费劲儿。

看到有个人仍然伏在膝盖上熟睡，小铁子便用脚扒拉他一下，醒醒，起来活动活动再睡。

这个人不但没起来，反而倒向了一边。这可把小铁子吓坏了，他忙扑过去，把人扶起来，他发现是尹正叁，身体已经僵硬了。

小铁子喊了一声，快来人啊！

桂力胜和焦贵哲马上冲过去。桂力胜摸了摸尹正叁的脉搏，发现脉搏已经没有了。

焦贵哲忙把尹正叁搬到篝火的旁边，把尹正叁的衣服解开，向他的胸口搓雪。可是搓了一阵仍然没有什么作用。最后，焦贵哲已经忙乎得浑身冒汗了，可尹正叁仍然没有任何心跳。

看着尹正叁的尸体，小铁子的心里非常内疚。

作为常年在山里活动的山里通，小铁子是知道这么寒冷的天气会冻死人的，小铁子会定时把队员招醒，让他们活动一下再睡。很多人是听话的，但也有的活动了一下便又睡去了，有的只是动了一下便接着睡。因后面还有人需要小铁子唤醒，小铁子并没有在意被他唤醒的人是不是真正地起来活动了。还有一种可能，是不是自己在招呼他们的时候把尹正叁落下了？

小铁子心里难过，他要中队的人全部站起来，以确保没有人再发生这样的事件。好多人站起来的时候发现脚都冻得不好使了，在那里活动半天才总算让脚上的血液流通正常。

小铁子总觉得好像还有什么事，他转到窝棚前问，东勋，顺姬还好吧？

不等申东勋回答，顺姬说，铁中队长，我现在挺好的。

小铁子又问，春姬呢？

春姬说，我也挺好的。

小铁子说，那你出来给你姐弄点吃的吧。折腾了这么长时间，她肯定饿了。二班长纪宝利有个饭盒，你为他熬点糊糊粥。

申东勋说，这个事让我去干吧。

小铁子来到第二个窝棚，他听到里面有轻微的鼾声，这让小铁子顿时感到心宽。刚才他猛然想起，这一宿竟然忘了叫睡在窝棚里的苏宝泰和冯春来。

昨天晚上住宿的时候，除了定下一个窝棚要给金顺姬和金春姬住外，剩下的这个窝棚让谁住呢？这个窝棚看上去不起眼儿，但因为是用木杆立起的人字架，不仅能挡风挡雪，还因为里面铺了一排木杆，人可以躺在里面休息。只不过窝棚过小，只能睡两个人。最后，小铁子决定另一个窝棚让苏宝泰和冯春来住。苏宝泰年岁比较大，已经快五十了。冯春来呢，虽然才二十多岁，但他腹部的伤一直没好。让他们两个人住进窝棚正合适。

小铁子拉开窝棚门，他开始扒拉两个人。苏宝泰停止鼾声后，起来了，小铁子叫他到外面活动活动。

可冯春来任凭小铁子怎么扒拉也没有反应。小铁子一阵心急，他在摇动冯春来的同时不停地说，冯春来起来一下。

苏宝泰看这样冯春来也不说一句话，他气不过，本来已经离开窝棚向篝火那边走了，又返回来踢了冯春来的腿一下，说，快点起来，别让中队长着急。

苏宝泰踢完，自己也愣了一下，冯春来没有一点反应。他忙伏下身去，发现冯春来的身子已经僵硬了。

苏宝泰忙把冯春来的身体从窝棚里搬出来，他也像焦贵哲那样为冯春来用雪揉搓胸口，可无论怎么折腾，冯春来就是没有一点反应。

焦贵哲也上去用雪来揉搓冯春来的其他部位，忙了很长一段时间，仍然听不到冯春来的心跳。

最后，焦贵哲停止了用雪揉搓，为冯春来把敞开的棉袄衣扣系上。

天已经开始蒙蒙亮了。

大家的心情很沉重，他们在一个低凹的岩石处把尹正叁和冯春来的尸体用石块盖好，然后用雪埋上。

大家默默立在两个人的坟前，表情哀痛，很多人在无声地哭泣。

下一步该怎么办？这是摆在小铁子和桂力胜面前的问题。

看敌人出动这么多兵力的架势，独立大队那边肯定也在日本鬼子的扫荡之列，否则绝不会出现敌人在后半夜还有部队向某个地方移动，这无疑是去增援。

既然无法依靠独立大队，自己的困难只能由自己解决。

继续在山林里游动显然不是办法，尹正叁和冯春来的牺牲就是最好的教训。怎么办呢？

小铁子和桂力胜把三个班长找来，一起商量接下来怎么办。

桂力胜建议再寻找一个地方重新建立营地。这确实是个好办法，但建营地需要时间。记得郭秀梅带领大家刚加入游击队的时候，那时还是夏天，向下挖坑比较容易，而且二大队的全体队员都来帮忙，那还用了好几天的时间才弄完。现在这样寒冷的冬天，人手不够，家什不齐，再加上天短，没有个十来天恐怕难以修好这么多人住的地窖子。在这十来天里，会不会有更多的人被冻坏？

小铁子想再回原来的黑瞎子沟山洞。回原来的山洞也是个不错的主意。虽然封洞口的门和里面的用来搭床铺的木头被日本鬼子烧了，但修补起来却要省事得多。况且，工具、粮食什么的都藏在山洞的附近，不需要再来回搬运了。回山洞好是好，但它已经被日本鬼子发现了，他们会不会再杀个回马枪？

小铁子认为不会，我们能这么想，他们也会这么想。况且，日本鬼子不可能长期在山里扫荡，他们终究要回他们驻扎的据点。

迟庆财同意小铁子的说法，他说，小日本肯定会认为发现了我们的驻地我们就不敢再住了。我们这样再住进去，让敌人摸不清我们的套路。

纪宝利说，可敌人找不到我们，会不会再到那里看一看呢？

焦贵哲觉得小铁子和桂力胜说得都有道理，哪一种方案执行起来都有风险。

桂力胜知道小铁子的方案可以短期内解决全中队的冻死冻伤的危险，却无法最终解决安全的问题，如果把两者结合起来呢？

想到这里桂力胜说，这样好不好，我们先回山洞，这样晚上我们就不会再发生冻死冻伤的事情。晚上多加一些岗哨，以增加我们的安全。我们开始重新选地点再建立一个营地，待营地建好后就搬过去。这样行吗？

大家都说这样好。

队伍集合准备出发，桂力胜看到申东勋也背着枪和行李站在队伍中，于是让他出列。桂力胜把申东勋的枪支和弹药拿下来，自己背上。朴光浩见状，忙跑过来把申东勋的行李抢到了自己的肩上。桂力胜对申东勋说道，你今天的任务就是抱着孩子，并且把金顺姬照顾好。

申东勋不好意思地笑了。

金春姬虽然背着自己的行李和一些布，但她仍坚持说她能抱着孩子。看着金顺姬走路困难，申东勋就同意了，他决定背着金顺姬向前赶路。

金顺姬认为自己走路没有问题，但申东勋一再坚持要背她。桂力胜说，你就让他背吧。婚礼不是得有个背媳妇的过程？这就算是婚礼啦。

金顺姬羞涩地同意了。

背个人毕竟还是比背东西重多了，没走多远申东勋就出汗了。好在他是石匠出身，体力好，朴光浩几次要来换他，他都没有同意。

胡老三在边上打趣地说，好不容易背了个媳妇，怎么能让给你？

这句话还是让在申东勋背上的金顺姬羞红了脸。

回到了黑瞎子沟山洞，山洞里一片狼藉。

洞里仍然有一些没有灭掉的木头在冒着青烟，这使得洞里烟雾蒙蒙。

焦贵哲用皮帽子装了雪将还在冒烟的木头浸灭，然后用捆绑好的蒿草把烟雾向洞外驱赶。

申东勋找到了一个没有烧到的木墩，他把金顺姬放下来，让她坐到木墩上。一路上，申东勋硬是凭借良好的体力把金顺姬背了回来，无论是谁要替换他都没有答应。这让胡老三羡慕，他说，你看，谁也没办法把他媳妇抢走。

金春姬最关心的是那台藏起来的缝纫机，她管这台缝纫机叫自缝针。

金春姬把怀中的婴儿交给坐在木墩上的金顺姬，说，姐，孩子你先看下，我去看看自缝针。

缝纫机是金春姬一个人去藏的，这个地点只有她一个人知道。很快，金春姬就捧着那台缝纫机高高兴兴地跑回了山洞，她把缝纫机放到金顺姬的面前，说，姐，你看，一点都没被日本鬼子发现。

经过实地勘察，最终小铁子选定了离黑瞎子沟有七八里地的香水河子。这里虽然离黑瞎子沟远了些，但有个半面的悬崖，像一个半张的嘴，悬崖延伸有三十多米长，如果将嘴唇的地方用木杆挡住，里面住个百八十人是不成问题的。最关键的是这张嘴前面就是一片白松林，遮挡了整个崖壁，如果不走到近前的话，根本无法发现这个地方还有一个崖壁。还有一个好处是，水源离这里近，向下不到一百米就是香水河，比起黑瞎子沟山洞，这里吃水实在是太方便了。

尽管这样，修建新营地的施工并不那么顺利。首先要在崖壁上立木杆并不是件容易的事。需要先在石头上打孔，否则那木杆无法在那里固定，当然这个活计申东勋在行。

每天早晨天刚亮小铁子和桂力胜就领人到香水河子干活儿，家中只留有顺姬、春姬和苏宝泰，再加上一名放哨的战士和刚刚出生的小申雪。回到黑瞎子沟山洞后，大家就开始为申东勋的女儿起名字，最后，申东勋选择了申雪这个名字。

五天过去了，香水河子的营地还没有完全建成。这天早晨，小铁子在离开山洞时忽然觉得家中需要多留两个放哨的，便把崔秀吉和石喜贵留了下来，要他们把哨放得远一点。昨天在香水河子，有人爬到山岭的横脊上，发现很远的地方似乎有日军的队伍在流动。因为离得远，也看不清楚日本鬼子到底要到什么地方，这个信息引起了小铁子的警惕，这说明日本鬼子还在山里转悠。

建新营地的工程是个很辛苦的差事，并不是锯些木杆子把那个嘴封上就完事的工作。单就那些木杆来说，就不能在附近来采伐，因为这非常容易暴露目标。小铁子要队员们到远处去，挑那些密集并且根部深埋在雪中的树木来采伐，并且全树拖回，不能把枝丫丢在那里。

连续五天，石喜贵累得骨头架子都散了，听到铁中队长要自己留下放哨，他高兴坏了。石喜贵和崔秀吉商量了一下，决定由崔秀吉在离山洞口不远的那块大碴子下放哨，站在这里，可以看到山下的大部分地方。而石喜贵呢，他需要下到沟底，只有在沟底才能看清沟口的情况。

天已经大亮了。石喜贵选择了一处岩石的下面，那里有棵树是紧贴着岩石长出来的。石喜贵把自己的身子一半靠在岩石上，一半靠在树上，觉得挺舒服的。石喜贵抱着枪，竟然站在那里睡着了。

石喜贵醒过来一次，他是被冻醒的。他活动了一下手脚，又昏昏沉沉地闭上了眼睛。不知过了多久，石喜贵猛然被一阵声音惊醒，他立刻变得清醒，意识到眼前情况不妙，因为他听到远处有人说话，并且不是他能听得懂的汉语。

石喜贵趴下来向远处望去，发现树林中隐约有一支穿着土黄色军装的队伍正在向自己的这个方向走来，只有二三十米的距离。石喜贵的脑子嗡地响了一下，他知道自己犯了一个大错，不该在站岗时打瞌睡。他拉了一下枪栓，把子弹上膛。他很清楚，自己现在向回跑送信，无疑会成为日本鬼子的靶子。

当第一个鬼子露头的时候，石喜贵的枪响了，那个日本鬼子一头栽向了雪里。不等石喜贵开第二枪，后面的日本鬼子全部就地卧倒，并且响起了一阵拉枪栓的声音。

石喜贵希望自己的这一枪能够让崔秀吉意识到危险，快些帮助顺姬、春姬、申雪和老苏头逃离这个地方。

对面的日本鬼子只伏身片刻便果断地向石喜贵藏身的地方开枪。一阵密集的枪弹压得石喜贵抬不起头来，他将身体埋在一块岩石后面，不敢有半点疏忽。子弹不时地打得岩石火星乱迸。

一阵枪声过后，敌人似乎发现石喜贵只有一个人，枪声就开始稀落起来。石喜贵悄悄地向前张望，发现日本鬼子正在向他的两侧包抄，这让他感到不妙。他慌忙把枪瞄准一个向他移动的鬼子，但那个鬼子很快就被树木遮掩住了。

石喜贵知道今天凶多吉少，他的内心只有一个念头，那就是打死一个够本，打死两个赚一个。

刚才的枪声这样密集，想必山洞里的人早就有了准备，现在往外跑也很快就能躲到安全的地方。这样一想，石喜贵反而显得轻松了。他趁着对方稍有松懈的空当，猛然站起，对着一个正在移动的日本鬼子就是一枪。石喜贵看到那个鬼子倒下了，也急忙就势伏下身来。

枪声又是密集地压了上来，石喜贵只感到左腿猛地动了一下，像是被什么东西咬了一下。石喜贵心中暗暗叫苦，他知道不好，自己这是挂彩了。

这方面石喜贵有经验。上回打仗，石喜贵的右肩头和右胸便各挨了一枪，当时就感觉像被什么东西咬了似的。这两枪全是贯穿伤，当时在战场上还没有什么感觉，但下来后就一直陷入了昏迷。

石喜贵有一手好枪法。石喜贵想，打死俩啦，真的是够本了。

石喜贵动了动那只被枪打中的腿，没有一点感觉。怎么会这样？石喜贵努力想再次站起来，却发现那只腿无论如何也用不上力。

石喜贵知道，子弹大概打到了腿骨的什么地方。

伏在地上片刻，石喜贵猛地跪立起来，他出手就是一枪。正待他向回拉枪栓准备接着再打第二枪的时候，对面一阵密集的枪弹打过来，石喜贵扑倒在那里。

在向香水河子进发的时候，小铁子走在队伍的最前面。

刚走出二里地的时候，身后突然传来了枪声。小铁子马上停下脚步，问身后的胡老三，是不是打枪？哪个方向？

胡老三说，好像是咱们黑瞎子沟。

小铁子意识到情况不好，马上命令立刻返回黑瞎子沟。

斧子、锯、錾子和铁锤什么的，全部存放在香水河子工地，队员们片刻不离身的是自己的枪和弹药。

队伍刚向回走，就听到密集的枪声爆豆一样响了起来。小铁子急了，他喊，跑起来。

赶到黑瞎子沟的时候，战士们累得气喘吁吁。站在沟底，他们能看到身穿土黄色军装的日本鬼子已经接近了山洞。

小铁子马上下达命令，三中队全体队员，马上冲上去，跟小鬼子拼了。

桂力胜知道，在这种时候冲上去和日本鬼子正面迎战，全都处在不利的地势上，能不能打赢很难说。可山洞内的顺姬和春姬是不是安全转移还是个未知数，也只能冒险试一下。

副机枪手田老疙瘩虽然身背沉重的弹药，还拎着一支三八大盖，但他仍然跑在最前面。机枪手"废物"扛着机枪紧跟着田老疙瘩，却嫌田老疙瘩碍事儿，他说，你一个管装弹的跑在前面顶啥用？

田老疙瘩却丝毫不恼，他说，你那玩意儿没我这里的东西能喷出火来？

扑到半山腰的时候，小铁子发现进了山洞的日本鬼子出来了，他们在山洞前列队。小铁子马上示意后面的队员就地隐蔽。

这时小铁子犯了一个错误，他认为在敌人没有发现自己中队的时候，应该打敌人一个措手不及。他果断地下了命令，向日本鬼子开火。

"废物"早已架好机枪，听到小铁子的命令立刻把一棱子子弹全部打了出去。

日本鬼子倒下了两个，但他们很快就伏身隐蔽起来，开始反击。

日本鬼子的人数差不多也有二十多人，并不处于劣势。他们很快就架好轻机枪，用火力压制三中队的机枪。

日本鬼子居高临下，占据了有利的地形，他们的枪弹压得三中队喘不过气来。

桂力胜觉得再这样下去三中队就要吃大亏，他爬到小铁子身边说，铁中队长，我领两个人从侧面上去，老这样下去不是个办法。

小铁子说，好好，你快去。

桂力胜马上叫身后的焦贵哲和朴光浩跟着自己从侧面向山上爬。

　　三个人很快就爬到了与山洞平行的地方，桂力胜悄声地对焦贵哲和朴光浩说，你们跟着我打。

　　桂力胜把大肚匣子的机头张开，打出了第一枪。焦贵哲和朴光浩也开始射击。

　　桂力胜很快就把他枪内的子弹打光，日本鬼子的机枪哑了。趁着这个机会，"废物"的机枪开始重新鸣叫。

　　大肚匣子的好处就是它可以打连发，为了节省弹药，打起来的时候，桂力胜尽量使用点射，这样很像轻机枪的点射。日本鬼子以为这个方向又上来一挺机枪，他们便边打边向山上撤退。

　　看到日本鬼子要跑，小铁子一挥枪，喊，冲啊。

　　小铁子第一个从隐蔽的地方跃起，向山上冲去。这时日本鬼子的机枪又响了起来，小铁子立刻倒了下去。

　　看到铁中队长倒了下去，"废物"愤怒了，他站起来，端着机枪向敌人扫去。

　　日本鬼子倒下了三四个，但剩余的人随即散开来向山林的各个方向逃窜。

　　桂力胜马上来到小铁子倒下的地方，只见小铁子仰面躺在那里，他的左胸中了两发机枪子弹，他的手里仍然紧握着他的那把二号匣子。

　　桂力胜摸了摸小铁子的手腕，他的脉搏早已停止了跳动，他的手仍然温热。

　　桂力胜红了眼，吼道，追，给我追，杀掉这些狗娘养的。

　　按照那些雪地里留下的脚印，三中队的战士散了出去，他们有的是一个人跟上去，有的是两个人跟着一行脚印。

　　申东勋也要顺着一行脚印向前追，桂力胜制止了他。桂力胜说，东勋，你留在这里，找找顺姬和春姬她们，估计她们不会跑远，就躲在附近。

桂力胜跟踪的，是一个朝着后山方向逃走的日本鬼子。

桂力胜向前疾跑了一阵子，发现自己已经没有体力了。雪没过了膝盖，踩上去松软无物，很是消耗力气。

跟着那行脚印向前行进，桂力胜发现脚印拐进了一片柞树林。

桂力胜立刻提高了警惕。进入了柞树林之后，桂力胜一边观察前面的脚印，一边想着对策。桂力胜心想，从这个日本鬼子绕弯进入这个林子的脚印来看，他很可能已经发现自己了，否则没有必要绕个弯子钻到这里来。桂力胜猜测，他进到林子后，肯定会藏在某个地方，然后对自己进行突然袭击。

想到这里，桂力胜迅速向林子的一侧移动，他停在了一丛柞树幼苗的后面。透过柞树的枝叶缝隙，桂力胜向林子的中心窥望。

柞树林里很安静，什么声音都没有。

难道自己的判断错了？日本鬼子只是借这片树林布下疑阵，为他的逃跑争取时间？桂力胜拿不准这个日本鬼子会不会这样，他不敢大意，他知道如果贸然闯进林中，很可能被鬼子一枪毙命。

桂力胜在那里趴了很久，却一直没有听到远处有什么异样的声音。正当桂力胜要起身进入柞树林时，他看到远处的一棵树下面的树叶似乎动了一下，那树枝动得很不明显，却被桂力胜细心地捕捉到了。桂力胜凭着感觉认定这个日本鬼子就潜伏在那里。

桂力胜慢慢地匍匐前进，他看到一个身着土黄色军装的日本鬼子正趴在那里观察着自己来的那个方向。还有二十多米的时候，桂力胜抽出了大肚匣子，他将匣子枪伸出去，瞄准了那个日本鬼子的脑袋，叭叭就是两枪。

桂力胜看到那个日本鬼子的身体颤抖了一下，不再动了。

桂力胜走过去，他把那个日本鬼子的枪支弹药拿下来，背到了自己的身上。

桂力胜慢慢地向回走。他的心里很难受，想哭。

小铁子的牺牲又一次击中了他。桂力胜知道，自己说不定哪天也会像小铁子一样倒下，他不是害怕，而是觉得有些委屈。连最起码的接头都没有完成，更不要说完成任务了，这让桂力胜沮丧。

现在铁中队长牺牲了，如何让这些战士在山林里活下去的重担就落到了自己的肩上。

正当桂力胜想得出神的时候，桂力胜发现自己的面前又出现了一行脚印。这里怎么会有脚印？而且这脚印还与自己的脚印形成了交叉。

正当桂力胜想要辨别这脚印是怎么回事时，一团黄色的影子从树上扑下，将桂力胜扑倒。桂力胜来不及思考，本能地与黄色的影子搏斗起来。对方的力气很大，几次将桂力胜压到下面。桂力胜又借助山势，反将这个日本鬼子压到了下面。

两个人不停地在翻滚，谁也没有占上风。

当两个人滚到一棵树下的时候，桂力胜的身体卡在那里，这个日本鬼子趁机骑到了桂力胜的身上，一拳一拳地向桂力胜的面部打来。

桂力胜尝试着将身上的日本鬼子掀翻，但因为自己的身体卡在树下，无法用力。慌乱中桂力胜想到了自己藏在军靴中的那把撸子，他忍着自己面部被连击的疼痛，抽出撸子，利用腰带将子弹上膛，只开了一枪，那个鬼子就在桂力胜的身上瘫软下来。

桂力胜将身上的鬼子掀下来，坐在树下大口地喘着粗气。他发现自己在这样冷的天气里居然出了一身大汗。

桂力胜重新把撸子插回军靴里。看到那把撸子，桂力胜又想起了郭秀梅，也不知道她现在怎么样？他认为这是郭秀梅间接地救了自己一命。

刚刚在与日本鬼子的搏斗中，桂力胜的大肚匣子从腰间滑掉了。桂力胜找了好久，才在两人滚过山坡的雪中找到了。

两支三八大盖，再加上子弹，扛在肩上沉甸甸的。

天快黑的时候，三中队的队员陆陆续续回来了。只有唐保友与另一名队员没有回来，大家都认为他们不仅没把鬼子干掉，反而让鬼子得了手。桂力胜感到揪心。他想，如果不命令他们追杀逃跑的日本鬼子，是不是就不会出这个事儿？可是，攻上门的鬼子不打，我们还干什么抗日游击队呢？

焦贵哲和朴光浩是空手回来的，他们两个没有撵上逃跑的日本鬼子。

剩下的，全都缴获了武器。纪宝利还缴获了一支王八盒子。

申东勋找回了顺姬、春姬、申雪和老苏头。他们几个人撤离得并不远。

当石喜贵的枪声响起的时候，崔秀吉马上向下面观察情况，虽然看不到石喜贵的身影，但他知道肯定是石喜贵在鸣枪示警。崔秀吉立刻奔回山洞，呼喊苏宝泰操家伙撤离。顺姬急忙抱起了申雪，春姬还想把缝纫机背上，却被崔秀吉一把拽走。很早的时候小铁子就告诉过顺姬和春姬，如果日本鬼子来了，最好是向东面的油松林里跑，那里树叶密实，藏在里面不容易被找到。四个人直奔油松林。

人们在山下找到了石喜贵的尸体，把他和小铁子葬到了西边的墓地里，这里已经葬了朱明龙和另一名战士。大家从四周捡来了许多石块，把两人埋上了。

苏宝泰蹲在那里垒石块，他不停地絮絮叨叨，铁中队长和喜贵呀，你俩别嫌弃呀，也没有个棺材啥的，咱不是没那条件吗？等以后要是真有了那条件，就给你们重新做副棺材，红松的，五寸厚的。现在，这石头直接压在你们身上，也不知道难受不难受。铁中队长，喜贵，你们两个人还有个伴儿，没事儿可以说说话，省得孤单冷清。

苏宝泰的一番话把所有的人都说哭了。

把石喜贵埋好后，苏宝泰说，铁中队长走了，就请桂副中队长讲几句话吧。

桂力胜看了一眼三中队的战士们，说，我们的铁中队长和喜贵兄弟为了大家牺牲了，他们是真男人，有血性，在日本鬼子面前没有做孬种。我们活着的人，一定要为他们报仇，把日本鬼子赶出中国去。

大家在那里肃立着，不想走。

申雪的哭声打破了墓地的寂静，大家意识到时候已经不早了。

桂力胜命令所有人把能带的物资全都带上，营地从今日起转移到香水河子去。

第十五章

扫荡已经进行半个多月了，并没有取得实质性的胜利。这一点加藤课长心里很清楚。

警察署的特别课有与守备队、宪兵队沟通联络的责任，因此加藤课长对这一地区的情况了解得非常清楚。

虽然他在给上面的报告中写了众多的成果，但他知道，抗日的队伍在与日军交战后，全都安全地撤离了，即使有些伤亡，也没伤其筋骨。

加藤课长向樊五爷下达了命令，向抗日的队伍里继续打入密探，这样才可以根据情报集中大批兵力把抗日队伍置于死地。

接到了加藤课长的命令，樊五爷一宿睡不着觉。这个事儿，派谁好呢？谁愿意替皇军卖命呢？

第二天一早，樊五爷找来了钱小鬼，把加藤课长要向抗日队伍继续派密探的事儿向他说了。钱小鬼说这事儿好办呀，有钱能使鬼推磨呀。

樊五爷说，花钱倒不是问题，关键是人靠得住，并且，那边抗日队伍也得信任他呀。

钱小鬼说，这不难。现在呢手头上就有两个人选，你是选一个呢，还是两个全派上去呢？

樊五爷顿时来了兴趣，说，你说给我听听。

一个呢是朴哲浩，这个人你认识，他总是出入咱们家开的赌场，是个赌棍。现在还欠着咱们钱。他的弟弟叫朴光浩，就是那个来家里动刀砍你的那个，听人说，这个朴光浩动刀砍你之后，就进山加入了抗日游击队。我暗中找警察署的人抓了他好几次，都没有在他家里找到人，这说明他确实进山了。朴哲浩好赌，只要给他钱，他对你就比对他爹还亲。他有文化，会写朝鲜字。这样，如果让这个朴哲浩以找他弟弟朴光浩为名，就可以顺利地打入抗日游击队，可以弄些情报送出来。

樊五爷听后沉思了半天，觉得这个方案倒是可行，但一个赌徒，你如何可以相信他？万一到时他赌瘾犯了，给你撂挑子不干了呢？

钱小鬼说，这个不难。先把话说给他，他同意后不仅免除他以前的欠债，还可以给他一笔钱让他玩个痛快，但他这笔钱很快就会输个精光。这样，我们就可以催他上路，并告诉他只要把情报送出来，还可以得到一大笔钱。作为一个赌棍，他是禁不起这个诱惑的。

樊五爷觉得这个倒是可以一试，但不能在朴哲浩的身上寄予太大的希望。

另一个就是咱家的长工王大鞭。王大鞭在咱家干多久啦？有十五六年了吧？这人你知道，只要你把钱使到位，他肯定会卖力气干活。他读过两年私塾，一般的字全会写，这样可以向外送情报。还有一点也比较重要，那就是王大鞭会打猎，听说他枪法不咋地，但这没关系，他只要是装作一个进山的猎人，定能碰到山里的抗日游击队，到时王大鞭要求加入游击队，大半会收。

王大鞭樊五爷是了解的，常年在樊家赶大车。家里娶了个从山东逃荒过来的媳妇，这个媳妇给他生了两儿一女。这个人贪财，只要是工钱给足，什么苦都能吃。当密探卧底的事儿有危险，王大鞭能答应干这个吗？再说，他那个侄子是个翻译官，让他进山冒险，他侄子怕是不高兴吧？

钱小鬼笑了，他说，五爷，如果你的钱真的给到位了，王大鞭怎么能跟钱过不去呢？他侄子跟他好像不亲，离得这么近，一次也没来看过王大鞭。

樊五爷犹豫着说，那，给这个王大鞭多少钱才能让他动心呢？

钱小鬼说，少了肯定不行。怎么也得一垧地的价钱吧。

樊五爷觉得这价不低，但这个活计不比寻常，不是谁都愿意冒这个险的，也不是谁都愿意为皇军效劳的。

樊五爷下了决心，说，那你就去办吧。

钱小鬼刚要走，樊五爷又想起了一个问题，他问，密探打进去了，情报怎么取回来呢？

钱小鬼说，这个好办。据我所知，附近的山中有许多有名的地点，比如黑瞎子沟有个不冻泉，冬天进山的人都会到那儿喝水。秃顶子山有个鹰岩，臭李子沟有个百年松。这些都是四面山里的重要标志，两人进去后，只要把抗日游击队住在什么地方写清楚就行，实在不行画明白也中。如果能不让游击队发现逃出来更好。我们呢，保安队里不是有好多可以进山打猎的吗，到时候让他们到这些地点去取情报就行。

樊五爷说，对朴哲浩和王大鞭只提向外送情报，别跟他们说逃出来的事儿，逃出来游击队就发现了，皇军还怎么围剿偷袭？

钱小鬼忙说，对对，不和他们说。

香水河子离黑瞎子沟不足十里，但桂力胜还是怕郭秀梅一旦有紧急任务联系不到三中队，他用了一个晚上给郭秀梅写了一封长信。在信中他写了这一阶段三中队经历的转移和战斗。写了尹正叁和冯春来因寒冷而冻死的经过，写了申雪的出生，写了铁中队长和石喜贵的牺牲，他希望郭大队长尽快派新的中队长来主持工作。在信的最后，他还写了营地搬迁到了香水河子，并且画了一个大致方向的示意图。这封长信派谁送呢？桂力胜觉得派朴光浩去送比较合适。

第二天的一早，朴光浩就出发了，他把信藏在了帽子的夹层里。

四天之后，朴光浩回来了，他带来了郭秀梅的回信。信是由独立大队里原来的字匠写的，字写得倒是不错，但显得半文半白。信的内容很简单，"所述全部知悉"，"尔等苦痛感同身受"，"三日后的行动请务必不可延误"，"行动内容，请向携信人询之"。

桂力胜读完信后微微一笑，他能想到郭秀梅当时是一种什么样的神态。不回一封信，显得不够郑重，但这次行动显然她不想让字匠知道。因此才有"向携信人询之"。

朴光浩说郭秀梅给的命令是，三日后的中午十二时前，赶到秋梨沟的小庙那里汇合，有伏击任务。

桂力胜问，什么伏击任务？

朴光浩眨巴眨巴眼睛，说，郭大队长没说。

桂力胜知道，郭秀梅没在信中明确写什么行动，说明行动还处于保密阶段。

桂力胜一边猜想这次行动的可能目标，一边问，郭大队长他们好吧?

朴光浩说,他们还好。营地也搬了,离原来的地方不算远。从咱们这里到原来的营地正巧路过他们那里,我被放哨的发现了,才免去找他们的麻烦。要不,找上三天三夜也不一定找到,哪能这么快回来?

桂力胜问,那他们住的地方好吗?

朴光浩说,不行。四处漏风。我跟他们说了咱们的住处,郭大队长夸咱们有办法。

三天后的行动是伏击日本鬼子的火车。

行动还算顺利,不仅消灭了日本鬼子的一个押运小队,还缴获了大批的物资。

在营地休整的过程中,抗日游击支队根据省委的指示,改编为东北人民革命军第二军独立师,原来的独立大队编为五团,桂力胜被任命为五团三连的连长。

为了集中兵力,独立师决定将五团其余的两个连全部转移到香水河子。

在回香水河子的路上,团政委元洪春向桂力胜详细地询问了香水河子附近的情况,桂力胜一一做了回答。元洪春仍然是眉头紧锁,仿佛很不开心的样子。

一路上的行军很艰难,且不说秋梨沟离香水河子有八十多里,不断地上坡下岭。单就每个战士而言,每个人身上的负重都超过了一百五十斤,力气大的还要多背一些。

这次袭击的火车上不仅有粮食、棉衣、布匹、食盐,还有一些锹、镐、锯和大绳。在一个角落里有人还发现了两铁桶煤油。

这些山里紧缺的物资全被战士们想尽办法装到了身上。车厢里还有煤块，虽然是好东西，但运起来太费力气，只好丢弃。

休息的时候，郭秀梅来到了桂力胜的身边。

郭秀梅虽然是女性，也背了两匹布和几把锹。桂力胜帮她把身上的布匹卸下，示意她坐到布匹的上面。

桂力胜问，把布匀给我一匹吧？

郭秀梅调皮地一笑，才想起关心我？

桂力胜脸红红地说，我看那么多人想帮你，你都不肯。若是你把东西给了我，别人咋想？

郭秀梅说，别人爱咋想咋想，你怕什么？

桂力胜说，我主要是怕苗副大队长……是苗副团长批评我。

郭秀梅看了看桂力胜没有说话。

桂力胜看着不远处的元洪春问，元政委好像不高兴，他怎么啦？是对我们连的工作不满意吗？

桂力胜想起来，昨天他向三位团里主管领导汇报工作时，元洪春就是这样的表情。

郭秀梅叹了口气，说，哪儿是因为你们连，是为二团的林建东。

桂力胜忙问，林建东怎么啦？

桂力胜忽然想起，这次与二团仍然是合作战斗，却没有看到林建东。

郭秀梅说，林建东调师部去了。

调师部任什么职务呢？

没安排，说是作战参谋。

现在二团谁是团长？

刚刚任命罗强为团长。

罗强这个人桂力胜见过几面。桂力胜第一次随郭秀梅、老柳头到营地时最先见的就是罗强。当时他腰间别了一把三号匣子，桂力胜心里一直把他叫作三号匣子。后来罗强从二大队调到支队去了。

桂力胜心中疑惑，他问，林大队长犯错误了？

刚刚改编成团，桂力胜还是习惯原来的称呼。

郭秀梅说，听说是犯了走上层路线的错误。林团长与好多的大户和保长关系好，这一点大家都知道。这些保长和大户也能在关键时刻为山里提供些物资和情报啥的，现在上面说这些都是走上层路线，得肃清。可走下层路线，上哪儿去搞物资呢？

桂力胜也感到不理解，上面真的这样讲？

郭秀梅说，是真的。元政委向我和苗副团长传达了上面的精神。对于林建东的事，元政委不愿意多说，但他说了一点，本来林建东发展了几个大户入党，现在上面却让他要那几个大户退党，这让林建东很伤心。

桂力胜知道，这样一来，不仅二团在周围的活动会受到影响，他们五团的活动也不会太顺利。上面为什么会做出这样不利于抗日的决策呢？

起身的时候，桂力胜硬是从郭秀梅的后背上抽出一匹布搭在了自己的肩上。

走了一路，桂力胜仍然没有把为什么不能走上层路线的事情想清楚。

朴哲浩的到来让朴光浩吃惊。

朴哲浩是在一个晚上闯入香水河子的。

哨兵险些向他开枪。在哨兵询问他话的时候，他显得支支吾吾。

桂力胜基本上弄清了朴哲浩进山的目的。

自从父亲朴成道死后，母亲李惠子就生了病，身体时好时坏。最近身体更不好了，她最大的心愿就是见朴光浩一面。也许朴光浩回家看看母亲，她的病就好了。

对朴哲浩桂力胜没有什么好感。桂力胜心想，一个能把父亲治病的钱拿去赌博的人，还有什么事情做不出的？

朴哲浩的解释，桂力胜并不信服，他知道，朴哲浩对父母并不孝。可他来山上有什么目的呢？

桂力胜把自己的担忧和怀疑对郭秀梅与元洪春说了。

郭秀梅不以为然，她说，光浩是他的亲弟弟，他再怎么浑蛋也不能害他亲弟弟吧？

元洪春则摇了摇头，他也对朴哲浩这个时候上山表示怀疑。他说，桂连长，你安排人严密监视这个朴哲浩，对他的所有行动都要掌握。

听元洪春这么说，郭秀梅认真起来，她说，要真有问题，把他抓起来脖子抹一刀不就完事了吗？

元洪春说，我们弄错了呢？掉了的脑袋谁能给接上？这可不是闹着玩的。

郭秀梅吐了一下舌头。

元洪春说，郭团长，这可不是以前在绺子里了，我们处理任何事情都要动脑。有时我们一件事处理不好，就会陷入被动的局面。

郭秀梅没好气地说，绺子出身的人不值得信任呗？

元洪春说，我说的是那个意思吗？你怎么听不明白我的话呢？

反正我们绺子出身的人在你们眼里就低人一等。郭秀梅一屁股坐到了一个小木墩上。

元洪春叹了一口气说，唉，郭团长，看来我们真的得好好谈谈了。

看团长和政委要谈工作，桂力胜忙说，团长和政委你们谈，我去安排人盯着朴哲浩。

本来三连在香水河子的营地是相当宽敞的，桂力胜特意为申东勋和金顺姬夫妻俩及小申雪打造了一间小屋。一连和二连的突然加入，让营地一下子紧张起来。虽然开始扩建，但终归需要时间。桂力胜把申东勋调到别的住处，那个小屋由郭秀梅、金顺姬、金春姬和小申雪使用。

小屋里，申东勋正在哄孩子，而金顺姬和金春姬忙着制作服装。没有人给金顺姬和金春姬下达制作服装的命令，她们两人一看到战士们背回来的布，就忙着把布匹抱回到小屋里。

看到桂力胜进来，申东勋有点尴尬，他想把申雪送回金顺姬的怀里。对于一个朝鲜男人来说，哄孩子本来应该是女人干的事情，让人看到很没有面子。桂力胜似乎看出了申东勋的意图，他把申东勋怀中的申雪接了过来。申雪很乖，她睁着大眼睛，滴溜溜地看着桂力胜，还不停地舞动着一只小手。

桂力胜问，北面的新营地弄得差不多啦？

申东勋说，我已经打好了洞，他们正在向里面安装立柱。我看也帮不了什么忙，便回来暖和暖和。

桂力胜知道申东勋是绝对可以信任的，他是监督朴哲浩最合适的人选。在三连，只有申东勋和朴光浩精通朝汉两种语言。

听了桂力胜的安排后，申东勋很郑重地点了点头，说，这事儿你就放心吧。

桂力胜向金顺姬和金春姬那边努努嘴，告诉她们不要向外说。

桂力胜所在的窝棚里，点了一盏小小的煤油灯。桂力胜不敢睡实，他倚坐在那里，不时地睁眼看着手中的怀表。这些日子，放哨的任务归三连。谁都知道，如果不派岗哨，敌人偷袭上来就可能全军覆没。但在这样的天气里，一个人在外面顶一个小时也是件非常要命的事情，时间再长的话就要冻坏。桂力胜手里握着怀表，严格地掌握着时间，安排每一个放哨的人准时接替上岗。

正当桂力胜似睡非睡的时候，门开了，一股寒风涌了进来。桂力胜一看，门口站着朴光浩，他向桂力胜招手，示意他出来。

桂力胜山来后，两个人向林子的边缘走了走。

朴光浩没话找话地说，这天啊真是嘎嘎冷。

桂力胜说，是冷。为啥不在窝棚里待着？

朴光浩停住脚步，看着桂力胜说，我觉得我哥哥有问题。

桂力胜愣了，他没想到这话会从朴光浩的嘴里说出来。本来，桂力胜想要提醒朴光浩多注意朴哲浩，但桂力胜又想，这是哥哥和弟弟的关系，人家凭什么要相信你呢？

朴光浩说，本来我哥哥说我妈病了想我，要我回去。我说了不能回去的理由。可现在他竟然不提回家的事情，还向我打听这里的事情。

桂力胜问，他都问什么？

朴光浩想了想说，比如我们队伍的名称啊，有多少人啊，这附近还有哪些我们的人啊，还问了附近山的名字。

桂力胜若有所思地点了点头，你说的这些我都知道了。你别惊动他，如果他有什么行动，悄悄地向我报告，别让你哥知道了。

朴光浩点了点头，说，我知道了。我哥他不会是被日本鬼子收买了吧?

桂力胜说,这还真不好说。不过我希望他还有做人的良心。

朴光浩站在那里不说话。

桂力胜问,还有别的事吗?没有的话就回去吧。

朴光浩不动弹,桂力胜拍了拍他的后背,说,别担心,快回去睡觉吧。

朴光浩迈着沉重的步伐走向自己的窝棚。

回到窝棚后,桂力胜再也睡不着了。

朴光浩反映的情况证实了自己的猜测。如果朴哲浩真的是日本鬼子的奸细,他接下来会怎么做呢?

他最大的可能是把这里的全部情况了解后出山向日本人报告。如果那样的话,无论是朴哲浩想要正常离开还是偷着离开,都不能让他得逞。

桂力胜正领着几个人割蒿草。新建的营地需要大量的蒿草来铺床和堵原木之间的缝隙,这几天桂力胜一直领着一个班的战士干着这个活计。只见申东勋气喘吁吁地跑了过来,看申东勋的表情,桂力胜便知道出事了。

待申东勋靠近,桂力胜低声问道,朴哲浩跑了?

申东勋摇了摇头。他悄声向桂力胜讲述了今天的事情。

自从接受了监督朴哲浩的任务,申东勋就一刻也不敢松懈,他生怕自己一不小心,让朴哲浩跑了,给五团造成损失。

来到香水河子的营地,朴哲浩改不了好吃懒做的习惯,不说离开营地,但也不帮着大家干活儿。战士们出外去建营地,他就躺在窝棚里睡觉。申东勋不敢大意,他为自己找一些留在营地的活计,比如说伐锯,比如说修理松动的斧子,要不就是加固各个窝棚的木门。申东勋知道朴哲浩不傻，他肯定有着很高的警觉性。两三天下来，申东勋发现朴哲浩不停地在纸上写写画画。今天早晨，朴哲浩有些反常，他竟然向朴光浩说要帮着到山上去砍伐木杆。朴光浩对朴哲浩的这种热情是不放心的，他准备亲自带朴哲浩上山。朴哲浩却说他跟着申东勋就行。按照在营地采伐树木的规矩，必须要到几里地远的山中才行，朴哲浩似乎听说了这个规矩，他扛着一柄长斧，兴致勃勃地走在前面。申东勋拿着一把手锯，他不紧不慢地跟在朴哲浩后面，刻意保持着一定的距离。申东勋其实很后悔把那柄锋利的斧子交给了朴哲浩，申东勋想，如果朴哲浩想要偷着离开营地，他肯定要先解决掉自己，这样才能顺利地逃出营地。很快申东勋就觉得不对劲儿，朴哲浩越走越快，根本没有要停下来的意思。申东勋要朴哲浩停下来，说是在这里弄些木杆就可以回去了。朴哲浩却说再走一段路就到山泉那里了，可以喝些山泉水。对于申东勋提出的吃雪止渴的建议朴哲浩根本不理睬，他说这些天不仅喝的雪水有土腥味儿，就连吃的饭菜里也有土腥味儿，他执意要去喝山泉水。申东勋知道，朴哲浩如此执着肯定有什么目的在里面，他不动声色地在后面跟着。到了山泉处，申东勋发现朴哲浩趁着自己低头在山泉里喝水时悄悄地把怀中的两张纸塞到了山泉边的一块岩石缝里。做完这一切，朴哲浩就完全放松了自己，他和申东勋各自点燃了一支旱烟，在山泉边抽了起来。两个人向回走了一段路，各自采伐了一捆胳膊粗细的木杆，扛了回来。朴哲浩挺卖力气，扛的那捆木杆比申东勋的还粗一些。把木杆送到新建的营地，朴哲浩马上就回朴光浩的那个铺位睡觉去了。朴哲浩不知道的是，两个人抽烟的时候，申东勋悄悄地把石缝里的那两张纸偷拿了出来。

听了申东勋的诉说，桂力胜问，纸上写了啥？

申东勋从怀里掏出那两张纸。桂力胜接过看了看，纸是那种很细腻的日本纸，字是用铅笔写的，上面全是朝鲜文，他根本看不懂。第二页是一张图，画的是香水河子的位置，四周全是山，也用朝鲜文标注了山名。虽然不是很精确，但大致的方位是不错的。

桂力胜把第一页纸递给申东勋，说，这上面写了些啥？

申东勋快速地看了一遍，脸立刻冷了下来，他说，果然是给日本人干事儿，这上面不仅写了我们营地的名称，还说了附近每座山的名字。最重要的，还说了我们这里有多少人，多少支枪。最后他居然还说我们这里有三个女人一个小孩。你说，这他妈的还是个人吗？

正在那边干活儿的朴光浩正扬着脸向这边看。他一直对哥哥朴哲浩不信任，现在申东勋回来向桂力胜说着什么，他有预感。

桂力胜暂时还不想让朴光浩知道他哥哥朴哲浩的事情，不是不信任他，是怕他知道后打草惊蛇。

桂力胜意识到问题的严重性，必须马上向郭秀梅和元洪春汇报。他拉了一下申东勋的衣角说，说话小点声儿，不要有任何表情，装作什么事儿也没有发生。

两个人来到团部，那里是元洪春和苗二柱的住处，正好郭秀梅也在。

听了桂力胜的汇报和申东勋的翻译后，苗二柱的脸色立刻变得铁青，他吼道，立刻把这个家伙抓起来毙了。

元洪春摆手制止了苗二柱的冲动。郭秀梅对申东勋说，你到朴哲浩睡觉的那边窝棚看着他点儿，别让他偷着跑了。

申东勋答应了一声，出去了。

元洪春说，既然这个朴哲浩他又回来了，说明他今天肯定不跑。我猜测，他应该在这一两天里要他弟弟和他一起回家。如果朴光浩不回去，他也要想办法回去。

桂力胜沉默了良久，说，有一个问题我一直弄不明白，这个朴哲浩为什么不直接逃走呢？离开我们这里，回去向日本鬼子报告不是来得更直接吗？他不明白，如果日本鬼子来偷袭我们，他和他的弟弟在里面不也是挨打吗？子弹可不长眼睛。

元洪春沉思了一会儿说，我猜，这个朴哲浩走的是双保险。第一，他弄不清楚我们是不是会放他走，如果他硬走的话，会被抓。情报在身上被发现就不好办了。第二，现在情报送出去了，他人能走得成自然好，走不成也不要紧，反正任务完成了，到时再另想办法。

郭秀梅认为元洪春说得有道理。

元洪春拍了拍桂力胜的后背，说，多亏你警惕性高，要不，我们就可能遭遇一场偷袭，到时将会有多大的损失真不好说。

桂力胜说，没什么，这不是每个人都应该做的嘛？我倒是在考虑我们能不能利用敌人的这个奸细来做些文章？

元洪春很感兴趣，说，我们的大文人，你想做什么文章？

桂力胜肯定地说，我们利用这个奸细的情报，来个伏击。

元洪春想了一下，说，有点意思，说说你的想法。

桂力胜说，你看日本鬼子下了这么大的本钱，肯定是想进山来消灭我们呀。我们真的把这个情报送出去，然后在某个地点打一个伏击，那不是等于让日本鬼子把武器和给养给我们送上门来吗？

郭秀梅说，这个想法好倒是好，可是真的把这个情报送出去，我们是打了日本鬼子一个伏击，但我们的秘密营地也就暴露了呀？我们再重建一个营地得费多大的力气呀。

桂力胜笑了，说，你怎么傻得这么可爱呢？我们是不可能真把这个营地暴露给他们的，情报可以重新写一份假的呀。

大家全笑了起来。

桂力胜说，我想了一下，离咱们这儿十多里的烟筒砬子是个不错的密营位置，我们在情报上就把假的密营位置定在那里。定在那里有什么好处呢？日本鬼子进山无论是从哪个方向来，都要途经我们下面的下巴岭。我们南面的山头放两个哨，日本鬼子进山我们全能看得见。这样一来，从发现鬼子进山，到哨兵回来报告，我们集合队伍出发，把队伍埋伏在去烟筒砬子的必经之路苕条沟。这样时间完全来得及。

元洪春琢磨了一下说，这个苕条沟我前几天到那边去过，确实是个打伏击的好地方。但现在是冬季，两边的树不是很密，队伍埋伏在那里，很容易被发现。

桂力胜说，这个我也想过了。如果团里的领导认为这个方案可行，马上派人到城里购买几匹白花旗布，每人披上一块再埋伏到那里就不容易被发现了。

郭秀梅看了元洪春和苗二柱二人一眼，说，我不知道你们什么想法，我看这个计划可行。

苗二柱说，计划倒是不错。可是我们五团才一百来人，如果敌人来得多了，我们是打还是不打？是不是和二团联手为好？

元洪春沉思了一下说，计划想得很周到，没有问题。如果敌众我寡，我们照样可以干他们一家伙，因为是突然袭击，又提前埋伏在山上，我们占优势。敌人摸不清我们的人数，他们逃走的可能性最大。如果要和二团联手，我们又要提前和他们联络，他们又得提前到我们这里来等待，我们不可能知道日本鬼子进山的具体时间。这样一来，动静太大，弄不好，反而暴露了我们自己。

桂力胜说，我也是这样认为的。还有一点很重要，如果敌人真的是数倍于我们，我们也可以把他们放过去不出击。这样我们不会有任何损失。而苕条沟和我们是两个方向，他们就是在那里转上几天几夜，也不会发现我们的这个营地。

元洪春看了郭秀梅一眼，说，郭团长，那，咱们就干他们一家伙？

郭秀梅说，没说的，打。

苗二柱领着两个人把朴哲浩从睡梦中薅了起来，用绳子把他绑在了一根柱子上。朴哲浩大声地问为什么？两个战士根本不听他的话，便抓了团蒿草把他的嘴堵上了。

苗二柱对其中一个战士说，你负责看着，就是朴光浩想放他出来也不行，得有团部的命令。

郭秀梅拿了两块大烟土去找老柳头。

柳连长正在新营地领着人干活儿。老柳头年轻时当过张罗人，对于安排每个人干什么心中有数。农村里的张罗人一般是由村里有声望的人来担任的，他们主要出现在婚礼上、葬礼上，或是盖房、办大寿什么的。张罗人和主持人不同，一个活动张罗人是要从头跟到尾的，主持人只是在仪式上进行主持。张罗人要根据主人家的想法全程介入，一个好的张罗人在办事的时候是不能出现任何纰漏和失误的。

郭秀梅认为出外采买白花旗布由老柳头出面比较合适。柳连长快五十了，长得像一个做买卖的商人，更重要的一点，老柳头外面无儿无女，他不会拿着这两块大烟土跑了。郭秀梅到师里开会，听师长说一师的一个参谋拿了买粮的钱跑了，到现在也没找到。

听说有任务要进城，老柳头很高兴，他说，挺好。我在庄家烧锅还存了十斤烧酒呢，这次正好背回来。

郭秀梅摇了摇头，说，这次出山，属于机密，关系到我们的这次行动能不能成功，来回越快越好，不能让别人知道。庄家烧锅你是不能去的，万一有人知道你下山，会向日本人报告的。

郭秀梅从口袋里掏出张纸币，塞到老柳头的手里说，我这里有张日本钱，不是团里的钱，是我自己以前攒的。你拿去在城里买酒，解解馋，千万不能去庄家烧锅。

老柳头不好意思地说，我怎么能要你的钱呢？

郭秀梅说，以前我小时候不是也没少给你打酒喝吗？现在条件不比从前，你自己去买吧。带上张小爬犁，再叫上个人跟你一起去，也有个照应。你看谁去好？

老柳头想了想说，把那个崔秀吉叫上吧。

郭秀梅觉得奇怪，问，为什么叫他？

老柳头说，你不知道。这小子会说些日本话，真要是有点什么事儿，他还能支巴一阵。

桂力胜来到捆绑朴哲浩的窝棚，仔细地在他的身上搜了一遍，搜出了几张纸和一支铅笔。最初朴哲浩还在不停地扭动着身子嘴里咕噜咕噜地发出抗议，但看到桂力胜拿走了纸和笔，他马上安静了下来。

桂力胜找到申东勋，要他按照朴哲浩信中原来的口气，把里面的营地改成烟筒砬子，而四周的山名也相应改成烟筒砬子四周的山。申东勋按照桂力胜的意思把那封信写好了，而且仿照朴哲浩的地图，画了张烟筒砬子的图。

信和图弄好后，桂力胜把它们拿给郭秀梅和元洪春看了看，说，全都弄好了，把它放进申东勋所说的那个石缝里就可以了。我们一起去好不好？回来时顺便在远处看一看苔条沟的伏击地点。

老柳头采买白花旗布很顺利，第二天就带着崔秀吉回来了。按照桂力胜的想法，白花旗布剪裁成一人多高的长度，全部分发下去。每个人的子弹也都分发到个人手中，战前动员已经由元政委提前做了，只等放哨的哨兵回来传消息。

可日本鬼子却迟迟没有动静。

难道是自己的判断出了什么错？还是发生了其他什么情况？桂力胜嘴里莫名其妙地起了许多水泡，一直在火辣辣地痛。

修建新营地的工作虽然也在做，但进展缓慢，所有的战士都携带着自己的武器不说，还不能去远处进行砍伐，以防哨兵回来报告，无法迅速开赴伏击地点。

临近中午的时候，五团正准备开饭，哨兵突然气喘吁吁地跑了回来，说日本鬼子在山口出现了。桂力胜激动得跳了起来，问，有多少人？

哨兵说，没能细数，看那队伍，估摸得有二百人。

郭秀梅看了看元洪春和苗二柱，把手一挥，大喊一声，全体集合出发。

队伍集合起来后全部披上了白花旗布，看上去真的是与外面的白雪融为了一体。

第十六章

莒条沟的遭遇让樊五爷这个自卫团团长险些把命送掉。

接到朴哲浩送出来的情报，樊五爷忙派人把情报送到加藤课长那里。可却迟迟不见加藤课长的动静。

等了两天，樊五爷却在接近半夜时突然被派来的日本兵接到了守备队部，加藤课长要他明天清晨带自卫团随皇军进山行动。那一晚，樊五爷是在守备队部过夜的。第二天清晨，樊五爷来到自卫团，却发现整个营房存留的人还不到一百五十人，其余的人，有的回家睡了，有的跑到相好的家睡了，还有一部分人去找明娼暗娼了。樊五爷很后悔自己挂名这个自卫团团长，但加藤课长的命令不可违抗，他只好带着这一百多人随加藤课长警察署特别课的成员，还有日本的一个守备中队进山。自卫团走在前面，然后是警察署特别课的成员，樊五爷和加藤课长骑着马跟在特别课的后面，最后是守备中队。加藤课长没有告诉樊五爷他们要去哪儿，樊五爷也就懒得问。当枪声响起来的时候，樊五爷的第一个念头就是小命要丢在这里，他刚想有所动作，樊五爷所骑的那马却像疯了一样向后逃去。受到攻击的自卫团立刻向后逃命，只有极少的团丁按照训练的要求趴在地上开枪抵抗。加藤课长的特别课成员倒是训练有素，他们与守备中队就地卧倒迅速射击。在抵抗了一阵后，尤其是看到守备队的日本兵出现了很大伤亡时，加藤课长立即下达了撤退的命令。回来后，樊五爷被加藤臭骂了一顿，并掏出手枪要枪毙他，是钱小鬼不停地求翻译官说好话，加藤课长才把枪收回。

回到自己的大院，樊五爷发起了高烧，他躺在被窝里不停地哆嗦。

王大鞭来到上屋想见樊五爷，钱小鬼把他拦了下来。

几天前王大鞭那久病的丈母娘突然死了，他回家奔丧，今天才回到大院。本来他应该是和朴哲浩前后脚进山打猎的，这样一来，把进山的事给误了。

王大鞭谦恭地对钱小鬼说，我已经准备好了，明天就可以进山去打猎了。

钱小鬼回头向里屋看了看，说，这个事，咱们再向后推两天。

王大鞭站在那里不走。钱小鬼问，还有事？

王大鞭说，那，以前你和樊五爷答应的还算不算数？

钱小鬼立刻笑了，说，怎么能不算呢？

那，地契什么时候能给我？

钱小鬼说，你看你看，这八字还没完成一撇，你咋就想到了那一捺呢？

王大鞭梗着脖子说，你也知道，这是把脑袋别在裤腰带上的事。我能不能回来还两说，不把地契拿到手，我怎么能放心呢？

看着眼前这个死心眼的王大鞭，想着樊五爷在皇军面前挨的骂，钱小鬼觉得再把事情搞砸，加藤课长真的敢把樊五爷毙了。樊五爷这棵大树如果倒了，自己去倚靠谁呢？

想到这里，钱小鬼马上说，大鞭呐，我平时对你不错吧？你怎么就不信任我和五爷呢？这么着，晚上，晚上你到账房去，我把地契给你，你就踏踏实实地到山里办差事。

王大鞭的脸色立刻柔和了起来，他结结巴巴地说，我主要是怕……在山里……出些什么意外……

钱小鬼拍了拍他的肩膀说，理解，理解。

苕条沟大捷对五团的鼓舞是有历史性意义的。

这是五团参加抗日以来最大的一场胜利。以前五团也打了不少仗，大多是与二团合作的，多数时候是二团担任主力。

这场战斗共打死了敌人五十三人，其中有鬼子七人，剩下的全是自卫团的人。他们穿的军装一模一样，但日本鬼子有肩章和领章，很容易把他们分辨出来。五团付出的代价很小，只牺牲了两人，另有四人负伤。

朴光浩算不上负伤，一颗子弹只是把他的胳膊穿出了一道口子。回去的路上，朴光浩一直冷着脸，申东勋和他说话也不理。

郭秀梅来到元洪春和苗二柱合住的窝棚。本来懒散地躺在那里的苗二柱立刻坐直了身体。

郭秀梅向苗二柱摆了摆手，说，你躺你的。我看你回来背了箱子弹？累坏了吧？

苗二柱不好意思地笑了，说，是箱轻机枪子弹，正好我们用得上。战士们都累够呛，我背正合适。

苗二柱说话的时候发现郭秀梅的衣服上有枪弹孔，就大呼小叫地说，你中枪啦？

郭秀梅说，咋呼啥？只是衣服让子弹穿了个洞。

弹孔在郭秀梅的腰部，如果再偏上那么一点，郭秀梅就挂彩了，能不能站在这里说话还真不好说。

元洪春听到后过来看了看郭秀梅的弹孔，说，郭团长，作为政委我得批评你，到了战场，你就是全团的最高指挥官，战斗的指挥全靠你。身先士卒固然不错，但要考虑到如果受伤或牺牲会给这场战斗带来不可估量的损失，你到战场要先保证自己的安全。不要一打起来就嗷嗷往上冲。

郭秀梅说，元政委，你这话说得有点道理。可话又说回来了，我不往上冲，别人嘴上不说，心里会不会认为我是怕死？往后队伍还怎么带？

元洪春说，冲是冲，但要注意隐蔽嘛。

郭秀梅笑着指着元洪春对苗二柱说，你说政委是不是老滑头？

苗二柱说，就是就是，政委不滑怎么能当政委？

元洪春止住笑，说，郭团长，咱们三个简单碰个头，商量几个事。一个是这次战斗的前后情况应该写个报告给师里。还有这次战斗多亏桂力胜的出谋划策，应该向师里为桂力胜请功。再就是我们抓的那个朴哲浩，对他应该怎么处理？是枪毙还是……

不等元洪春讲完，苗二柱抢着说，还有啥可商量的，枪毙就完了。

郭秀梅白了苗二柱一眼说，还真不长脑子。元政委既然有顾虑，肯定是怕朴光浩接受不了这个事情。朴光浩在团里干得不错……

苗二柱说，朴光浩是好样的，每次打仗都很勇敢，但也不能因为他表现好就坏了我们的规矩。

苗二柱说完就看向元洪春，等着他表态。元洪春挠了挠脑袋，慢慢地把烟荷包掏了出来，对于这个事情，他还没太想好。

正在这时，门外有人喊报告。郭秀梅忙打开门，桂力胜立在那里。

郭秀梅说，桂连长快进来。

桂力胜进了窝棚，说，三位领导，我们连发生了一个突发事件，朴光浩把正在关押的朴哲浩勒死了。

郭秀梅一愣，你是说朴光浩勒死了他的哥哥？

正是。

苗二柱高兴了，好哇，省得浪费一颗子弹啦。

桂力胜说，可是，可是……朴光浩这毕竟是未经请示的擅自行动，团里是不是应该处分他？

朴哲浩被关押在厨房。队伍去苕条沟时留了个小战士看守朴哲浩。朴光浩从苕条沟回来后第一件事就是找朴哲浩，开始小战士还很警惕，不想让朴光浩看他哥。朴光浩向小战士表示只是想和他哥哥说说话，并且把身上的枪交给小战士保管。小战士看朴光浩也不像有放走他哥哥的意思便同意了。他把朴光浩的枪立在自己的身边，远远地看着他们。朴光浩和他哥哥朴哲浩用朝鲜语轻声地说着什么，小战士听不懂，便在那里细心地练习投骰子。以前绺子冬天没事时常常赌博，现在抗日队伍虽然不让赌博了，但他没事时还是会拿出骰子解闷。小战士开始时听到了朴哲浩的哭声，后来就听不到朴光浩和他哥哥的说话声了，他瞟了一眼，发现两个人并排坐在那里。时间很久了，他们哥儿俩一直保持这个姿势，这让小战士起疑，他走过去一看，朴光浩用一根绳子把朴哲浩勒死了，因为怕他哥哥没有死透，所以他一直保持着这个坐姿。小战士慌了，忙带着朴光浩的枪去向桂力胜报告。

元洪春脑中迅速地思考着。按理说，能亲手除掉投靠日本人的哥哥，说明朴光浩抗日坚决，有着民族的血性。可不经请示就擅自行动，这不是抗日队伍的规矩。怎样做才能既保护朴光浩的抗日热情又保证这支队伍的纪律性呢？

元洪春看了看郭秀梅，又看了看苗二柱，说，你们看这样好不好，在全团对朴光浩的擅自行动进行批评，关禁闭两天。

郭秀梅说，我看这样行，他能大义灭亲，这很了不起。但团里不能养成想怎么干就怎么干的习惯。

苗二柱对桂力胜说，就这样吧，你去执行。

修建窝棚时并没有建禁闭室，桂力胜只好把朴光浩关到厨房的仓库里。这个仓库也没有锁，桂力胜想了想，在外面象征性地支了根棍子，以示加了锁。

桂力胜说，光浩，部队有部队的规矩，既然命令下达了，我们就得执行。

朴光浩的声音有些哽咽，我懂。

晚饭过后，桂力胜把站岗放哨的事情安排好后，便抱着自己的被子来到了厨房的仓库。桂力胜想在这里陪朴光浩一个晚上。一来他怕光浩有什么想不通的事情；二来光浩亲手勒死自己的哥哥，想来心里也不好受。

在炕上躺了一天多，樊五爷觉得身子轻松了一些。这两天，他吃了两只老母鸡炖山参，精神头儿上来了。他想，自己肯定是吓的。子弹就在人的头皮上飞，搁谁都不能不害怕。

管家钱小鬼过来找他说话，都叫他以想睡觉给打发走了。樊五爷不想让钱小鬼看到自己的软弱。

早晨起来，樊五爷在屋内转了转，脚下不那么飘了。樊五爷让二老婆找出些红茶泡上，他想静下心来想些事情。

樊五爷知道，既然投靠了日本人，就要认真地做好事情。事情做不好，日本人是不会听你解释的。

樊五爷想，这次朴光浩送出来的情报，肯定是在什么环节上出了问题。按照日本人的这种派密探的做法，保不齐还会出现问题。可怎么做才能真的出活儿呢？

樊五爷想得脑袋疼。

正喝着红茶，钱小鬼进屋了。樊五爷示意他坐，并为他倒了杯红茶。

钱小鬼小心地看着樊五爷，说，五爷今天气色好多了。

樊五爷说，是啊，可能是进山冻着了。这冰天雪地的，可把我冻得够呛。

钱小鬼说，就是啊，那天干冷干冷的，直冻到人的骨头缝里。

看樊五爷在安静地喝茶，钱小鬼不说话了，他知道樊五爷还在记挂着日本人那边的事儿，就趁机说，五爷，我知道加藤课长不高兴，便找过他一次，把这个派朴哲浩的前后都说了，那情报我们拿回来都没有沾手，不知道里面是什么内容。

樊五爷问，加藤课长怎么说？

钱小鬼说，他听完了什么也没说。

樊五爷半信半疑地说，就这么完了？

钱小鬼点了点头说，嗯。不过五爷你得原谅我，我自作主张把那对清康熙青花方棒槌瓶送给了加藤课长。

听说钱小鬼把那对方棒槌瓶送给了加藤，樊五爷心里还真有点动火，但转念一想，如果加藤真的追究下来，给自己安点什么罪名，那就不是花钱能解决的了。这么一想，樊五爷的心里就好受多了，能花钱解决的事情，全都不是什么大事。

樊五爷笑了笑，说，你做得对。你为我家的事确实是操碎了心。

其实樊五爷也并不爱好古董，只是有一次和爱好收藏的洋货店老板闲扯提到了瓷器，那洋货店老板提到了瓷器花瓶，并说了十圆不如一方的说法。正巧不久有家古董店老板请饭，说是收了一对青花方棒槌瓶，樊五爷就说他想要，那古董店老板说按收价转让给他。樊五爷也不清楚那个古董店老板是不是赚了钱，因为他完全不懂。樊五爷让钱小鬼结了账，把那对青花方棒槌瓶捧回来。洋货店老板过来品赏了一番，说是康熙年的，并希望樊五爷加价转让给他。樊五爷笑着拒绝了，说不缺钱用。洋货店老板走后樊五爷把那对青花方棒槌瓶仔细看了半天，并没有看出有哪点好，这种青花瓷不白净不说，青花也过于暗黑，看上去一点也不喜庆。樊五爷便让钱小鬼把花瓶送到库房存放。樊五爷专门有间库房，但凡值点钱又暂时用不上的东西全放在那里。

受到了五爷的表扬，钱小鬼心里自然高兴，他说，五爷想到的我要去办；五爷没想到的，我自然也要去办。关键是要让五爷以最小的代价换来更合适的前程啊。

钱小鬼的这句话，倒是让樊五爷心里舒服。

樊五爷想起了王大鞭，便问，我前两天生病，听二老婆说王大鞭来过？

钱小鬼说，是。他来是想直接上山打猎，让我给拦下了，让他在家先歇两天。

樊五爷问，不是都说好了吗？你为啥不让他去？

钱小鬼说，五爷，这朴哲浩那边出了什么岔子，我们猜不出来。这种情报一是不好往出送，二来呢如果整不好，稍有一点不准成儿，我们就危险啦。

樊五爷说，这两天我生病，我心里也一直在合计着这件事儿。你说应该怎么办呢?

钱小鬼想了想说，依我说，这事应该这么办……

钱小鬼站起来向外看了看，他是怕樊五爷的二老婆出来进去时听见，他俯下身子悄悄靠近樊五爷的耳朵，说出了自己的想法。

听了钱小鬼的计划，樊五爷又思谋了良久，最后，他下了决心，说，就按你说的做吧。

第十七章

加藤课长吃了一个大亏以后，他向上面做了汇报。日本鬼子调来了一个大队，开始在山里进行疯狂的扫荡。

日本鬼子的一个中队进入香水河子。五团早有准备，在日本鬼子还没有到达山口的时候，五团就开始向更深的山里撤了。

走了没有多远，天空弥漫起风雪，劲风吹来，打在脸上很疼。五团的战士发现营地那里冒出了滚滚的黑烟。辛辛苦苦盖起的营地窝棚，就这样被日本鬼子一把火烧光了。

看到住的地方被烧毁，金顺姬和金春姬知道再也不可能回去住那些温暖的窝棚了，她们两人忍不住哭了起来。

申雪在金顺姬的背上很乖巧，她从被缝里偷偷地张望着外面这个陌生的世界，一声也不哭。

西北风不停地刮，把山中的积雪吹得沸扬起来，空中像是在下雪一样。天，出奇地冷。这样的天气，在山中并不鲜见。队伍刚刚走过，雪中的足迹很快就被风雪抹平。

老柳头一路上不停地骂着老天爷，他嘴里不停地、含糊不清地说着，妈了个巴子的，这混蛋老天爷怎么整得这么冷呢，想要冻死谁不成？

老柳头的声音虽大，但西北风却把他的声音消减了不少。

胡老三愿意和老柳头开玩笑，有时故意气他。听到老柳头在骂，他就在后面说，柳连长，你这声音太小了，老天爷听不见。不过，老天爷要是真的能听见的话，它真敢冻死你。

老柳头又骂了一句，我都活这么大岁数了，我还怕他那个混蛋玩意儿？

胡老三在笑，别说，老天爷真要站在你面前，你还真打不过人家。

老柳头说，他要是敢站过来，我肯定敢把枪里的子弹全招呼到它身上。

胡老三说，净扯，人家是老天爷，怕你的子弹？

老柳头说，啥不怕子弹？就是个鬼，他也得怕子弹。

天黑了下来，队伍行进到马鹿沟时，发现前面出现了一片火光，显然是日本鬼子在那里扎营。

郭秀梅悄声下达命令，队伍向后撤退。五团向后走了还不到两里地，又发现后面也走不通，那里也有扎营的火光。

气氛顿时紧张起来，难道我们的行踪被日本鬼子发现了？他们想来个合围，把我们五团消灭在马鹿沟？

怎么办？郭秀梅把元洪春、苗二柱、桂力胜、老柳头和周三儿找了来，开一个碰头会。

马鹿沟的地形比较特殊，北面平缓地延展了一段距离，然后就是长度很大的断崖。断崖虽不算太高，但少说也有两丈多高。南面是陡峭的石崖山，上面还长有一些稀疏的灌木棵子，如果向南面爬，一旦滑下来就摔个半死。如果是白天，小心一点爬上去还有可能。现在四周黑黢黢的，向这面爬简直就是找死。

苗二柱和周三儿主张打。两人认为日本鬼子现在虽然没有发动进攻，那是因为天黑透了，打起来他们占不了便宜。周三儿说如果打最好是向来的方向突围，根据火光的数量，这面的敌人少些。桂力胜主张就地隐蔽，他分析日本鬼子还没发现五团，如果五团的行踪暴露了，那么敌方的兵力远优于我们，又把我们夹在了沟的中间最危险的地带，就是天黑也可以发动进攻，因为五团的位置无路可逃。如果冒险向一面突围，另一方听到枪声很快就能赶来增援，在这种恶劣的天气里，五团就很难冲出去。桂力胜的计划是就地宿营，待天亮后攀爬南面的石崖山突围。

郭秀梅说，我们目前最重要的是要保存我们的实力，就按桂连长的计划执行吧。

西北风虽然弱小了一些，但仍然刮个不停。战士五六个背靠着背挤坐在一起，依靠各自的体温取暖。在这种极寒的天气里，这样的取暖方式并不能起多大的作用。

大概是一天没有吃到母亲的奶，小申雪哭了起来。哭声虽然被西北风湮没了不少，但在夜里听起来仍然刺耳。

金顺姬和金春姬被战士们围在中间，申东勋对申雪的哭声很是不安，他不停地要金顺姬想想办法，别让申雪哭。可是金顺姬能有什么办法呢？她只好冒着自己被冻僵的危险解开怀，把申雪的头放进自己的怀中，申雪找到了母亲的奶头，饥渴地吸吮了起来。金顺姬被灌进怀里的冷风激得不停地打着摆子。过了一会儿，金顺姬实在支撑不住了，她把申雪的头移了出来，可小申雪不甘心，又哭了起来。金顺姬不忍心，只好把申雪的头放进了自己的另一侧怀中……

坐在那里，桂力胜的脚冻得好像没有知觉了，他立刻意识到不好。寒冷的感觉有时真的很奇怪，开始是疼，时间长了就变得麻木了。如果仅仅是麻木还好，到了温暖的屋子可以缓过来，可缓脚的过程也很痛苦，先是要经过一番极其难忍的疼痛，最后才算是真正地缓了过来。如果没有了知觉，那就要小心了，轻者会很长时间难以恢复，重者会把脚趾，甚至整个脚冻掉。桂力胜马上站起来活动脚，并把自己连的战士全部喊起来活动一下。经过长时间的蹦跳，桂力胜感觉自己的脚总算有了知觉。

天色刚刚有了一点亮意，郭秀梅便把全团的人员全部推醒，她要每个人都起来活动一会儿，准备攀爬南面的石崖山突围。

当郭秀梅的手触到胡老三的时候，胡老三却像一捆被人绑好的苞米秸子，没有预兆地倒了下去。郭秀梅吓了一跳，她忙上去把胡老三扶了起来。不管郭秀梅如何低声呼喊胡老三，他都没有反应。郭秀梅发现，胡老三不仅没有了呼吸，连心跳也找不到了，他的身子开始僵硬。

看到胡老三被冻死，大家自动地围拢了过来。有人开始无声地抽泣。

老柳头走过来，立刻给胡老三跪下了，大兄弟，你咋这样走了呢？昨天是我骂的老天爷，应该冻死我才是，它咋找错人了呢？兄弟，我对不起你啊。

崔秀吉懵懂地爬起来后，发现自己的一条腿已经被冻得不听使唤了，直直地摔了出去。他努力地爬起来，又跌倒了。苗二柱看见崔秀吉这个样子，忙跑过去把崔秀吉脚上的靰鞡脱下，不停地用双手揉搓他的脚。经过一段时间的推揉，崔秀吉的脚慢慢有了感觉，终于可以一瘸一拐地上路了。

为了保证金顺姬和金春姬的安全，郭秀梅安排了申东勋、纪宝利和迟庆财跟在后面为她们做保护，防止她们从山坡上滚下来。

桂力胜和焦贵泽留在了队伍的最后面，两人把胡老三的尸体用雪埋到了一块岩石的下面，在这种极端的条件下，也只能先用雪盖住，开春再找个机会把胡老三好好掩埋起来。

攀爬突围很顺利，只有苏宝泰一不留神脚没踩实滑了下来，把面部擦得鲜血淋漓，但暂时无大碍。其他的人全都翻越了南面的石崖山。

天还没有亮透，郭秀梅带着队伍已经行进在十里之外的一片森林里了。队伍里，只有苏宝泰痛苦不堪，他的面部虽然被金春姬包上了一块白花旗布，但面部被擦破的伤口经寒冷一冻，让他的脑袋变得比平时肿大了许多。

王大鞭背着猎枪进山了。

进山前，王大鞭特意到洋货店买了"洋火"。他的口袋里有一支火镰，那是求人从河南邓县捎来的天兴火镰，虽说用起来不错，但如果山里风大，怎么也没有洋火来得快。

干粮王大鞭只带了七天的，他想，如果七天还碰不到抗日军，只能怪自己的运气不好。

可以说，王大鞭的运气不错，第一天他就打了一只傻狍子。本来没等王大鞭把枪从后背上取下，那只狍子已经从他的眼前飞奔而去。正当王大鞭端着枪在那里愣神的时候，那只狍子又转回来，它想要看看自己到底遇到了什么。狍子不算太大，也就是百十来斤。王大鞭用腰中的小砍刀就近砍了几根暴马子细杆儿，绑了一副爬犁，把狍子放在爬犁上拖着。

第四天的下午，王大鞭在林子里遇见了林建东。

自从林建东被撤掉二团团长的职务后，他被调到师里当了一名军事参谋。独立师师长冷小刚对林建东还是很器重的。

　　林建东在省城里的国高读过书，虽然没能熬到毕业，但在人们的眼里也算是个秀才了。尤其是不仅识文断字，还特别能说，和他打过交道的人几乎都成了他的朋友。

　　上面反上层路线，冷小刚又不能不执行，只好把他撤了职调回师里。反了上层路线，冷小刚发现师里好多的事情做不成了，不仅物资没有保证，而且情报搜集不上来，抗日的许多工作处于停滞状态。

　　冷小刚不敢明说，心里却很恼火，他想这肯定又是哪位领导瞎指挥的后果。

　　后来占山好赵老灯的绺子派人来说要参加抗日人民军，经过反复研究，决定将占山好赵老灯的绺子改编为第六团，将林建东派去任六团政委。六团的团长是赵老灯，副团长是马长脖。

　　冷小刚知道赵老灯的绺子匪气重，让他们抗日不好带，在林建东去六团时他特意和林建东深谈了一次。冷小刚说，你去那里肯定非常难，处理不好还会有生命危险。可这股力量我们不拉过来，他们就会投靠日本鬼子，被日本人收编的绺子我们也没少与他们打，你要知道自己身上的重任。

　　林建东说，师长，你也知道，咱们打日本鬼子凭的就是一种精神。至于危险，咱们有多少兄弟都牺牲了，我怎么可能没有心理准备呢？放心吧，我会做好各种工作的，要是真有那么一天我牺牲了，师长能到我坟前为我倒杯酒我也就算心满意足了。

　　林建东的一席话说得冷小刚的眼睛有些潮湿，他拍了拍林建东的腿说，兄弟，我相信你，也请你相信我。

　　两个人的手紧紧地握在了一起。

　　果然，六团并不好带。林建东过去时仅带了两个人，一个是警卫员，一个是通讯员。日本鬼子的扫荡，很快让六团失去了营地。六团的战斗力比别的团要差，主要是组织纪律性差，多年来养成的习惯很难一下子改掉。

林建东的做法是，没有后果的事情不去追究，有坏影响的事情坚决铲除。比如到村子里去祸害妇女，这是坚决不能容忍的。

其实胡子的行规也是不能侵害妇女，只不过在这方面大当家的基本上是睁只眼闭只眼。

至于晚上偷摸地搞些赌钱的勾当，林建东就装作不知道，只要不让他碰上就行，并不特意去抓。林建东也知道，对这支队伍的改造肯定不是一朝一夕的事情。

六团的战士也有很多优点：一是枪法准；二是在山里生活能力强。

林建东这次是到师部请求增援的，他听说师部与一团转移到了寒葱岭一带。

日本鬼子入山扫荡的一个中队和一些走狗军入驻了森林中的林场。这个林场是六团先发现的，他们在这里住了两天，林场是以前一些伐木工修建的，后来废弃了。六团在转移中发现就住了进来。日本的讨伐队向这面开来，六团只好恋恋不舍地放弃了这个林场，但六团没有走远，他们想一旦日本兵开向别处，他们就继续在这里隐蔽。可第二天日本鬼子在山里转了一圈又回到了林场。一连三天都是如此，这让林建东产生了打这个讨伐队一家伙的想法。

日本鬼子那边有近二百人的兵力，虽说六团也差不多近二百人，但战斗力却无法相比，要想取得胜利，一定要有增援。

在去寒葱岭的路上，林建东与他的警卫员碰上了王大鞭。

王大鞭当时正坐在一棵树下休息，他非常沮丧。已经四天了，他基本上连抗日人民军的影子都没有见到。他倒是远远地见到身穿黄军装的日本兵。坐到树下时，天空开始下雪了，只坐了那么一会儿，王大鞭的身子就被冻僵了。就在这时，王大鞭听到了有人的脚踩在雪地上的声音。王大鞭知道，听到这个声音的时候，再想站起来躲藏就已经来不及了，他索性闭上了眼睛。王大鞭知道，无论来的人是抗日人民军，还是扫荡的皇军，他都必须坐在这里装死。很快，王大鞭就听到一把撸子子弹上膛的声音。随着脚压雪地的声音的逼近，王大鞭感到有人扒拉了自己的脑袋一下，他的身体一下子倒在了一边。他缓缓地睁开了眼睛，似乎想要向起爬，但他并没有成功地爬起来，反而又跌倒在一边。本来王大鞭是想扮演一个身体被冻僵的角色，但令他没想到的是，他真的被冻僵了。王大鞭感到来的两个人正在不停地用手揉搓他身体的各个部位。弄了不知多长时间，王大鞭才感到两只胳膊和两条腿有了知觉。王大鞭缓缓地张开了口，问了句，你们是谁？林建东说，我们是东北抗日人民军。王大鞭顿时感到心里的石头落了地，他用冻得不太好使的嘴说，救命恩人。

王大鞭随林建东来到了师部，那只狍子当晚变成了一团战士晚饭的硬菜。王大鞭坚决要求加入抗日人民军，本来林建东想让他跟着自己回六团，后来又感到路途太远不方便，就只好把王大鞭交给了一团的政委。

数日的奔波让五团感到疲惫。

这些天来，五团大部分是在森林中度过的。几次因为篝火而被日本讨伐队追击，好在发现得早，五团基本没有什么损失。后来，五团的宿营不太敢点燃篝火了。这样，偶尔会有战士的脚冻伤。

最好的宿营地是在一片森林的边上发现了几座废弃的小木屋，

好像是当时采伐木头的林业工人盖的。五团在那里住了三个晚上，第四天发现有日本讨伐队向这里移动，才被迫离开。

这天上午，老麻头来了。

为了找五团，老麻头在山里转了七八天了。他带来了师长冷小刚的一封信，冷小刚在信中说，这次敌人在冬季讨伐中投入的兵力很大，为了避其锋芒，部队可以向黑龙江的宁安方向移动，待形势好时再重返我们的根据地。师部和一团也会向那个方向转移，请五团注意与师部保持联络，并与当地的党组织取得联系。

郭秀梅握着老麻头的手说，不好意思啊，还得麻烦麻叔帮我们跑一趟。

老麻头说，郭团长你就放心吧，人交到我手上，我一定会把事儿办得妥妥的。

老麻头的身后，跟着抱着孩子的金顺姬，还有背着自缝针的金春姬。

为了少让金顺姬和孩子受苦，五团决定让老麻头把金顺姬姐妹和孩子送出山外，找个村子安置起来。老麻头说山外头有个叫岗子的小村，户数不那么多，而且住得稀稀落落的。一个堡垒户祝大娘正好有那么两间闲置小屋，不仅离祝大娘家远，离别人家也远，正是安置金顺姬姐妹和孩子的好去处。

申东勋站在金顺姬的身边，他不时地掀开小被的一角去看小申雪的脸，他的心绪异常复杂。申东勋知道，这次与金顺姬和孩子告别，不知道下一次何时才能相见，这段时间里，自己会不会出意外，金顺姬和孩子会不会出意外？他不敢想。

看到金顺姬流泪，申东勋用手为她把眼泪擦掉，说，别傻，让别人看见笑话。

申东勋心底涌起一阵酸楚，他怕自己的眼泪不争气地流出来。刚才郭秀梅找过自己，要他随金家姐妹和孩子一同到山外去，在山外同样可以为抗日做工作。但申东勋坚决地拒绝了郭秀梅的安排。他说，现在五团更需要我申东勋。

申东勋知道，自己和金顺姬眼下最想做的还是打日本鬼子。有了孩子申雪纯粹是个意外。

见申东勋不想离开队伍，郭秀梅并没有过多地坚持自己的意见。队里的朝鲜战士虽然不多，但他们个个打日本鬼子的意志坚强。说实话，郭秀梅更舍不得像申东勋这样的战士离开五团。

很快，老麻头和金家姐妹的身影就被树木遮挡住了。

远处的山林里，只留下白色的雪，还有一片灰蒙蒙的树影。

第十八章

经过两天的艰难跋涉，五团来到了一个叫东南岔的小山村。这个小山村像是卧在山林的里面，因为这七八户人家每家的屋后差不多都紧挨着林子。

看到这个小山村，苗二柱笑了，他知道，这个小村子正是五团歇息的好地方。如果发生意外，无论向哪个方向，队伍都能安全撤退。

五团在这里住了五天了，这五天过得很安静。第六天的时候，老麻头从山外追了过来，他说金家姐妹已经在岗子村安顿好了。申东勋听后非常高兴，他询问房东有没有酒，他想要和老麻头喝上一杯。

桂力胜的三连安置在一户老乡的偏房里，这间偏房平日里被老乡用来放置粮食和闲置用品，虽然四处是灰，但屋子却是严实的，生了火，屋内暖融融的。

三连现在仅有二十五个人，这还包括桂力胜自己。本来在桂力胜接手三连时人数更少，后来冷小刚从别的团调来了一些人充实五团。

这么多天来，头一次住进这样温暖的房间，三连的战士高兴坏了，他们纷纷烧水洗脚，洗脖子，洗身上的各处。这么长时间不洗澡，每个人的身上都散发出各种难闻的味道。大家能看到的，便是彼此的脖子，大家都称对方的脖子为"车轴"。

难得有这样的空闲时间，桂力胜便对本连的战士进行培训，他先从各种射击姿势讲起，然后讲在战场上如何利用地形地貌进行射击。他还讲了步枪如何与捷克式轻机枪配合，对敌人进行火力压制。三连的战士里，确实有一些枪法准的炮手，他们听完桂力胜讲的这些后不停地伸大拇指，说，以前放枪时根本就没有想过这些。

苗二柱和元洪春一起住进了老乡的一个小偏厦子。

作为团里的两位领导，他们住在一起比较合适。可苗二柱不大愿意和元洪春一起住，他总想搬到二连去住。

苗二柱最烦的是一住进偏厦，元洪春便埋头在那里向师里写报告。元洪春读过私塾，团里的各种报告大部分都出自他的手笔，有几次因为出去开会的原因，曾找过桂力胜为他代写。

看元洪春在那里埋头工作，苗二柱显得更加无聊。昨天房东送来了一瓶小烧，他和元洪春少喝了一点，还剩有半瓶儿。苗二柱在偏厦里转了转，找到了一颗青萝卜。苗二柱把青萝卜在自己的裤子上擦了擦，觉得挺干净的，于是就着青萝卜，把那半瓶儿小烧往嘴里送。

喝着小酒儿，苗二柱想着自己的心事。现在不要说阳历，就是阴历年也过完了，自己妥妥的三十岁了。想着和自己一起长大的光腚娃娃，他们的孩子大多都可以到山上放牛了。

一想到郭秀梅，他就心如刀割。

苗二柱先是对郭秀梅的长相动了心。那时老二哥郭大个子还在，苗二柱就相中了郭秀梅，但他不知如何跟老二哥郭大个子开这个口。他的这种爱慕不敢表现出来，怕郭大个子翻脸把他收拾了。记得郭大个子在世的时候他苗二柱做的最出格的一件事是下山采办货物时买了面时髦的圆镜，说是因为采办的货物多，老板送的。他把这面镜子送给了郭秀梅，郭大个子用狐疑的眼神看了他半天。

郭大个子死后，郭秀梅做了大当家的。有了苗二柱的全力支持，郭秀梅在绺子里很快就站稳了脚。

在那一段时间里，虽说在郭秀梅的眼里看不到爱慕，但苗二柱能感受到郭秀梅对自己的信任，就这样发展下去，把郭秀梅娶到手是顺理成章的事。你想呀，一个年轻的女人在绺子里混事儿，找丈夫哪里还会有比苗二柱更合适的人选？

让苗二柱没想到的是，郭秀梅当上大当家的还不到两年，便杀出了一个桂力胜。

最初，苗二柱对桂力胜还是很欣赏的，因为他看到桂力胜的胆量、枪法还有身体素质，认为他适合在绺子里干事儿。很快苗二柱就发现郭秀梅看桂力胜的眼神不对劲儿。

苗二柱对自己还是有自信的。身材不高不矮，长相不好不坏。男人嘛，用得着长那么好吗？长得好的男人有男人味儿吗？女人会喜欢吗？虽然没有女人告诉苗二柱，但他固执地认为，那样的男人是不会让女人喜欢的，女人就应该喜欢他苗二柱这样的。

最初桂力胜这个读书的小白脸儿出现的时候苗二柱是不屑一顾的。

后来苗二柱发现，郭秀梅的目光完全被桂力胜吸引住了。苗二柱这才知道，自己认为女人不喜欢小白脸儿的想法是个错误。

从这以后，苗二柱不时对桂力胜发出警告。

桂力胜也很知趣，并不主动接近郭秀梅。苗二柱也是一个讲原则的汉子，既然你桂力胜没做什么对不起我的事儿，我也就没必要为难你。

郭秀梅仍然和自己正常交往，该谈工作谈工作，该关心吃住关心吃住。只是再不说其他的话。苗二柱知道，郭秀梅的心在桂力胜那里，但她又无法忽视自己的存在。

看到申东勋和金顺姬两个人在照顾孩子申雪，苗二柱徒增许多的羡慕。他想，要是自己和郭秀梅能有个孩子该多好哇？

为这个事苗二柱背地里询问过冷小刚，冷小刚说，抗日人民军不反对结婚。

小烧很快就见了底，虽说小烧很冲，但离苗二柱喝好还有很大的一段距离。喝了酒，苗二柱有了想倾诉的冲动，他决定和郭秀梅谈一谈。这个事情要谈开，要不憋在心里会让他一直痛苦。

郭秀梅正坐在西屋的炕头上缝补衣服。这些天频繁地在山林里钻来钻去，许多战士的衣服都被树枝丫勾破了。单衣被勾破了还好说，可棉衣被勾破了里面的棉花就会不停地向外跑，失去保暖功能。金顺姬和金春姬在队时这样的活计根本轮不到郭秀梅来做，有时她抢着要缝几针，却被金春姬嘲笑缝得丑。现在，团里只有她这么一个女人，郭秀梅认为这个活计必须由自己来做。小时没人教过郭秀梅女红，她对这个也不上心，但真要做起来，郭秀梅认为自己缝得再丑也比那些老爷们儿缝得好。她到一连转了一下，收上来四件棉袄。

正当郭秀梅缝得起劲儿的时候，苗二柱进来了。

看到苗二柱，郭秀梅马上问，苗副团长有事？

苗二柱打了个嗝儿，说，没事儿，找你唠唠。

郭秀梅把炕上的棉袄向里拽了拽，说，那你坐吧。

苗二柱坐下来，虽然喝了酒，但他知道自己没喝多，他在斟酌着自己到底应该如何开口。沉默了一会儿，苗二柱说，秀梅，你说说，这么多年了，从你还是这么高的小姑娘起，你二柱哥对你咋样？

郭秀梅仍在低头缝着衣服，她说，好哇，这么多年来你一直对我挺好的。

苗二柱一下子变得非常冲动，他说，可是你为什么对我这样呢？

郭秀梅抬起头，她很诧异地看着苗二柱，说，我哪样了？我哪里对不住你了？

苗二柱本来想好了许多话，可被郭秀梅这样一问，他全忘记了。他吭吭哧哧地说不出话来，情急之下，心中的委屈全部爆发，苗二柱不由自主地呜呜哭了起来。

郭秀梅把手中的针线停了下来，她知道苗二柱心里想说什么。以前，郭秀梅总是顾忌苗二柱的面子，不能过多地表达两个人之间的不可能，给苗二柱留下了希望和幻想的空间。郭秀梅知道，两个人是应该好好地谈一谈了。

郭秀梅在炕上把两腿支在前面，双手扶在膝盖上，说，你说吧，我听着呢。

苗二柱仍是哭，但他开始数叨郭秀梅，并且语无伦次。说了快有一顿饭的工夫，苗二柱总算说完了。

苗二柱说得很多，什么修理那些不听话的手下呀，什么关键时刻站在她这一边呀。总结起来就是一句话，我对你那样好，你却不跟我好。

郭秀梅说，二柱哥呀，你说了这么多，我算是听明白了。你的意思是想和我结婚，但今天我也把话告诉你，别的什么都成，就是这个不行。这么多年来，我一直都把你当亲哥来对待，你拍着良心想一想，我郭秀梅也是个讲义气的人。不想选你当我的丈夫，不是说你不优秀，只是因为你不是我从小想象的那个结婚对象，这一点请你原谅。

苗二柱红着眼睛问，难道我就一点机会都没有了吗？

郭秀梅说，我的心中已经有了今后丈夫的标准，不是你这样的。

苗二柱酸溜溜地说，我知道，就是桂力胜那样的。

郭秀梅说，对。既然你看出来了，那我就实话实说。

苗二柱扯着嗓子喊，他哪样比我好？不就是长得白净些？

郭秀梅心平气和地说，说实在的，桂力胜可能在好多方面都不如你。可我心中结婚的对象就是这路人。因为有你在，我也不好意思和他过多地接触，怕你们之间产生误解。可我见到了桂力胜，知道这个世界上还有这样文绉绉并且能挥枪打仗的人。那么，今后就算是我和桂力胜没能成为两口子，那我也要找一个跟他差不多的人。

苗二柱被郭秀梅的话噎住了。

过了一会儿，见苗二柱低着头不说话，郭秀梅又说，二柱哥，你我以兄妹相处不好吗？我一直把你当作亲哥的。如果你真的想不通，不想以后再见到我，以前我们在绺子的时候可以分绺子，现在你不能这样做了。你可以找冷小刚师长谈，把你带来的二连带走到一团二团都行，我保证一点意见没有，但二柱哥只有一点，那就是别脱离抗日人民军。如果你把队伍带走投靠了日本人，那我肯定是要翻脸的。

屋内很静，能听到东屋挂钟报时的叮当声。

郭秀梅又说，二柱哥你的长相在男人之中是英俊的，你的身手在部队里也是很少有人能比得过的。你说你以后如果想找个跟你结婚过日子的好女人不是很容易吗？以后呢，我会帮你在过路的村庄好好撒摸撒摸，有贤惠的女人我会帮你留意的。再说了，我这个女人，用我爹的话说，身上的女人味儿太少。也不会做针线活儿，做饭不在行，女人家应该干的活儿我全没练过。二柱哥你应该找个里里外外过日子都是把好手的女人。

苗二柱不说话，在那里闷坐了许久，直到他觉得实在找不到话说了才站起来，沮丧地离开了郭秀梅的屋子。

看着苗二柱离开屋子，郭秀梅感到心头一阵轻松，总算把最难谈的问题谈开了。

接下来苗二柱会有什么样的反应？郭秀梅的心里还是拿不准。他会带着自己的手下离开五团吗？会去找冷小刚师长还是投靠哪个大绺子？现在山里的绺子已经不多了，不是加入了抗日人民军就是投靠了日本人，苗二柱总不会投靠日本人吧？郭秀梅长年待在绺子里，知道待在绺子里的人一言不合，便会把队伍拉出去。

郭秀梅来到元洪春住的屋里，发现苗二柱并没有回来。苗二柱去哪里了呢？郭秀梅的心中焦急起来。

苗二柱进来的时候，桂力胜正在给三连的战士讲标尺与距离的关系。

看到苗二柱手里拎着一瓶酒，桂力胜停止了他的讲课。苗二柱挥了挥手，示意桂力胜继续讲，他看到那边有个装了粮食的麻袋，便坐到了那里。

桂力胜不知道苗二柱来这里有什么事，一般来说，苗二柱很少来三连。

桂力胜看到苗二柱坐下了，他只好接着讲，……日本鬼子的三八大盖虽然理论上讲可以打到一千多米，但真的打那么远就不准了，那么它的有效射程是多少呢？这个距离是五百米左右，超过这个距离就不准了，在这个距离内，只要你认真瞄准，还是能把目标干掉的。那么五百米是多远呢？就是我们俗称的一里地。说是一里地，我们如何从远处的目标判断这个距离有一里地呢？我教大家一个判断距离的方法，首先你闭上左眼，然后握右拳把大拇指立起伸出去，让右眼、大拇指与目标成一条线。然后再闭上右眼，睁开左眼……然后这个距离乘十，就是你与目标的距离，听明白了吗？

桂力胜让所有的人按照自己教的方法做一遍，直到每个人都学会为止。看着每个战士都在认真地比画，桂力胜说，你们自己练习吧，不明白的互相问一问。

苗二柱坐在麻袋上，眼睛直勾勾地望着某个地方，他对桂力胜讲了什么一点也不感兴趣。

那个麻袋正在墙角，桂力胜找了一截木头，坐在了苗二柱的身旁。

桂力胜问，苗副团长，找我有事儿？

苗二柱也不看桂力胜，他把手中酒瓶的木塞拔开，向自己的口中灌了一大口，然后把酒瓶递给了桂力胜。桂力胜看了看苗二柱，弄不清苗二柱的用意，他只好接过酒瓶，也灌了一大口。很快，两个人就把那瓶酒弄进了肚里。

这时候，苗二柱的酒劲儿上来了，他抱住桂力胜哇哇大哭。

这突如其来的变故让桂力胜没有一点准备，他当即愣在那里，身体僵硬地任由苗二柱左右摇晃。全连的战士全都躲在角落里看着副团长和连长，没有一个人敢过去安慰一下。

刚刚进入院子，郭秀梅就听到了苗二柱的哭声。她先是一惊，第一个反应是苗二柱过来找桂力胜的麻烦了。可找桂力胜的麻烦你苗二柱哭什么呢？一定是桂力胜把苗二柱给打了。郭秀梅想推门进去，但又不知道如何处理这种场面，只好先透过偏厦的纸窗向里看。

虽然是偏厦，纸窗却糊得很严实，没有破损的窟窿。郭秀梅顾不了那么多，她用舌头浸湿了一处，用手指甲轻轻地扒开一个小口儿。口子虽然很小，但郭秀梅大概看清楚了屋内的情况。看到苗二柱只是抱着桂力胜哭，郭秀梅的心才稍微安稳下来。她转过身，步履沉重地离开了院子。

最难熬的冬天总算是过去了，转眼山上的雪就化尽了，天气开始暖和起来。

队伍一直住在东南岔，鬼子也再没有出现在这周围，这使得五团利用一段时间把队伍好好地休整一番。

老麻头来了，他不仅带来了冷小刚师长的一封信，还带来了十套衣服。

冷小刚师长在信中要五团向香水河子的后山集结，一团和师部已经在那里建立了密营，希望五团也能尽快赶到那里，过些日子全师会有重大的行动。

郭秀梅认识的字不多，苗二柱也不识字，冷小刚师长来信，都是元洪春为他俩念。有些文言元洪春还得为他俩解释。

听完冷小刚的信，郭秀梅快人快语，她说，那我们今天就出发吧？

老麻头说，师长说了，你们也不用太急着到香水河子。这几天赶过去就行。

　　元洪春说，今天走有些仓促，天黑前没有好的落脚地方。明天走从容些，也好在晚上落脚保林屯。

　　苗二柱坐在那里不说话，他从怀里掏出烟荷包，开始卷烟。

　　自从那天他与郭秀梅谈开后，再不多说话。虽说团长、政委和副团长三个人开会，苗二柱只和元洪春说话。

　　郭秀梅敏感地意识到了这个问题，却不知道如何应对苗二柱的态度。

　　元洪春说，苗副团长，这样行吗？

　　苗二柱把烟叼在嘴上，并不点火，他说，回香水河子，说明有仗要打。我们团去年冬天打了几仗之后，子弹不多了。怎么能上战场？

　　元洪春说，是啊，子弹是个大问题。一团和师部会不会有富余？

　　苗二柱哼了一声，可能吗？他们和咱们一样，被鬼子追了一冬天，怎么可能有富余？

　　元洪春皱了皱眉头，他陷入了沉思。

　　苗二柱把卷好的烟点上，说，你看这样好不好？你们明天回香水河子，我呢今天就带一个人到蛤蟆镇去。镇上有个警备连，连长与我是拜把子兄弟，去年我还在绺子的时候，曾找他用大烟土换过子弹。

　　元洪春来了兴趣，问，可靠吗？

　　苗二柱说，也谈不上可靠，葛连长这人江湖气比较重，讲义气，与我拜过把子，难说能不能两肋插刀，但这么个事儿就算他不跟我换，也不能出卖我吧？反正我们以前换过。

　　元洪春思考了片刻，问，如果你今天走，什么时间能赶到香水河子？

苗二柱想了想说，你们明天走，我差不多能和你们前后脚到。

元洪春问郭秀梅，郭团长，团里还有多少大烟土？

郭秀梅说，还有十来斤吧，全在我那里。

元洪春转头对郭秀梅说，我看苗副团长这个想法可行。你说呢？

郭秀梅说，我同意。你想带谁去？

苗二柱说，申东勋吧，这个人不仅会朝鲜语，还会些日语。

来到郭秀梅住处，郭秀梅把大烟土交给苗二柱，苗二柱接过大烟土就要走。

郭秀梅说，你出门前也不和我说句告别的话？

苗二柱停下来，他看了郭秀梅一眼，把脑袋转向别处。

郭秀梅叹了一口气，说，算了。你出门在外注意安全，换不来子弹就赶紧往回走，不要逞能。

苗二柱没说什么，转身走了。

警备连的葛连长是个老兵油子。最初他在张作霖的部队里当兵，已经熬到了排长。奉系向关内撤退，他所在的那个旅地处偏远，没有来得及行动就溃散了。伪满洲国一成立警备军，葛连长就报了名，并很快就弄了个连长当，被派驻到蛤蟆镇。

一见到苗二柱，葛连长就知道来买卖了，他忙令伙房炒两个菜，并端上了两瓶高度小烧。

苗二柱知道自己喝酒容易误事儿，他只是拿起酒杯象征性地与葛连长喝着。申东勋虽然也坐在饭桌旁，但他基本上不说话。

三个人正喝着，听到外屋有开门的声音。

葛连长非常生气，骂了句，妈了个巴子，谁不喊报告就往里闯？

按理说，葛连长是这个镇的最高长官，谁敢不把他放在眼里？葛连长的话音刚落，就见加藤课长与樊五爷走了进来，他们的身后还跟着个翻译官。

葛连长慌忙敬礼，加藤课长潦草地还了礼，然后一屁股坐到了桌旁的一把椅子上。他说了一句日语。翻译忙上前对葛连长说，太君问，这两个人是什么人？

葛连长忙说，朋友，朋友，他们两个人是做买卖的。

自从那次进山遭到伏击，加藤课长很少进山扫荡，他知道一旦进山，自己的性命就很难把握。大多数的时候，加藤都是留在城里。昨天，他接到报告说蛤蟆镇一带有小股抗日人民军在活动，正巧特别课的人全都派出去了，镇上的日本守备队只能为加藤派几个人，加藤就想到了自卫团，他拉上了樊五爷，让他带一些人随自己行动。加藤课长对警备军有些戒备，一般不打电话提前通知。

樊五爷几次提出要辞掉自卫团团长的职务，加藤没同意。

辞不掉团长，就得装模作样地干，樊五爷跟着加藤来蛤蟆镇了。

看着站在桌边的申东勋，樊五爷感到眼熟，但一时又想不起在什么地方见过。

看着苗二柱和申东勋在院子里走远的背影，樊五爷终于想起申东勋曾在他家和朴光浩一起打过零工，于是他大喊，他们是抗日人民军！

苗二柱和申东勋便被绑了起来。

苗二柱后悔自己的莽撞和疏忽，为什么不让葛连长派个弟兄在院子里守着呢？如果能提前弄个动静，也不会让人死死地堵在屋里呀。

苗二柱和申东勋被押到加藤和樊五爷的面前。

樊五爷知道，加藤对自己在剿匪扫荡中的表现一直不满，现在这是一个表现的机会。

樊五爷从椅子上站起来，他来到苗二柱的面前，我知道你们是抗日人民军，说，你们到蛤蟆镇来干什么？

苗二柱看了樊五爷一眼，轻蔑地说，你这哈巴狗还真蹦得挺欢啊。

樊五爷气得脸都绿了，他绕着苗二柱转了一圈，来到苗二柱的背后，照着苗二柱的膝弯处踹了一脚，把苗二柱踹得跪下。苗二柱回头瞪了樊五爷一眼，顽强地站了起来。樊五爷接着踹，苗二柱不停地跪下，起来。几番折腾之后，苗二柱索性坐在了那里。

加藤坐在远处的一把椅子上，他笑眯眯地看着樊五爷与苗二柱在那里进行一种气势上的较量。

樊五爷见苗二柱不服软，他走到苗二柱的面前，啪啪啪打了苗二柱三个嘴巴，苗二柱死死地盯住樊五爷的脸，将带着血水的一口浓痰吐到了樊五爷的脸上。

樊五爷忙掏出手绢把脸上的那口浓痰擦掉，他险些被那浓烈的气味熏得吐出来。

看到樊五爷的那股狼狈相，加藤哈哈地笑了起来。加藤的笑声更让樊五爷心底的火气上冲。

加藤说，对抗日人民军，不使用重刑怎么能轻易地让他们开口呢？

樊五爷说，这两个看来是硬骨头，在这里把他们处理掉算了。

加藤说，如果樊团长亲自执行对这两个人的枪决，我倒是没什么意见。

听完翻译官的翻译，樊五爷笑了，他知道这是加藤在考验自己，他决定亲自动手。

樊五爷把钱小鬼叫来，向他耳语了一番。钱小鬼马上颠儿颠儿地跑出去了。

镇里的居民全被自卫团和警备连的人驱赶到镇里的小学校，那里有一片大大的操场。

人们不知道发生了什么事儿，他们全是被刚来到镇里的自卫团赶来的，这些带枪的人说是让他们到这里开会。

操场上聚集了黑压压的一片人，人们好奇地看着加藤身后几个端着枪的日本兵和自卫团的人。

钱小鬼指挥两个人抬来了一口铡刀，"咣当"一声摔到了操场上。人群中立刻响起了议论的嗡嗡声。

加藤课长站在那里，他对眼前的一切感到满意。

加藤原以为樊五爷不过是想亲手枪决这两个抗日人民军的战士，令他没想到的是，这个樊五爷做得更狠。

苗二柱和申东勋被五花大绑地押了上来。苗二柱看了一眼那口铡刀，他立刻明白了怎么回事。他叹了口气，说，东勋兄弟，我连累你了。

看到眼前的情景，申东勋也明白了自己将要面临的处境，他说，二柱哥，你说这些干啥？抗日是我自愿的，从参加抗日的那天起，我就想到了自己会死。

苗二柱说，不是这个。我下山时，郭团长让我挑人，我却偏偏挑中了你。

申东勋说，二柱哥，你能看得起我，我应该高兴才是，咱俩黄泉路上也有个伴。

苗二柱说，东勋兄弟，你是好样的。

申东勋说，二柱哥，我没你说的那么好。虽说心里知道害怕没用，但我的腿为什么在不停地抖呢？

苗二柱说，东勋兄弟你挺住，这场面谁也没有经历过。只要把牙一咬就挺过去了。

申东勋说，道理我懂，可这腿它现在不听我的呀。

钱小鬼站在那里高声喊道，老少乡亲们，皇军来我们这里是为了建立东亚共荣，但这两个人却参加抗日人民军，这是犯了滔天大罪。今天，我们就要杀一儆百，看今后还有谁胆敢再参加抗日活动。

樊五爷走上前去，用双手把铡刀抬了起来，说，两位兄弟，你们现在如果想招供，把你们知道的都说出来，还来得及。

苗二柱哈哈地笑了两声，说，中国之所以被小日本占了，就是你这熊样的汉奸太多。小日本早晚得完蛋，中国人是杀不完的。

樊五爷说，你嘴硬也没用，照样掉脑袋。

两个押着申东勋的自卫团丁想把申东勋押过去，苗二柱说，慢着，我先来。

苗二柱挣脱了两个团丁的手，慢慢地向樊五爷身前的铡刀走去，他边走边对申东勋说，兄弟，我先走一步，咱们绝不能做孬种。

申东勋结结巴巴地说，二柱哥 …… 你 …… 你 …… 相信 …… 我。

苗二柱走到铡刀前，慢慢地把自己的头伸到铡刀下，吼道，你他妈的快点！

黑压压的人群鸦雀无声，忽然，人们"啊"的一声，几个小孩子哇的一声哭了起来。

申东勋的眼前是一片红色的血雾，他看到了苗二柱的脑袋滚离了樊五爷的脚下。他的嗓子嗷嗷地喊了几声，却并没有发出什么响亮的声音。

申东勋用尽了自己的全身力气，挣脱了团丁的束缚，却发现自己的两条腿根本无法支撑自己走路。两个团丁伏身想要拖起他，申东勋大声吼着，滚开，滚开。

申东勋向前一点一点地爬着，一直爬到了铡刀前。他看了一眼带血的铡刀，说，二柱哥，我给你丢脸了，但我还是爬到了。

申东勋说着，慢慢地把脑袋伸进了铡刀的下面。

第十九章

五团到达香水河子后，两个连挤进了一团新建的营地。桂力胜所带的三连实在是挤不下了。

桂力胜请求回三连以前所建的老营地，那里虽然被日本鬼子烧了，应该还好恢复。

到了晚上，郭秀梅没见到苗二柱和申东勋归来，她隐隐地有些担心，特意加了双哨，期望在晚上他们归来的时候，会有人帮他们把携带的东西送回来。

第二天的早晨，营地里仍没有出现苗二柱和申东勋的身影，郭秀梅焦急起来。她有一种不祥的预感，并且右眼皮在不停地跳。

她找到了老柳头，说，柳连长，你能不能去趟蛤蟆镇？

老柳头点点头，说，我也觉得不对劲儿，我马上走一趟。

老柳头马上把自己身上的匣子枪和子弹等东西卸下来，交给崔秀吉保管。他找了根棍子，背了个褡裢，褡裢里装了几块苞米面饼子。

郭秀梅喊住了要走的老柳头，把自己防身的撸子掏了出来，拿着。快去快回，如果有不对的苗头，别进镇子，赶快回来。

老柳头接过撸子，说，团长放心。

老柳头是第二天下午回来的。从香水河子到蛤蟆镇，差不多有六十多里，老柳头应该是天还没亮就从蛤蟆镇动身了。

听完老柳头的汇报，元洪春一言不发，他呆呆地坐在那里。郭秀梅立刻哭出了声。

听到了苗二柱和申东勋惨死的消息，周三儿要带着他的二连到安敦城找樊五爷报仇。郭秀梅厉声喝止了他，周连长，你以为还在绺子里吗？还有没有组织纪律性？

周三儿蔫了下来，随后他哇哇地哭了起来，他喊，二柱哥呀，我再也见不到你啦。你死得太惨啦。

元洪春说，我们的仇恨要记在心里，不能因为一时冲动破坏了我们师的总体计划。

二连差不多全是苗二柱当年的手下，听到苗二柱是被铡刀铡死的，全连陷入一片哀痛之中。

香水河子的老营地恢复得很快。因为有原来凿出的石坑基础，因此再搭建就不那么困难，只用了两天，搭建的窝棚已经可以满足三连的住宿。

桂力胜正犹豫着要不要把团部和另两个连的窝棚也恢复，郭秀梅来了。

两个营地直线距离不会超过两里地，但真要走起来，还是很费工夫。

桂力胜看到郭秀梅眼圈红红的，意识到苗二柱可能出事了。昨晚桂力胜去过团部，知道苗二柱和申东勋没有回来。

听了郭秀梅的叙述，桂力胜的心颤抖了一下，他没想到苗二柱会死得这样壮烈。

桂力胜想起了几天前他与苗二柱的那次喝酒，算是两个人认识后最坦诚的一次交流。那一次，桂力胜才知道，自己刚入住绺子的那天晚上朝他屋里放的那一枪是苗二柱打的。当时苗二柱发现郭秀梅看桂力胜的眼神不对劲儿，想打一枪把他吓走。

如果自己面对敌人的铡刀，会像苗二柱那样凛然面对吗？桂力胜无法给出准确的答案。不怕死是一回事，能坦然面对那种残酷的死法是另一回事。

桂力胜看不惯苗二柱身上的那种匪气。他的命令不容置疑，手下做错事儿有时是骂，有时是打。不过苗二柱在面对敌人的铡刀时，死得却真爷们儿。

提到苗二柱，郭秀梅又哭了起来，她说，本来元政委还有些犹豫，是我说想去就去吧。

桂力胜安慰她道，你不要因为这个难过。你也不知道他会在那里出危险啊，以前不是去换过多次吗？

郭秀梅点点头，她说，二柱哥真是太惨了，他都三十岁了，还没娶过媳妇儿。我都答应说帮他找了。

桂力胜说，二柱哥走了，我们是难过。可是你应该想啊，多少人牺牲时都没有娶过媳妇儿？朱明龙没娶过媳妇儿，铁中队长也没娶过媳妇儿，尹正叁也没娶过媳妇儿，冯春来也没娶过媳妇儿。好像这些牺牲的同志只有胡老三是娶过媳妇儿的。

郭秀梅抽抽噎噎地说道，不管怎么说，我总觉得对不起他。

郭秀梅把那天苗二柱对自己说的话对桂力胜学了一遍。

桂力胜不想让郭秀梅过分伤心，他说，我觉得还好，你也没有说什么过分的话去伤他。没必要过度责备自己。

天色已经有些晚，桂力胜留郭秀梅在三连吃晚饭，郭秀梅坚持要回去。桂力胜只好亲自送她回师部。

金顺姬的父亲金雄吉听人说了蛤蟆镇发生的事情。

去年入冬的时候，金顺姬曾托人向家里捎过一封信，在信中她说自己参加了抗日人民军，已经与申东勋结婚了。在信的最后，她还说妹妹春姬现在也和自己在一起。

收到顺姬信的时候，金雄吉真是又气又恨又高兴，他高兴的是女儿走了将近半年终于有了音信，气的是顺姬她不仅自己参加了抗日人民军，还把妹妹春姬也拐带了去。恨的是顺姬不听自己的话，一定要和申东勋结婚，如果韩家的韩英哲找上门来，自己的颜面往哪里放呢？

看到金雄吉生气，顺姬妈李美花也不停地唉声叹气，她总感觉顺姬没有举办婚礼就宣布结婚实在是丢人。

前些日子，邻居中有人传说在蛤蟆镇日本鬼子用铡刀铡死了一个姓申的朝鲜人，是山里的抗日人民军。金雄吉听后一愣，他不停地追问这个人叫申什么，可邻居也是听人讲的，并不清楚这个朝鲜人叫申什么。巨大的不安让金雄吉坐不住了，他决定去一趟蛤蟆镇。金雄吉来到蛤蟆镇，他打听到的结果是那天被铡刀铡死的一共是两个人，一个姓苗，另一个姓申。姓申的是朝鲜人。再问下去就没人知道什么了。金雄吉找到了一个饭馆跑堂的，他比较了解内幕。跑堂的说，他是听樊团长手下管家说的，管家说那个姓申的朝鲜人在樊团长家干过活，至于叫什么，好像管家也说不上来。根据跑堂的描述的长相，那人很像申东勋。

金雄吉见过申东勋两次，虽说不同意女儿嫁给他，却认为这小伙子不错。

如果真的是申东勋，那女儿今后怎么办？从蛤蟆镇向回走的路上，金雄吉一直思考着这个问题。

在回家的路上金雄吉特意绕了点远，他来到了申东勋家的村子。金雄吉认识申东勋的父亲，算不上熟，但都知道对方。非常巧的是，金雄吉在村口遇到了申东勋的父亲。申东勋父亲不时地向他半鞠躬，并邀请他到家里坐坐。金雄吉谎称要到别处办事，躲开了。

金雄吉对申东勋的父亲有两个猜测，一个是他已经知道了他的儿子和顺姬相恋或是已经结婚；另一个就是他还不知道蛤蟆镇的事，至少他连传言都没听说过。

难道自己的判断有误？金雄吉带着满脑袋的疑问回到了家。

半个月后的一个晚上，金雄吉与李美花正在吃晚饭。突然邻居领来了一个人，金雄吉惊得手中的筷子掉落了一支，眼前的这个小伙子虽然不认识，但他的相貌与年轻时的韩先生太像了。一问，果然是韩英哲。

冷小刚把五团调回来的目的是与一团合作攻打安敦城。

最初的设想是全面占领安敦城，但是攻打并不顺利，日军的守备队占据有利地形，不仅迟迟攻不下来，而且伤亡很大。因此指挥部临时决定运走物资和收缴日本银行的钱，撤出安敦城。

撤退的时候，元政委的腰部挨了一枪，他一下子扑倒在那里。正巧桂力胜正在指挥三连边打边撤，遇到了元洪春，桂力胜二话不说，背起元洪春就向前跑。

跑出安敦城外的时候，桂力胜已经累得虚脱。

桂力胜把元洪春放到一墩柳树丛旁边。

柳树叶已经长得很长了，它们在微风的吹动下，显得摇曳生姿。

桂力胜解开元洪春的上衣，开始为元洪春处理伤口。

运回营地的白花旗布，依照桂力胜的提议，全部剪成了巴掌宽的布条，卷成了绷带式的布卷，每个人身上携带一卷。桂力胜说，只要是上战场，无法保证不受伤。作为包扎绷带的替代品，有时可以救命。

桂力胜把元洪春腰部的伤口包好。正好焦贵泽领着几个战士赶到了，焦贵泽忙把元洪春扶到一个战士的背上。

三连把原来的营地全部修复好后，五团的另两个连就都搬回了原来的老营地。

回到香水河子营地，元洪春一直高烧不退。

没有药，也没有大夫，所有的人一时不知道如何是好。

冷小刚过来看望元洪春，发现元洪春一直处于昏迷状态，他决定把元洪春送到独立师的医院。

师医院最初是由一位当初在屯子里当过郎中的战士开办起来的。师医院设在黑石碴子，离独立师部的香水河子营地足有六十多里。桂力胜与焦贵泽忙用木杆扎了副担架，把元洪春放到了上面。本来桂力胜要领着四个战士出发，要走时冷小刚提出能不能让柳连长或周连长护送，他想要桂力胜向上级写一份近期的工作报告。

周三儿受了轻伤，大腿被枪弹擦了一下。看着老柳头那么大的年纪，郭秀梅便提出她领着四个战士跑一趟。

冷小刚不同意，他说，那怎么行？如果柳连长去，还可以替换一下他们。

郭秀梅说，你看不起谁呀？我去怎么就不能替换战士啦？不就是抬个人嘛，我又不是没抬过。

冷小刚只好说，行行，你去吧。这丫头听不出好赖话。

郭秀梅白了冷小刚一眼，领着四个战士上路了。

从师医院回来后，桂力胜发现郭秀梅变了，她变得沉默寡言。

那天桂力胜路过郭秀梅的窝棚，发现郭秀梅坐在那里不知想着什么心事。桂力胜感到奇怪，不就去了趟师医院嘛，怎么人还变了？

桂力胜把那天护送元洪春的焦贵泽找来，问他一路上和到师医院都发生了什么事？焦贵泽努力回忆那天的经过，他说，没发生什么事啊。最初我们抬了一段，后来郭团长非要替换我一下，我只好让她抬了一段。后来我就再没让她抬，这也不至于不高兴嘛。

桂力胜想了想，这基本上不是什么事儿。焦贵泽倒未必考虑她是什么领导，主要是因为她是女的，不想让她过多受累，这是很正常的事情。

焦贵泽要走的时候说了句，师医院那个新来的女大夫真是好看。

桂力胜和他逗"咳嗽"，问，怎么个好看法？看了就不用吃饭？

不想焦贵泽还真是点了点头，说，真的看了可以不吃饭。怎么说呢，就是比年画上的女人还漂亮。

焦贵泽走了，留下桂力胜在那里发呆。莫不是郭秀梅让这个漂亮的女医生给刺激到了？

桂力胜来到郭秀梅的窝棚，里面空无一人。

最近这一阵子，苗副团长牺牲，元政委负伤，团里所有的重任全压在郭秀梅一个人的身上，她比平时忙多了。

郭秀梅推门进来了，看到桂力胜在自己的窝棚里，她明显一愣，你怎么来了？有事吗？

桂力胜说，没事儿就不能来看看你吗？忙啥去了？

郭秀梅说，我去看看战士们采回来的野菜，别把有毒的混进去，吃了出事儿就不好了。

现在是五月，正是采摘野菜的季节。郭秀梅便要全团每餐以野菜为主，适当地加一些苞米面之类的粮食。常年生活在山上，全团的口粮是个大问题。

有些野菜吃了会令人不舒服，一直在山里生活的郭秀梅对野菜了如指掌。生长在山外的战士虽然也采过野菜，但其中的细小差别他们并不清楚。

看桂力胜站着，郭秀梅便说，你坐啊。

桂力胜坐了下来，问，听说那个女大夫贼拉漂亮？

桂力胜在南京上学时，曾因为说东北方言受到很多同学的嘲笑，因此他说话时非常注意尽量使用通用语言，但今天他觉得不使用这个词不足以表达那个女大夫的美丽。

郭秀梅瞪大了眼睛，说，你怎么知道的？

桂力胜说，你别管我是怎么知道的，你就说是不是吧？

郭秀梅点了点头，然后用羡慕的语气说，你说人家是怎么长的？那脸那个白哟，那手的皮肤那个细呀，还有人家那说话的口气，哎哟，男人听了都得迷瞪过去。

桂力胜说，说得太严重了吧？说话都能让男人迷瞪？

郭秀梅认真地说，我说的是真的。

桂力胜问，她是怎样说话的？

郭秀梅想了想，像是回忆当时的情景，然后说，我们一把元政委抬进去，她就问，伤者中枪几个小时了？你看，咱们都怎么

说？这个人，或者说他。人家不，说伤者。我们说，大概有七八
个小时。她又问，伤者服过什么药没有？我们说，没有，这不因
为没有药才上这里来了嘛。人家说服，像咱们都土啦吧唧地说吃，
或者喝，但人家说服。她又问，伤者以往有什么病史？我们五个
全愣在了那里，啥叫病史？

桂力胜笑了，说，就是得过啥病。

郭秀梅说，你不愧是读过大书的，一听就懂。我们当时全都
愣了，瞪着眼睛看她。女大夫只好问伤者以前有什么慢性病？我
们全都蒙了。元政委身体一直不太好我们是知道的，但还真不了
解他有什么慢性病。看着我们全都摇头，那位女大夫说，好了，
你们到外面吧，我要做手术了。我们就到外面等，大约一个多小
时吧，她才从里面走出来。我们忙上前去问元政委怎么样，她说，
现在元政委失血过多，需要输血。你们谁是 O 型血？我们哪懂什
么是 O 型血呀。最后化验说是焦贵泽的血型和元政委的相配，焦
贵泽便躺在那里为元政委输血。焦贵泽出来后又过了一个多小时，
那女大夫才出来，说是现在元政委已经过了危险期，只是麻药的
效力还没有过，大概要一个多小时后才能醒来。一个多小时后，
元政委果然醒过来了。我们看没有什么事了，就把小吴留下让他
照顾元政委，我们便趁着月色向咱们营地赶。你说，都是人哪，
她咋就会那么多呢？

听着郭秀梅在不停地比较那位女大夫和本地人的不同，桂力
胜觉得好笑。

她姓啥呀，哪里人？

郭秀梅说，那里有两个女的，给她当下手，听别人说她俩是
护士。她们叫她辛大夫。哪里人还真不知道，但她肯定是南方人。
说话和我们一点都不一样。

桂力胜问，是不是被这个辛大夫的漂亮吓住了？有些不自信了吧？

郭秀梅脸红了红说，有点儿。

桂力胜想了想说，这个事儿呢，你得这么看。你知道西蕃莲吗？

郭秀梅点了点头，知道，我栽过。

桂力胜接着说，那花俗名叫地瓜花，也有管它叫大丽花的。它的学名叫天竺牡丹。我小的时候一见到这种花，就惊奇得不得了，因为咱们东北，是很少能见到这么艳丽的花的。可是有一年我放假回家，路过一片向日葵地，向日葵花开得非常有气势，那种金黄一下子把我惊呆了。我细细地观察了那些向日葵花，发现它们有它们的美。

郭秀梅问，你想说啥呢？

桂力胜说，我想说的是，大丽花有大丽花的美，向日葵花有向日葵花的美。它们是美的不同侧面。

郭秀梅笑了，我能和人家比吗？你倒是挺会安慰人的。

韩英哲在金雄吉的家里住了一个晚上，第二天便回了安敦城。

韩英哲像是有意无意地打听金顺姬的情况。金雄吉只好说顺姬和春姬到亲戚家帮忙种地去了，要过些日子才能回来。韩英哲并没有提他和顺姬订婚的事。

韩英哲的父亲当年与金雄吉在龙井分手后，一路向西走下去，一直走到桓仁才停住了脚。

韩英哲前不久加入了鲜民援助协会桓仁分会。这个协会是亲日的朝鲜人组织成立的，日本人是他们的后台。韩英哲对这一点是很清楚的，他经过一番分析之后认定只有在这个组织里自己才能施展手脚，出人头地。经过一番策划，桓仁分会的头目要他到安敦城来工作，这样更能发挥韩英哲的作用。韩英哲的日语不错，他被派到安敦城的警察署当翻译。

鲜民援助协会的活动范围是很广的。这个协会在延吉成立后，很快就在东北各地成立了分会组织。

韩英哲来到安敦城后，他向协会里的一位叫老全的打听金雄吉一家的情况。经过老全的一番调查，很快了解了金雄吉一家的情况：金顺姬已经跟一个叫申东勋的上山加入了抗日人民军，那个申东勋已经死在了蛤蟆镇，但没有金顺姬的消息。

韩英哲到金雄吉家，就是想探听一点有关抗日人民军的消息，至于自己曾和金顺姬有过婚约他倒是并不在意。别说金顺姬已经与申东勋结婚，就是她没结婚，自己会与金顺姬结婚吗？如果有了身份地位，什么样的女人找不到呢？

韩英哲在金雄吉家并没有打探到什么有用的消息，虽然有些失望，但他并没有泄气。他知道自己刚从桓仁那边过来，这里基本上没有熟人和朋友，时常到这里走走没有坏处。

韩英哲走时对金雄吉说，过些日子我再来看望你们。

韩英哲走后，顺姬妈李美花不停地唉声叹气，她不知如何面对这个找上门来的订亲女婿。

金雄吉在那里一颗接一颗地不停地抽烟。

事情发展到这一步，是金雄吉没有想到的。

不过申东勋已经死了，他们并没有举办过婚礼，如果没人提的话，韩英哲应该不会知道。自己就装作不知道女儿已经结了婚，这也不算是背弃了当初的约定。大不了把当年的订亲礼退还给韩家。当年，两家说起订亲这事儿，韩家曾象征性地送了金家两草袋子水稻。

韩英哲走后没多久，就在金雄吉准备下地的时候，邻居告诉他在岗子村看到金春姬了。金雄吉的第一个反应就是不可能，金春姬怎么可能出现在岗子村？如果在山里看到她了，金雄吉信。如果说在安敦城见到她金雄吉也信，因为安敦城毕竟离这里才十里路，她要回家，很可能先到安敦城。可是说金春姬在岗子村，金雄吉就不大信了。岗子村离这里至少有五十多里，金春姬没事儿到那里去干什么？可邻居说他不会看错的，他昨天到岗子村去买晚土豆种，正好在路上碰到金春姬，她挎了个筐像是出门挖野菜。邻居说他还和金春姬打了招呼，可金春姬像是不认识他似的，慌慌张张地逃向山上了。

岗子村的土豆以个儿大和结得多在这一带颇有名气，这一点金雄吉是知道的。邻居说他到岗子村去买晚土豆种倒是符合常情，但他怎么会遇到春姬呢？金雄吉的脑中充满了疑惑。

桂力胜正在一块平地上训练三连战士的匍匐前进，一位战士跑来报告说郭团长找桂力胜有事。桂力胜只好让焦贵泽代替自己指挥训练，自己随那位战士向营地走去。

自从苗二柱牺牲以后，郭秀梅对与桂力胜的交往变得谨慎起来。这种谨慎，只有桂力胜能够感觉出来。

来到郭秀梅的窝棚，郭秀梅正在面对一封信发呆。老麻头来了，他捎来冷小刚的一封信。

冷小刚在信中说，五团现在的团级领导中一位副团长牺牲，一位政委身负重伤。团里的重任全压在郭团长一人身上，现在师里干部紧张，过些时日会派一名政委暂时代理元政委的工作，待元政委伤好后再返回团里，至于副团长一职，希望郭团长在五团里拟就人选，上报师里，然后由师里下文任命。

郭秀梅问，啥叫拟就人选？

桂力胜为她解答道，就是说这个副团长谁当由你来定，你报到师里，由师里下文任命。

郭秀梅点了点头，说，那你来当这个副团长怎么样？

桂力胜有些犹豫，他说，我当……这不合适吧？

郭秀梅问，哪里不合适？

桂力胜说，有两点：一是我在团里的资格没那么老，你像柳连长、周连长，都比我资格老。二是你是团长，我再当副团长，团里就更有人议论咱们俩啦。你没听到别人的议论吗？

郭秀梅直视着桂力胜，问，你害怕别人的议论吗？

桂力胜说，怕倒是不怕，可是……议论对团里发展不利呀。

郭秀梅点了点头，说，这事儿我得想想，到底应该怎么做才对。其实，在你、柳叔和周三儿三人中，你的各种能力都比他们出色，他们也是承认的。但你说的这一点，我也不得不考虑。

桂力胜说，一切由你决定，如果你不怕别人议论，那我就做你的副团长。

郭秀梅点了点头，说，还有件事。老麻叔还带来了一个口信，他路过岗子村的时候，金春姬向他报告说，在岗子村遇到了一个熟人，怕是暴露了，请求归队。老麻叔看她们做好的衣服还有自缝针什么的，东西太多了，只是捎带回来两套衣服。你看是不是派两三个人下山把她们接回来。

桂力胜想了想说，我们连这些天一直高强度训练，每个人都累得要命。这样吧，我和苏宝泰跑一趟。苏宝泰这两天一直在干木匠活儿，没那么累。

郭秀梅说，你去？身体能顶住？

桂力胜说，放心吧，我在军校训练时比这强度大。

郭秀梅说，好吧，到厨房拿几个饼子，马上出发。

到了岗子村，桂力胜警觉地向四周看了看，并没有发现有什么可疑的迹象。远处有一个孩子在放牛。村里的一条小路上，两只猪正在抢什么东西吃。

到了老麻头说的村外小屋，苏宝泰和桂力胜正向院内走，只见一片旋网从门口的榆树上抛了下来，将苏宝泰和桂力胜兜头盖住。

桂力胜在被渔网盖住的瞬间他就知道事情不好，慌忙去拔藏在靴中的撸子，肩部像被什么东西咬了一下，手中的撸子掉落到了地上。

桂力胜意识到自己中枪了。他挣扎着想要把撸子捡起来，可那条手臂耷拉着，完全不听桂力胜的使唤。

从树上跳下了两个穿着黑色衣裤的男人，他们挥舞着王八盒子。另有三个人从院外的蒿草丛中爬了出来，他们用枪顶住了桂力胜和苏宝泰。

有人把桂力胜掉在地上的撸子捡起来递给了一个嘴里镶有金牙的男子，说，连长，这人带着家伙。

金牙连长拿过桂力胜的撸子看了看，他们是抗日人民军嘛，怎么可能不带家伙？嗯，这枪倒是挺有档次的。带他们去见加藤课长。

加藤课长与樊五爷来到岗子村已经两天了。

接到韩英哲的密报后，加藤课长细细地思量了许久。经过缜密的思考之后，加藤课长决定到岗子村来抓人。最初加藤课长决定只带四个守备队的日本兵来，没出安敦城加藤课长就改变了主意，他让翻译叫上樊五爷，让他带上两三个人。

樊五爷不知道加藤课长又有什么新的行动，他慌慌张张地带着钱小鬼和两个自卫团的人来了。那两个团丁其中一个是连长。

自从樊五爷在蛤蟆镇亲手用铡刀铡死了两名抗日人民军后，加藤课长对樊五爷态度有了很大的转变。以前加藤课长见樊五爷，总是以一种居高临下的姿态来和樊五爷讲话。离开蛤蟆镇后，樊五爷感到加藤课长说话有了更多尊敬的意思。

从这以后，加藤课长常常派翻译来找樊五爷。有时是了解一些情况，还有两次是请樊五爷到加藤课长的住处吃饭。

这种不寻常的待遇，使那些平日里不服樊五爷的几个老板受到了打击，让樊五爷大大地扬眉吐气了一回。

岗子村人家不多，没什么大户人家，家里条件最好的就是赵大头。说他家条件好，也不过是他家的院子里有六间正房。

到了岗子村，樊五爷决定住进赵大头家。加藤让三名日本兵和樊五爷的两名团丁一起去村边金顺姬家的院子附近蹲守，并告诉他们，在抓到与金顺姬联络的人之前，不能对金顺姬和金春姬有任何惊扰。

留在赵大头家的加藤和樊五爷闲得无聊，樊五爷无意中看到赵大头家有一副麻将，便问加藤会不会打麻将。没想到加藤在日本的时候便学会了麻将，只是打法跟中国的不同。加藤坚持要按日本的规则来玩，樊五爷和钱小鬼只好同意。人不够手，翻译上桌凑数。

当金牙连长把桂力胜和苏宝泰押进屋里的时候，樊五爷正和了一把大牌，这让樊五爷的心情异常愉悦。

看到金牙连长押进来两个人，加藤的脸上露出了笑容。他通过翻译告诉樊五爷，你先审问他们一下，看看他们是抗日人民军哪一部分的?

樊五爷绕着两个人转了一圈,他很快就确认桂力胜的级别比苏宝泰高,当他逼视苏宝泰的时候,苏宝泰会不自觉地躲开樊五爷的目光去看桂力胜。而桂力胜却敢迎着他的目光回击过去。

樊五爷笑呵呵地说,兄弟,说说吧,你们是抗日军哪部分的?

桂力胜说,说什么呀说,你不是安敦城的樊五爷嘛,我在你家做过工。

樊五爷说,在我家做过工? 那是什么时候进山参加抗日军的?

桂力胜说,没参加抗日军,我们就是出来找活儿。

樊五爷一脸讥讽地说,找话儿? 你们就是拿着这个找活儿的?

樊五爷亮出了金牙连长进屋递给他的手枪。

桂力胜说,这也不是我的,我在路上捡的。

樊五爷说,小子,我可不是猴儿啊,你别这样要我。

桂力胜笑了笑说,你樊五爷怎么可能是猴呢,你本来就是条狗嘛。是条跟在日本鬼子后面的狗。要不,你怎么可能会在这儿呢?

金牙连长忍不住扑哧一声笑了。樊五爷用冷峻的目光扫过去,金牙连长立刻把嘴闭上。

樊五爷说,小子,你还挺爷们儿啊。有点刚性。不过你这次落到我手里,你以为就那么轻易能过去吗?

桂力胜说,过不去又能怎么着? 你大不了把我毙了,你以为我会怕死而向你求饶?

樊五爷说,你要是这样说,我樊五爷还真能成全你。

樊五爷跟翻译说，你跟太君说，这个人不怕死，什么也不肯说。弄出去枪毙了吧？

听了翻译的话，加藤摆了摆手，说，要他死太容易了。我不相信有什么人在酷刑面前能挺得过去，他不说，还是你对他太仁慈。

樊五爷听了加藤的话，似乎开了窍，他慢慢走向桂力胜，猛地将手指插进桂力胜肩头的弹孔里，不停地向里捅。桂力胜疼得汗都出来了，他咬着牙，迫使自己不叫出声来。

樊五爷收了手，桂力胜猛地提膝撞向樊五爷的阴部，樊五爷"噢"地叫了一声，疼得弯下腰去。

樊五爷怒了，他用手抹了两下脸上冒出的冷汗，把手上刚刚沾到的血全弄到了脸上，这让他的脸看上去更加狰狞。他蹿到外屋，找到一把劈柴用的洋斧。东北把那种扁薄的斧头叫作洋斧。

樊五爷拎着洋斧直奔桂力胜而去。

加藤急忙让翻译告诉樊五爷，别把他弄死了，他还有用。

樊五爷本来是想用洋斧劈死桂力胜的，听加藤这么说，他改变了主意。

樊五爷说，小子，我本来是想用斧子送你上西天的，但太君还要审问你，要你的口供。你还是现在就招了吧？招了呢，一能免你的皮肉之苦；二能保你不死；三呢，皇军还能给你点钱，回家做个小买卖。

桂力胜鄙夷地说，就是让我做狗呗。我倒想问问你，做狗有意思吗？

樊五爷气得眼睛都红了，他说，你嘴上得了便宜有什么好？我现在就能卸下你一条膀子，信不？

桂力胜说，我当然信。你当汉奸这么起劲儿，早晚会把狗命丢掉的。

樊五爷叫了一声，猛地把洋斧抢了起来。

桂力胜只觉得一阵剧痛，他不由自主地叫了一声，只见自己的左臂飞离了自己的身体，在地上弹跳了一下。桂力胜随即昏倒在地上。

加藤看了看倒在地上的桂力胜，他对樊五爷伸出了大拇指，嘴里蹦出了两句中国话，你的，大大地忠诚。

樊五爷受宠若惊，他用脚踢了一下桂力胜，说，太君放心，他死不了。尽可以带回安敦城审问。

躺在地上的桂力胜的肩膀处不停地流血，加藤怕桂力胜失血过多死去，他令钱小鬼马上找东西为桂力胜包扎止血。

翻译官跑进来说回去的马车安排好了。加藤命令把桂力胜抬上车。两个日本兵推搡着苏宝泰上车，加藤发现他的腿在抖。加藤诡谲地一笑，他知道，回去之后就该先从这个人身上入手。

看加藤欲上车，樊五爷觉得自己的使命完成了，忙喊钱小鬼把自己从安敦城带过来的那挂马车赶过来。几天前，他们就是分坐两挂马车赶来的。

加藤制止了樊五爷，他通过翻译告诉樊五爷，你们留下来处理那两个女人。现在，那两个女人已经没有什么意义了，你们随意处置吧。

樊五爷这才想起，那参加了抗日人民军的两个女匪被忘在了脑后。

早晨起来，金春姬草草地吃了几口饭，便肩负着一只背筐上山了。

金春姬昨天进山采菜时发现了一片刺老芽，当时她的筐已经采满了，无法再装更多的野菜，只好恋恋不舍地离开。

刺老芽是一种丛生灌木的嫩芽，是野菜中的上品。这种野菜如果吃不完，也可以用盐腌制起来，留待冬天食用。近几天进山采野菜的村民很多，金春姬生怕去晚了野菜被别人采走。

金顺姬在金春姬走后为申雪换了尿布。申雪已经六个月了，她已经能发出"哦妈"、"阿爸"的音节。孩子的这种成长，让金顺姬异常欢喜。她想象着有一天见到申东勋时，申雪可以叫他阿爸，那将是多么让人高兴的事情啊。

金顺姬将申雪安顿好，让她躺在炕上自己玩。金顺姬来到西边堆放杂物的屋子，从一堆柴草中将那台缝纫机搬出来，开始缝制衣服。就剩下最后的几件了，很快就能做完。金顺姬猜想，老麻叔已经走了好几天了，也许这几天山上就会派人来接她们，得抓紧时间把衣服做好。

接近中午的时候，金顺姬似乎听到院门前有些动静，并且听到了枪响，她忙跑出门去看，只见有几个人似乎拖拽着什么人消失在村里的小路上。

金顺姬的心一下子提了起来，她不清楚发生了什么事，但她意识到了眼前的危险。金顺姬慌忙回到屋里，将她和金春姬的衣服打了一个小包，然后又把做好和未做好的衣服全都用绳子捆扎起来，就是那台缝纫机，她也用布把它包好，以便随时可以背在身上。做完了这一切，金顺姬把申雪包好，背到了背上，做出了离开这里的准备。金顺姬知道，一旦金春姬回到家里，最多也就是背上那台缝纫机，拿上两人的换洗衣服，至于那些做好的衣服，她们肯定无法拿走。

金春姬一直没有回来。

怎么办？金顺姬急得嘴上起了一个泡，火辣辣地疼。不能把妹妹一个人丢在这里啊，金顺姬背着申雪焦急地在屋里不停地转圈。

出去找她？金春姬出门前并没有说自己去南山还是北山，去了西边的沟里也说不定。金顺姬后悔金春姬走时自己没有问一下。

金顺姬决定出门迎迎金春姬，如果运气好，也许能看到金春姬正在回家的路上。

金顺姬背着申雪走出了家门，她想了想又回到了屋内，把装衣服的小包拿上。金顺姬想，如果碰到金春姬，两个人先进山再说。村里发生了什么事金顺姬虽然说不清，但金顺姬嗅到了那种危险的气息。

刚打开屋门，金顺姬就看到有四个人已经站到了院子里。他们是樊五爷、钱小鬼、金牙连长和那个团丁。

本来为了抓人方便，金牙连长和团丁穿着便装，把王八盒子藏在了内衣里。现在，他们大敞着衣襟，故意把王八盒子露在了外面。

看到金顺姬背着孩子出来，团丁从腰间拔出了王八盒子指向了金顺姬。金顺姬有些惊愕，她手中的布包掉落到地上。

金牙连长和团丁挥舞着枪冲进屋内转了一圈，出来向樊五爷报告，报告樊团长，屋内没有人。

樊五爷上下打量了一下金顺姬，又看了一眼金顺姬背上的孩子，情报上不是说两个女人和一个孩子吗？接着搜。

说句实话，樊五爷对加藤课长先回安敦城是有些不满的。本来一起来的，你干吗要撇下我们先走？处理完两个女人和一个孩子又能耽误多少时间？现在山里的抗日人民军活动这么频繁，我们在这里多待一天就多一分危险。这种内心的不安让樊五爷充满焦灼。

但反过来一想，樊五爷又觉得有些庆幸。让自己全权处理这两个女匪，说明加藤课长对自己非常信任。如果自己能让这两个"女匪"开口说出一些什么，那自己肯定就立了大功一件，回到安敦城，也有了值得夸耀的成绩。樊五爷见抓到了一个女匪，便想先审问一下。

樊五爷慢慢走近金顺姬，他知道这个女匪虽然是抗日人民军，但她背着孩子，并不能把自己怎么样。

樊五爷说，你一个女人家，参加什么抗日人民军呀？

金顺姬瞪着樊五爷，一声不吭。

樊五爷心中扬扬得意，说，你不要以为不说话我就没办法。对付你们这些抗日分子我的办法多的是。

樊五爷伸手拉开遮盖申雪头部的被角，看了一眼申雪，说，这就是你和山上的抗日分子生的小崽子吧？长得可真俏皮，你信不信我能把她的两只眼珠子抠出来？

金顺姬见樊五爷竟敢打申雪的主意，她想也不想，用力抓过樊五爷的手，上去就狠狠地咬了一口。樊五爷立刻发出了一声杀猪般的号叫。

樊五爷根本没想到金顺姬敢咬自己的手，他不停地用拳头击打金顺姬的面部，金顺姬怕他打中申雪，被迫松口。可樊五爷手腕处被金顺姬用牙齿撕掉了一块皮肉。樊五爷用一只手捂住流血处，怒吼道，把她给我绑了。

钱小鬼最先冲上去，将金顺姬的双手在前面绑上。为了防止她打人，钱小鬼又用绳子把她的双手缠到身体上。

金顺姬后背的申雪受到惊吓，哇哇大哭起来。

做完这一切，钱小鬼忍不住对樊五爷说，五爷，这个娘们你不能可怜她，都是顽固的抗日分子，一枪崩了得啦。

樊五爷松开捂住伤口的手，见血还在不停地流，他便恨恨地说，只是崩了她岂不是太便宜她了？我要让她知道我樊五爷不是好惹的。把她带到老榆树下去。

金牙连长再次向樊五爷报告，报告樊团长，没有找到另一个女人，倒是在堆东西的那屋找到了这些东西。

金牙连长和团丁将缝纫机和一堆新制成的衣服抱了出来。

樊五爷看了一眼那些衣服，见里面有个长长的布条，便说，把那个布条递给我。

金牙连长见了樊五爷手腕处的伤口，他夸张地惊呼了一声，忙用布条为樊五爷包扎。

樊五爷示意向老榆树下走，金牙连长问，另一个"女共匪"不抓了？

樊五爷挥了一下手说，算了，我们今天还要回安敦城。

岗子村有棵老榆树，说不清生长多少年了，比一般的饭桌还要粗。老榆树上吊着大半张犁铧，村里有什么事就敲犁铧。

樊五爷示意将金顺姬绑到树上。钱小鬼和金牙连长就动起手来。金顺姬不肯屈服，极力想挣脱他们的捆绑。金顺姬害怕绳子的捆绑勒疼小申雪，她侧歪了一下身子，尽量使绳子的着力点全部落在自己的身上。

看到金顺姬结结实实地被绑到老榆树上，樊五爷从胸腔里发出一种歇斯底里的狞笑。他吩咐金牙连长和团丁，你们俩去找干爽的木桦子来，多抱些，我要烧死这个娘儿们。

看到钱小鬼站在那里，樊五爷把树下的一只木槌递给了他，说，敲，我要全村的人都来看看这个抗日娘儿们的下场。

钱小鬼拿起木槌当当地开始敲了起来。

最先跑到老榆树下的是赵大头。

赵大头并不是村长。岗子村太小，没有设过村长。后来实行保甲制，赵大头被任命为牌长。赵大头不清楚牌长到底是多大的官，但他明白上边的意思，就是岗子这个地方由他说了算。

接待日本人和樊五爷，赵大头并不是很情愿。

当个牌长，也没有什么好处可捞，干不好上面还会怪罪下来。可不干就可能大祸临头，赵大头只好硬着头皮干下去。

日本人总算乘着马车走了。赵大头盼着樊五爷也赶紧滚犊子，可樊五爷不仅不滚，反而带人去村里了。

赵家的正屋里，屋地上洒了厚厚的一层血，空气中弥漫着一股杀气。赵大头和媳妇一进屋，便被那气味呛了一下。两个人知道是人血，赵大头的媳妇忍不住干呕了起来。赵大头一边收拾屋子，一边骂。

屋子没收拾完，赵大头就听到犁铧声响了，他知道有事情要发生，忙扔下手中的扫帚，跑到大榆树下。

赵大头来到大榆树下的时候，金牙连长和团丁已经从最近的田家抱了不少木桦子。田家的老婆跟在金牙连长的屁股后头问，你们用了我家的木桦子，就不给点钱吗？

金牙连长蛮横地说，维持治安的事儿，大家都得出力。要钱去找赵大头。

田家老婆看了赵大头一眼，没有说话。赵大头心里憋气，他瞪了一眼金牙连长，但金牙连长忙着把木桦子向金顺姬的身下堆，并没有看到。赵大头知道有人背后叫他赵大头，但还从来没人当他的面直呼这个外号。赵大头看了一眼金牙连长腰间的王八盒子，忍住了想再说什么的念头。

稀稀落落地来了七八个人，这个人数让樊五爷失望。虽说岗子村只有七八户人家，但他认为至少应该来个二十多人。樊五爷认为自己等不及了，他还要赶回安敦城，这个鬼地方他一宿也不想多待。

樊五爷想到这里便扯开嗓子喊，老少爷们儿，我们是城里维持治安的自卫团，我们协助皇军在"满洲国"建立共荣圈。可这名"女匪"却和皇军作对，加入抗日人民军。她被我们自卫团抓获了。为了警告那些抗日分子，我们决定把她在这里烧死，让那些有不良企图的人看看抗日的下场。点火。

钱小鬼点燃了金顺姬身下的火堆。

小申雪一直在不停地哭泣，金顺姬不停地用朝鲜语安慰她。火势燃起来后，申雪一直在不停地喊"哦妈"、"哦妈"，金顺姬只好不停地用朝鲜语说，忍一忍，忍一忍，爸爸就来了，爸爸就来了……

很快，申雪停止了哭喊。只听到金顺姬啊啊地长叫了几声……

第二十章

马车的颠簸让桂力胜醒了过来，他最先感到的，是渗入到骨髓的疼痛。左臂的断臂处，随着桂力胜脉搏的跳动，像是有刀子在那里不停地翻搅。右臂的枪伤也有一种锥心的疼痛，桂力胜猜想可能是那颗子弹击中了某块骨头。

翻译和加藤课长在用日语说着什么，他们的语调轻松，透露着某种得意。

桂力胜看向自己的左臂，那里光秃秃的。桂力胜的内心一阵悲凉，他想，再也不能端起长枪打鬼子了。他想起了死去的苗二柱和申东勋，想起了小铁子，甚至想起了冻死的尹正叁、冯春来。有这么多人的仇没有报，自己却无法再用双手拿枪了。桂力胜想动一下右臂，却发现右臂被日本兵用绳子像捆粽子一样缠绕在身体上，日本兵似乎怕他逃走，还将绳子的一端握在手中。

桂力胜感到自己的浑身发冷，脑子昏昏沉沉，睡意和疲倦迅速地袭来。桂力胜知道，可能是失血过多造成的不良后果，自己千万不能睡去。他努力想睁大眼睛，却无法抗拒身体上的衰颓，桂力胜昏迷了过去。

朦朦胧胧的，桂力胜觉得自己从睡梦中醒来。

桂力胜最先看到的，是用原木搭起的屋顶。这不是营地常见的窝棚吗？自己回到营地了？桂力胜想起自己被日本鬼子绑起来扔到马车上的情景，他想要确认自己是不是仍在梦中。

桂力胜听到有人喊，他醒了，醒了。快去叫辛医生。

桂力胜扭头望去，旁边用木杆搭起的几张床上，躺着各种各样的伤员。有的头上包着白布，有的腿上包着白布。桂力胜看向自己，左肩的断臂处已经用白花旗布缠得紧紧的，右臂的枪伤处也覆盖着白布。自己在日本人的医院？他们难道会有这样的好心肠？

一个女性出现在桂力胜的床边，问，你醒啦？有没有不舒服的地方？

桂力胜扭头望去，出现在他眼前的是一张俊美得让他惊艳的脸。这不是修心巧么？

离开南京后，桂力胜曾无数次回忆过修心巧的容貌，但因回忆次数过多，以至于心中的那个修心巧越来越虚无，以至于后来修心巧的容貌再也无法准确地出现在脑海里。

桂力胜的脑海中常出现一个美貌的女子，脸庞虽然娇艳无比，但却不是真实的修心巧，而是桂力胜脑海里经过艺术加工的修心巧。

难道自己是爱上她了吗？桂力胜不承认这一点。

在桂力胜看来，修心巧如一尊女神，是一种神圣的存在。他仍记得和修心巧分手时她说过的一句话，我们争取在东北见。桂力胜认为，这是她鼓舞自己在东北战斗下去的一种方式。桂力胜曾把修心巧和郭秀梅做过比较，他知道，如果娶老婆，还是得娶郭秀梅这样的。修心巧这样的女子好是好，但她的美丽太不真实。

　　看着修心巧出现在自己的面前，桂力胜的第一个想法是自己仍在梦中。是不是自己已经死了？只有在天堂里才能见到自己想见的人？修心巧怎么可以出现在这深山老林中？桂力胜为了验证自己不是在梦中，他动了动右手，只见他的右手举起来了，受枪伤的地方仍然在隐隐作痛。不是梦。

　　修心巧也认出了面前的这位正是让自己奔赴东北抗日的那位男子，她顿时激动得泪水盈满了眼眶。修心巧冲动地抓住了桂力胜那只举起来的右手，说，我可找到你了。

　　桂力胜说，你真的是……心巧？

　　修心巧点了点头，说，我是心巧，大家都管我叫辛医生。

　　桂力胜的泪水也流了下来，说，你真的来……东北了。

　　修心巧激动得说不出话来，只是拼命地点头。

　　桂力胜心中一阵莫名的兴奋，想，一定是组织上派她来和自己接头的，一定是的。要不，她怎么能这么准确地找到自己所在的部队呢？

　　桂力胜等待着修心巧向自己表明身份，那他就可以口述一些东北抗日前线中存在的问题，让修心巧汇报给上级。这样，张成信交给自己的任务也就算完成了。

　　可修心巧握着桂力胜的右手只是哭，没再多说什么。

　　桂力胜问，你这次到东北，是上级党组织派你来的吧？是中央还是江苏省委？

　　修心巧说，你走后，南京的地下党受到了严重的破坏，好多人被抓进了监狱。我也是换了好多的住处才没被他们抓到。后来，我看实在联系不上党组织，就想还是到东北来找你吧。没想到，我这一路上竟然用了三个多月的时间，总算安全地过了山海关。我当时只知道你最后的落脚点是安敦城。到了安敦城一打听，很多人说山里有抗日人民军，但他们却不清楚到底在山里的什么地方。当时是冬天，我只好到一家西医诊所里当护士，以免让自己挨饿。天气暖和了，我才进了山，很巧，找到了独立师的师部。我向他们打听你，打听到你在独立师五团。五团的地点老是转移，我无法直接找你。正巧独立师的师部医院缺少医生，尤其是缺少像我这样受过正规医学专业训练的医生。后来听说你们团到了香水河子，我想去找你，可伤员太多了，我根本离不开。我想，还是救人要紧，有了你的音信，见面不是早晚的事儿吗？现在，我们医院终于搬到了香水河子，和师部在一起了。

桂力胜四处看了看，这里是香水河子？

修心巧点了点头。

桂力胜说，我是东北一号，你不是南京二号？

本来与桂力胜接头的人一定要称自己是南京三十六号。桂力胜故意问修心巧是不是南京二号，有试探她的意思。

修心巧摇了摇头，说，我不是。

听完了修心巧的话，桂力胜感到心里一剜一剜地痛。

与组织接头的愿望又落空了，桂力胜感到无比失望。张成信的脸又出现在自己的面前，好像在责备自己。

修心巧到东北真的是来找自己？她有这么大的勇气来东北？桂力胜不敢想象。

可是，自己现在……失去了一条胳膊，还有被人爱的资格吗？自己还能给妻子带来幸福吗？桂力胜越想越感到沮丧。

桂力胜感到疑惑，自己是如何来到师医院的呢？

修心巧为他解答了桂力胜心中一直想不明白的问题。

桂力胜是林建东和祝二宝背到师医院的。

至于他们两个人怎么把桂力胜从日本鬼子手里救出来，修心巧也不清楚。她只知道两个人把桂力胜放到这里后，就急匆匆地到师部去了。

苏宝泰现在怎么样了？也救下来了吗？

还未等修心巧回答，只见一个战士背着一个全身是血的人闯了进来，他声嘶力竭地喊，大夫，快救救师长！

桂力胜心中一惊，师长？难道是师长冷小刚？

师长冷小刚桂力胜见过几次，也有过一些短暂的交谈，但是谈不上熟。他怎么会受伤？

修心巧飞身上去帮助战士把他背上的人扶下来。躺在木架上的冷小刚胸前仍在向外涌血。

修心巧先是进行止血，但她发现冷小刚的心脏已经停止了跳动。

窝棚外陆续跑来了不少的人，他们紧张地看着修心巧的一举一动。

修心巧叹了一口气，她把一张白布盖在了冷小刚的脸上。那个把冷小刚背来的战士"哇"的一声哭了起来。

桂力胜试着让自己坐起来，他想认真地看一看这位领着大伙抗日的师长。在与师长交谈时，冷小刚那种坚定的眼神给桂力胜留下了极其深刻的印象。这样的好师长，怎么会死呢？

桂力胜感到一阵阵的晕眩。适应了片刻，桂力胜感到自己的头脑清醒了一些，他站了起来，想过去看一眼这个自己一直崇拜的人，但桂力胜发现，自己的身体不听他的支配，向一侧倾斜。没有了左臂，身体失去了原有的平衡，桂力胜努力稳住自己，慢慢地走向了冷小刚。

外面传来了一阵喧闹声，桂力胜擦了一下泪水朦胧的双眼，他看到林建东手中提着三号匣子枪，和祝二宝共同押着一个人，那个人的腿上明显挨了一枪，走路一拐一拐的。

林建东问，师长怎么样了？

那位战士又开始哭，他边哭边说，师长牺牲了。

林建东变得怒不可遏，他用枪指着那个跪在地上的人厉声喝道，王大鞭，你为什么要害师长？

王大鞭的身子一直在颤抖，他说，樊五爷说，杀了抗日人民军的大官，他会给我……一垧……一垧好地。

林建东一枪把子把王大鞭打倒在地，你就为了一垧好地？

那位正在哭的战士一个高蹦起来，他的手中握着一支撸子，他对着倒在地上的王大鞭举枪就打，直到把枪里的六发子弹打完，他还在用枪指着王大鞭不停地勾着扳机。

六发子弹有两发打进了王大鞭的脑袋，另四发全部打进了王大鞭的前胸。

林建东把那位战士的枪缴了下来，说，孟通讯，你这样做是违反纪律的。

孟通讯是师长冷小刚的警卫员兼通讯员，人们都叫他孟通讯。

孟通讯梗着脖子说，怎么处分我都认了。

林建东凄惨地摇了摇头，他的内心十分内疚。他想，如果那个王大鞭不是自己带到了师里，师长冷小刚也许就不会牺牲了吧？可是自己为什么会把这个杂种带到了部队里呢？林建东心中有着说不出的悔恨。

他还记得那次和冷小刚的谈话，我们谁先死还不一定呢。这句话仿佛一句谶语，冷小刚真的走到了自己的前面。

这天的早晨，阳光很好，有微微的暖风在吹。昨天还一直在下雨，今天放晴了，让人的心情舒朗起来。

桂力胜在一间窝棚的外面缓缓地走来走去。

桂力胜是来找修心巧的，修心巧正忙着为伤员换药，没有时间和他说话。修心巧向他笑了一笑，说，等我啊，还得忙上一会儿。

经过几天的治疗，桂力胜感觉自己的身体逐渐恢复了正常，首先，他不发烧了。前些日子，他每天都在发烧，而且断臂处的伤口已经化脓。

修心巧为他用了从南京带来的西药，很快，伤口有了好转，开始结痂愈合了。伤口愈合后，桂力胜的高烧自然就退了下去。

这些天桂力胜想了很多。修心巧来东北找自己，不可否认有对他救了修养宗而产生的好感。除了这些，两个人还有什么了解呢？如果自己的那条胳膊还在，可以试着了解和发展一下两人的关系。抗日的环境这样残酷，自己又失去了胳膊，能为她带来什么呢？不能因为自己一时的冲动而耽误修心巧一辈子。

桂力胜做出了决定，他决定提前出院。

远远地，桂力胜看到来了两个人，从走路的形态上看像是林建东和祝二宝。

那天他们忙着抬冷小刚的尸体到师部去，只是互相点了点头，根本没有说话的机会。

两人走近，果然就是林建东和祝二宝。

祝二宝扑过来，抱着桂力胜便哭了起来，力胜哥，你怎么没了胳膊呢？

桂力胜笑笑，说，哭啥呀，命不是还在嘛。

祝二宝擦了擦眼泪，问，谁干的？

桂力胜说，别说，这个人你还真认识，是我们曾在他家干过活儿的樊五爷。

祝二宝咬着牙说，这个老狐狸。哥，你放心，我早晚要为你报仇的。

桂力胜把那天的事情简单地说了一遍。林建东轻轻地摸着桂力胜左边的臂膀，说，老弟，你是条汉子。

林建东在六团里的工作一直不顺，先不说团长赵老灯不把他放在眼里，就连副团长马长脖也不买他的账。虽然林建东的身份是政委，但在团里基本上没有什么人听他的。

这天，赵老灯决定袭击花家烧锅，为团里弄些给养。林建东坚决反对赵老灯的这个计划。

花家烧锅虽是远近闻名的大户，但花家烧锅一直热心支持抗日，没少为抗日捐钱捐物。赵老灯的想法就是，花家烧锅底子厚，他家捐的钱物不值一提。林建东说，你不能让人家把家底全拿出来给你，人家也得继续过日子不是？赵老灯说，那点东西不够，他不拿就打。林建东急了，脱口便说，你这是土匪逻辑。其实话一出口林建东就后悔了。因为除了他自己，坐在屋里的全是土匪出身。赵老灯也不客气，硬气地说，我就是土匪怎么的？谁也说服不了谁，林建东与赵老灯、马长脖不欢而散。林建东一边向自己的窝棚走，一边在想如何让赵老灯停止这次行动。突然一声枪响，林建东回头一看，二愣拿着一把匣子倒在了自己的身后。只见祝二宝提着一支三八大盖站在不远处。林建东立刻明白了，原来赵老灯派二愣来杀自己，祝二宝救了他一命。赵老灯带人一路追赶，追了二十多里才算作罢。当时林建东与祝二宝为了逃命，一路向前奔跑。等到赵老灯停止追击时，两个人才发现，他们已经迷路了。两个人顺着一条下山的小溪走，远远地看到了岗子村。在离村还有四五里地的一条土路上，两个人看到了一辆马车，上面坐着三四个鬼子兵。两个人交换了一下眼神，没有商量，同时把子弹顶上了火。这次袭击并不成功，因为林建东没有想到车上居然有一挺轻机枪。只是轻机枪响起来后，拉车的马像疯了一样向前飞奔，把桂力胜颠到了地上，而车上的那个被绑人却被一个鬼子兵紧紧用手搂在自己的胸前。两个人不清楚另一个被绑的人到底是什么身份，不敢贸然射击，怕击伤了自己人。再加上鬼子的轻机枪不停地扫射，压得两个人无法抬头。马车跑远后，两个人冲向从车上掉下来的人，祝二宝认出了桂力胜，忙为他解开了绳子。

听了林建东的话，桂力胜的眼中浸满了泪水，他说，林政委，二宝兄弟，你们救了我一命。

祝二宝说，说啥呢，说这话不就外道了吗？

桂力胜用他那唯一的一条胳膊搂住了祝二宝。

林建东拍了拍桂力胜的后背，说，哎呀，别婆婆妈妈的了，你在这里好好养伤。我们走了，过些日子再来看你。

桂力胜吃惊地问，你们要去哪里？赵老灯来师部认错了？

林建东说，怎么会呢？听说他们下山投靠了日本人。

那你们去哪里？

林建东说，我和二宝去你们五团，组织任命我为五团政委。

那元政委呢？听说他不是归队了吗？

林建东说，军里决定由元洪春接任师长，我到五团接任元洪春的职位。

桂力胜忙说，两位等我一下，我跟大夫说一声，一起回去。

林建东劝他养一阵再走，桂力胜似乎没有听到他的话，他转身走进了修心巧所在的窝棚。修心巧正在忙着，见桂力胜进来，她忙说，我马上就好。

桂力胜来到修心巧的身边，说，我跟你说两句话就走。

修心巧停住了手，站了起来。

桂力胜说，我要回五团了。

修心巧一愣，说，你的伤情……还不能走。

桂力胜说，我得回去了。感谢你救了我的命，如果有机会，我一定会报答你的……

修心巧忙打断他的话，你为什么要这样说。

桂力胜说，现在斗争越来越残酷，你一定要好好保重自己。

桂力胜说完，转身走出了窝棚。

修心巧追出了窝棚，却只看到林建东、祝二宝在向他挥手，桂力胜头也没回。修心巧感到自己的心在向上提，然后像失重一般慢慢地变得没有了踪迹……

林建东、桂力胜和祝二宝出现在香水河子营地的时候正是晚饭时间。

看到桂力胜以一只胳膊出现的时候，全团的人都愣住了。

郭秀梅正端着碗四处和人说着什么，当她看到桂力胜以一只胳膊的面貌出现在面前的时候，惊得手中的碗掉到了地上。她不管不顾地冲上前去，抱着桂力胜大哭起来。

桂力胜任由她抱着，眼中也充满了泪水。

晚上刚刚点上油灯，郭秀梅过来了。她看了看与桂力胜同屋的焦贵哲等人，说，你们先到别的窝棚去说说话，我和桂连长有话要谈。

桂力胜坐了起来，他示意郭秀梅坐。

郭秀梅没有坐焦贵哲的床铺，她坐到了桂力胜的身边。

郭秀梅说，我认真地想了两天，我要嫁给你。

桂力胜说，瞎说什么呢？我现在已经是个废人。

郭秀梅搂住了桂力胜，说，我知道我配不上你，没有文化，但你不要嫌弃我。以后我会好好照料你的。

桂力胜不说话，他无法预测自己会不会成为郭秀梅的拖累。

过了许久，桂力胜慢慢地把右手搭上了郭秀梅的肩，说，你都不嫌弃我这样，我怎么可能嫌弃你呢？

郭秀梅伏在桂力胜的怀里，感受着从未有过的幸福。

桂力胜讲了修心巧救了自己的事，但他对两个人在南京就认识的事情一字未提。

桂力胜说，铁队长死后，他有一块狐狸皮，是铺在铺下的，队里人照顾我，一定要给我不可。那块狐狸皮隔潮，对女陔子有好处，你哪天去师里，把这块狐狸皮代我送给辛大夫好不好？

郭秀梅点了点头，说，我还有件狗皮背心，也一并送给她。

停了一会儿郭秀梅问，她是不是像画中人一样漂亮？

桂力胜慢慢地说，没有你漂亮。

郭秀梅羞得不敢抬头，她把头埋在桂力胜的胸前。她不停地用拳头捶打桂力胜的后背，嚷着，瞎说，瞎说。

一个多月后，林建东接到元洪春写来的信，调桂力胜到师里任参谋长。桂力胜报到的那天，正是东北抗日人民军二军正式命名为东北抗日联军第二军的日子。